사 막 에 서

리얼리즘

사막에서 리얼리즘

2011년 6월 24일 1판 1쇄 찍음
2011년 6월 30일 1판 1쇄 펴냄

지은이   장성규
펴낸이   손택수
주간   이명원
편집   김혜선, 이상현, 박준
디자인   풍영옥
관리 · 영업   김태일, 이용회

펴낸곳   (주)실천문학
등록   10-1221호(1995.10.26.)
주소   우121-820, 서울시 마포구 망원1동 377-1 601호
전화   322-2161~5
팩스   322-2166
홈페이지   www.silcheon.com

ⓒ 장성규, 2011
ISBN 978-89-392-0659-5 93810

이 도서의 국립중앙도서관 출판시도서목록(CIP)은 e-CIP홈페이지
(http://www.nl.go.kr/cip.php)에서 이용하실 수 있습니다.
(CIP제어번호 : CIP2011002963)

사막에서

장성규 평론집

리얼리즘

실천문학사

 책 제목을 『사막에서 리얼리즘』이라 했다. 내가 글을 쓰고, 살아가는 현실이 '사막'으로 느껴졌기 때문이다. 고단하고 팍팍한 삶은 여전한데, 이를 넘어서려는 문학의 전복성은 찾기 힘들다. 아니, 정확히 말하자면 파편으로 존재하는 텍스트들의 전복성을 의미화하려는 미학적 기획이 부재하다. 텍스트에 대한 주석 달기와 현란한 수사의 과잉 속에서, 정작 사막을 건너는 법을 모색하기 위한 비평적 자의식은 언제부터인가 낡은 것으로 치부되고 있다. 이러한 현실이 내게는 바로 사막으로 느껴졌다.

 그러나 나 역시 사막을 건너가기 위한 지도를 지니고 있지 못하다는 사실은 참혹했다. 사물화된 리얼리즘이 더 이상 유효한 항로를 제시하지 못한다는 사실은 너무나 명백했다. 나는 종종 기존 리얼리즘의 미학적 보수성과 반복되는 정언테제 형식의 언어에 죄절했다. 그리고 그보다 더욱 종종 사막의 한가운데에서 한낱 신기루에 기대 안주하려는 나의 관성에 좌절했다. 이런 과정에서 가끔은 '밤하늘에 빛나는 별'이 사라진 시대에 괜한 원망을 돌리기도 했다.

 나는 여전히 리얼리즘이라는 '가치'가 유효하다고 생각한다. 이토록 비루한 현실을 응시하면서도, '다른' 현실의 가능성을 사유하게 만드는 문학의 힘을 믿는다. 그러나 총체성과 반영론과 당파성의 틀에 갇힌 사물화된 리얼리즘은 오히려 사막을 더욱 공고화할 따름이라고 생각한다. 변화된 현실과 이에 따른 대중들의 감성구조를 읽어내지 못하는 리얼리즘은 결국 주관적 관념론의 변종에 그칠 따름이기 때문이다.

그러니 사막을 건너가기 위한 지도를 사막의 '외부'에서 찾으려는 욕심은 허황된 것이다. 지도는 신기루의 형식으로 현현할 수 없다. 그런 신기루는 종국에는 비평을 파멸로 이끌 뿐이다. 다만 그 파멸의 형식이 사물화된 리얼리즘의 모습인지, 아니면 텍스트로의 함몰인지가 다를 뿐이다. 사막을 건너는 낙타는 자신의 '혹'에 저장한 지방을 분해해 힘을 얻는다. 이토록 자명한 사실을 직시하는 것이 리얼리즘의 급진적 재구성을 꿈꾸는 비평의 자세일 것이다.

이 책에 담은 글들은, 부족하게나마 사막을 건너가기 위한 지도를 구체적인 텍스트들로부터 추출하려는 문제의식의 소산이다. 언제나 이론보다 먼저 징후를 감지하는 텍스트들로 인해 지난하지만 즐거운 작업이었다. 다시 읽으니 그 부족함이 너무나 크게 보여서 난감하기도 했으나, 이 역시 사막을 건너려는 의지의 한 과정이라는 생각에 큰 수정 없이 그대로 담았다.

1부에는 2000년대 새롭게 대두한 문학적 징후들을 점검하는 글들을 담았다. 2000년대 문학의 '새로움'에 대해서는 이미 많은 논의가 축적되어 있다. 그러나 정작 새로움의 실체를 분석하고, 이로부터 문학과 현실 간의 관계 맺음에 대한 새로운 미학적 원리를 추출하려는 비평은 부족하다고 생각했다. 주체와 타자 간의 윤리적 관계 맺음, 비가시적인 형식으로 현현하는 리얼리티, 노동 개념의 급진적 재구성과 시적 리얼리티의 문제 등 2000년대 문학이 제기한 주요한 징후들을 점검함으로써 지금 우리 문학이 보이는 새로움의 실체를 탐색하려는 의도에서 씌어진 글들이다. 이들 텍스트와 마주치는 과정에서 새롭게 생성되는 미학을 '마주침의 문법들'이라고 명명했다. 부디 이 마주침이 우애로운 관계 맺음으로 나아가기를 바라며 쓴 기록들이다.

2부에는 리얼리즘의 문제의식을 비판적으로 계승하며, 이를 급진적으로 재구성하려는 텍스트들의 경향성에 주목한 글들을 담았다. 일국 단위에서의 저항과 연대를 넘어 자본주의 세계체제에서 아래로부터의 세계화를 기획하는 텍스트들, 대문자 역사의 틈새를 비집고 하위주체들의 대안 역사를 기획하는 텍스트들, 시적 교감을 통해 문학적 정치성을 복원하려는 텍스트들을 주로 다루었다. 이들 텍스트들이 표출하는 가능성으로부터 리얼리즘의 급진적 재구성을 귀납적인 방식으로 읽어내려는 시도를 '진화하는 현실주의'라고 명명했다. 리얼리즘이 변화하는 현실 속에서 끊임없이 스스로를 재구성하는 긴장과 모순의 변증법의 소산임을 기억하고자 했다.

3부에는 2000년대 문학(화)을 배태한 문학(화)사적 맥락 속에서 현재 우리 문학(화)의 좌표를 읽어내려 한 글들을 담았다. 현재의 좌표를 올곧게 인식하기 위해서는 역사적 인식이 필수적이다. 그럼에도 불구하고 2000년대 문학(화)을 배태한 역사적 맥락 속에서 텍스트의 위치를 점검하려는 비평은 절대적으로 부족하다. 길게는 일제 말기 '사소설'의 계승과 변주로부터, 가깝게는 장기하로 표상되는 지형문화에 이르기까지의 문학(화)적 현상들을 계열화하여 의미화하고자 한 글들이다. 역사적 인식으로부터 현재의 좌표를 측정하려는 기획을 '연속과 단절, 일탈과 계열'이라고 명명했다. 과거에 대한 냉철한 인식과 더불어 발랄한 단절과 일탈의 양상을 짚어내는 것이 현재 우리 문학(화)의 위치를 확인하는 데 중요한 작업임을 새삼 깨닫게 해준 글들이다.

4부에는 개별 작품집들을 다룬 글들을 담았다. 특히 사막에서 리얼리즘의 가능성을 징후적으로 보여준 작품집들에 주목했다. 많은 경우 서평 형식의 글은 단순한 리뷰나 자칫 주례사 비평에 그칠 가능성이 크다. 나 역시 이러한 한계로부터 자유롭지는 않다. 그러나 이 책에는 나름의 문제설정 속에서 비평적 자의식을 담아낸 글들만을 실었다. 특히 이론보다 먼저 미학적 갱신의 가능성을 보여주는 텍스트들에 주목하고자 했다. 이론보다 빨리 도래한 이들 텍스트들을 '징후 너머의 텍스트들'이라고 명명했다. 징후란 비평에 의해 인지된 미적 속성이며, 뛰어난 텍스트들은 이미 징후 '너머'를 증언하고 있다는 생각에서이다. 언제나 그렇듯이 텍스트 읽기의 즐거움과 괴로움을 새삼 확인할 수 있게 해준 글들이다. 더불어 징후 너머를 어렴풋이 감지하려는 민감한 비평의 떨림을 느끼게 해준 글들이기도 하다.

한 권의 책을 묶으며 지금까지 내가 쓴 글들이 나 홀로 쓴 것이 아님을 다시 깨닫는다. 이 책에 담은 글들은 여러 곳에서 쓰여졌다. 낡은 책 냄새와 비릿한 연못 냄새가 뜨겁게 느껴지던 자하연 옆의 202호 연구실에서, 우애로운 토론과 논쟁을 통해 리얼리즘의 가능성을 다시 사유하게 해준 광흥창의 민족문학연구소에서, 가장 낮은 곳이 문학의 자리임을 상기시켜준 마포의 작가회의 사무실에서, 동료들이야말로 공부의 가장 큰 재산임을 알게 해준 낙성대의 학전 연구실에서, 난곡 종점을 20년 넘게 지키고 있는 난곡주민도서관 새숲에서, 내가 아는 한 가장 맛있는 커피를 내려주는 동우네 커피집 등에서 이 글들은 쓰여졌다. 그뿐만이 아니다. 문학에 대해 내가 알고 있는 것들의 대부분을 가르쳐주신 은사님들, 특히 부족하기만 한 제자를 보듬어주신 조남현 선생님께는 그저 감사하다는 말씀밖에 드릴 것이 없다. 문학과 현실 간의 관계 맺음에 대해 팽팽한 긴장감과 깊이 있는 사유를 가르쳐주신 민족문학연구소의 여러 선생님들께도 감사의 말씀을 올린다. 나는 아주 어릴 적 보았던 노란빛이 섞인 주황색 표지의 책을 아직도 뚜렷이 기억한다. 여러모로 실천문학에는 빚진 것이 많다. 좋은 글로 보답하겠다는 말로 고마움을 대신한다. 그리고,

그리고 감사하다는 말로는 부족하기 짝이 없는 분들이 계시다. 그러니 이 책에서 조금이라도 빛나는 지점이 있다면 그것은 온전히,

한 분의 아버지와 두 분의 어머니, 그리고 사랑하는 아내의 몫이리라.

2011년 여름 난곡에서
장성규

차례

4부

징후 너머의 텍스트들

1부

마 주 침 의   문 법 들

현실과의 마주침, 생성하는 문법들 | 리얼리티를 탐색하는 세
가지 형식 | 환상의 형식으로 현현하는 리얼리티 | 2000년대
노동시의 새로운 가능성 '들'

현실과의 마주침, 생성하는 문법들

1. 새로운 문법, 진부한 구도

2000년대 문학은 분명 새로운 문법을 보여준다. 그러나 이를 의미화하는 비평은 절대적으로 부족한 것이 사실이다. 이는 특히 이른바 '진보적' 문학을 지향하는 일련의 비평에서 두드러진다. 1990년대 이후 진보적 문학비평의 자기 갱신이 중요한 과제로 제기되었고, 이에 따른 다양한 이론적 논의가 전개되었지만, 정작 구체적인 텍스트에 기반을 둔 새로운 진보적 비평의 모색은 이렇다 할 성과를 거두지 못하고 있다. 물론 여러 가지 원인이 있겠지만 선험적인 거대담론을 설정한 후 여기에 텍스트를 기계적으로 대입하려는 경향이 진보적 비평의 자기 갱신을 가로막는 가장 큰 원인으로 보인다.

반면 2000년대 문학은 기존의 비평이 읽어내지 못한 새로운 현실 대응의 성과를 징후적으로 보여준다. 다양한 텍스트들이 각기 다른 방식으로 중층적인 후기산업사회의 현실을 형상화하고 있다. 문제는 이들 텍스트에 대한 해석과 소통이 기존의 비평적 구도로는 포착될 수 없다는 사실이다. 고전적인 리얼리즘론에 입각한 비평은 변화된 현실과 이를 형상화하는 텍스트에서 기법적 층위에 함몰된 '가벼움' 이상을 읽어내지 못한다. 이것이 새로운 텍스트의 문법을 기존의 진부한 구도로 환원시키는 비평의 현재이다.

진보적 비평의 자기 갱신은 외삽적인 지도비평의 방식이 아니라, 구체적인 텍스트로부터 출발하는 '유물론적인 방식'을 통해서만 가능하다. 이를 위해서는 무엇보다 기존의 비평적 관습이 지닌 사물화된 리얼리즘론의 강박을 벗어나야 한다. 당파성을 담지한 단일한 주체에 의한 단일한 현실의 총체적 반영이라는 정언테제는 발본적으로 '의심'되어야 한다. 당파성을 담지한 주체란 타자의 배제를 통해 구성된 또 다른 배타적 동일성의 산물은 아닌가? 단일한 현실이란 중층적인 형식으로 현현하는 후기자본주의사회의 현실을 18세기 정치경제학적 층위로 환원하는 또 다른 관념론의 산물은 아닌가? 반영이란 미메시스의 형식으로 포착되지 않는 '다른' 현실에 대한 형상화를 기법적인 층위의 문제로 치부하는 미학적 보수성의 산물은 아닌가? 이러한 발본적인 자기 갱신에의 의지를 포기하는 순간, 진보적 비평은 곧 보수적 비평으로 물화될 것이다.

소설은 현실과의 마주침 속에서 끊임없이 새로운 문법을 생성한다. 이 새로운 문법에 대한 미학적 탐색을 통해 비로소 2000년대 소설이 지니는 새로움의 진테제를 도출할 수 있을 것이다. 이 글은 이를 위해 크게 세 가지 '새로운' 소설의 문법에 주목하고자 한다. 김경욱·윤이형·황정은·양유정·김사과 등에게서 두드러지는 '판타지'의 문법, 권여선·윤대녕·노희준·정지아 등에게서 두드러지는 '기억'의 문법, 그리고 김영하·김훈·김연수·김선우 등에게서 두드러지는 '역사'의 문법이 그것이다. 이 글은 이들 새로운 소설의 문법을 통해 2000년대

문학이 지닌 급진적 상상력을 의미화하고자 한다. 그리고 이를 통해 진보적 문학의 자기 갱신의 실마리를 제시하는 것이 이 글의 목적이다.

2. '취향'의 전투와 판타지의 문법—김사과의 경우

판타지의 문법은 길게는 1920년대 김동인과 임노월로부터 소설에 도입되었다. 이들은 식민지 근대의 규율로부터 자유로운 문학적 상상력의 발현을 위해 판타지의 문법을 사용했다. 그러나 이들 판타지의 문법은 구체적인 컨텍스트적 맥락과 결부되지 못한 채 관념적인 "자기의 창조한 세계"(김동인)에 국한된다는 점에서 치명적인 한계를 지녔다. 그리고 이로 인해 이들 판타지의 문법은 한국문학사에서 소거되었다.

그러나 그 이후에도 판타지의 문법은 한국문학사에서 비주류적 형식으로 꾸준히 전개된다. 1930년대 박태원의 분신담으로, 전후 장용학과 김성한의 알레고리로, 1970년대 조세희의 산업화에 대한 고도의 성찰로, 1980년대 최윤의 역사적 트라우마에 대한 탐구로, 그리고 이후 최수철, 정영문 등의 언어와 재현 간의 관계에 대한 지적 탐색으로 판타지의 문법은 지속된다. 이들 작품이 문학사적인 평가를 획득하는 것은 각 시대마다 중층적인 형식으로 현현하는 '다른' 리얼리티들의 징후를 읽어냈기 때문이다. 판타지의 문법은 지배담론이 만들어낸 규범적 언어의 '신화' 이면에 놓인 다른 '현실'에 대한 탐색을 통해 문학사적 의미를 획득할 수 있었다. 이는 현재 김경욱·윤이형·황정은·양유정·김사과 등에 의해 활발히 창작되는 판타지적 소설 문법을 해명하는 데 큰 시사점을 준다.

자본주의사회가 난숙할수록 현실은 중층적으로 분화되며, 비가시적인 형태로 드러난다. 우리가 현실로 믿는 것은 기실 지배적 국가장치가 생산한 가상의 이데올로기에 불과하다. 그러나 이 가상의 이데올로기가 우리의 구체적인 '삶'을 장악하는 순간, 그것은 곧 현실로 승인된다. 더욱이 후기자본주의 시대를 살고 있는 지금, 현실은 가시적인 형식으로 단일하게 드러나지 않는다. 오히려 복수(複數)의 중층적인 현실이 다양한 이데올로기적 국가장치에 의해 유통되는 것이 바로 현실이다. 때문에 고전적인 미메시스적 방식으로 현실을 형상화하는 것은 더 이상 유효한 미학적 기획일 수 없다. 오히려 현재 유통되고 있는 이데올로기의 모순을 폭로하고 그 틈새를 비집고 현현하는 다른 '현실'의 가능성을 탐색하는 것이 보다 유력한 미학적·실천적 기획이다.

판타지의 문법을 사용하는 소설 중 김사과의 『미나』가 주목되는 것은 이 때문이다. 김사과는 고전적인 미메시스적 방식으로 현실을 포착할 수 없음을 인식하고 있다. 그러나 김사과의 성과는 여기에 머물지 않는다. 그녀는 한 걸음 더 나아간다. 그녀는 경제적 토대의 층위가 아닌 취향과 문화의 층위에서 새로운 계급투쟁이 시작되고 있음을 인식하고 있다. 고전적인 토대-상부구조론으로 해명되지 않는 새로운 계급투쟁을 형상화하고 있다는 점에 김사과의 전복성이 존재한다.

수정은 미나의 영향 안에서 음악을 듣기 시작했다. 그리고 미나는 아버지의 영향 안에서 음악을 듣기 시작했다. 미나와 민호는 아버지의 서재에 가득한 음반과 스피커를 공유했다. 미나의 아버지가 도어즈를 들었고 그래서 미나도 도어즈를 들었다. 미나는 핑크 플로이드를 살 필요가 없었다. 그녀의 아버지가 가지고 있으니까. 미나는 아무것도 힘들게 노력할 필요가 없었다. 책장에 가득 쌓인 책과 음반을 차례대로 빼내어서 가슴에 품으면 그것으로 끝이었다.[1]

『미나』의 기본구도는 수정과 미나의 문화적 상징자본 간의 갈등으로 요약된다. 수정과 미나는 동일하게 "지구상에서 가장 고급한 교육에 광범위하게 노출되어 있"(86쪽)는 P시의 청소년이며 "학원. 집. 학교. 시험. 학교. 학원. 숙제. 과외. 학원. 집. 과외. 학원. 집. 학교. 다시 학원. 다시 과외. 다시 시험 다시 숙제 다시 학교 다시 학교 다시 학교. 집. 학원"이라는 "지옥"(157쪽)에 살고 있다. 그러나 수정과 미나는 함께 '연대'할 수 없다. 그것은 이미 이들 내부에 문화적 상징자본을 둘러싼 계급투쟁이 전개되기 때문이다.

인용문에 나타난 것처럼 미나는 예술가인 아버지의 영향으로 '도어즈'와 '핑크 플로이드'로 표상되는 하위문화를 향유한다. 문제는 하위문화가 이미 정전화되어 더 이상 전복적 기능을 할 수 없다는 점이다. 하위문화는 지배문화에 대한 게토적 영역을 확보할 때만 전복성을 지닐 수 있다. 그러나 이미 정전화된 '도어즈'와 '핑크 플로이드'는 오히려 주류 문화적 코드의 상징으로 기능한다. 따라서 상대적으로 문화적 상징자본을 확보하지 못한 수정에게 이는 곧 새로운 억압적 '현실'로 인식된다. 수정이 으젠느 앗제의 사진전에 대해 다음과 같이 말하는 것은 이런 맥락에서 새로운 계급투쟁이 바로 '취향'의 영역에서 진행되고 있음을 보여준다. "도대체 무엇에 어떻게 감동하란 말인가? 그 모든 것은 전후 20세기 유럽의 프티부르주아처럼 되실 원하는 극동아시아의 프티부르주아들의 요란한 푸닥거리에 지나지 않았다."(270쪽)

이는 급진적 이데올로기에도 적용된다. 예컨대 수정과 미나는 "레비스트로스식 사회인류학과 맑스-라캉적인 좌파정신분석학", 그리고

---

1) 김사과, 『미나』, 창비, 2008, 269쪽. 이하 이 작품의 인용시 괄호 안에 인용한 쪽수만을 기입한다.

"들뢰즈와 데리다"(81쪽)를 '논술과외'로 배운다. 이미 체제에 포섭되어 유통되는 이들 급진적 이데올로기는 더 이상 그 급진성을 유지할 수 없다. 오히려 문화자본이 곧 학력자본으로 교환되며 이것이 이후 경제자본으로 교환된다는 점에서 급진적 이데올로기 역시 자본의 재생산 과정의 일부로 기능할 뿐이다.

따라서 이 소설이 결국 수정에 의한 미나의 죽음으로 귀결되는 것은 필연적이다. 수정은 문화적 상징자본을 세습한 미나를 극복할 수 없고, 이를 극복하기 위해 생성되었던 급진적 이데올로기들은 이미 자본의 재생산 과정의 일부로 포섭되었다. 그렇다면 아직 고등학생에 불과한 수정에게 어떠한 선택이 가능할 것인가? 미나를 죽이는 수정의 선택이 비정상적인 것일까? 오히려 수정의 발화처럼 문화적 상징자본을 통해 구별 짓기를 수행하는 미나가 비정상적인 것은 아닐까?

김사과는 지금까지 강고한 리얼리즘적 풍토 속에서 간과되어온 문화적 층위에서 벌어지는 상징자본의 계급투쟁이라는 새로운 '현실'을 형상화한다. 가시적이고 총체적인 형태로 드러나지는 않지만 오히려 어떤 자본보다도 구체적인 일상의 삶을 장악하고 있는 '취향'의 정치학. 이 지점에 대한 가장 뚜렷한 인식을 보여준다는 점에서 김사과의 『미나』는 새로운 세대의 리얼리티와 계급 대립을 형상화한 작품으로 평가될 수 있다.

그러나 김사과는 더 나아갈 필요가 있다. 무엇보다 그녀는 자본의 틈새를 공략하는 급진적 문화와 이데올로기에 대한 모색을 너무나 쉽게 포기하고 있다. 예컨대 그녀가 자본의 재생산 영역에 포섭된 것으로 평가하는 "레비 스트로스식 사회인류학과 맑스-라캉적인 좌파정신분석학"은 그것이 '논술과외'의 장(場)에 위치할 때는 분명 그 급진성을 상실한다. 그러나 역으로 다른 사회적 장에서 이들 이데올로기가 그 급진성을 폭발적으로 발휘할 가능성을 항시적으로 지니고 있음은 분명한 사실이다. 나아가 "폴리 진 하비나 리즈 페어 혹은 피오나 애플이나 비요크" 등 "변방의 마녀들, 뒷골목의 불량소녀들"(268쪽)로 표상되는 하위문화가 자본의 틈새를 공략하는 구별 짓기의 정치학으로 발전할 가능성 역시 존재한다. 이러한 문화의 전복적 가능성에 대해 김사과는 너무나 쉽게 회의한다. 그렇다면 김사과의 소설 역시도 전복성을 지닐 수 없는 것은 아닐까? 중요한 것은 전일적인 자본의 지배의 소소한 '틈새'를 공략하는 것이며, 그 공략의 새로운 문법을 창출하는 것이다.

앞서 언급한 것처럼 판타지의 문법은 현실 이면의 다른 현실을 인식하기 위한 소설 문법이다. 김사과를 비롯한 많은 젊은 작가들이 이러한 맥락에서 판타지의 문법을 사용하고 있다. 예컨대 김경욱은 판타지의 문법을 통해 지배 이데올로기의 작동 메커니즘을 인식한다(「맥도날드 사수 대작전」, 「고독을 빌려드립니다」). 윤이형은 버츄얼 리얼리티라는 새로운 '현실'의 컨텍스트적 의미를 탐색한다(「피의 일요일」, 「큰 늑대 파랑」). 황정은은 '유령'의 이야기를 통해 하위주체들의 목소리를 복원한다(「일곱시 삼십이분 코끼리 열차」, 「곡도와 살고 있다」, 「문」). 양유정은 시공간을 뛰어넘어 개체의 작은 '역사'를 재구성한다(「새」, 「유학산」). 이 중 김사과가 주목되는 것은 그녀가 지금의 중층적인 현실 속에서 새로운 계급 대립을 읽어내고 있기 때문이다. 김사과의 판타지의 문법은 우리의 삶을 규정하는 문화적 상징자본이 바로 일상적 계급 대립의 장임을 보여주는 새로운 소설 문법이다. 너무나 강력하게 우리의 일상을 지배하기에 보이지 않는, 그리하여 판타지의 문법으로 현현할 수밖에 없는 이 전투를 통해 2000년대 새로운 계급투쟁의 장을 발랄하면서 진지하게 기록하고 있다는 점에 김사과의 성취가 있을 것이다.

3. 타자의 시선으로 재구성되는 기억의 문법—정지아의 경우

기억의 문법은 분명 새로운 소설 문법은 아니다. 소설 장르가 과거형으로 서술되는 것은 소설이 과거의 확정된 사실의 기록임을 단적으로 보여준다. 따라서 본질적으로 모든 소설은 과거의 기억에 대한 현재적 해석의 형식을 띤다.

그러나 정지아가 보여주는 기억의 문법은 조금 다른 의미를 지닌다. 그것이 특히나 2008년 발간된 창작집 『봄빛』의 경우라면 더욱 그러하다. 이 창작집에 수록된 작품들이 공통적으로 기억의 형식을 지니고 있지만, 그 기억이 타자의 시선에 의해 재구성된다는 점에서 정지아의 기억의 문법은 일반적인 소설의 기억의 문법과 구별된다.

기본적으로 정지아가 보여주는 기억의 문법은 그녀의 문학에 원체험으로 놓여 있는 아버지의 '빨치산' 체험으로부터 시작된다. 「순정」에서 현재 주인공의 삶은 그의 빨치산 체험에서 이미 규정된 것이다. 주인공의 다음과 같은 발화가 이를 단적으로 보여준다. "(중략) 그는 자신의 운명이 집에 가야겠다고 작정한 그 순간, 아니, 어쩌면 그보다 훨씬 더 오래전에 결정난 것이라고 생각했다. 하필이면 여수 14연대에 지원한 그 순간부터."[2) 여수 14연대에 지원한 후 자연스레 여순사건의 와중에 빨치산으로 입산하고 이후 고향에 돌아온 주인공의 삶은 그 기억으로부터 벗어날 수 없다. 그럴 수밖에 없는 것은 그가 지니고 내려온 것이 바로 "남부군의 최고지도자 이현상의 목숨줄"(「순정」, 104쪽)로 표상되는 다른 빨치산들의 삶이기 때문이다. 그의 귀향은 단지 개체의

---

2) 정지아, 「순정」, 『봄빛』, 창비, 2008, 97쪽. 이하 인용하는 정지아의 모든 작품은 이 책에서 인용한 것이며 인용시 괄호 안에 인용한 작품명과 쪽수만을 기입한다.

목숨을 보존하기 위한 것이 아니라 '이름 없이 죽어간' 수많은 빨치산들의 목소리를 증언하기 위한 것이다. 따라서 그의 기억은 단순히 개인적인 기억이 아니라 자신의 개체를 역사적 존재로 전이함으로써만 지속 가능한 기억이다.

그러나 이 기억은 결정적인 한계를 지니는 것이기도 하다. 공통감각을 통해 기억을 타인과 공유하도록 만드는 구체적인 소설적 장치가 없다면, 이 기억은 개인에게는 숭고한 것일 수 있으나 타인에게는 아무런 영향을 미치지 못하는 지극히 사적인 층위에 머물고 말 것이기 때문이다. 정지아의 기억의 문법은 이 지점에서 빛을 발한다.

정지아는 아버지의 기억을 아내(어머니)와 자식의 관점에서 서술하는 방식을 취한다. 「세월」은 「순정」의 기억을 아내의 관점에서 서술하며, 「봄빛」은 이를 자식의 관점에서 서술한다. 이로 인해 이들 작품에서는 아버지의 기억과는 '다른' 빨치산의 기억이 재현된다. 기억이 타인들의 구체적인 삶 속에서 재현됨으로써, 비로소 아버지의 기억은 사적 층위를 넘어서 타인의 삶과 공감하는 새로운 기억으로 재구성된다.

「세월」은 특히 빨치산의 아내라는 하위주체의 기억을 재현하고 있다는 점에서 주목된다. 일반적인 역사 서술에서 빨치산의 아내의 목소리는 기록될 수 없었다. 좌익의 입장에서 민족과 계급의 층위로 수렴되지 않는 젠더적 층위의 목소리란 부차적인 것으로 치부되었으며, 우익의 입장에서 빨치산의 아내란 좌익 이데올로기에 부화뇌동한 인물로 치부되었다. 이 과정에서 이들의 기억은 철저히 소거되었다. 이런 맥락을 고려한다면 「세월」에서 전면화되는 빨치산의 아내의 관점은 충분히 강조되어야 한다. 그래서 다음과 같은 구절은 절절하다.

콩 볶듯 총알이 쏟아지는 지리산 능선에서도 나가 바란 것은 그런 시상이었그만이라. 이녘 팔을 베고 누워 도란도란 책 얘기도 허고라, 아직 흙도 안 붉은 우리 애기 보들보들한 발도 만짐서라, 반짝반짝 윤이 나는 장독대 위로 햇살이 춤추는 날에는 말이어라, 나넌 콩을 삶고 이녘은 콩을 찧고, 주거니받거니 웃어감시로 조물조물 메주도 만들고라, 부끄럽제만 정제 밖으로 노란 은행잎이 바람에 쓸릴 적에는 시도 한수 읊어보고라, 참말이제 나가 꿈꾼 것은 고것뿐이었그만이라. 이녘허고 나허고는 같음서도 달랐어라. 천양지차로 달랐어라. (「세월」, 226쪽)

빨치산의 아내에게 '혁명'이란 추상적이고 거창한 것이 아니었다. 소소하지만, 또 비루하지만 그곳에서 사람살이의 행복을 누리는 것. 이것이 그녀가 인식한 혁명이었다. 이는 아버지의 기억과는 뚜렷이 구별된다. 아버지의 기억이 민족과 계급의 해방으로 수렴되는 반면, 어머니의 기억은 구체적인 삶의 결로 수렴된다. 그리고 그 기억이 바로 구체적인 삶에 기반을 두고 있다는 점에서 독자로부터 공감을 얻게 된다.

「봄빛」은 아버지의 기억을 거부하던 자식의 관점에서 서술된다. 자식에게 아버지는 "그의 삶을 가로막고 있는 거대한 산맥"(「봄빛」, 33쪽)으로 인식된다. 그러나 치매에 걸린 아버지를 보며 자식은 아버지에 대한 새로운 인식을 획득한다. 아버지의 기억이 절대적인 것이 아니라는 깨달음이 그것이다. 따라서 자식은 다음과 같이 독백한다. "그들이 그의 생명을 키워냈듯 이제는 그가 그들을 품어 그들이 세월에 빚진 생명을 온전히 놓고 죽음으로 떠나는 것을 지켜보아야 하는 것이다."(「봄빛」, 48쪽) 한때 절대적인 이념으로 존재하던 빨치산의 기억은 세월의 흐름에 따라 새로운 세대의 기억으로 재구성되어야 한다. 이 명백한 사실 앞에서 아버지의 기억도 예외일 수는 없다. 다만 아버지가 지녔던 기억의 무게감이 여전히 지속될 뿐, 그 기억은 새로운 가치에 의해 다시

기록될 것이다.

정지아의 근작들이 보여주는 성과는 과거 그녀가 보여준 '빨치산 아버지의 기억'을 타인의 관점에서 조망하고 있다는 것이다.[3] 기억은 타인과의 공유를 통해, 그리고 타인에 의한 재구성에 의해 비로소 지금 현재의 삶으로 육화될 수 있다. 아버지의 빨치산 활동은 어머니의 관점에서 소소하고 비루한 삶의 행복으로 기억되고, 자식의 관점에서 절대적인 기억이 아닌 세월의 흐름에 따라 재구성되어야 할 기억으로 인식된다. 이로 인해 빨치산 아버지의 기억은 절대적인 도그마나 당위가 아닌 삶의 영역으로 현현한다.

그러나 정지아가 보여주는 '타인의 목소리의 투영'이라는 기획은 아직 미완의 것으로 보인다. 물론 그녀가 과거 리얼리즘 문학이 종종 범했던 강고한 '총체성'의 신화에 대한 발본적인 성찰을 보여주고 있음은 분명한 성과로 평가되어야 한다. 그러나 그녀의 근작들에서 이들 타인의 목소리는 종국에는 '세월'의 힘 앞에서 다소 쉽게 화해한다. '세월'에 의한 섣부른 화해는 타인의 목소리를 손쉽게 동일성의 논리로 포섭하는 효과를 낳을 수 있다. 주체와 타자 간의 충돌을 통한 새로운 관계와 윤리의 생성이라는 지점에서 그녀는 머뭇거리는 듯하다. 다음과 같은 구절이 그녀의 현재 위치를 단적으로 보여준다. "선의의 운명 속에 실려온 그는 다른 모양이었지만, 운명의 비정을 일찌감치 조우한 적이 있는 나로서는, 지금은 내 편인 듯한 운명이 언젠가 저 천장처럼 내

---

3) 이러한 관점에서 한국전쟁 중 운명이 뒤바뀐 두 인물의 이야기를 각자의 시점에서 서술하고 있는 「길」 연작 역시 주목된다. 「길」 연작이 주목되는 것은 단지 시점의 다층화라는 기법적 혁신 때문이 아니라, 다층적인 시점을 통해 같은 사실에 대한 타인의 목소리를 담아내려는 정지아의 변화된 모습 때문이다. 이는 과거 리얼리즘 문학의 단성(單聲)적 한계를 극복하려는 작가의식의 소산으로 평가될 수 있다.

앞을 막아설 것이라고밖에 생각할 수 없었다. 그래서 나는 운명에 대해서건 나에 대해서건 한점의 의혹도 불안도 없이 잠들어 있는 그의 곁을 조심스레 떠나온 것이다."(「운명」, 173쪽) 어쩌면 정지아는 타자와의 충돌을 통한 새로운 가치의 생성에 대해 거의 생득적으로 "운명의 비정"을 먼저 떠올리는 것은 아닐까? 이로 인해 타자의 목소리가 주체의 목소리와 적극적으로 충돌하면서 새로운 가치로 생성되지 못하는 것은 아닐까?『봄빛』에 수록된 전 작품에서 일종의 숙명론적 세계관이 드러나는 것은 이 때문이다.

정지아는 타자의 시선을 통해 기억을 재구성함으로써 과거 리얼리즘 문학의 도그마적 한계를 극복하는 성과를 거두고 있다. 더욱이 이 기억이 타인의 삶에 개입함으로써 사적 기억의 범위를 벗어나 공통감각에 기반을 둔 공감을 생성한다는 점에서 그녀의 기억의 문법은 높이 평가될 수 있다. 그러나 아직 그녀는 타자와의 '마주침'을 충분히 이루지 못하고 있다. 단지 타자의 시선을 작품에 투영시키는 것으로는 부족하다. 타자의 시선으로 재구성된 기억과 주체의 기억이 충돌하면서 새로운 기억의 현현으로 나아갈 때, 비로소 그녀가 보여주는 기억의 문법은 온전히 새로운 소설 문법으로 자리매김할 수 있을 것이다.

4. '낮은 목소리'의 복원과 역사의 문법—김선우의 경우

2000년대 한국소설의 '트렌드' 중 가장 강력한 것은 단연 역사소설이다. 김영하의『검은 꽃』, 김훈의『칼의 노래』·『남한산성』, 김연수의『밤은 노래한다』등의 텍스트들이 새로운 역사소설로 호명되면서 활발한 논의를 낳았고 그 논의는 현재에도 진행 중이다. 그런데 정작 이들 역사소설의 '새로움'의 실체에 대해서는 충분한 논의가 이루어지지 못했다. 이들 텍스트들을 막연히 '포스트모던적 역사인식'으로 평가하거나, 해체주의적 사유의 발현으로 호명하는 것은 큰 의미를 지니지 못한다. '모던적 역사인식'의 어떤 부분을 '해체'했으며, 그 해체의 자리에 어떠한 내러티브를 기입할 것인가에 대한 비평적 논의가 이루어질 때, 비로소 이들 텍스트가 거둔 성과와 한계가 객관적으로 평가될 수 있기 때문이다.[4]

이들 텍스트들은 공통적으로 내셔널 히스토리를 해체하고 있다. 그러나 그 해체된 자리에 추상적인 근대적 개인의 탄생(김영하), 허무주의적 역사관(김훈), 메타 역사에 대한 지적 탐색(김연수)을 기입하는 것만으로는 부족하다. 무엇보다 해체된 자리에 기입해야 할 진테제에 대한 모색이 부재하기 때문이다.

도대체 왜 대문자 역사를 해체해야 하는가? 이 점을 분명히 할 때 역사소설은 진정한 '새로움'을 획득할 수 있다. 대문자 역사를 해체해야 하는 것은 단지 역사 서술의 상대성을 강조하기 위해서가 아니다. 중요한 것은 대문자 역사에 의해 억압되고 배제된 하위주체들의 '낮은 목소리'를 복원하는 것이다. 그리고 이로부터 지배적인 역사 서술에 저항하는 대안 역사를 서술하는 것이 새로운 역사소설의 몫이다.

이러한 점에서 김선우의 『나는 춤이다』는 주목된다. 이 작품은 식민지 시대 여성 무용가 최승희의 삶을 다루고 있다. 그러나 나는 작품 내에서 강조되어야 할 인물은 최승희가 아니라 최승희의 '분신'으로 형상화되는 '예월'이라고 생각한다.[5] 물론 최승희는 여성 예술가이며 월북

---

4) 2000년대 역사소설이 거둔 성과와 한계에 대해서는 이 책의 2부에 실린 「재현 너머 흔적을 복원하는 소설의 욕망—2000년대 역사소설에 대한 성찰과 전망」에서 다루었다.

인물이라는 사실 때문에 기존의 역사 서술에서 배제되어왔다. 그러나 최승희의 일대기를 중심으로 이 작품이 구성되었다면 자칫 『나는 춤이다』는 엘리트 무용가 최승희의 성공과 좌절의 내러티브로 한정될 가능성이 크다.

김선우는 이와 같은 위험을 충분히 인식하고 있기에, 서술 기법의 층위에서 선조적 시간을 해체하고 있다. 선조적 시간은 특정 인물의 삶을 소설화할 때 그 인물의 성장과 시련, 성공이라는 진부한 내러티브를 양산하기 쉽다는 한계를 지닌다. 더욱이 선조적 시간 자체가 목적론적 역사관을 전제로 하기 때문에 최승희의 삶을 서술하는 도중 다양한 '낮은 목소리'들이 배제되기 쉽다. 김선우는 선조적 시간 대신 영화적인 시간 배치를 사용함으로써 이와 같은 목적론적 역사 서술의 한계를 벗어나고 있다. 더불어 주목되는 서술 기법은 최승희의 삶을 다양한 타자의 시선에서 조망하는 복수 초점화(multiple focalization) 기법이다. 복수 초점화 기법은 주인공 중심의 발화를 방지하고 다양한 인물에 의해 주인공의 삶을 서술하게 함으로써 일대기 형식이 지니기 쉬운 주인공의 '영웅화'를 극복하는 서술 효과를 낳는다.

그렇다면 김선우가 텍스트에 도입한 타자의 시선과 목소리는 어떤 양상일까? 잠시 언급했던 것처럼 이 작품에서 최승희의 삶은 김선우가 창조한 가상의 '분신'인 '예월'과 함께 형상화된다. 예월은 실제 역사상

---

5) 예월이 최승희의 분신인 것은 내러티브의 구조상 최승희의 사할린 공연 때부터 귀국 후 태화관에서의 모욕, 재도일후의 재기 무대, 일제 말기 장기공연 등 최승희의 삶의 중요 고비마다 예월이 등장한다는 점에서 쉽게 추측할 수 있다. 그리고 다음과 같은 문장에서 예월이 최승희의 분신임은 명확해진다. "누구인가 당신은. 그녀? 혹은 나? 여자의 눈앞이 감감해졌다. 남루한 쪽방 한쪽 벽에 온통 여자가 나부꼈다. (중략) 아, 이런! 당신은 누구인가."(김선우, 『나는 춤이다』, 실천문학사, 2008, 271~272쪽) 이하 이 작품의 인용시 괄호 안에 인용한 쪽수만을 기입한다.

의 인물인 최승희가 보여주지 못하는 하위주체들의 '낮은 목소리'를 발화한다.

예월의 춤은 관객의 시선을 빠르게 집중시키며 흥을 분배하는 힘이 있었다. 아이들까지 일어나 춤판에 함께하기 시작했다. 예월의 치맛자락을 살짝살짝 붙잡으며 아이들이 사랑스럽게 까딱거렸다. 노인과 예월의 춤은 보는 이들에게 아주 자연스럽게 흥을 전염시켜놓았다. 어느새 여자의 어깨와 손도 들썩이고 있었다. 이것은 보여주는 자와 보는 자의 경계가 분명한 서양무용에서는 맛보기 어려운 흥이었다. (189쪽)

예월의 발화형식은 논리적이고 체계적인 '언어'의 형식을 지니지 못한다. 그러나 예월은 '춤'을 통해 발화한다. 이 '낮은 목소리'는 바로 하위주체들의 발화형식이기 때문에 "흥을 분배하는 힘"을 지니며 "보여주는 자와 보는 자의 경계"를 허무는 힘을 지닌다.

비단 예월만이 아니라 『나는 춤이다』에는 지식인 중심의 발화 대신 다양한 하위주체들의 발화가 등장한다. 예컨대 카프 2차 검거사건으로 인해 투옥된 안(막)은 '잡범'들의 "춤이라고 하기에는 너무나 거친 몸짓들이지만 감방 사람들이 뭔가 맺힌 것을 풀어내듯 겅중거"(129쪽)리는 장면에서 자신이 지식인 중심성이 지닌 한계를 깨닫는다. 작품 진개의 기본 플롯을 제공하는 민의 경우에도 마찬가지이다. 민은 조선과 일본 양쪽의 내셔널리즘에 의해 배제된 '혼혈아'이다. 김선우는 이 작품에서 민의 발화를 전면화함으로써 '혼혈아'라는 하위주체의 목소리를 복원한다.

대문자 역사에서 억압된 하위주체의 목소리가 텍스트에 기입되며 최승희의 삶 역시 이들과의 충돌과 교감을 통해 내러티브화된다. 김선우는 이를 통해 엘리트 예술가로서의 최승희의 삶 대신, 하위주체와의 관계 속에서 구성된 존재로서의 최승희의 삶을 복원하고자 한다. 더욱 중요한 것은 이들의 발화형식이 지배적 규범에 따른 논리적이고 체계적인 언어가 아니라 '춤'으로 표상되는 '다른' 형식을 취하고 있다는 점이다. 스피박의 유명한 언급처럼 하위주체는 말할 수 없다. 그렇다면 하위주체는 투명한 '말'이 아닌 다른 발화형식을 모색해야 한다. 이 '다른' 발화형식을 구체적으로 보여준다는 점이야말로 김선우가 거둔 최대의 성과이다.

다만 아쉬운 것은 최승희라는 실존 인물과 작품 속의 다양한 하위주체 간의 갈등과 균열의 문제가 비교적 쉽게 봉합된다는 점이다. 최승희라는 역사적 주체와 하위주체라는 역사적 타자는 서로 충돌하면서 새로운 역사적 내러티브의 주체로 형성된다. 이 과정을 통해 비로소 최승희는 엘리트 예술가라는 대문자 역사의 호명으로부터 벗어날 수 있으며, 하위주체들 역시 최승희에 가려진 자신의 정체성을 형성할 수 있다. 그러나 김선우는 이러한 갈등과 균열의 문제를 결국 최승희의 삶을 중심으로 귀결시킨다. 예월은 왜 최승희의 보조자 역할을 벗어나지 못하는가? 대문자 역사에 의해 가려진 최승희의 삶을 복원하기 위해서는 예월과의 만남을 통해 변화하는 최승희의 주체성이 보다 역동적으로 형상화되어야 한다. 김선우는 여성 예술가로서의 최승희라는 선험적인 규정에 지나치게 충실하다. 그 결과 최승희를 형성하는 하위주체와의 만남과 갈등의 문제가 최승희의 내적 변모의 층위로 전개되지 못한다. 텍스트에 하위주체의 목소리를 복원시키고 있으나, 이 하위주체들과 최승희가 서로 새로운 정체성을 형성하는 계기로까지 나아가지 못한다는 점이 이 작품의 한계이다.

그러나 김선우의『나는 춤이다』가 거둔 성과를 폄하할 수는 없다. 새로운 역사소설은 무엇보다 기존의 지배적 역사 서술에서 억압되고 배제되어온 하위주체들의 '낮은 목소리'를 복원하려는 문학적 상상력과 인문학적 상상력의 결합에서 시작되어야 한다. 이를 통해 지배적 역사 서술에 저항하는 대안 역사의 가능성을 모색하는 것이 지금 역사소설의 과제이다. 많은 역사소설들이 창작, 유통되고 있으나 정작 이와 같은 문제의식을 깊이 있게 보여주는 작품은 많지 않다. 이런 가운데 김선우의 『나는 춤이다』는 각별한 의미를 지닌다. 대안 역사의 형식을 보여주는 역사소설이기 때문이다. 그리고 이 대안 역사의 기획은 여전히 지배 이데올로기의 이면에 엄연히 존재하는 하위주체들의 '낮은 목소리'를 복원하기 위한 현재형의 과제이기에 더욱 그러하다.

5. 현실과의 마주침, 생성하는 문법들

2000년대의 새로운 현실과 마주치며 생성하는 소설의 문법들이 있다. 이들 문법은 각기 진보적 문학의 발본적인 전환을 추동한다. 판타지의 문법은 반영의 형식으로 포착될 수 없는 중층적인 현실에 대한 탐색을 통해 새로운 현실에 대한 인식과 재현의 문제를 제기한다. 기억의 문법은 주체에 의해 점유된 과거의 사실'들'을 타자의 시선을 통해 재구성함으로써 다자성의 문제를 제기한다. 그리고 역사의 문법은 대문자 역사에 의해 배제된 하위주체들의 목소리를 복원함으로써 대안적 내러티브의 가능성을 제기한다.

비평의 몫은 텍스트에 대한 꼼꼼한 독해로부터 '징후'를 읽어내고, 이를 컨텍스트적 맥락과 결합시켜 텍스트를 의미화하는 것이다. 이는 현재 진보적 비평에 더욱 절실히 요구되는 과제이기도 하다. 선험적인 리얼리즘론과 경화된 진영 개념을 넘어 새로운 문법으로부터 변화된 문학과 현실 간의 관계 맺음에 대한 실마리를 찾아나서는 것이 필요하다. 진보적 문학이 고정된 불변의 개념이 아니며, 스스로를 변화시키려는 능동적인 의지를 통해서만 자신의 보수화를 경계할 수 있다는 점에서 더욱 그러하다. 따라서 2000년대 소설이 보여주는 새로움을 단지 기법적인 층위의 것으로 간과하거나 문제의식의 가벼움으로 치부하는 것은 아무런 의미를 지니지 못한다. 오히려 이로부터 자신의 도그마를 지양하려는 적극적인 의식이 비로소 진보적 비평의 자기 갱신을 가능하게 할 것이다.

그렇다면 이 글에서 다룬 2000년대 소설의 새로운 문법들로부터 진보적 문학의 미학적 가능성들을 추출할 수는 없을까? 그것이 진보적 비평의 몫이 아닐까? 김사과가 보여주는 판타지의 문법을 통해 문화적 층위에서 벌어지는 새로운 계급 대립의 현실을 읽어내는 것. 정지아가 보여주는 기억의 문법을 통해 타자와의 교감 속에서 생성되는 기억의 재구성의 실험을 읽어내는 것. 김선우가 보여주는 역사의 문법을 통해 하위주체의 '낮은 목소리'의 복원 가능성을 읽어내는 것. 그리고 이들로부터 새로운 '현실'에 대한 문학적 대응 형식을 규명하는 것. 이것이 지난하지만 텍스트의 풍성함으로 인해 즐거운 비평의 몫일 것이다.

리얼리티를 탐색하는 세 가지 형식

1. 리얼리티'들'을 인식하는 새로운 방법

지금 우리 소설은 내면과 기법의 과잉 상태이다. 1980년대의 리얼리즘 문학이 쇠퇴한 후, 1990년대 대두한 내면에 대한 탐구와 포스트모던적인 기법 실험이 현재 소설의 주류를 이루고 있다. 이 과정에서 소설이 지니는 현실 탐구의 성격은 간과된 측면이 있다.

물론 이러한 내면 탐구와 기법 실험은 거대담론에 의해 억압당하던 다양한 소설적 양상들을 복원한 의미가 있다. 예컨대 픽션과 논픽션에 대한 김연수의 인식론적 탐구는 자명한 것으로 인식된 테스트이 존재 이면의 양상을 복원한다. 김애란의 작품들은 1980년대 태생 세대들의 독특한 문화와 가치관을 보여준다. 배수아는 구조로 환원되지 않는 개체의 양상을 탐구하면서 그 내면을 복원한다. 정이현은 2000년대 서울의 풍속을 고현학적 태도로 고찰한다. 그러나 이러한 경향들은 한편으로 소설과 세계의 대결이라는 문제를 회피하고 있다는 비판에 직면할 수도 있다. 과연 이러한 소설들은, 소설을 그것을 배태한 세계와의 관계 속에서 측정하려는 시각에 얼마나 견딜 수 있을까?

1980년대와 1990년대 전반기의 이른바 리얼리즘 문학은 리얼리티 개념을 당파성을 매개로 한 객관 현실의 토대의 층위로 환원했다. 이것은 중층적으로 존재하는 복수(複數)의 리얼리티'들'을 하나의 단일한 리얼리티로 환원시킨다는 점에서 분명 폭력적이다. 이것은 '소소한' 리얼리티'들'을 중차대한 삶의 의미를 부각시키지 못하는 것으로, 또한 부차적인 것으로 보고 배제한다. 본질주의적·환원론적 사유야말로 지난 시대 리얼리즘의 가장 큰 한계이다.

그러나 소설에서 리얼리티의 문제는 여전히 핵심적이다. 현대소설이 의미를 지니는 것은 분명 그 '작은 이야기'가 현실에 대한 적극적인 문제제기로 이어질 수 있는 가능성을 지니기 때문이다. 인간의 사회적 삶에 대한 탐구와 이것을 인간학의 차원으로 고양하여 본질적으로 성찰하려는 시도가 결여되면 현대소설은 '전근대적인 이야기'의 차원으로 떨어진다. 더욱이 후기자본주의의 문제들을 복잡하게 드러내고 있는 오늘의 현실 속에서 리얼리티에 대한 새로운 탐색이라는 과제는 더욱 절실할 수밖에 없다.

그렇다면 과거 리얼리즘 문학의 오류를 극복하면서, 동시에 현재 소설의 자폐성과 쇄말성을 극복할 수 있는 방법이란 성립 가능한 것일까? 이것은 한마디로 리얼리티'들'을 인식하는 새로운 방법에 대한 탐구라고 할 수 있고, 동시에 결코 단순치 않은 리얼리티를 어떻게 재구성할 수 있는가 하는 문제로 연결된다. 오늘날 리얼리티 문제가 새롭게 문제시될 수 있다면, 그것은 반영 또는 재현이 아니라 표상과 재구성의 차원에서 질문되어야 한다. 중층적으로 존재하는 현실을 다양한 방식으로 인식하고 형상화하는 것, 이를 통해 소설이 지니는 세계와의 대면이라는 성격을 다시 복원하는 것이 필요하다.

이 글은 현재 우리 소설이 노정한 내면과 기법의 과잉 속에서, 이와는 달리 치열하게 복수의 리얼리티들을 탐색하는 작가들의 작품과 그 의미를 살펴보고자 한다. 과거 고전적인 리얼리즘과는 다른 새로운 방식으로 우리 시대의 리얼리티들을 탐색하는 이들의 소설을 통해 현실과 대면하는 새로운 소설의 형식을 밝혀내고자 하는 것이 이 글의 목적이다.

2. 현실에 대한 우화적 글쓰기—박민규의 경우

현실을 있는 그대로 모사할 수 있다는 미메시스의 환상은, 결국에는 리얼리티'들'의 복수성에 대한 부정으로 이어진다. 나아가 미메시스의 환상은 리얼리티를 인식하는 형식을 하나로 동질화하며, 문학적 형식이 지니는 다양한 가능성을 봉쇄한다. 인식주체와 인식대상 간의 상호 교감 속에서 새로운 인식형식이 도출되며, 이것이 문학의 영역에서는 언어를 통해 구체화된다. 문학의 형식은 작가가 인식한 리얼리티를 형상화하는 필연적인 방식이다. 따라서 주객 간의 동일화를 추구하는 미메시스적 글쓰기와는 달리 중층적인 리얼리티'들'을 추구하는 글쓰기는 소수자의 언어적 형식을 추구하게 된다.

우화는 지배적인 담론과는 달리 현실을 다른 대상에 빗대어 드러낸다. 따라서 담론의 장(場)에서 소외된 소수자에게 적합한 형식이다. 우리 문학사에서 우화적 글쓰기는 개화기의 단형 서사, 그리고 전후 장용학 등의 작품이나 1970년대 조세희 등의 작품에서 활발히 사용되었다. 즉, 우화적 글쓰기는 당면한 현실의 문제성에도 불구하고, 뚜렷한 전망이 보이지 않던 시기에 사용된 것이다. 우화적 글쓰기는 문제적인 현실에 대한 문학적 모색의 형식으로 사용된다. 개화기 우화 양식은 외세의 침략과 봉건적 모순의 폭발 앞에서 이를 공격적으로 폭로하고 풍자하기 위한 양식이었고, 전후 장용학의 우화적 글쓰기는 관념으로밖에 인식될 수 없었던 근대의 폭력성을 탐구하기 위한 전략이었다. 조세희의 우화적 글쓰기 역시 산업화의 모순을 폭로하기 위한 유용한 전략이었다. 이것은 우화적 글쓰기가 미메시스적 글쓰기가 아닌 환상적 글쓰기를 통해 현실의 문맥을 드러냄으로써 그 문제성을 폭로하고 조롱할 수 있기 때문이다. 우화적 글쓰기는 특히 미메시스적 방식의 글쓰기 전략이 어려운 시기, 즉 단일한 경향성으로 현실이 파악되기 어려운 시기에 그 힘을 발휘한다.

박민규는 이러한 점에서 주목된다. 그는 주로 알레고리와 환상적 기법, 우화적 글쓰기 등의 형식을 통해 작품을 형상화한다. 그러나 이러한 형식에 내재된 박민규의 리얼리티에 대한 치열한 탐색은 충분히 평가되지 못했다.

박민규의 근작들에서 두드러지는 것은 자본의 세계화에 따른 주변부 인민들의 삶의 변모에 대한 천착이다. 이것은 프레젠테이션에서 탈락한 손 팀장(「고마워, 과연 너구리야」)이나, "시급 삼천원"을 받는 푸쉬맨이 되는 청소년(「그렇습니까? 기린입니다」), 혹은 "아버지의 사업이 부도를 맞"[1]아 고시원에서 살게 되는 대학생(「갑을고시원 체류기」) 등으로 드러난다. 그런데 박민규의 작품에서 이들 주변부 인민들은 미메시스적 방식으로 재현되지 않는다.

박민규가 이들을 형상화하는 방식은 우화적 글쓰다. 「그렇습니까?

---

1) 박민규, 「갑을고시원 체류기」, 『카스테라』, 문학동네, 2005, 275쪽. 이하 인용하는 박민규의 모든 작품은 이 책에서 인용한 것이며 인용시 괄호 안에 인용한 작품명과 쪽수만을 기입한다.

기린입니다」를 살펴보자. 이 작품에서 실직으로 인해 사라진 주인공의 아버지는 어느 날 갑자기 '기린'이 되어 나타난다. 이는 미메시스적 방식에서는 허용되지 않는 환상적인 형식이다. 그러나 이 작품이 보여주는 리얼리티는 단지 환상이 아니라 자본의 세계화에 의한 주변부 인민의 구체적인 삶이다. 왜냐하면 이 작품에서 '기린'은 복합적인 리얼리티를 지시하는 개념이기 때문이다. 무한한 적자생존의 경쟁 속에서 생존하기 위해 보다 높이 있는 나무 열매를 따먹어야 하는, 그래서 계속 스스로를 '기린'으로 만들어야 하는 것이 주변부 인민들의 삶의 실상이다. 따라서 이 작품에서 우화로서의 '기린'의 등장은 다만 형식 실험에 그치지 않는다. 오히려 박민규의 우화적 글쓰기 방식은 미메시스적 방식으로 포착되지 않는 이질적인 주변부의 리얼리티를 탐색하기 위한 인식 방법이다.

박민규가 제시하는 리얼리티는 매우 폭넓다. 「아, 하세요 펠리컨」에서 형상화된 리얼리티는 일국 단위에서의 자본의 운동을 넘어서서 전 세계적 단위에서의 자본의 운동을 제시하고 있다. 자본의 세계화는 다음과 같은 현실을 낳는다. "미국의 본사는 이미 몇 년 전부터 중국에 새 공장을 건설하고 있었어요. 모두 하루아침에 실업자가 된 겁니다."(「아, 하세요 펠리컨」, 142쪽) 그러나 이들 아르헨티나의 실업자들에게는 새로운 일자리를 찾아 떠날 비행기 표가 없다. 그럼에도 이들은 일자리를 찾아 떠나야만 한다. 현실에서 해결될 수 없는 이러한 문제에 대해 박민규가 제시하는 방법은 '오리배 세계시민연합'이라는 우화적 방식이다. 이 작품에서 '오리배'가 지시하는 리얼리티는 양가적이다. 한편으로 오리배는 "서울까지 32킬로미터"가 떨어진 소도시의 주민들이 휴일마다 휴식을 즐기는 수단이다. 그러나 다른 한편으로는 자본의 세계화에 따른 "보트 피플"(「아, 하세요 펠리컨」, 130쪽)이 일자리를 구하기 위해 이동하는 수단이기도 하다. 얼핏 휴일의 휴식과 자본의 세계화라는 '오리배'의 이중적 성격은 쉽게 결합되기 어려운 듯 보인다. 그러나 지방 소도시로 상징되는 주변부 인민들의 삶에서 휴식은 무한경쟁으로 인해 점차 사라질 수밖에 없다. 그리고 그 빈 공간을 채우는 것이 "보트 피플"로 상징되는 자본의 세계화다. 이 작품에서 '오리배'의 '우화'는 자본의 세계화라는 우리 시대의 핵심적인 리얼리티를 정확하게 보여주고 있다.

나아가 「헤드락」에서 박민규는 세계체제 속에서 남한 자본주의가 지니는 반(半)주변부적 성격과 이에 따른 주변부 국가 인민들에 대한 폭력적 성격을 역시 우화적인 방식을 통해 탐구한다. 이 작품의 주인공은 미국 유학 도중 헐크 호건에게 헤드락을 당한 경험이 있다. 그 경험 이후 주인공은 "인간이 별게 아니란 생각이 그때 들었다. 맞으면-아프고, 뉘우치고, 숙이고, 무섭고, 궁리하고, 포기하고, 빌붙고, 헤매고, 재빨라지고, 갈라지고, 참담하고, 슬프고, 후련하고, 그립고, 분하고, 못 잊고, 죽고 싶고, 쓰라리지만 이를테면 몇 알의 약, 그 미약한 몇 밀리그램의 화학물질만 있어도 아무렇지 않게 삶을 영위해나가는 것"(「헤드락」, 258쪽)이라는 생각을 갖는다. 이를 통해 그는 "폭력의 주체였지 폭력의 대상이 아니"(「헤드락」, 259쪽)게 된다.

이 작품에서 '헤드락'은 단지 프로레슬링의 한 기술이 아니라, 미국을 중심으로 한 세계 자본주의 중심부가 구체적인 개개인의 육체에 가하는 훈육 기제이다. 그런데 문제적인 것은 주인공의 변모 양상이다. 그는 헤드락을 당한 이후 오히려 강해지고, 이후 인도네시아 지사에서 현지인들을 대상으로 미국 유학 당시 헐크 호건에게 당했던 헤드락을 행사한다. 결국 '헤드락'은 세계체제가 어떻게 개개인의 육체를 훈육하는가, 그리고 한국 자본주의의 반주변부적 성격은 어떻게 주변부 국가의 인민들을 또다시 훈육하는가에 대한 질문으로 이어진다.

미메시스적 글쓰기는 인식주체와 객체 간의 동일성을 전제하며, 따라서 인식주체의 문제설정 밖의 이질적인 리얼리티들을 배제한다. 반면 우화적 글쓰기는 우화의 다의성을 통해 중층적인 리얼리티를 표현할 수 있다. 박민규의 우화적 글쓰기 역시 이러한 장점을 충분히 살리고 있다. 그가 우화적 글쓰기를 통해 탐색하는 리얼리티는 자본의 세계화 속에서 점차 피폐해지는 주변부 인민들의 삶이다. 박민규는 인식주체와 객체 간의 동일성을 추구하지 않는다. 따라서 그가 인식한 리얼리티는 단일한 중심으로 환원되지 않는 우화의 형식으로 나타난다.

박민규가 주로 사용하는 우화적 글쓰기는 리얼리티가 지니는 비환원적 속성에 대응한다. 이는 수많은 층위에서 작동하는 거대한 현실에 대해 다층적인 탐색을 보이기 위한 미학적 시도이다. 복수의 현실은 하나의 인식체계로 드러낼 수 없다. 이는 우화적인 글쓰기와 같은, 복수성의 형식을 지닌 미학적 시도를 통해서만 가능할 것이다.

3. 코스모폴리탄의 탄생과 그 윤리—권리의 경우

권리의 『싸이코가 뜬다』는 그 문제성에 비해 평단의 관심을 받지 못한 작품이다. 그러나 이 작품은 매우 중요한 현실의 변화를 독특한 형식으로 형상화한다. 이를 코스모폴리탄의 탄생이라고 할 수 있다.

2000년대 한국문학에서 주목되는 현상 중 하나는 무대와 배경이 한국이라는 민족국가 단위를 뛰어넘고 있다는 것이다. 이와 같은 현상은 민족 구성원으로서의 정체성 대신 개체로서의 정체성을 탐구하려는 시도 때문이다. 예컨대 배수아의 작품에서 '나'는 한국인이라는 정체성을 지니고 있지 않다. '나'는 어떠한 거대담론이나 구조로도 호명되지 않는 독특한 개별자로서의 정체성을 지니고 있을 뿐이다. 『에세이스트의 책상』등의 배경이 외국으로 설정된 것은, 이들 작품의 인물들이 한국인이라는 정체성으로부터 자유롭기 때문이다. 이들은 한국인이라는 자기 정체성 대신 타자와 구별되는 자신만의 개별자적 정체성을 확인하거나, 혹은 '나'라는 정체성 자체가 허구적인 것임을 보여준다. 김영하의 『검은 꽃』 역시 한국인이라는 정체성을 지니지 않는 인물들을 보여준다. 이들은 멕시코라는 이국땅에서 조선의 '국민'이 아닌 근대적 자본주의 질서에 속박된 '개인'으로 다시 탄생한다. 나아가 『빛의 제국』에서는 남한과 북한 어디에도 속하지 않는 인물이 등장한다. 배수아나 김영하의 작품들이 보여주는 민족 구성원으로서의 정체성에 대한 회의는 특히 개별자로서의 자기 정체성에 대한 강조로 이어진다는 점에서 주목할 만한 현상이다.

그러나 이들은 개별자로서의 자기 정체성을 강조하면서 '타자'와의 소통과 연대의 문제에 대해서는 부정적인 인식을 보여준다. 배수아에게 두드러지는 언어적 의사소통의 불가능성에 대한 인식이나, 김영하의 『검은 꽃』에서 드러나는 냉혈한 개인들의 존재가 타자와의 단절 양상을 보여주는 단적인 예이다. 이에 반해 권리의 『싸이코가 뜬다』는 민족 구성원으로서의 자기 정체성을 뛰어넘는 '코스모폴리탄'으로서의 자기 인식을 보여주면서, 동시에 타자와의 적극적인 소통과 연대의 의지를 드러낸다. 이를 코스모폴리탄의 윤리에 대한 탐색이라 할 수 있다.

이 작품에서 민족국가는 주인공 오난이라는 개체에 어떠한 영향력도 행사하지 못한다. 오난이에게 민족국가는 "코드와 규범의 재생산"이 이루어지는 "코스모스를 지키기 위해서 카오스를 철저히 무시해 버리는 사회의 시스템"[2]의 일부일 뿐이다. 따라서 오난이가 민족적 정체성에 대해 이렇다 할 집착을 보이지 않는 것은 당연하다. 이는 일본의 내

서널리즘에 대해서도 마찬가지이다. 오난이에게 한국이든 일본이든 간에 민족국가란 '정답사회'를 추구하는 시스템일 뿐이다. 이 점에서 오난이로 대표되는 새로운 세대는 민족국가라는 코드와 규범을 벗어난 코스모폴리탄으로 볼 수 있다.

그렇다면 이들 새로운 세대의 특징은 무엇인가? 이들은 "우리들의 오답사회"(90쪽)를 추구한다는 점에서 전대의 세대와 구별된다. 386세대로 대표되는 전 세대가 공동의 가치와 규범을 통한 시스템의 개선을 목표로 한 것과는 달리, 이들은 단일한 구조로 환원되지 않는 개체의 고유성과 이질성을 추구한다. 이러한 인식은 체계적인 시스템으로부터 탈락한 '사이코'에 대한 동경으로 이어진다. 이 작품에서 '사이코'는 "표준인간"(171쪽)을 벗어나 자신의 욕망에 충실한 존재다. '사이코'는 폭력적인 동질화를 추구하는 시스템의 외부로 탈주하려는 존재의 상징이다.

그런데 권리의 『싸이코가 뜬다』가 코스모폴리탄의 탄생을 그릴 수 있었던 것은 주인공 오난이가 철저히 경계인의 위치를 점하고 있기 때문이다. 오난이는 국적은 한국인이지만 한국인이라는 정체성에 대해서는 회의적인 인물이며, 동시에 작품의 무대가 되는 일본에서도 경계인의 위치를 벗어나지 못한다.

왠지 서글퍼졌다. 니는 미국인도, 일본인도, 중국인도, 영국인도 아니다. 그저 미지의 먼나라 이웃나라 외계에서 온 한국인인 것이다. (166쪽)

위와 같은 경계인으로서의 자기 인식이야말로 '표준 인간'으로부

---

2) 권리, 『싸이코가 뜬다』, 한겨레신문사, 2004, 141쪽. 이하 이 작품의 인용시 괄호 안에 인용한 쪽수만을 기입한다.

터 벗어나서 '우리들의 오답사회'를 지향하게 만드는 원동력이다. 작품 내에서 지속적으로 이루어지는 386세대에 대한 비판 역시 동일화의 원리 속에서 타자'들'을 배제하거나 흡수해버리는 시스템 일반에 대한 비판이다. 따라서 이러한 시스템을 벗어나는 것은 또 다른 시스템을 만드는 것이 아니라, 어떠한 시스템에도 속하지 않은 채 경계인의 위치를 고수하는 것으로서만 가능하다. 이런 맥락에서 작품이 오난이의 자살로 끝나는 것은 필연적이다. 한국에서도 일본에서도 경계인의 위치를 통해서만 '사이코'의 삶을 살 수 있던 '오난이'가 안착할 수 있는 '우리들의 오답사회'란 현실에 존재하지 않기 때문이다. 이는 오난이에게 '우리들의 오답사회'를 소개시켜주는 333호의 '스즈키 사이코'가 사실은 현실에 존재하지 않는다는 점에서도 알 수 있다.

그러나 오난이의 자살을 미메시스적 방식으로 독해하기는 어렵다. 이 작품에서 오난이의 자살은 상징적인 통과의례의 성격을 지닌다. "완전변태", "위대한 변신"(298쪽)으로 서술되는 그녀의 자살은 '정답사회'로부터의 탈주의 의미를 지닌다. 이 작품이 현실과 환상을 교차시키는 형식을 취하고 있다는 점에 주목할 때 비로소 그 의미는 온전히 해명된다.

이 작품은 현실의 영역에서는 소케대학교의 퀴즈연구회를 배경으로 하고 있으며, 환상의 영역에서는 '우리들의 오답사회'를 배경으로 하는 이중적인 구조를 지니고 있다. 현실의 영역이 퀴즈로 상징되는 '오타쿠'의 세계인 동시에 결국에는 단답형으로 결론지어지는 시스템의 일부라면, 환상의 영역은 '분실물센터'로 가기 위한 여정의 공간이다.

그런데 이 작품의 핵심적인 문제의식을 드러내는 영역은 환상의 영역이다. 현실의 영역이 퀴즈, 즉 답이 출제자에 의해 미리 설정되어 있는 단답형의 공간인 반면, 환상의 영역은 주인공 오난이가 정체성을 형성하는 과정에서 자신을 억압한 것들과, 억압에 의해 배제된 것들을 스스로 찾아내야 하는 역동적인 공간이기 때문이다. 다시 말하자면 현실의 퀴즈연구회가 왜 퀴즈를 맞추어야 하는가에 대한 문제의식이 결여된 공간인 반면, 환상의 '분실물센터'는 "내가 어디에 서 있는가에 대해 곰곰이 생각하기 시작했다. 무엇을 찾는지 알기 위해서, '분실물센터'에 서 있다는 역설! '분실물센터'에서 물건을 찾으려면 무엇을 찾는지는 알아야 할 것 아닌가"(251쪽)라는 문제의식으로부터 생성되는 공간이기 때문이다.

이와 같이 작품 내에서 환상의 영역이 지니는 역동적 성격에 주목한다면 마지막의 주인공 오난이의 자살은 스스로의 문제설정을 통해 단답형 퀴즈의 현실의 영역으로부터 "내 과거의 기억을 바로잡아 줌으로써 나를 미쳐버리게 할 것이 분명"(251쪽)한 환상의 영역으로 이동하는 것으로 해석할 수 있다.

권리의 『싸이코가 뜬다』는 현실과 환상 간의 관계를 역전시킴으로써, 내셔널리즘에 의해 단일한 정체성만이 강요되는 현실을 강하게 비판한다. 나아가 이러한 인식은 내셔널리즘적인 정체성을 부정하는 새로운 세대, 코스모폴리탄의 탄생으로 이어진다. 이러한 코스모폴리탄의 탄생이 단지 민족국가에 대한 즉자적인 부정에 그치는 것이 아니라, '오답사회'의 '사이코'로 대표되는 이질적인 정체성'들'에 대한 승인으로 이어짐으로써 이 작품은 코스모폴리탄의 윤리에 대한 탐색으로 나아간다. 그리고 자본의 세계화라는 흐름 속에서 코스모폴리탄으로 어떻게 살아야 하는가에 대한 문제 역시 이 작품이 제기하는 중요한 화두이다.

좀 건설적인 방법은 어떨까? 나는 상생(相生)의 아이디어를 짜내기 시작했다. 이를테면, EU처럼 '아시안 정신질환자 연합'을 만들어 무역과 교통의 장벽을 허무는 것이다. 발족까지 대략 20년. 본부 소재지는 대충 싱가포르, 화폐 단위는 '웬바트'(원 + 위안 + 엔 + 링기트 + 바트)로 하는 게 좋을 듯하다. (39쪽)

'아시안 정신질환자 연합'을 통한 아래로부터의 이질적인 정체성들의 세계화는 위로부터의 자본의 세계화에 대한 대안으로 제시된다. 자본의 세계화는 이윤을 기준으로 모든 존재들에게 획일화된 정체성을 요구한다. 이에 반해 권리가 제안하는 아래로부터의 세계화는 이질적인 정체성들, 자본의 입장에서 본다면 '정신질환자'들 간의 연대를 추구한다는 점에서 주목된다. 권리의 '코스모폴리탄'은 한국인으로서의 정체성을 지니고 있지 않다는 점에서 단순히 무국적자에 그치는 것이 아니라, 민족국가 단위를 뛰어넘는 이질적인 정체성들 간의 상호 소통과 연대를 추구한다는 점에서 아래로부터의 세계화를 추구하는 새로운 윤리를 보여준다.

권리의 『싸이코가 뜬다』는 고전적인 미메시스적 독법을 거부하면서 내셔널리즘의 폭력성과 동일화의 정치가 지니는 배제의 원리에 대한 뚜렷한 인식을 보여준다. 나아가 이 작품은 코스모폴리탄의 탄생과 그 윤리에 대한 탐색을 보여준다는 점에서, 그리고 기존 우리 문학에서 정면으로 다루어지지 못했던 아래로부터의 세계화라는 문제에 대한 탐색을 보여준다는 점에서 새로운 세대가 대면하는 리얼리티를 훌륭히 형상화한 것으로 볼 수 있다.

4. 내셔널 히스토리의 전유—조두진의 경우

리얼리티를 인식하는 과정에서 언어는 단지 도구가 아니라 인식주체가 대면하는 리얼리티 자체를 구성한다. 이는 일련의 사유 체계를 통해 객관 현실을 대면할 때, 사유 체계를 구성하고 있는 것이 바로 언어이기 때문이다. 따라서 언어로 구성된 일련의 텍스트는 실제 현실의 일부를 구성한다. 특히나 인식대상이 이미 우리가 대면할 수 없는 과거의 것일 경우, 사료라는 텍스트만이 남아 있기 때문에 이 텍스트는 과거 그 자체로 환원되면서 단일한 리얼리티로 작동한다. 이것이 역사 텍스트가 구성되는 방식이다.

그렇다면 사료의 형식으로 남아 있지 않은 수많은 사람들의 삶의 구체성과 이에 기반을 둔 소소한 리얼리티들은 어떻게 복원될 수 있는가? 이때 언어가 지니는 모순성을 주목해야 한다. 언어는 객관적인 현실을 있는 그대로 재현하는 것이 아니기 때문에, 그 안에는 필연적으로 서술 주체의 관념과 객관 현실 간의 모순이 포함되어 있다. 이 모순을 포착할 경우 역사 서술에서 배제된 역사'들'이 복원될 수 있다. 조두진의 『도모유키』는 이러한 점에서 주목할 만한 성과를 보인 작품이다. 일본군 하급 무사의 시점에서 임진왜란(정확하게는 정유재란)을 재해석하고 있는 이 작품은 지배적인 내셔널 히스토리가 억압한 리얼리티들을 복원한다. 그 성과는 내셔널 히스토리 서술이 지니는 모순에 대한 깊이 있는 탐색에 기반을 두고 있다.

임진왜란을 다룬 기존의 텍스트들 대부분은 주로 민족의 영웅으로서의 이순신을 묘사하는 데 그 초점을 맞춰왔다. 예컨대 개화기 신채호의 『이순신전』은 제국주의의 침략에 맞서는 민족의 영웅으로 이순신을 형상화했다. 내셔널리즘에 기반을 둔 이와 같은 이순신 서사는 현재까지 그 영향력을 지니는데 김탁환의 『불멸의 이순신』이 이 계보를 잇는다. 김탁환의 『불멸의 이순신』은 드라마로도 만들어져 대중의 큰 인기를 끌었는데, 이는 내셔널리즘이 2000년대까지도 여전히 강력한 자장을 지니고 있음을 다시금 확인시킨다. 이러한 흐름과 다소 변별되는 이순신 서사가 김훈의『칼의 노래』이다. 김훈의『칼의 노래』는 민족의 영웅이 아닌 내면을 지닌 한 인간으로서의 이순신을 다루고 있다는 점에서 주목된다. 그러나 이 작품 역시 이순신이 지니는 영웅적인 고뇌와 번민에 초점을 맞춤으로써 기존의 이순신 서사가 지니는 영웅 형상화라는 측면을 크게 벗어나지는 못한다. 이에 반해『도모유키』는 내셔널리즘적인 이순신 서사를 전복하는 전략을 사용하고 있다는 점, 나아가 내셔널 히스토리에 대한 본격적인 전유를 보이고 있다는 점에서 주목된다.

그렇다면『도모유키』가 내셔널 히스토리를 넘어서기 위해 기존의 임진왜란 텍스트들에서 주목하는 모순은 무엇인가? 그것은 조선 민족이 이순신을 정점으로 일본의 침략에 맞서 자발적으로 싸웠다는 지극히 상식적인 플롯이 지니는 모순이다. 즉, 민족이라는 상상의 공동체가 형성되기 이전에 이미 추상적인 가치인 '민족애'가 개개의 하위주체들에게 구현되었다는 기존의 임진왜란 텍스트의 핵심적인 모순에 대한 탐구가『도모유키』전반을 관통하는 문제설정인 것이다. 더욱 문제적인 것은 이 과정에서 조두진이 선택하는 타자의 시각이다. 임진왜란 텍스트들은 하위주체들을 민족의 구성원으로 호명하는 강력한 기제이다. 그렇다면 이 텍스트의 모순점을 가장 강력하게 내파할 수 있는 타자는 조선 민족 '외부'의 존재이다. 따라서『도모유키』는 일본군 하급 무사의 시점을 통해 임진왜란을 재해석하는 형식을 취한다.

타자의 시점을 통한 내셔널 히스토리의 전유는 내셔널리즘이 지니는 동일화의 욕망에 의해 억압되어진 하위주체들의 리얼리티를 드러내 보일 수 있다는 점에 그 의미가 있다. 그러나 '전유'라는 말이 함축하는 것처럼 단지 내셔널 히스토리를 해체하는 것을 넘어 '민족' 바깥의 역사를 구축하는 작업, 즉 새로운 하위주체들의 리얼리티를 제시하는 작업이 진행되지 않는다면 『도모유키』는 메타-히스토리라는 형식적 실험 이상의 의미를 지니기 어렵다. 중요한 것은 『도모유키』가 타자의 시점을 통해 새롭게 인식하는 임진왜란의 리얼리티란 무엇이며, 이것이 기존의 내셔널 히스토리로서의 임진왜란 텍스트와 구별되는 어떠한 '진리 효과'를 생산하고 있는가의 여부이다.

　『도모유키』의 리얼리티가 내셔널리즘의 자장을 벗어나고 있음은 쉽게 알 수 있다. 그런데 이러한 성과의 근저에는 임진왜란과 이순신을 새롭게 해석하는 작가의 냉철한 시각이 존재한다. 조두진은 임진왜란을 민족적인 명분을 위한 전쟁이 아닌 일본 내 다이묘들의 정치적·경제적 이익을 위한 전쟁으로 규정한다. 이순신 역시 임진왜란 당시 중앙정부와 대척하는 일개 무관으로 파악한다. 일본군 무사의 "'우리 군대가 떠나고 난 뒤에 조선 임금에게 가장 두려운 적이 누구라고 생각하나? 조선의 수군 대장일 것이다. 자네가 조선의 임금이라면 수군 대장을 어쩌겠나?'"[3]라는 발화는 기존의 이순신 텍스트가 지니는 허구성을 정확히 지적한다. 이 작품에서 전쟁은 민족이나 그 외의 이데올로기적인 명분에 기인하는 것이 아니라, 다이묘들의 이익이나 조선 정부 내부의 권력 다툼에 기인한다. 따라서 기존의 임진왜란 텍스트에서 이순신을 민족적 영웅으로 구성한 것은 치명적인 모순을 지닌다. 이들 텍스트들은 이순신이 퇴각하는 일본군을 향해 자살 특공대에 가까운 무리한 공격을 감행한 까닭을 설명할 수 없다. 왜냐하면 내셔널 히스토리는 민족 구성원 내부의 다툼을 봉쇄시킴으로써 이순신과 조정 간의 갈등을 읽어내지 못하게 만들기 때문이다.

---

3) 조두진, 『도모유키』, 한겨레신문사, 2005, 198쪽. 이하 이 작품의 인용시 괄호 안에 인용한 쪽수만을 기입한다.

그렇다면 조두진이 새롭게 인식하고 제시하는 임진왜란의 리얼리티란 무엇인가? 그것은 텍스트를 소유할 수 없는, 그래서 역사에 자신들의 목소리를 기록할 수 없는 하위주체들의 이야기라고 할 수 있다. 이와 관련해서 『도모유키』에서 하급 일본군들이 출병하게 되는 까닭에 주목할 필요가 있다. 주인공 도모유키가 출병하는 까닭은 가난 때문에 팔려간 여동생 이치코를 사창가에서 구출하기 위해서이며, 히로시가 출병하는 까닭은 소작농에서 벗어나 땅을 지닌 자작농이 되기 위해서이다. 이러한 사정은 도네나 기타 하급 일본군들에게 공통적이다. 그들은 생존의 문제로 인해 출병한 것일 뿐, 여기에 이데올로기적 층위의 명분은 개입할 여지가 없다. 이는 조선인 포로들도 마찬가지다. 명외와 같은 조선인 포로들에게 일본군에 맞서 싸워야 한다는 이데올로기는 보이지 않는다. 다만 전쟁의 폭력 속에서 위협당하는 생존이 문제일 뿐이다.

따라서 도모유키가 자신의 여동생 이치코와 명외를 동일시하는 장면, "도모유키는 살려달라고 애원하는 여자의 얼굴에서 여동생 이치코를 보았다"(41쪽)는 진술은 매우 중요하다. 도모유키에게 여동생 이치코와 명외는 모두 역사의 텍스트에서 소거된 하위주체라는 점에서 동일한 존재다. 이는 이치코와 명외뿐만 아니라 도모유키와 같은 하급 군인이나 조선인 포로들도 마찬가지다. 거대한 내셔널 히스토리 속에서 소거된 하위주체의 목소리를 복원하는 과정에서 이들은 전쟁의 폭력과 생존의 위협이라는 리얼리티를 공유한다. 내셔널 히스토리의 모순에 대한 탐색을 통해 하위주체의 숨겨진 '역사'를 복원한다는 점이 『도모유키』의 성과다. 그리고 이 과정에서 내셔널 히스토리의 이면에 감추어진 소수자의 리얼리티를 인식하고 있다는 점에서 『도모유키』는 단지 해체주의적 역사인식에 멈추는 작품이 아니라 이를 뛰어넘어 하위주체들의 리얼리티를 발견한 작품으로 평가될 수 있다.

5. 소설과 세계와의 대면을 위하여

1980년대와 1990년대 초기의 고전적 리얼리즘은 투명한 주체에 의한 고정된 단일한 현실의 반영을 전제했다. 그것이 인식주체의 동일화의 욕망으로 인해 중층적으로 존재하는 다양한 리얼리티'들'을 배제하고 있다는 점은 충분히 지적되어야 한다. 하지만 여전히 리얼리티'들'에 대한 탐색은 중요한 의미를 지닌다. 소설이 세계와의 끊임없는 대면을 통해서 그 긴장감을 유지하지 못한다면, 결국에는 자폐적인 내면을 반복적으로 고백하거나 혹은 새로운 기법적 실험만을 강박적으로 좇게 될 따름이다. 지금 우리 소설이 그렇다. 현실과의 팽팽한 긴장감을 통해 우리 시대의 공안(公案)을 제기하고 이에 대한 적극적인 탐색을 시도하기보다는, 내면과 기법의 과잉으로 인해 현실과의 소통 의지를 상실한 듯 보이는 것이 지금 우리 소설의 현실이다.

일찍이 임화는 1930년대 후반 우리 소설을 세태소설과 내성소설로 비판했다. 소설이 세계와의 대면을 포기한 채 자폐적인 내면으로 침잠하거나 표면적인 쇄말성에 집착할 때, 소설이 지니는 인식론적인 사유와 미적인 형상화의 가능성은 사라진다. 세계에 대한 적극적인 대면과 인식에의 의지를 통해서만 소설은 그 시대의 가치와 윤리, 그리고 지향을 밝혀낼 수 있기 때문이다. 임화의 비판이 지니는 여러 가지 한계에도 불구하고 그가 지적한 소설과 세계와의 대면이란 문제가 여전히 유효한 까닭이 여기에 있다.

그러나 오늘날 리얼리티의 문제는 1930년대의 그것과 같을 수 없다. 이 문제는 반영과 재현의 차원이 아니라 표상과 재구성의 차원을 통해서만 해결 가능하다. 중층적으로 존재하는 리얼리티들은 단일한 중심으로 환원되지 않으며 각기 고유한 층위에서 작동한다. 이 리얼리티들을 탐색하고 새로운 형식으로 그려내는 것이 오늘날 리얼리티의 문제를 접근하는 방식이다. 현실을 구성하는 표상들을 인식하고 이것을 작품으로 재구성하는 것은 현대소설의 본질이다. 변화하는 후기자본주의 사회에 대한 사유와 이에 대응하는 인간에 대한 탐구를 통해 소설은 세계와 소통할 수 있다. 과거 리얼리즘은 객관적 반영론으로 현실의 문제를 환원시켜왔다. 그러나 객관적 반영론은 각각의 개체에 구체적으로 작동하는 이데올로기와 그 표상에 대해 설명하지 못한다. 따라서 우리 소설은 오늘날의 새로운 리얼리티를 탐색하는 방법을 고민해야 한다. 그리고 이것을 통해 인간의 삶에 대한 성찰과 윤리의 문제로까지 나아가야 한다.

박민규·권리·조두진의 작품들은 오늘날 리얼리티를 탐색하는 새로운 형식을 보여준다. 우화적 글쓰기를 통해 자본의 세계화를 공격하는 박민규, 현실과 환상의 경계를 넘나들면서 코스모폴리탄의 탄생과 그 윤리를 탐색하는 권리, 내셔널 히스토리의 전유를 통해 민족국가 단위를 넘는 하위주체의 역사를 복원하려는 조두진. 이들은 모두 각기 다른 형식으로 우리 시대의 리얼리티들을 탐색한다. 하지만 궁극적으로 이들의 작업은 소설이 어떻게 리얼리티들을 인식할 수 있으며 형상화할 수 있는가에 대한 물음으로 이어진다는 점에서, 공통적인 문제설정을 지닌다. 그 문제설정은 중층적으로 존재하는 현실의 문제들에 대한 새로운 미학적 형상화의 방식을 보여준다는 점에서 높이 평가할 수 있다. 나아가 이들의 작업이 소설과 세계가 관계 맺는 방식에 대한 새로운 모색으로까지 이어질 수 있기를 바란다.

환상의 형식으로 현현하는 리얼리티

1. 환상, 그 이데올로기적 '현실'

최근 한국소설에서 두드러지는 현상 가운데 하나가 '환상성'의 대두이다. 특히 이른바 '새로운 상상력'으로 특징지어지는 젊은 작가들에게 이러한 현상은 더욱 두드러진다. 그럼에도 이러한 문학적 '징후'에 대한 적절한 의미화는 거의 이루어지지 않고 있다. 이 '징후'를 현실과의 대결 의지를 포기한 것으로 부정하거나, 혹은 역으로 미메시스적 강박으로부터 자유로운 '젊은 상상력'으로 고평하는 것은 실상 의미가 없다. 중요한 것은 환상성의 '징후'가 지니는 컨텍스트적 맥락을 읽는 것이고, 이를 통해 정체불명의 '새로운 상상력'을 의미화하는 비평적 작업이다.

본격적으로 최근 소설의 '환상성'의 의미를 추출하기 전에 우선 환상을 바라보는 '편견'을 지적할 필요가 있다. 전통적인 리얼리즘적 규율을 중시하는 비평가들에게 환상은 현실로부터의 도피의 '반영'으로 독해된다. 이러한 관점에서 환상은 총체성과 이에 기반을 둔 전망을 상실한 '지지부진'한 한국문학의 현실을 드러내주는 병증에 지나지 않는다. 반면 정체 없는 '새로운 상상력'을 끊임없이 재생산하는 비평가들에게 환상은 무거운 현실의 미메시스적 반영으로부터 자유로운 '새로운 상상력'의 등장으로 평가된다. 이러한 관점에서 환상성은 1990년대 이후 지루하게 반복되어온 세대론적 '구별 짓기'를 통한 '젊은 상상력'의 근거 없는 '고평'의 근거로 사용된다.

하지만 과연 그런가? 이러한 극단적인 평가들은 표면적으로는 정반대의 관점에서 환상의 문제에 접근하는 것처럼 보이지만, 기실 최근 소설에서 두드러지는 환상의 의미를 온전히 복원하기보다는, 전대의 낡은 이분법적 사유 구도, 예컨대 리얼리즘 대 모더니즘, 혹은 현실 반영 대 문학주의라는 그릇된 관점에 기반을 두고 있다는 점에서 동일하다. 이러한 구도 아래 최근 한국소설에서 두드러지는 '환상'이라는 징후는 결국 선험적인 비평권력의 논의로 환원되어 그 문제성이 소거되어버린다.

오히려 논의는 다음과 같은 본질적인 문제설정에서 시작되어야 한다. 환상은 현실과 대립되는 개념인가? 환상을 단지 기법적인 '새로움'으로 평가하는 과정에서 간과된 진정한 '새로움'의 실체는 무엇인가? 나아가 환상이 보여주는 낡은 이분법적 대립 구도를 뛰어넘는 가능성과 징후는 무엇인가?

이러한 문제설정에는 환상이 단지 가상의 부유하는 존재가 아니라, 일정한 사회적 메커니즘에 의해 형성되어 유포되는, 우리에게 '실감'을 통해 현실로서 작동하는 엄연한 '리얼리티'라는 인식이 내포되어 있다. 후기자본주의사회에서 현실은 단일한 층위에서 가시적인 '총체성'의 형식으로 드러나지 않는다. 오히려 중층적인 차원에서 형성되고 유포되는 다양한 이데올로기'들'의 구체적인 형식으로 발현된다. 그런데 이 이데올로기들은 표면적으로는 모순이 없는 매끈한 형식을 지니지만, 그 내부에는 수많은 모순과 균열을 내포하고 있다. 이데올로기 자체가 가상을 실재로 믿게 하는 형식이기 때문에 이 지배적인 담론형식을 전복하는 것은 고전적인 미메시스의 층위가 아니라, 바로 이데올로기가 생성되고 유통되는 환상의 영역에서 가능하다. 따라서 환상은 지배 이데올로기들의 모순과 균열을 드러냄으로써, 그 틈새를 통해 지배 이데올로기들에 의해 억압된 '낮은 목소리'들을 복원할 수 있는 가능성을 지닌다.

이렇게 환상의 문제에 접근한다면 환상은 이데올로기적 '현실'에서 배제된 또 다른 '현실'을 '징후'로서 드러내는 유용한 형식으로 볼 수 있다. 그렇다면 '환상'은 현실로부터의 도피도, 동시에 막연한 새로운 상상력의 발현도 아닌, 새로운 리얼리티들을 나름의 방식으로 형상화하는 미학적 기획으로 독해될 수 있을 것이다. 그렇다면 이제 구체적인 작품들을 통해서 최근 한국소설들이 보여주는 환상과 그 컨텍스트적 의미를 읽어내고, 이를 통해 새로운 '리얼리티'들의 형상화라는 미학적 기획의 일단을 의미화하는 것이 비평의 몫일 것이다.

2. 규율권력의 틈새로 현현하는 리얼리티—김경욱의 경우

김경욱의 소설집 『위험한 독서』[1)]는 미메시스적 독법, 혹은 세대론적 구별 짓기의 독법으로는 결코 '위험한 독서'를 보여주지 않는다. 김경욱 특유의 지적인 글쓰기는 소설쓰기의 본질을 묻는다는 점에서 전

---

1) 김경욱, 『위험한 독서』, 문학동네, 2008. 이하 인용하는 김경욱의 모든 작품은 이 책에서 인용한 것이며 인용시 괄호 안에 인용한 작품명과 쪽수만을 기입한다.

통적인 '글쓰기'에 대한 일정한 '위험'을 보여줄지 모르지만, 이러한 전복적 사유가 현실과 관계 맺지 못한다면 그 '위험'이란 매우 협소한 층위에 국한되기 때문이다. 더욱이 김경욱이 그의 초기 작품에서 보여준 실험적이고 지적인 글쓰기가 이미 그 전복성을 상당 부분 지배문화에 포섭당한 지금, 진정 '위험한 독서'는 다른 독법을 통해서만 가능하다.[2)]

김경욱의 『위험한 독서』를 관통하는 주제는 '규율권력'의 문제이다. 결코 가시적인 방식으로 작동하지 않으며 일상의 미시적인 층위를 장악함으로써 지배적인 이데올로기를 '몸'에 각인시키는 메커니즘에 대한 탐구가 이 소설집의 주된 주제이다. 그래서 다음과 같은 문장은 인상적이다.

고개를 돌리거나 자리에서 일어날 때 어지럼증을 느낀다면 세반고리관 이상을 의심해야 한다. 이비인후과 의사는 현기증을 호소하는 나에게 세반고리관에 돌가루가 들어가서 그렇다고 했다. 귓속의 이석에서 떨어져나온 돌가루라는 설명이었다. (중략) 돌가루 제거시술을 받자 증상은 사라졌다. 그러나 밥을 먹다 울컥 울화가 치밀거나 대화 도

---

2) 이런 맥락에서 서영채의 다음과 같은 지적은 흥미롭다. "(중략) 김경욱이 끌고 들어온 것은 대중문화로 표상되는 문화적 저항의 몸짓이었다. 그럼으로써 그는 현실의 질서에 대해 아웃사이더이고자 했다. 그러나 그것 또한 이미 유효한 대안이기는 어려웠다. 정치적 저항을 바탕에 깔고 있을 때에만, 그것의 그림자 속에 있을 때에만 문화적 저항도 의미 있는 것이 되겠기 때문이다. (중략) 요컨대 소설가로서 김경욱은 문화적 아웃사이더이고자 했으나, 그의 청년 시대는 이미 문화적 아웃사이더를 위한 충분한 공간을 확보하지 못하고 있었다는 점이 문제라는 것이다."(서영채, 「해설—작가는 어떻게 태어나는가」, 김경욱, 『위험한 독서』, 277~278쪽) 그러나 이 '문화적 저항'이 그 의미를 상실한 지금, 어떤 면에서 김경욱이 '위험'할 수 있는가의 문제를 추상적인 "작가로서의 성숙"이나 "소설기계"라는 호명으로 단순화하는 순간, 서영채의 지적 역시 그 '위험'성을 상실하고 만다.

중 구역질이 올라와 화장실로 달려가지 않을 도리가 없을 때 나는 내 마음의 세반고리관에 돌가루라도 들어갔는지 의심하게 된다. 세반고리관은 균형에 관여하는 기관이란다. (「고독을 빌려드립니다」, 169쪽)

주인공은 "고개를 돌리거나 자리에서 일어날 때" 어지럼증을 느낀다. 의사는 이에 대해 '세반고리관'의 이상이 원인이라고 진단한다. 그러나 수술 이후에도 주인공의 증상은 지속적으로 나타난다. 왜냐하면 그에게 '세반고리관'은 의학적인 '실체'가 아니라 "마음의 세반고리관"이며, 무엇보다 "균형에 관여하는 기관"이기 때문이다. 즉, 이 작품에서 '세반고리관'은 주인공의 '균형'을 관장하는 '마음'의 층위에서 작동하는 기제이다.

그런데 위의 인용문에서 주인공이 이 '세반고리관'의 이상을 느끼는 상황이 주목된다. 그는 "고개를 돌리거나 자리에서 일어날 때" 그 증상을 느끼는데, 이는 곧 누군가가 자신을 '호명'할 때 "어지럼증"을 느낀다는 진술과 동일하다.[3]

그렇다면 누가 '나'를 '호명'하는가? 문제는 '나'의 직업이 바로 '듣는 것'이라는 점이다. '나'는 "특별한 '속삭임'을 무기로 고객의 변심과 근접전을 벌이는 기동타격대"인 "홈쇼핑 고객 관리부 특별관리팀의 팀장"(「고독을 빌려드립니다」, 173쪽)이다. 즉, '나'의 인상은 끊임없이 자신을 호명하는 존재의 '말'을 듣는 것으로 구성된다. 따라서 그는 결코 '세반고리관'의 이상을 벗어날 수 없다. 왜냐하면 그의 삶 자체가 '홈쇼

---

3) 이와 관련하여 같은 작품의 다음과 같은 진술 역시 주목된다. "내 고종사촌도 고개를 돌리기만 하면 구역질을 했다니까. 뒤에서 자기를 부르는 걸 제일 싫어했어. 자신도 모르게 고개가 홱 돌아가버리니까."(「위험한 독서」, 184쪽)

핑 고객 관리부 특별관리팀의 팀장'으로 호명되고 규정되기 때문이다. 따라서 그의 증상은 이러한 호명 기제로부터 벗어난 상태인 "고독"(「고독을 빌려드립니다」, 185쪽)을 통해서만 치유 가능하다.

그런데 그의 '고독'은 역설적이게도 다른 '홈쇼핑'을 통해서 '대여'한 것이다. 따라서 이 '고독'은 온전히 '나'의 것이 아니라 다른 '호명', 즉 '대여자'로써의 주체성을 부여받음으로써만 존재할 수 있는 한정적인 것이다. 이는 그의 '고독'을 표상하는 『마의 산』의 독서가 '홈쇼핑' 회사에 의해 관장되고 있음에서 단적으로 드러난다. '나'는 『마의 산』의 독서를 통해 '고독'을 향유하고자 하지만, 이 독서는 결국 매회 계속해서 "처음부터 다시 읽기 시작"(「고독을 빌려드립니다」, 193쪽)해야 하는 메커니즘을 벗어나지 못한다.

따라서 '나'에게 대여 사이트를 가르쳐 준 K가 결국 '실종'되는 것은 필연적이다. 일상을 관장하는 메커니즘으로부터의 불안정한 '도피'는 종국에는 K가 스스로 자신의 존재를 지움으로써만 완성되기 때문이다. 이는 '나'에게도 마찬가지인 바, 처음 '균형'을 찾기 위해 대여한 '고독'을 유지하기 위해서는 "균형을 잃지 않기 위해 나는 필사적으로 발을 놀"(「고독을 빌려드립니다」, 196쪽)려야 하기 때문이다.

결국 '나'는 어떠한 방법으로도 삶을 관장하는 호명의 메커니즘을 벗어날 수 없다. '세반고리관'은 언제, 어느 곳에서나 작동하는 호명의 메커니즘의 알레고리이다. 이 '세반고리관'의 병증을 극복하기 위해 다른 '호명' 기제를 '대여'한다고 하더라도 이는 '대여자'라는 새로운 호명 기제를 수용함으로써만 가능하다. 따라서 '나'는 처음부터 잘못된 처방을 택한 셈이다. K가 스스로의 '실종'을 대여하는 것과 같은 방식으로는 '세반고리관'의 이상을 치유할 수 없다. 문제는 호명을 통해 발현되는 규율권력과의 '대면'이지 고독으로의 '도피'가 아니기 때문이다. 이

'도피'는 결국에는 「황홀한 사춘기」에서와 같이 호명의 메커니즘의 재생산 주체로 스스로를 타락시킨다는 점에서 비윤리적이다.

그렇다면 이 빈틈없이 매끈한 규율권력과의 대면은 어떻게 가능한가? 기실 이 지점에 김경욱에 대한 '위험한 독서'의 가능성이 존재한다. 그는 표면적으로 매끈한 듯 보이는 규율권력의 틈새로 현현하는 '리얼리티'를 포착함으로써 우리의 삶을 관장하는 메커니즘을 인식한다.

> 테러라니. 그 자리에서 아연실색한 것은 나뿐만이 아니었을 것이다. 텔레비전 뉴스나 영화에서나 보던 불타는 차량, 화염에 휩싸인 채 폭삭 주저앉는 건물, 구급차에 실려가는 부상자들의 모습이 눈앞에 어른거렸다. 햄버거빵을 데우다가 쇠고기패티를 굽다가 감자를 튀기다가 정체를 알 수 없는 누군가로부터 예측할 수 없는 순간에 계산할 수 없는 방법으로 공격당한다는 상상은 즐겁지 않았다. 확정되지 않은 위협은 확정되지 않았다는 이유로 더욱 위협적이었다. 테러야말로 맥도날드 정신에 역행하는, 반맥도날드적 행동양식이 아닐 수 없었다. (「맥도날드 사수 대작전」, 52쪽)

「맥도날드 사수 대작전」은 삶을 "맥도날드화"하는 지배 이데올로기의 메커니즘을 단적으로 보여준다. 이 "맥도날드화"란 "인종과 언어를 종교와 이데올로기를 초월해서 단일한 과정으로 '표준화'"(「맥도날드 사수 대작전」, 46쪽)하는 메커니즘이며 "이를테면 우리 집의 의사소통과 가사노동뿐만 아니라 연애가, 심지어 남자친구의 성욕마저도 맥도날드화"(「맥도날드 사수 대작전」, 58쪽)하는, 빈틈없는 지배 이데올로기의 전일적인 관철 과정이다. 이 전일적인 "맥도날드화"는 일상의 층위를 장악한다는 점에서 고전적인 권력과는 다른 규율권력의 성격을 지닌다.

따라서 "맥도날드화"는 억압과 배제라는 고전적인 방식이 아닌 자발적인 '동의'를 통해 이루어진다. 이 동의는 '테러'라는 가상의 적을 창출함으로써 이루어진다. 이 '테러'는 역으로 "맥도날드가 들어간 나라끼리는 전쟁을 한 적이 없다"(「맥도날드 사수 대작전」, 47쪽)는 '갈등 예방의 황금 아치 이론'을 정당화한다.

그러나 이 규율권력은 우연한 방식으로 그 틈새를 드러낸다. 지배 이데올로기 자체가 모순의 통합물인 까닭에, 이에 기반을 두고 움직이는 규율권력 역시 징후적으로 모순을 재현하는 것이다. 이 모순의 틈새로 현현하는 리얼리티에 대한 인식이 김경욱이 보여주는 진정한 '위험성'이다.

예컨대 햄버거를 주문한 고객은 '인도인'이라는 이유로 "적색경보상황"(「맥도날드 사수 대작전」, 61쪽)이라는 규율권력을 작동시킨다. 그러나 이 "적색경보상황"은 가상의 지배 이데올로기에 불과하기 때문에 결국 한낱 "소동"(「맥도날드 사수 대작전」, 65쪽)에 그치고 만다. 이 지점에서 김경욱은 규율권력이 작동하는 메커니즘을 인식한다. '테러'라는 가상의 이데올로기는 그것이 우리의 자발적인 '동의'를 통해 승인될 때 비로소 구체적인 리얼리티의 층위로 현현한다. 그러나 동시에 이 이데올로기가 가공의 현실에 불과함을 인식할 때, 우리는 그 틈새로 현현하는 다른 '리얼리티'를 인식할 수 있다.

김경욱은 이 동의의 메커니즘의 배후를 탐색한다. 자발적인 이데올로기에 대한 '동의'는 기실 "특별수당의 금액만큼만 교환"(「맥도날드 사수 대작전」, 60쪽)되는 것이다. 교환되는 것이기에 그것은 불안정하다. "적색경보상황"이라는 이데올로기와 이에 기반을 둔 규율권력이 "특별수당"에 의해서만 움직이는 불안정한 '가상'에 지나지 않는다는 인식이야말로 김경욱이 현재에도 '위험한' 이유이다. 우리가 지배 이데올로기에 '동의'할 때, 그 이데올로기는 온전한 '현실'로 현현한다. 그러나 그 이데올로기의 메커니즘을 인식할 때, 우리는 다른 '현실'의 가능성을 읽어낼 수 있다. 그 가능성의 일단을 김경욱은 'XXXXX방X선', 즉 '제3세계해방전선'에 대한 다음과 같은 질문을 통해 보여준다.

> 무엇보다 첨예한 논란의 대상이 된 것은 맨 마지막 줄, 그러니까 전단을 살포한 주체였다. '청담동진단방사선'부터 '각종수입가방수선'이나 '물좋은노래방알선'까지 의견은 분분했고 분분한 만큼이나 전단을 살포한 장본인의 정체는 오리무중이었다. (중략) 우리에게 중요한 것은 괴전단의 원형을 복원하는 것이 아니라 본래의 형태를 잃어버림으로써 무의미해진 전단에 나름대로 의미를 부여하는 것이었다. (「맥도날드 사수 대작전」, 50~51쪽)

'제3세계해방전선'이라는 가상의 '적'은 맥도날드 매장의 '크루'들에 의해 '청담동진단방사선'이나 '각종수입가방수선', 나아가 '물좋은노래방알선'이라는 전혀 다른 '리얼리티'로 생성된다. 지배 이데올로기가 의도하는 규율권력의 언어가 훼손된 순간, 그 틈새를 비집고 현현하는 '크루'들의 발랄한 상상력은 전혀 다른 '위험한 독서'를 수행한다. 이 '위험한 독서'야말로 '제3세계해방전선'으로 표상되는 '테러'라는 지배 이데올로기를 전복시킨다는 점에서 김경욱의 작업은 여전히 '위험함'을 보여준다.

김경욱이 그의 초기 작품에서 보여준 텍스트에 대한 지적인 접근들, 그리고 하위문화를 통한 '게토'의 형성이라는 프로젝트는 더 이상 '위험'하지 않다. 그러나 김경욱은 일상을 관장하는 지배 이데올로기와 규율권력의 배후와 틈새를 집요하게 탐색한다. 이 틈새를 통해 그는 다시, '위험한 독서'를 가능하게 하는 바, 이 지점에 김경욱의 '환상성'이 지니는 불온함이 존재한다.

3. 유령과의 대화와 소수자의 발화형식—황정은의 경우

황정은의 소설집『일곱시 삼십이분 코끼리 열차』[4]에서 주목되는 것은 '유령'의 존재이다. 그녀의 작품에는 빈번하게 '유령'이 등장하는데, 이를 단순히 일종의 '변신담'으로 독해하는 것, 그리고 이를 섣불리 정신분석학적인 틀로 환원하는 것은 그녀의 작품이 지니는 파괴력을 감소시킬 따름이다. 왜냐하면 그녀의 작품의 '유령'은 특정한 컨텍스트적 맥락에서 현현하는 존재이기 때문이다. 이 맥락을 '이야기'라고 할 수 있을 것이다.

황정은 소설에 등장하는 '유령'들은 모두 '이야기'와 관련되어 있다. 예컨대 「문」에 등장하는 유령인 '두리안'은 "어느 순간엔가 자기 자신에 대한 의무도 버리고 말[言]도 버리고 의욕도 버린 채로"(「문」, 28쪽) 자살하여 유령이 되고, 「일곱시 삼십이분 코끼리열차」의 파씨는 어렸을 때의 "물리적인 형태가 느껴지는 악담들"(「일곱시 삼십이분 코끼리열차」, 72쪽)로 인해 '유령'이 된다. 「곡도와 살고 있다」의 곡도 역시 "우리는 얘기 듣는 거 굉장히 좋아한다고요"(「곡도와 살고 있다」, 168쪽, 글씨체는 원

---

4) 황정은,『일곱시 삼십이분 코끼리 열차』, 문학동네, 2008. 이하 인용하는 황정은의 모든 작품은 이 책에서 인용한 것이며 인용시 괄호 안에 인용한 작품명과 쪽수만을 기입한다.

문, 이하 동일)라고 말하는 존재이다.

이런 면에서 황정은의 작품은 유령과의 '이야기'에 대한 소설이라고 할 수 있다. 그렇다면 다음과 같은 질문이 가능하다. 왜 유령인가? 그리고 왜 하필 이야기인가? 나아가 이 유령과의 이야기라는 환상담이 함축하고 있는 의미는 무엇인가?

유령은 실체가 아니다. 우리가 살아가는 세계에서 배제된 비체일 따름이다. 그러나 황정은의 작품에서 유령은 실체로 등장한다. 이 역설을 통해 황정은은 우리가 '현실'로 인식하는 세계 이면에, 바로 '유령'이 엄연히 존재하고 있음을 보여준다. 우리가 '현실'로 인식하는 세계란, 기실 '유령'으로 표상되는 타자들에 대한 배제의 메커니즘을 통해 구성된 '가상'의 이데올로기에 불과하다. 그렇다면 유령은 이 지배 이데올로기에 의해 추방된 사회적 소수자들의 표상으로 해석될 수 있다.

그런데 이 사회적 소수자들이 배제되고 추방되는 까닭은 무엇인가? 그것은 이들이 주류적인 지배 이데올로기의 발화형식과는 다른 발화형식을 지니고 있기 때문이다. 그리고 이 유령들이 지속적으로 현현하는 까닭 역시 소수자의 발화형식으로 '이야기'하고자 하는 욕망에서 비롯된다.

흘러내릴 것처럼 의자에 몸을 푹 가라앉힌 채, 두리안은 미소를 짓고 있었다. 조금 전보다도 더 흐릿해져서, 머리와 가슴 일부를 제외하고 벌써 많은 부분이 눈에 보이지 않았다. m은 그것을 지적했다.

상관없어. 두리안이 말했다. 이제 가장 무겁고 무서운 말들이 사라졌으니까, 얼마든지 흐릿해져도 괜찮아. (「문」, 33쪽)

두리안이 죽은 후에도 굳이 유령의 형식으로 다시 현현하는 것은 바로 자신의 "가장 무겁고 무서운 말들"을 하고자 하는 욕망에 기인한다.

그런데 이 이야기는 유령이 되어서야 말할 수 있는 것이다. 왜냐하면 그 이야기는 "무서운 얘기"(「문」, 27쪽)이기 때문이다. 노숙자인 두리안의 이야기는 사회적 소수자를 배제한 채 구성되는 우리의 안온한 '현실'을 의심하게 만든다는 점에서 '무서운 얘기'이다. 우리의 '현실'은 "양복을 입은 파수꾼"(「문」, 31쪽)을 통해 두리안의 이야기를 소거시킴으로써 구성되고 작동한다. 그렇기 때문에 두리안의 이야기는 그가 유령이 되어서야 발화될 수 있다.

이는 「곡도와 살고 있다」에서 더욱 뚜렷하게 나타난다. 주인공 G는 곡도에게 여러 가지 이야기를 해주지만 곡도는 언제나 "하나도 재미없네요, 그 얘기"(「곡도와 살고 있다」, 171쪽)라는 반응을 보일 뿐이다. 왜냐하면 기실 G의 이야기는 "입속에서 말을 뭉개며 우왕좌왕하다보니 이제는 정말, 말하고 싶은 것이 없어서 말할 것이 없는 게 아니고, 말할 것이 없어서 말하고 싶지 않은 것이 되어버린"(「곡도와 살고 있다」, 169쪽), 즉 지배적인 발화형식에 갇혀 버린 이야기이기 때문이다. 유령의 이야기는 소수자의 발화형식이기 때문에, 지배적인 발화형식의 G의 이야기는 곡도에게 재미없을 수밖에 없다. 이는 곡도를 분실했을 경우 곡도를 기르는 사람들이 "특정한 어휘를 잃었다는 보고가 다수 접수된 바"(「곡도와 살고 있다」, 179쪽) 있다는 진술에서 더욱 명확해진다. 곡도가 유령이기 때문에 곡도는 소수자의 발화형식을 사용하며, 따라서 곡도의 분실은 곧 소수자의 발화형식, 즉 "특정한 어휘"의 분실로 이어지기 때문이다.

그러나 소수자의 발화는 언제나 지배적인 발화에 의해 억압된다. 따라서 유령의 이야기는 단단한 '현실'의 장(場)에서는 발화될 수 없다. 두리안의 이야기는 어디로 가는지 모르는 버스 안에서만 가능하며, 곡도와의 이야기는 곧 곡도의 잔상으로 인한 '곡도의 무더기'로 이어진다.

이러한 맥락에서 '일곱시 삼십이분 코끼리열차'란 이 책의 제목은 주목되어야 한다. 분명히 현실 속에서 "입구로 나오는 마지막 코끼리열차는 일곱시 이십분"(「일곱시 삼십이분 코끼리열차」, 81쪽)에 있다. 그런데 이 작품의 제목은 '일곱시 삼십이분 코끼리열차'이다. 그렇다면 결국 파씨-나와 기린은 현실에서 존재하지 않는 코끼리열차를 기다리는 셈이다. 현실의 세계, "거기에 파씨는 없었다."(「일곱시 삼십이분 코끼리열차」, 87쪽) 파씨가 나의 분신의 형태를 띤 유령이기에 그는 현실의 세계에 존재하지 않는다. 그럼에도 나는 파씨와의 '이야기'를 계속하고자 한다. 그 이야기는 바로 유령의 이야기이기 때문에, '일곱시 이십분'이 아닌 '일곱시 삼십이분'의 코끼리열차에서만 가능한 것이다.

유령이 현실의 지배적인 발화형식과는 다른 이야기하기를 욕망한다는 것, 그리고 그 다른 이야기가 무엇보다 "특정한 어휘"를 통한 "가장 무겁고 무서운 말"이라는 것, 나아가 현실에는 존재하지 않는 '일곱시 삼십이분 코끼리열차'에서만 가능하다는 것은 무엇을 의미하는가? 유령이 우리가 현실로 믿는 지배적인 발화형식에 의해 배제된 비체라면, 그리고 우리의 안온한 삶은 이들을 배제함으로써 구성된 가상의 것이라면, 우리 시대의 소설의 윤리는 무엇보다 이들의 '낮은 목소리'를 복원하려는 시도로부터 시작되어야 한다.

황정은이 보여주는 유령과의 대화는 결국 소수자의 발화형식을 복원하려는 의지의 소산이다. 그녀는 소수자의 발화형식을 유령으로 표상되는 환상성을 통해 복원한다. 소수자의 목소리는 단단한 현실의 발화형식과는 다른 독자적인 형식을 통해서만 복원가능하기 때문이다. 이와 같이 황정은의 환상성은 기법적인 층위의 '새로운 상상력'에 머무는 것이 아니라 새로운 소설의 윤리를 모색하는 유력한 기제로서 사용되고 있다. 이 성과는 범람하는 '새로운 상상력'의 구체적인 성과를 보여준다는 점에서 주목된다.

4. 보이지 않는 (무)중력과 '구보'의 글쓰기―윤고은의 경우

윤고은의 장편소설 『무중력 증후군』[5]은 발랄한 상상력이 구체적인 현실과 결부될 때, 비로소 그 문학적 성과를 거둘 수 있음을 보여주는 작품이다. 이 작품이 단지 범람하는 '새로운 상상력'의 기법적 층위에 한정되지 않는 성과를 거두는 것은 작품을 관통하는 공시적인 현실 인식과 통시적인 문학사적 인식이 꼼꼼하게 결합되어 있기 때문이다.

공시적인 층위에서 윤고은은 현실을 부정하는 '무중력'의 상상력을 보여주지만, 동시에 엄연히 현실에 존재하는 '중력'의 힘을 간과하지 않는다. 그녀는 '무중력'의 상상력이 '중력'에 의해 '관리'되는 냉혹한 메커니즘을 탐색한다. 표면적으로 '달'의 번식과 이에 기반을 둔 '무중력'의 상상력은 현실의 '중력'을 거부한다는 점에서 환상의 전복성을 보여준다.

> 달이 번식한 후, 지구 곳곳에 두더지처럼 숨어 있었던 무중력자들이
> 거리로 나왔다. 아니, 숨어 있었다는 표현보다는 적응하는 척했다는
> 말이 더 맞을 것이다. 그들은 본심을 숨기고 지구에 동화돼 왔으니까.
> 그들의 본심이란 물론 중력을 거부하는 것이다. (27쪽)

'중력'이 기존 현실의 질서를 의미한다면, '무중력'은 현실의 단단한 질서를 부정하는 전복적인 상상력을 의미한다. 이 '무중력'을 통해 "지구 곳곳에 두더지처럼 숨어 있었던 무중력자들", 즉 전일적인 자본주의적 질서에 "적응하는 척"했던 소수자들은 비로소 '커밍아웃'할 수 있게

---

5) 윤고은, 『무중력 증후군』, 한겨레출판, 2008. 이하 이 작품의 인용시 괄호 안에 인용한 쪽수만을 기입한다.

된다. 예상치 못했던 '달의 번식' 앞에서 강고한 '중력'으로 표상되는 자본의 질서는 '무중력' 상태로 돌입한다. 이 지점에서 직장의 서열관계는 '사표'로 무화되고, 촉망받는 고시준비생인 형은 요리사가 되고자 하며, 가부장적 질서에 억눌려 있던 어머니는 급기야 '가출'을 감행한다.

그러나 이러한 '무중력'의 상상력은 엄연히 세계를 장악하고 있는 '중력'의 존재에 대한 냉철한 인식과 결합되지 못하면 일회적인 '해프닝'에 그치고 만다. 왜냐하면 '중력'으로 표상되는 자본의 메커니즘은 '무중력'마저도 '상품'으로 만드는 제국이기 때문이다. 아니, 보다 엄밀하게 말하자면 '무중력'의 계기인 '달의 번식'마저도 기실 자본에 의해 만들어진 '상상력'의 현현일 따름이다.

일곱 번째 달은 뜨지 않았다.
일곱 번째 달은 뜨지 않았다, 고 사람들이 말했다. 사람들이 경악했다. 몇몇 중요한 사람들이 그럼 여섯 번째 달을 찾아봐, 라고 말했을지도 모른다. 여섯 번째 달도 보이지 않아요, 그럼 다섯 번째 달을 점검해봐! 다섯 번째 달도 없어요! 그럼 몇 번째 달이 있는데?
하나밖에 없어요.
그렇게 달의 환락이 끝났다. (275쪽)

'무중력'의 상상력은 결국 '중력'에 의해 만들어진 가상의 이데올로기에 지나지 않는다. 이는 '무중력증후군'이 퓰리처의 '기사'에 의해 만들어진 존재라는 점에서 확연히 드러난다. 따라서 '무중력증후군'은 결코 '무중력'의 공간에 있는 '전복적 상상력'이 아니라, '중력'에 의해 철저히 관장되는 '자본'의 변형태일 따름이다. 따라서 '무중력증후군'을 가능하게 했던 '달의 환락'이 끝난 후, 다시 퓰리처에 의해 '만년필증후군'이 '발명'되는 것은 필연적이다. 끊임없이 가상의 이데올로기를 생성하고 유통시킴으로써만 자본은 개체를 자본주의적 '주체'로 호명할 수 있기 때문이다.

무중력의 상상력마저도 개체를 자본주의적 '주체'로 호명하는 중력에 의해 포섭될 수 있음을, 그 메커니즘의 외부는 존재하지 않음을 냉철하게 인식하고 있다는 점에서 윤고은의 작품은 가벼운 '새로운 상상력'과 구별된다. 그녀는 공시적 층위에서 무중력의 상상력과 중력의 메커니즘 사이의 권력관계를 정확하게 직시한다. 이 점에서 『무중력증후군』의 발랄한 상상력은 구체적인 현실의 층위에서 발현된다.

다른 한편으로 『무중력증후군』은 통시적인 층위에서의 문학사적 인식을 통해 후기자본주의 시대의 '문학(가)'에 대한 성찰을 보여준다. 바로 1930년대 박태원의 소설가 '구보'를 2000년대로 옮겨놓음으로써 이와 같은 성찰이 가능해진다. 1930년대 날카로운 고현학자의 시선으로 식민지 근대의 중층성을 읽어내던 구보는 2000년대 어떠한 방법으로 다시 후기자본주의 시대의 메커니즘을 읽어내는가?

"도회의 소설가는 모름지기 도회의 항구와 친하여야 한다."
이렇게 말했던 1930년대의 구보가 21세기에 태어났다면 항구로 갔을까. 글쎄, 더 이상 항구는 인간사를 낚을 수 있는 곳이 아니다. 현대판 항구는 보이지 않는 망 속에 존재한다. 이제 무언가를 낚기 위해서는 초고속 인터넷을 깔고 모니터 속으로 몰입해야 한다. (52쪽)

1930년대의 구보가 산책을 통해 '고현학'을 수행했다면, 2000년대의 구보는 "보이지 않는 망"에서 새로운 후기자본주의의 메커니즘을 탐구해야 한다. 1930년대가 백화점과 카페로 표상되는 근대성의 가시적 '과시'로 특징지어진다면, 2000년대의 후기 근대성은 비가시적인 메커니즘을 통해 스스로를 발현하기 때문이다. 이 점을 명징하게 인식하고 있다는 점에서, 윤고은의 문학사적 인식은 빛난다.

그러나 2000년대의 구보의 '무중력'의 상상력은 비극적인 방식으로 지금─여기의 '현실'을 증언한다. 왜냐하면 1930년대의 구보는 중일전쟁의 발발과 신체제의 도래라는 시대적 억압하에서 일련의 '사소설' 연작을 통해 신체제 '외부'에서 '성 밖의 고현학'을 수행할 수 있었지만,6) 2000년대의 구보에게 '보이지 않는 망'의 '외부'란 존재하지 않기 때문이다. 따라서 2000년대의 구보가 "사람들이 하나 둘 중력이 지배하던 사회로 돌아가는 동안, 구보는 진짜 무중력상태에 빠져버린 것"(239쪽)은 당연한 귀결이다. 이는 구보의 유일한 '외부'이던 '순두부'가 읽고 있는 책이 바로 『21세기 소설가 구보 씨의 일일』이라는 장면에서 정점에 달한다.

《21세기 소설가 구보 씨의 일일 》.

생소한 신인 작가가 쓴 작품이었다. 최근에 발표된 장편이니, 내 친구의 구보가 열심히 만들어지고 있었을 봄에, 혹은 그전 겨울에, 신인 작가의 구보도 자라나고 있었는지 모른다. 똑같이 자라나던 두 명의 구보 중에 한 명은 당당하게 활자화되었고, 다른 한 명은 서랍 속에서 멈춰버렸다. 발표된 소설을 읽지는 않았지만, 그 구보나 이 구보나, 저 구보나 이 구보는 다 구보일 것이라는 생각이 들었다. 이 애도 구보, 저 애도 구보, 어찌 보면 나도 구보, 너도 구보……. (242쪽)

---

6) 1930년대 후반기 이후 구보 박태원의 '사소설'의 문학사적 의미에 대해서는 이 책의 3부에 실린 「시대와의 '불화', 세계와의 '긴장'─일제 말기 한국 '사소설'의 문학사적 의미」에서 다루었다.

고현학을 통해 자본의 '외부'를 모색하던 구보는, 결국 사이버 공간이라는 또 다른 자본의 '내부'에 갇히고 만다. 그 결과 균질화된 자본주의적 주체화를 거부하던 구보는 "이 애도 구보, 저 애도 구보"라는 자본의 회로를 벗어나지 못한다. 마치 '무중력'의 상상력이 '중력'에 의해 만들어진 이데올로기인 것처럼, 구보가 후기자본주의사회의 메커니즘을 탐색하던 사이버 공간 역시 철저하게 자본에 의해 질서화된 공간이기 때문이다.

그러나 윤고은은 2000년대의 구보에게 다른 가능성을 부여한다. 1930년대의 구보는 「소설가 구보씨의 일일」에서 당대 굴절된 식민지 근대성을 질병의 환유로서 호명한다. 그런데 역으로 2000년대의 구보는 '만년필증후군'의 환자–범죄자로 호명된다. 이로 인해 2000년대의 구보는 "만년필을 갖고 있었다는 사실 하나만으로도 마치 연쇄적인 범죄의 무게를 모두 뒤집어쓴 것 같은 느낌"(278쪽)을 지니게 된다. 자본의 메커니즘이 구보의 '만년필'에 예민하게 반응하는 것은 무엇 때문인가? 바로 구보가 "무중력 판타지아 속에 들어가" 글을 쓰기 때문일 것이다. '무중력'의 상상력은 자본에 의해 유통된 '상품'일 따름이지만, 바로 그 '무중력'을 역으로 이용하는 상상력은 자본의 메커니즘에 대한 탐색으로 이어질 수 있다는 점에서 진정한 '무중력'의 전위성을 지닌다.

윤고은의 『무중력증후군』은 공시적인 층위에서는 무중력의 상상력이 지니는 전복성과 그 이면의 자본의 메커니즘에 대한 탐색을 냉철하게 보여주며, 동시에 통시적인 층위에서는 2000년대 구보의 글쓰기의 전위적 가능성을 탐색하고 있다는 점에서 주목되는 작품이다. 그러나 아직 윤고은의 작품세계가 어떠한 방향으로 전개될지에 대해서는 쉽사리 예측할 수 없다. 다만 그녀의 "무중력 판타지아 속"에서의 글쓰기가, 후기자본주의 시대의 변화된 현실과 문학의 관계 맺음에 대한 치열함으로 이어지기를 바랄 뿐이다.

5. 환상의 형식으로 현현하는 리얼리티

문학과 현실의 대면이라는 프로젝트는 진부하지만 여전히 중요한 미학적 · 실천적 과제이다. 이에 대해 가볍게 낡은 것으로 치부하는 것도, 혹은 과거의 방식만을 강변하는 것도 더 이상 아무런 의미를 지니지 못한다. 문제는 변화하는 '현실' 자체를 인식하기 위한 새로운 방법론을 모색하는 것이고, 최근 문학에서 구체적인 '징후'들을 적극적으로 읽어내는 것이다. 이러한 비평적 실천이 없을 때, 문학은 고답적인 영역에 스스로를 유폐시키거나, 혹은 앙상한 테제들의 지루한 반복만을 지속하며 소멸할 것이다.

이 글은 이러한 문제의식에서 출발했다. 리얼리즘 대 모더니즘, 혹은 현실 반영 대 문학주의라는 낡은 이분법적 구도를 넘어 최근 문학의 두드러지는 '징후'를 보다 급진적으로 해석할 수는 없을까? 그리고 이로부터 귀납적인 방식으로 문학의 전복성을 복원하기 위한 가능성을 모색할 수는 없을까? 물론 이와 같은 기획이 이 부족한 글에서 온전히 이루어질 수는 없다.

그러나 이 글에서 다룬 작품들에서 두드러지는 '환상'으로부터 현실의 '리얼리티'를 구성하는 메커니즘을 읽어내는 것은 분명 중요한 비평적 과제이다. 왜냐하면 우리의 삶을 지배하는 현실은 기실 자본에 의해 만들어진 가상의 이데올로기에 불과하며, 이 이데올로기의 '틈새'로 현현하는 환상들은 구체적인 컨텍스트적 맥락과 결부될 때, 또 다른 '현실'의 가능성을 열어내기 때문이다. 이데올로기적 호명에 의해 형성된 규율권력의 작동 메커니즘을 해부하는 김경욱, 지배적인 발화형식에서 배제된 '낮은 목소리'를 소수자의 발화형식으로 복원하는 황정은, 무중력의 상상력과 그 이면의 중력의 존재에 대한 냉철한 인식을 통해 2000년대 '구보'의 가능성을 모색하는 윤고은. 이들 작품의 환상성은 이 천박한 후기자본주의의 현실 '너머'의 다른 '리얼리티', 다른 삶의 가능성을 보여준다는 점에서 문학과 현실의 대면이라는 진부하지만 중요한 프로젝트의 한 사례로 평가될 수 있을 것이다.

2000년대 노동시의 새로운 가능성'들'

1. 시적 리얼리티라는 아포리아를 넘어서기

시적 리얼리티라는 개념은 성립 가능한가? 2000년대 노동시의 새로운 가능성'들'을 모색하기 위해서는 먼저 이에 대한 근원적인 성찰이 필요하다. 시의 장르적 특성상 객관 현실을 '총체적'으로 '반영'하고, '당파성'에 기반을 두고 '전망'을 제시하는 것은 원론적으로 불가능하다. 시적 형식은 소설의 형식과는 달리 주체와 대상 간의 합일의 언어화에 보다 적합하기 때문이다. 시적 형식은 주체와 대상 간의 단절을 설정하지 않으며, 따라서 시적 주체와 분리된 객관 현실이라는 개념 역시 성립하기 어렵다.

일찍이 식민지 시대, 임화가 '단편서사시'라는 형용모순의 형식을 고안했던 것은 이에 기인한다. 시적 리얼리티라는 개념 자체가 지니는 아포리아를 해결하기 위해 그는 단편서사시라는 형식을 제안한다. 그러나 그는 곧 스스로 이 형식을 부정할 수밖에 없었다. 이 형식은 시적 형식에 대한 근본적인 전복의 미학이 아니라, 시적 형식에 산문적 형식을 도입한 것에 멈추었기 때문이다.

1980년대 활발히 창작-유통되던 노동시 역시 이 문제를 미학적 층위에서 접근하지 못했다. 물론 다양한 노동시의 형식적 실험이 전개되었으나, 이 실험들 역시 임화의 경우와 마찬가지로 귀결되었다. 이야기시, 시사시, 보고시 등의 형식적 실험은 일정한 성취를 거두었으나 이는 엄밀하게 말해서 미학적 층위의 성과라기보다는 창작-유통 과정에서의 문예운동적 층위의 성과라고 해야 할 것이다.

그렇다면 1990년대 이후 급속한 노동시의 '붕괴' 현상을 단지 현실에서의 정세적 후퇴와 운동의 몰락만으로 해명하는 것은 편의적이다. 오히려 2000년대 새로운 노동시의 가능성을 논하려는 지금, 우리에게 필요한 것은 임화의 발본적인 고민이다. 주체와 대상 간의 합일을 장르적 특징으로 하는 시적 형식에 객관 '현실'의 문제를 어떻게 결합시킬 수 있을까? 비록 임화의 단편서사시의 실험이 시적 형식과 산문적 형식의 절충으로 귀결됨으로써 스스로 부정되었으나, 그가 보여준 시적 형식과 객관 현실 간의 미학적 관계 맺음의 문제제기는 여전히 유효하다.

시적 리얼리티라는 개념이 근본적으로 성립하기 어려운 것은 시의 미학이 주체와 대상 간의 합일의 지점에서 생성되기 때문이다. 그러나 이 정언테제에는 균열이 존재한다. 시적 주체는 단일하게 통일된 존재가 아니며, 시적 대상 역시 중층적이며 비가시적인 형태로 현현한다. 따라서 주체와 대상 간의 합일이라는 시의 장르적 특성은 고정된 형식이 아니다. 주체와 대상 간의 합일은 결코 주체에 의한 대상의 점유가 아니기 때문이다. 주체와 대상의 끊임없는 충돌과 그 과정에서 새롭게 생성되는 관계의 장면이 바로 시적 리얼리티이다. 임화가 간과했던 것이 이 지점이다. 그는 당파성을 담지한 주체를, 그리고 식민지 근대성의 모순을 내포한 대상을 선험적으로 설정했다. 따라서 주체와 대상 간의 충돌과 이를 통한 새로운 리얼리티는 발현될 수 없었다. 다만 선험적으로 이미 존재하는 주체와 대상의 강박적인 재현이 반복되었을 뿐이다. 그리고 이러한 한계는 1980년대 노동시에까지 지속되며, 노동시의 급격한 퇴조 역시 이미 내재되어 있던 미학적 한계에 의한 것이었다.

이 글은 여기에서 출발한다. 시적 리얼리티란 시적 주체와 대상 간의 충돌과 그 과정에서 생성되는 새로운 관계의 장면이라고 할 수 있을 것이고, 그렇다면 과거와는 다른 방식으로 시적 리얼리티의 긴장을 복원하는 징후들을 통해 2000년대 새로운 노동시의 가능성을 모색할 수도 있을 것이다. 구체적인 작품을 통해 그 징후들을 살펴봄으로써 임화의 고민을 넘어서는 단초를 마련하는 것. 이것이 새로운 노동시의 미학을 모색하는 비평의 몫이다.

2. 포획되지 않는 '흐름으로서의 노동'—백무산의 경우1)

백무산의 시적 변화를 살펴보는 것은 곧 우리 시대 노동시의 변화를 살펴보는 것과 같다. 1980년대 노동시에서 보고시라는 새로운 형식을 통해 구체적 현장성을 극대화한 『동트는 미포만의 새벽을 딛고』의 세세에서 1990년대 지열한 자기 성찰과 철학적 사유를 보여준 『인간의 시간』에 이르기까지 그의 시적 변화는 당대 노동시의 성과와 한계를 정확히 반영한다. 그렇다면 그가 2000년대 보여주는 노동시의 성과와 한계는 무엇인가를 살펴보는 것은 새로운 노동시의 가능성을 모색하려는 이 글에서 핵심적인 비평적 작업일 것이다.

---

1) 이 글에서 다루는 백무산의 모든 작품은 『거대한 일상』(창비, 2008)에 수록된 것이다.

2008년 발간된 그의 일곱 번째 시집 『거대한 일상』을 관통하는 시적 리얼리티는 노동 개념의 발본적인 내파와 재구의 과정이다. 과거 숭고한 미적 대상으로 형상화되었던 노동은 이제 그 자체가 인간의 구체적인 삶을 훈육하는, 그리하여 노동-기계를 강제하는 기제로 인식된다.

시계의 시간은/내 몸을 묵살하고/자기테이프처럼 자화되었네/기계 노동이 내 몸을 훈육해왔네/훈육되어 스스로 실토해온 시간

_「졸음」 부분

내 어미는 기계였지요/나도 훌륭한 기계를 꿈꾸었지요/내 어미의 어미는 시계였답니다/(중략)//당신의 심장에도 기계가 뛰고 있군요/당신을 낳은 이도 시계였군요

_「모가지」 부분

사회주의에서도 그는 위인이다/자본주의에서도 그는 절대적 위인이다/근면은 종교다 아니 노동은 인류의 종교다/근면이 탐욕의 다른 이름이 되어도/독점 훼손 파괴 고갈 멸종 착취 전쟁이 근면의 다른 이름이 되어도/근면은 다 구원된다/모든 근면은 하늘나라의 것이다//한 시대가 가고 새로운 시대가 왔노라고 노래하지만/그러나 아직도 그가 승리하고 있다

_「위인전」 부분

그에게 노동은 더 이상 숭고한 미적 대상이 아니다. 나아가 노동은 단지 주체 외부의 사물을 개조, 변화시키는 것이 아니라 바로 주체 자체를 포획하는 것으로 인식된다. 그것은 '몸'의 차원에서 운동하는 훈육 기제

이다. 이윤의 극대화를 위해 "시계의 시간은/내 몸을 묵살하고", 결국 "기계노동이 내 몸을 훈육해"온 것이다. 이 점에서 '모가지'가 비틀리는 닭과 나는 동일하다. 닭은 "시계"로서 "훌륭한 기계"를 꿈꾸었으며, 나 역시 노동의 물신화 속에서 "심장에도 기계가 뛰고 있"는 "시계"일 따름이다. 이는 단지 자본주의 생산양식의 문제만이 아니다. 생산력주의로 인해 구체적인 삶과 노동의 패러다임을 변혁하지 못한 "사회주의에서도" 노동의 물신화는 극복되지 못했다. 김수이의 지적과 같이 이 지점에서 백무산은 "노동시는 근본적으로 재편된 현실을 반영해 노동과 노동자에 대한 개념을 재정비해야 하며, 노동시의 영토는 노동현장을 넘어 인간의 삶과 세계 전체로 확대되어야 한다"[2]는 문제의식을 보여준다.

그는 이 지점에서 그 자체로 신성화되고 물신화된 노동 개념을 거부한다. 이러한 노동은 삶의 다양한 분기점을 규율화된 생산력의 틀로 환원한다. 문제는 강고한 질서에 포획된 노동을 넘어 주체의 삶을 재구성하는 힘으로서의 노동을 어떻게 재구성할 수 있느냐의 여부이다. 백무산은 주체에 의한 대상의 종속이라는 노동 개념을 내파한다. 이 고정된 노동은 대상에 의한 주체의 재구성을 생성할 수 없기에 죽은 노동이다. 대신 그는 본원적 의미의 노동 개념에 대한 극한적 사유를 보여준다. 본래 노동은 주체와 대상의 충돌을 통한 주체성의 변화와 고양을 가능하게 했다는 것, 그러나 죽은 노동이 집적되면서 대상이 주체에 의해 종속되어 더 이상 주체와 대상 간의 충돌을 매개하지 못한다는 것이 그의 근본적인 문제제기이다. 그는 다시 산 노동을 복원시키기 위해 주체와 대상 간의 충돌과 생성을 가능하게 하는 '흐름으로서의 노동' 개념을 표출한다.

---

2) 김수이, 「해설―푸르른 절연(絶緣)의 시학」, 『거대한 일상』, 창비, 2008, 166쪽.

누구는 나를 민족에 가두려 하고/누구는 나를 국가에 가두려 하고/누구는 또 나를 제국에 가두려 하나//나는 국토로부터 멀리/푸르고 망망한 곳에 있고자 한다//민족은 나를 가두어놓고 차별하였고/국가는 내게 사슬을 채워놓고 착취하였고/제국은 나를 노예로 삼고 전쟁기계로 만든다//나를 누구의 국토라 말하지 마라/어느 누구의 배타적 영토라 말하지 마라

_「생명의 이름으로」 부분

노동이 주체에 의한 대상의 포획으로 나타날 때, 그 노동은 흐름을 멈추게 되며 결국 고정된 단일한 중심으로서의 주체를 강화하게 된다. 본래 주체와 대상 간의 충돌을 통해 주체의 재구성을 가능하게 했던 노동이 주체에 종속되는 순간 그 의미를 잃는 것이다. 이런 맥락에서 '독도'를 "누구의 국토"나 "어느 누구의 배타적 영토"로 호명하는 것은 노동의 흐름을 '민족'이나 '국가', 나아가 '제국'으로 가두는 것에 다름 아니다. 민족, 국가, 제국이 죽은 노동의 축적의 다른 이름임을 상기한다면 이 시에서 '독도'는 단지 지리적인 의미뿐만이 아니라, "비주류와/하류계급과/아웃싸이더와/소수자이며/변방의 유민"의 표상이다. 이들은 "한줌 가진 것에 기대 비굴하게 오염되어/열정을 잃어버린" 죽은 노동의 집적물이 아니라, 바로 "희망 없는 '인류의 쓰레기'들과 땅을 잃은/뜨내기들"(「기대와 기댈 곳」)이다. 노동의 흐름은 이들 간의 차이에 입각한 연대를 통한 새로운 주체성의 형성으로 나아간다. 이 지점에서 생성되는 시적 리얼리티가 백무산이 새롭게 제기하는 노동시의 가능성이다. 그 가능성은 죽은 노동의 집적물인 중심이 아닌 주변에서, 노동의 규격화에 따른 동일성의 원리가 아닌 이질성의 원리에서, 그리고 주체와 대상의 이분법적 사유가 아닌 흐름으로서의 노동을 통한 이들 간의 충돌을

통해 현상한다. 이를 뛰어난 시적 언어로 형상화한 작품이 바로 「비」이다.

나는 내린다/꿈은 언제나 솟아오르지만/쉼없이 쏟아져내린다/처음엔 과열된 꿈을 식히는/존재의 낭만적인 슬픔인가 했더니/속도는 번득이는 모서리들을 허물더니/형체들 알아볼 수 없을 지경으로 낙하하더니/눈물보다 빠른 속도로 추락하더니//난파선처럼 자신을 허물기 시작했네/손에 들린 것 몸에 실린 것/애당초 몇푼어치 되지 않은 것들도/마음으로 들고 있던 억만금도 태산도 내던졌네/내던지고서야 속도가 늦추어지네 멈칫/비눗방울처럼 둥실 떠올랐네//그러자 바닥이 달려오네/사막과 타는 자갈밭이 달려오네 이마에 가까워오네/남은 일은 종말을 기다리는 일 산산이 부서지는 일/뛰어들 곳을 찾았으나 아무것도 보이지 않고/안개 속에 어렴풋 잿빛 강이 보이네/안간힘을 다하고 눈을 찔끔 감았네//억겁 시간이 흘렀고 눈을 떴을 때/누군가의 따뜻한 두 팔에 안겨 있었네/출렁이는 젖가슴 같은 강이었네/송곳 같은 숙명을 둥글게 감아 안는 강 같은 품이었네/하류로 흘러와 생은 기도처럼 숙연해져/낙하하는 자의 품이 되기도 하고/흘러, 존재는 증발하고 흐름만 남기네/꿈을 꾸듯 숙명은 다시 쏟아져내릴 것이네/다시 그리고 다시/매번 다르게

_「비」 전문

비로 표상되는 주체의 하강은 단순한 낙하를 의미하지 않는다. 선험적인 "꿈은 언제나 솟아오르지만", 기실 진정한 '꿈'은 흐름으로서의 노동을 통한 주체의 재구성을 통해서만 가능하다. 따라서 주체는 하강을 통해 "자신을 허물기 시작"한다. 이때 대상과의 충돌을 가능하게 하는 것이 바로 "산산이 부서지는 일", 즉 흐름으로서의 노동이다. 이를

경과한 후에야 비로소 새로운 주체성이 생성된다. 그러나 그 주체는 대상을 종속시킴으로써 죽은 노동을 집적하는 존재가 아니라 "존재는 증발하고 흐름만 남기"는 '과정으로서의 주체'이다. 이 주체는 흐름으로만 존재하며 따라서 대상과의 충돌을 통해 "매번 다르게" 현현하는 시적 리얼리티를 체현한다. 주체와 대상은 흐름으로서의 노동을 통해 충돌하며 새로운 시적 리얼리티의 장면을 생성한다.

백무산의 『거대한 일상』은 기존 노동시가 보여준 노동의 신성화가 기실 주체에 의한 대상의 종속으로 이어지고 있음을, 그리하여 결국 노동이 고정된 주체로 집적되어 사물화되고 있음을 날카롭게 인식하고 있다. 이는 비단 자본주의 체제의 문제뿐 아니라, 그가 과거 지향했던 생산력주의에 입각한 사회주의적 프로젝트의 근본적인 실패 요인이기도 했다. 그는 이 지점에서 노동 개념을 급진적으로 재구성한다. 주체와 대상 간의 충돌과 생성을 가능하게 하는, 그 현현의 성과를 주체에 집적시키는 것이 아니라 끊임없이 흐르도록 하는 '흐름으로서의 노동'이 그것이다. 주체 자체를 "다시 그리고 다시/매번 다르게" 재구성하며 대상과의 새로운 관계 맺음을 통한 존재의 변이를 모색한다는 점에서 그의 흐름으로서의 노동의 시적 형상화의 성과가 존재한다.

그럼에도 백무산의 시적 사유는 좀 더 다듬어질 필요가 있다. 그의 시에서 흐름으로서의 노동은 빈번히 추상적인 선(禪)적 사유로 환원된다. 물론 선적 사유가 흐름으로서의 노동과 일정한 공통성을 지니는 것은 사실이다. 그러나 구체적인 현실 층위에서 전개되는 충돌의 과정을 추상적인 종교적 심급으로 환원시킨다면, 과거 노동시가 설정한 선험적 주체를 또 다른 선험적 주체로 치환시킬 위험이 존재한다. 흐름으로서의 노동이 의미를 지니는 것은, 그것이 구체적인 현실의 층위에서 노동-기계로서의 주체를 전복할 때만 가능하다. 1990년대 이후 그가 보여준 일종의 구도론적 시론의 한계를 극복하기 위해서는 시적 리얼리티가 현현하는 구체성에 기반을 둔 시론의 모색이 필요하다. 이 지점에서 백무산은 머뭇거리고 있다. 그러니 그의 시의 한 구절처럼, 그의 시론 역시 "부지기수의 종말"(「종말론」)을 감행해야 한다. 바로 그곳에 흐름으로서의 노동을 통한 새로운 노동시의 가능성이 존재할 것이다.

3. 경계에서 생성되는 연대의 언어―김사이의 경우[3]

백무산이 고도의 시적 사유에 기반을 둔 노동 개념의 내파와 재구를 통해 새로운 노동시론의 모색으로 나아가는 반면, 김사이는 노동시의 과거와 현재의 존재조건에 대한 핍진한 인식을 통해 새로운 노동시의 가능성을 모색하고 있다. 1980년대와 1990년대 초반 '가리봉'에서 2000년대 '구로디지털단지'로의 변화로 표상되는 노동시의 존재조건의 현실적 변화에 대한 시적 탐색이 『반성하다 그만둔 날』을 관통하는 주제이다.

다섯 갈래 길을 거쳐 모여드는/1994년 여름 구로공단/말로만 듣던 거대한 공단단지엔 마찌꼬바가 하나씩 들어차고/생각을 파는 벤처산업이 슬금슬금 발을 내딛는다/밤에 피는 꽃처럼 가출 아이들의 무법천지/두 평 남짓한 닭장촌 또는 벌방들은 쉴 새 없이 북새통이고/노동자문학회가 한 시절 숨을 쉬었던 곳/푸른 물결이 출렁거렸던 곳/그 많던 노동조합은 어디로 갔는지/어느 택시기사는 산부인과가 유독 많은 곳

---

3) 이 글에서 다루는 김사이의 모든 작품은 『반성하다 그만둔 날』(실천문학사, 2008)에 수록된 것이다.

이었다고/비릿하게 웃는다/변화가 변화를 일으키는 어느 순간/조선족 거리가 생겨나고 중국유학원이 늘었다/당구장이 줄어들고 커피숍이 사라졌다/노가다꾼들과 아이들 쉼터였던 만화방들이 문을 닫고/동시상영 영화관도 끝내 간판을 내렸다/열기 대신 조선족 도우미들의 노랫소리가 흥청인다/회색빛 공장은 허물어지고 우뚝 솟은 아파트형 공장들/군데군데 높은 러브호텔이 들어서 세련된 거리/구로공단 가리봉오거리에서 하차하지 않는다/술에 취한 무용담이 가끔 놀다 간다//개발에 들뜬 구로/새로운 중산층이 머물면서/들어오던 문으로 다시 떠밀려가는 빈궁한 인생들/야금야금 집값이 오르자 땅따먹기 싸움에 불이 붙고/차이나타운 가리봉시장도/재개발열차에 탑승한다/불온한 구로공단은 서류 속에 보관될 것이다

_「출구」 전문

과거 노동시는 "노동자문학회가 한 시절 숨을 쉬"며 "그 많던 노동조합"들이 운동하던 '가리봉'의 '공단'을 통해 발현될 수 있었다. 그러나 그 역사적 조건이 해체된 지금, 과거의 노동시는 "술에 취한 무용담"을 넘어설 수 없다. 바로 이 지점, 즉 "변화가 변화를 일으키는 어느 순간"에서 새로운 노동시는 시작되어야 한다. 문제는 과거와는 다른 "불온한 구로공단"을 손쉽게 "서류 속에 보관"하는 것이 아니라 그 불온성을 재구성하는 것이다. 이 불온성은 노동과 자본의 이항대립적 구도로 환원되지 않는 새로운 층위의 모순의 담지자로서의 시적 주체가 자기 인식을 거침으로써 시작된다. 위의 시에서 나타나는 구로디지털단지 시대 "조선족 도우미"의 형상화는 그녀로 하여금 두 가지 층위에서 불온성을 상기시킨다. 하나는 '조선족'으로 표상되는 이주노동자의 문제이며, 다른 하나는 '도우미'로 표상되는 젠더의 문제이다. 그녀는 이 두 가지

층위의 모순을 담지한 "조선족 도우미"에 대해 손쉬운 연민과 시혜의 시선을 보내지 않는다. 오히려 이를 통해 시적 주체의 근본적인 자기 인식으로 나아간다는 점에 그녀의 불온성이 존재한다.

> 쿠르드 필리핀 방글라데시 네팔 몽골 연변 구로/그래도 이 거리가 한국이 좋다고 하는 그이들과/삼삼오오 비켜서서 무관하게 밥을 먹고/아파트형 공장 굴뚝에서 연기가 나는,/십 년 전 꽃무늬 치마 팔랑거리며 저만치 걸어가는/내가 중심에 있었다고 생각하는 순간 아무것도 보이지 않는/찰나
>
> ___「이방인의 도시」부분

> 내 웃음의 이면이다/노동자도 수입하는/갖출 것 다 갖춘 불빛의 地下/지하의 지하/지하도 없는 지하//살아 있음을/한 끼니로 간청하다가/절망도 없이/잠을 청하는 이곳을 지날 땐/순례자의 마음으로 하라/뼈다구만 남은 이상주의자들도 죄를 고백하며/걸어야 하는/카타콤베
>
> ___「카타콤베」부분

많은 문학 작품들이 이주노동자의 문제를 다루지만, 대부분의 경우 이주노동자에 대한 추상적인 연민과 시혜를 벗어나지 못하고 있는 것 역시 사실이다. 그러나 김사이는 이주노동자를 '주변'으로 인식하지 않는다. 그녀는 가리봉 시대 노동시의 주체를 이들과의 충돌을 통해 성찰한다. 가리봉 시대를 표상하는 "십 년 전 꽃무늬 치마 팔랑거리며 저만치 걸어가는" 시적 주체는 이주노동자에 대한 인식을 통해 "내가 중심에 있었다고 생각하는 순간 아무것도 보이지 않는/찰나"로 해체된다. 이는 다시 "뼈다구만 남은 이상주의자들"로 하여금 "죄를 고백"하도록

하는 순간에도 동일하게 나타난다. 과거 노동시가 현실 모순의 극복과 역사 발전의 주체로서 자신을 인식하며 "내가 중심"이라는 대상에 대한 주체의 일방적인 점유를 보였음을 상기한다면 "내가 중심"이 아니라는 김사이의 "고백"은 이에 대한 근본적인 성찰의 의미를 지닌다. 나아가 성찰이 이루어지는 시적 리얼리티의 "찰나"가 "떠나야겠다/시가 너무 오래 머물러 있었다"(「머물기 위해 떠나다」)는 '과정'으로 이행되며 그녀의 가리봉 역시 구로디지털단지로 이행된다.

> 도시 주택가 골목에 작은 술집 하나 부산하다/동네 아저씨들 가끔 드나드는 그곳/늙은 아가씨들 달빛 환한 밤에 꽃 따러 나선다/(중략)/ 중심을 돌아 돌아 오니/먼 곳도 가까운 곳도 아닌/중심으로 와 있는 그녀들에게/달빛은 부서져 내리고 나무들은 머리카락을 넘겨준다
>
> ─「꽃」 부분

그녀가 자신이 중심이 아니라는 시적 리얼리티의 "찰나"를 인식하는 것은 '주변'이 바로 '중심'이라는 새로운 사실 때문이다. 이는 젠더의 문제를 다룬 위의 시에서 단적으로 드러난다. 그러나 이 새로운 '중심'은 주체와의 팽팽한 긴장을 유지한다. 중심은 "먼 곳도 가까운 곳도 아닌" 곳에 있다. 중심이 먼 곳에 있다면 시적 주체는 자신을 주변으로 인식하며 중심을 전복하기 위한 투쟁에 돌입할 것이며, 반대로 중심이 가까운 곳에 있다면 주변을 포획하거나 스스로가 중심에 편입하고자 할 것이다. 김사이는 이 새로운 중심에 대한 섣부른 동일화나 타자화를 선택하지 않는다. 오히려 그녀는 "중심을 돌아 돌아"가는데, 바로 이 과정에서 생성되는 긴장의 순간이 그녀가 새롭게 보여주는 시적 리얼리티의 장면인 것이다.

그렇다면 중요한 것은 김사이의 시적 주체가 이주노동자나 젠더와 같은 모순의 담지자들인 타자들과 어떠한 관계 맺음을 통하여 새로운 언어를 보여주는가 일 것이다. 그녀는 타자를 주체에 의해 연민의 시선으로 포획하는 동일화의 전략도, 반대로 타자의 절대성만을 강조하며 주체와 타자와의 충돌의 가능성을 봉쇄하는 타자화의 전략도 사용하지 않는다. 그녀는 주체와 타자가 마주치는 특정한 순간의 시적 리얼리티에 주목한다. 이에 기반을 둔 연대의 어법이 그녀의 시적 전략이다. 이 연대의 전략은 타자의 고유성을 승인하면서도 주체와 타자가 고통을 공유하고 있다는 인식에서 발현된다.

> 어머니는 여공을 낳고 나비를 낳고/여자아이를 조선족 여자를 다시 어머니를 낳고//(중략)/안간힘 써서 희망의 끝자락이라도 잡고 싶은/쉴 새 없이 움직이는 날갯짓에/찢어지는 나비의 몸뚱이/30년 후에도 나는 내 딸들은/대물림으로 이어받은 몸뚱이 팔고 있겠지
>
> ─「달의 여자들」 부분

나는 "불법체류자로 낙인찍혀도 국경을 넘는 아시아 여성"이 아니며, "조선족 여자"도 아니다. 그러나 "몸뚱이"를 파는 여성 노동자라는 점에서, 그리고 "찢어지는 나비의 몸뚱이"를 가지고 있다는 점에서 이들과 동일한 모순을 공유한다. 따라서 나와 "조선족 여자"의 연대는 가리봉의 구로디지털단지로의 이행 과정에서 소외된 소수자들의 연대로 확장된다. 그러나 이 연대는 주체와 타자의 동일화가 아니라 오히려 타자를 통해 끊임없이 주체를 성찰하는 형식으로 나타난다. 따라서 그녀의 시 역시 경계에서 생성되는 연대의 어법으로 나아간다. 연대의 어법은 주체와 타자의 경계, 중심과 주변의 경계, 가리봉과 구로디지털단지

의 경계에서 생성된다. 그러하기에 김사이의 시는 "날개가 찢어지고 쏟아지는 비틀린 언어들"(「나방」)이다. 그녀의 연대가 선험적인 정언테제가 아니라 주체와 타자 간의 시적 리얼리티의 장면에서 획득되는 것이기 때문이다. 이 "비틀린 언어들"이 "서류 속에 보관"된 "불온한 구로공단"(「출구」)을 다시, 그러나 가리봉 시대와는 다른 형식으로 형상화할 때, 비로소 김사이가 보여주는 새로운 노동시의 가능성은 구체적인 성과로 나타날 것이다. 다만 확실한 것은 경계에서 생성되는 연대의 언어는 "아직 뱉어내지 못한 징그러운 삶이 있는"(「가리봉엘레지」) 지금, 이곳에서 시작될 것이라는 사실이다. 그리고 이를 위해서 김사이는 경계를 모든 곳으로 확장시켜야 할 것이라는 사실이다. 주체와 타자는 물론 중심과 주변, 한국인 노동자와 이주노동자, 죽은 노동과 산 노동, 가시적 현실과 비가시적 가상현실, 저항과 타협 등 그녀를 둘러싼 현실 조건의 모든 층위에서 경계의 극한을 사유할 때, 비로소 경계에서 생성되는 연대의 언어는 새로운 노동시의 어법으로 자리매김할 수 있을 것이다.

4. '관계'의 복원과 과정으로서의 시적 주체—황규관의 경우[4)]

기존 노동시의 주체는 두 가지 층위에서 내파되어야 한다. '노동'의 층위에서는 선험적으로 설정된 역사 발전의 담지자로서의 주체 개념이 내파되어야 하며, '시'의 층위에서는 대상을 포획하여 점유하는 주체 개념이 내파되어야 한다. 이러한 모색을 가장 잘 보여주는 시인 중 하나

---

4) 이 글에서 다루는 황규관의 모든 작품은 『패배는 나의 힘』(창비, 2008)에 수록된 것이다.

가 황규관이다.

십년을 한 곳에서 살기란/여간 불편한 일이 아니다/낯가리는 내게도
인사하는 이웃이 생겼고/살구꽃처럼 이사를 왔다가/내가 퇴근 후 주점
에서 술 마시는 동안에/멀리 가버린 이들도 있다/다만 아이들 머리통
크는 것을 바라보며/밥을 먹었단 말이 맞을 것 같다/마음에 생기는 울
타리를 깨버리잔 생각에 골똘하다/그릴 수 있는 몸의 동선(動線)이 협
소해진 건/도대체 언제 일어난 일일까/혼자 볕을 쬐며 걷는 길옆에/피
어난 민들레를 보며 쓸쓸했으나/굽이져 흐르는 안양천 냇물이나/출근
길 느티나무 그늘 같은 것, 혹은/종아리가 단단한 미용실 원장의 웃음
만/무연히 바라볼 수 있게 된 거다/비밀을 만드는 심장의 울음이/문득
사라져버린 일상이/세상을 닮았다는 느낌이지만/내가 변두리 마을이
되어가는 이 풍경에/울다가 웃다가 하는 일이 가끔 있다
_「변두리가 되어가다」 전문

「변두리가 되어가다」는 이러한 문제의식에서 주목된다. 이 시의 시적
주체는 기존 노동시의 주체와 확연히 다르다. '노동'의 층위에서 보자면
"그릴 수 있는 몸의 동선이 협소해진" 채 소소한 삶의 결들을 "무연히
바라"보는 주체가 그러하며, '시'의 층위에서 보자면 "내가 변두리 마을
이 되어가는" 주체가 그러하다. 그러나 황규관의 시적 주체는 단순히 기
존 노동시의 주체와 '다른' 주체가 아니다. 황규관의 시적 주체가 중요
한 것은 독특한 미학적 모색을 통해 과거 노동시의 주체를 '극복'한 성
과 때문이다. 그리고 그 성과는 '관계'의 복원을 통해서 이루어진다.

살이 말을 녹인다//잎사귀 무성한 나무에서/새는, 아무 형체도 없이

울음만/바깥세상으로 내보내고 있다/그게 사실은 나무의 살과 새의 살
이/녹아 흐르는 소리라는 것,//말이 녹으면 노래가 되고/살이 살과 섞
이면 형언할 수 없는 리듬이/허공에 가득 찬다//그러므로 이 가냘픈 몸
안에/흐르고자 하는 욕망이 번득이는 것,

_「흐르는 살」 부분

　우리 가족만 먹고살겠다고 죽여야 했던 생명이 있었다//그후로 내
입에 들어가는 것이/죽은 목숨들의 눈알이며 정강이뼈일지 모른다고/
고속도로에 납작 죽어 엎드린/고양이의 피 묻은 털이 확실하다고/무릎
이 시리기 시작했다

_「쌀을 푸다」 부분

　「흐르는 살」에서의 발화는 고정된 것이 아니다. "나무의 살과 새의
살이/녹아 흐르는 소리"가 황규관이 새롭게 제기하는 노동시의 어법이
다. 이 어법은 시적 주체가 "흐르고자 하는 욕망", 즉 기존 노동시의 주
체를 내파하고 대상과의 '관계' 속에서 "말"을 녹이고자 하는 욕망에
기인한다. 이는 「쌀을 푸다」에서도 나타난다. 그는 소소한 일상을 통해
시적 주체가 기실 "죽은 목숨들의 눈알이며 정강이뼈"를 통해 구성된
것임을 인식한다. 나아가 이 시적 주체가 현실의 모순을 극복할 수 없는
"관념 따위"임을 인식하지만, 그럼에도 추상적인 '관념'이 아닌 구체적
인 '몸'의 층위에서 "쌀을 푸는 손이 자꾸 헛손질을" 하는 관계를 통해
구성된 존재라는 사실을 인식한다.
　그러나 단지 대상과의 '관계' 속에서의 '흐름'으로서의 시라면, 이를
굳이 노동시의 새로운 가능성이라고 명명할 수는 없을 것이다. 황규관
의 '관계'에 대한 성찰이 중요한 것은 그것이 구체적인 현실의 모순과

정치하게 결합되어 있기 때문이다. 예컨대 빚에 쫓겨 가족과 함께 자살한 이에 대해 "이 말하기 힘든 비극에/우리는 모두 지분이 있거나/혹은 고용되어 있다"(「자본을 읽자」)라고 발화하는 것이나, 미국의 이라크 침공에 대해 "석유는, 석유는 독배다!/미치광이다 마약이다!/몸 안에 깨진 얼음더미를 쑤셔넣는 흉기다!/그걸 내가 타고 입고 등 지지고 있으니/밥술 뜨고 있으니/이라크여 절규여./자욱한 모래바람이여!"(「석유는 독배다」)라고 발화하는 것이 그러하다. 이러한 현실의 모순을 시적 주체가 점유하여 단일한 언어로 환원시키는 것이 아니라, 바로 그 시적 주체 자체 또한 이 모순과의 관계 속에서 구성된 것임을 인식하는 것에 황규관의 성과가 존재한다.

이 지점에서 황규관은 기존 노동시의 인식론을 전도한다. 세계관을 담지한 주체가 모순을 인식함으로써 대상을 파악하는 것이 노동시의 일반적인 인식론이었다. 그러나 누가 세계관의 올바름을 선험적으로 보증할 수 있으며, 대상에 대한 완전한 사유를 진행할 수 있는가? 오히려 주체의 틀로 대상을 환원시키는 폭력이 반복되는 것은 아닌가? 그렇다면 노동시의 인식론은 다시 구축되어야 한다. 주체가 타자를 인식할 수 있는 것은 모순이 양자 모두에게 공통적으로 작용하기 때문이다. 그러나 모순은 각기 다른 방식으로 작용한다. 주체에게 경험되고 사유되는 모순과 타자에게 경험되고 사유되는 모순은 표면적으로는 분리되어 있다. 그러나 타자를 통해 재현된 모순이 주체에 의해 윤리적 감각으로 인식되는 순간, 시적 리얼리티는 주체와 타자의 구획을 넘어선다. 여기에서 황규관이 추구하는 '관계'의 복원이 이루어진다. 그의 노동시의 인식론은 모순이 경험되는 차이에 따른 개체의 고유성을 승인하는 동시에, 그 개체들의 고유성이 상호 간의 '관계'를 통해 끊임없이 재구성되는 '과정으로서의 주체성'으로 나아가고 있다는 점에서 중요하다. 더욱이 과정으로서의 주체성의 모색이 구체적인 모순에 대한 인식을 통해 가능하다는 점에서 그의 시적 인식론은 외삽적인 해체주의적 시론의 한계를 넘어선다. 그는 새로운 노동시, 즉 "하늘에 긋는 불립문자들"도 어디까지나 "발목에 쟁여진 대지의 힘으로 쓴 것"(「새는 대지의 힘으로 난다」)임을 인식하고 있으며 "사랑의 노래는/재개발지역 허름한 주점에서"(「예감」)만 생성될 수 있음을 인식하고 있다.

그러나 황규관은 더 나아가야 한다. 그는 모순을 통한 관계의 복원 앞에서 너무나 자주 머뭇거린다. 『패배는 나의 힘』 전체에 걸쳐 나타나는 주체성은, 역설적이게도 종종 소시민으로서의 시적 주체의 자괴감으로 귀결된다. 이로 인해 시적 주체의 내파는 역으로 대상에 의한 주체의 소멸로 진행되는 경우가 종종 발생한다. 시적 주체의 내파는 새로운 주체성의 생성을 전제로 할 때 그 의미를 지닌다. 시적 주체가 소멸된 자리에 관계 역시 존재할 수 없기 때문이며 관계가 소멸된 자리에 대상 역시 존재할 수 없기 때문이다. 그가 "먼 길이 내게 허락된다면/단지 적막만 취하고/망각의 강 앞에 혼자 서고 싶다/이제 믿는 건 내 배경밖에 없으므로"(「배경에 대하여」)라고 말할 때, 나만이 망각되는 것이 아니라 배경까지 망각된다. 이 지점을 넘어설 때 비로소 "빈손으로 하는 혁명을 꿈꿀 시간"(「반성」)이 도래할 것이다.

5. 2000년대 노동시의 새로운 가능성'들'

앞서 시적 리얼리티라는 개념의 아포리아로 글을 시작했다. 그러나 이 글 역시 이 아포리아를 해결할 수는 없다. 다만 2000년대 노동시의 새로운 가능성들을 구체적인 작품을 통해 추출하고 이로부터 아포리아를 넘어서기 위한 단초를 탐색할 따름이다.

다시 임화로 돌아가보자. 그의 단편서사시 형식을 통한 시적 리얼리티의 실험은 결국 실패로 끝난다. 그러나 역설적으로 카프 해소를 전후한 시기, 임화의 시는 시적 리얼리티에 대한 새로운 가능성을 보여준다. 그가 "나는 이들 새 세대의 얼굴을 하나도 모른다"(「다시 네거리에서」)라고 발화할 때, 과거 주체에 의해 포획되었던 대상은 새로운 가능성을 획득한다. 과거 절대적인 당파성의 담지자로 대상을 점유하던 시적 주체는 이제 소멸했으며, 그 자리에는 "새 세대의 얼굴"이 들어선다. 그리고 이 대상에 대한 인식을 통해 비로소 임화는 자신의 '해협의 로맨티시즘'을 객관화시켜 인식할 수 있게 된다. 이 지점에서 임화는 주체와 대상 간의 충돌과 교감을 통한 주체성의 재구성으로 나아갈 수 있는 단초를 확인한다.

이는 1980년대 노동시에도 적용될 수 있을 것이다. 선험적인 노동 개념과 이에 기반을 둔 당파성을 담지한 시적 주체에게 대상은 포획하고 변혁해야 할 타자로서 설정된다. 이 과정에서 시적 대상은 시적 주체에게 어떠한 영향도 미칠 수 없는 고정된 사물일 뿐이다. 그러나 기실 이 완벽한 시적 주체야말로 고정된 사물이었음이 노동시의 급격한 붕괴와 함께 확인되었다.

2000년대 노동시의 가능성은 바로 이 지점에서 생성된다. 대상과의 끊임없는 충돌과 교감의 장면에서 현현하는 시적 리얼리티와 이를 통한 주체의 재구성. 그것은 백무산이 보여주는 노동 개념의 급진적 내파를 통해서, 김사이가 보여주는 경계에서 생성되는 연대의 언어를 통해서, 황규관이 보여주는 관계의 복원을 통해서 각기 다른 방식으로 진행되고 있다. 그러나 이들이 보여주는 시적 언어의 모색은 시적 리얼리티를 통한 시적 주체와 대상 간의 변증에 기반을 두고 있다는 점에서는 동일하다. 그리고 이들의 작업은 추상적인 주체와 타자 간의 이분법을 넘어 구체적인 현실 모순의 팽팽한 긴장 속에서 진행되고 있다. 그러하기에 이들의 시적 언어의 모색을 2000년대 노동시의 새로운 가능성'들'이라고 할 수 있을 것이다.

현재는 '노동시'라는 말 자체가 낯선 시대다. 그러나 이 언표가 노동과 자본의 대결이라는 과거의 좁은 개념을 넘어서고 있다는 것 역시 분명한 사실이다. 백무산, 김사이, 황규관의 시적 모색이 지금 우리 시의 장에서 의미를 지니는 것은, 이들이 보여주는 새로운 노동시의 가능성이 단지 정치경제학적 층위의 변화에 따른 현실 추수의 양상에 멈추지 않기 때문이다. 오히려 최근 우리 시의 장에서 핵심적인 화두로 설정된 시적 주체의 문제에 대해 추상적인 심급에 갇혀 공전하는 독백이 아닌, 시적 주체와 현실 모순과의 길항을 통한 모색으로 나아가고 있다는 점에 이들의 의미가 존재한다. 미학적 층위에서 새로운 시적 주체에 대한 논의가 단지 추상적인 언어유희에 매몰될 때, 시적 주체와 대상 간의 팽팽한 긴장은 소멸되며 남는 것은 앙상한 해체의 폐허일 따름이다. 현실적 층위와 미학적 층위가 결합된 곳에서 전개되는 이들의 작업이, 단지 2000년대 '노동'시의 가능성에 머무는 것이 아니라 2000년대 노동'시'의 가능성으로 이어지는 것은 이 때문이다. 그러니, 아포리아를 반복하는 비평을 넘어서는 것 역시 이들의 새로운 노동시의 모색으로부터 가능할 것이다.

2부

진 화 하 는 현 실 주 의

트랜스 내셔널의 징후와 '과정'으로서의 윤리 | 감각의 분배학
에서 교감의 정치학으로 | 재현 너머 흔적을 복원하는 소설의
욕망 | 통일문학을 넘어 탈분단 문학으로

트랜스 내셔널의 징후와 '과정'으로서의 윤리[1]

1. 공전하는 비평, 부재하는 윤리

2000년대 문학에서 논쟁다운 논쟁이라면 트랜스 내셔널의 징후에 대한 일련의 비평적 논의 정도가 있을 것이다. 대부분의 비평이 미시적인 텍스트 분석에 국한되거나 선험적인 서구이론의 기계적 이입에 함몰된 것에 반해, 트랜스 내셔널의 징후에 대한 비평들은 변화된 세계체제와 남한 자본주의의 위상을 일정 부분 반영하고 있다는 점에서 중요하다.

그럼에도 이 논의가 동일한 논의를 반복적으로 재생산하는 것에 그치고 있다는 점은 일견 기이하다. 예컨대 타자의 절대성에 대한 추상적인 강조나 타자의 재현 가능성에 대한 회의, 혹은 탈근대적 주체로서의 다중에 대한 주목 등이 그러하다. 트랜스 내셔널 담론이 지니는 위험성

---

[1] 이 글은 이 책의 3부에 실린 「'민족-국가'의 '이행'과 새로운 저항주체 형성의 가능성」의 문제의식을 잇는 글이다. 이로 인해 위의 글과 문제의식이 겹치는 부분이 있다. 이 점을 미리 인지하고 읽어주기를 바란다.

에 대한 정치한 이론적 분석을 보이고 있는 황호덕은 결국 "타자를 절대적 타자성 안에서 다루는 일의 가능성을 물을 때 우리가 만나는 것은 그 어떤 아포리아들"2)이라는 추상적인 결론을 내린다. 보다 구체적으로 텍스트에 기반을 두고 타자의 재현 가능성을 탐구하고 있는 복도훈은 "타자의 언어가 소설이라는 상징적 언어의 경제를 위기로 몰아붙이고 무너뜨릴 수 있는가"3)라는 문제제기와 함께 타자의 재현 가능성에 대한 회의를 보인다. 이들과는 상이한 관점에서 논의를 전개하고 있는 조정환 역시 현재의 탈국가적 현상이 자본에 의해 진행되고 있다는 점을 지적하면서도 이를 통해 탈근대적인 "인간적 사회 혹은 사회적 인류를 가능케 할 **인류인**"4)의 형성이 가능할 것이라고 주장한다.

문제는 이와 같은 결론이 너무나 식상하다는 것이다. 구체적인 세계 체제의 변화 과정과 이와 연동된 남한 자본주의의 위상 변화에 대한 정치한 분석이 소거된 자리에 남는 것은 이미 상식화된 주체와 타자 간의 윤리의 문제나 탈근대적 주체성 모색의 필요성 등이다. 물론 이들이 제기하는 문제들은 현재 우리 문학에서 핵심적인 위치를 지니는 논제이다. 그러나 구체적인 트랜스 내셔널의 운동 메커니즘에 대한 분석이 생략되었기에 이들의 논의는 추상적 성격을 벗어나지 못한다. 이들의 논의가 종종 우리 문학의 성과들에 대해 서구의 생경한 이론적 틀을 기계적으로 대입하는 경향을 보이는 것은 이러한 사정에 연유한다.

주체와 타자 간의 관계 맺음의 윤리는 선험적으로 '타자의 절대성'을 승인하는 것에서 시작되는 것이 아니라, 주체와 타자 간의 '충돌'과 '교

---

2) 황호덕, 「넘은 것이 아니다―국경과 문학」, 『문학동네』, 2006 겨울호, 432쪽.
3) 복도훈, 「연대의 환상, 적대의 현실」, 『문학동네』, 2006 겨울호, 499쪽.
4) 조정환, 「경계-넘기를 넘어 인류인-되기로」, 『문학수첩』, 2007 여름호, 85쪽. 강조는 원문.

감'에서 시작된다. 타자의 재현 가능성의 모색은 주체에 의한 타자의 일방적인 '점유'를 비판하기 이전에, 이 점유가 발생하는 주체와 타자의 '다른' 위치를 인식하는 것으로부터 시작되어야 한다. 탈근대적 '유목주의' 역시 추상적인 '다중'에 대한 환대가 아니라, 근대성의 합리적 핵심을 꼼꼼하게 분석하고 남한 자본주의의 위상을 정치하게 인식하는 것으로부터 그 가능성이 질문되어야 한다. 이러한 구체적인 작업이 소거된다면, 트랜스 내셔널의 징후에 대한 비평은 공전할 수밖에 없다. 그리고 그 공전은 세계체제의 변화와 남한 자본주의 위상 변화에 따르는 우리 문학의 급속한 변화에 대해, 나아가 이를 통한 국경 '너머'의 타자와의 만남에 대해 어떠한 윤리도 생성할 수 없다. 그런 점에서 이들이 강조하는 타자성이나 탈근대적 주체성의 탐색은 역설적이게도 비윤리적인 진리-효과를 생산한다.

이는 비단 이들에게만 나타나는 한계는 아니다. 아이러니하게도 국경 너머의 타자와의 연대와 재현의 가능성을 주장하는 비평 역시 동일한 한계를 지닌다. 이들의 논의는 이주노동자나 난민, 탈북 인민들과 남한 인민이 지닌 동일성에 기반을 둔 연대의 가능성에 집중된다. 예컨대 이명원은 복도훈과 황호덕에 대한 비판을 통해 "한국노동자의 타자는 이주노동자가 아니라, 자본의 메커니즘 그 자체"[5]라는 결론에 이른다. 물론 그의 논의는 최근 트랜스 내셔널 서사에 내한 비평들이 간과하는 "주체와 타자의 인식론적 비대칭성이라는 현학적인 담론의 배후에 생생하게 살아 있는 진짜 현실"[6]에 대한 인식으로 나아간다는 점에서 중요하다. 그러나 이 과정에서 남한 자본주의의 위상 변화에 대한 인식은

---

5) 이명원, 「마음의 국경-연대는 불가능한가」, 『문학수첩』, 2007 여름호, 32쪽.
6) 위의 글, 같은 쪽.

소거되며, 따라서 타자와 주체 간의 '차이'는 무화된다. 다만 모두가 자본의 '타자'이기에 서로가 '동일성'을 지닌다는, 지극히 타당하지만 그리하여 무의미한 진리-효과가 생산될 따름이다. 그러나 "현학적인 담론"의 층위가 아니라 "생생하게 살아 있는 진짜 현실"의 층위에서 자명하게 나타나는 주체와 타자 간의 간극은 이렇게 손쉬운 방법으로는 해소될 수 없다.

나는 2000년대 탈국경과 트랜스 내셔널의 징후를 논하는 문제설정 자체를 바꾸어야 한다고 생각한다. 기존의 논의들이 공전을 반복하는 것은 트랜스 내셔널의 징후가 발현되는 구체적인 메커니즘과 이에 수반되는 남한 자본주의의 급격한 변화에 대한 분석을 간과했기 때문이다. 문제의 핵심은 국경 너머의 타자와의 연대를 통한 새로운 주체성의 구성과 관계 맺음의 윤리에 대한 모색이다. 그렇다면 우선 논의되어야 할 것은 주체와 타자의 위치를 변전시키는 메커니즘에 대한 역사적이고 현실적인 해명이다. 이를 통해 주체, 즉 남한 자본주의하의 인민의 위치를 설정하는 것으로부터 타자와의 연대의 가능성을 모색하는 것이 필요하다. 나아가 남한이 지니는 특수한 성격인 분단과 이로 인한 탈북 인민이라는 특수한 타자에 대한 인식이 필요하다. 탈북 인민과의 연대의 문제는 기존의 통일문학의 규범으로 해명되지 않는 탈분단 문학의 문제설정에서 핵심적인 위치를 지니기 때문이다.

그러나 여기서 멈추어서는 안 된다. 국경 너머 타자의 재현은 세계체제 속에서의 반(半)주변부로서의 남한에 대한 인식과 분단체제 속에서의 탈분단 문학의 모색이라는 문제설정으로부터 시작될 수 있다. 그러나 이 문제설정에 그친다면 그것은 자기 정체성의 확인에 그칠 뿐, 국경을 넘어서는 실존을 건 타자와의 마주침으로 나아갈 수 없다. 오히려 타자의 재현은 '과정'으로 이해되어야 한다. 타자의 재현은 타자와의 마주침을 동반하며, 이 마주침을 통해 주체 자체를 재구성할 때 비로소 트랜스 내셔널의 징후는 새로운 미학적·실천적 가능성으로 나아갈 수 있기 때문이다. 따라서 재현된 타자의 양상보다 중요한 것은 재현 '과정'에서의 주체의 재구성이다. 이를 통해서만 타자를 주체로 포획하지 않으면서 개체 간의 '연대'를 고민할 수 있다.

트랜스 내셔널의 징후를 다룬 비평들은 대부분 재현된 타자의 양상에 주목하고 있다. 즉, 이주노동자나 난민, 탈북 인민들이 '어떻게' 형상화되었는지가 중심적인 논의의 대상인 것이다. 그런데 이들 비평은 정작 타자를 재현하는 주체가 재현의 과정을 경과하며 자신의 주체성을 재구성하는 과정에 대해서는 간과하고 있다. 주체와 타자가 서로 충돌과 교감을 감행하며 새롭게 형성하는 관계의 윤리 속에서, 그 윤리에 기반을 둔 주체성의 재구성 속에서, 비로소 국경을 넘어서는 연대가 시작될 수 있다. 이러한 논의를 통해 궁극적으로 트랜스 내셔널의 징후를 의미화하고 국경 너머의 타자와의 연대와 그 윤리를 모색하는 새로운 관점을 제기하는 것. 이것이 트랜스 내셔널의 징후를 읽어내는 비평의 과제이다.

2. '낀 존재'의 연대는 어떻게 가능한가?

급격한 트랜스 내셔널의 징후의 배경에는 자본의 세계화가 놓여 있다. 이로 인해 트랜스 내셔널적 상황은 낭만적인 '세계시민'이나 관념적인 '다중'을 생성하는 것이 아니라, 수많은 형태의 '난민'을 생산한다.

이 난민의 형상화가 어려운 것은 자본주의 세계체제 속에서 남한 자본주의가 지니는 이중적인 위상 때문이다. 남한 자본주의는 세계체제에서 반주변부의 위상을 지닌다. 따라서 한편으로는 미국 중심의 중심부 제국에 강하게 종속되어 있으나, 동시에 다른 한편으로는 주변부 인민에 대한 수탈의 '주체'로서 기능한다. 이 점이 우리 문학에서 트랜스내셔널의 징후를 재현하는 데 가장 큰 난점으로 작용한다. 국경 너머의 타자와의 연대의 어려움 역시 이 지점에서 발생한다. 제국적 주체도 아니며, 동시에 주변부 인민도 아닌 '낀 존재(in-between)'로서의 반주변부 인민의 성격은 컨텍스트적 맥락에 따라 유동적이기 때문이다.

방현석의 「존재의 형식」은 반주변부 남한 인민의 '낀 존재'로서의 위치를 정확하게 형상화하고 있다. 이 작품이 의미를 지니는 것은 단순히 남한과 베트남 사이의 과거사에 대한 윤리적 접근을 보이기 때문이 아니다. 실상 반주변부로서의 남한은 주변부로서의 베트남에 대한 중심부 제국의 착취를 매개하는 역할을 하고 있으며, 이 역사의 반복을 외면한 채 이루어지는 손쉬운 '화해'란 불가능하다. 오히려 세계체제 속에서 반주변부로서의 남한의 위상을 직시하며, 거짓 화해 대신 진정한 화해의 어려움을 형상화하는 것이 필요할 것이다. 이런 문제의식에서 다음과 같은 장면은 다시 독해될 필요가 있다.

그가 부르는 대로 두드린 다음, 모니터 위에 뜬 베트남어에 성조를 넣어서 읽던 재우는 탄성을 지르지 않을 수 없었다. 베트남어의 신비는 성조였다. 6성의 언어구조는 성조에 따라 노래만큼이나 변화무쌍한 느낌을 만들어냈다. 그가 찾아낸 대사의 성조는 한국어로는 도저히 표현할 수 없는 매혹적인 어감을 부여했다. 단어들 위에 얹힌 성조는 짠돌이의 대사를 뫼비우스의 띠처럼 슬픔과 익살이 일렬선상에서 뒤집어지며 이어지도록 만들어놓았다.[7]

베트남의 시인이자 영화감독인 레지투이는 한국어를 베트남어로 옮기며 베트남어의 "6성의 언어구조"를 통해 "뫼비우스의 띠"와 같은 재현을 보여준다. 그러나 이는 어디까지나 베트남어를 통한 재현에서만 가능하다. 이는 한국어로는 재현 불가능하며 따라서 재우가 탄성을 지르는 것 역시 "6성의 언어구조"의 문법 내에서만 가능하다. 위의 인용문은 표면적으로 '번역'을 통한 공통감각의 복원과 이에 기반을 둔 화해를 형상화한 것으로 독해될 수 있다. 그러나 기실 이 화해란 베트남어의 문법구조를 통해서만 가능하며, 다시 한국어로의 번역 과정에서 그 문법은 해체된다는 점에서 불완전하다. 따라서 위의 인용문은 역설적으로 번역의 어려움이 표상하는 진정한 화해의 어려움을 보여준다. "6성의 언어구조"를 통한 화해란, 현재 남한 자본이 진행하는 베트남 인민 착취에 대한 진지한 성찰 없이는 불가능하기 때문이다. 남한의 반주변부적 성격은 베트남어의 독특한 문법마저도 포획하려는 욕망을 지닌다.

나는 방현석의 성과가 베트남에 대한 과거 남한의 폭력을 성찰하고 화해했다는 데 있다고 생각하지 않는다. 오히려 그의 성과는 반주변부로서의 남한과 주변부로서의 베트남 사이의 화해의 어려움에 대한 인식에 있다. 화해란 동등한 두 주체 간의 충돌과 교감을 통해서만 가능하다. 그러나 지금 남한과 베트남이 세계체제 속에서 엄연히 위계서열화되어 있다는 점을 상기한다면, 손쉬운 화해란 오히려 새로운 착취의 은폐로 귀결되기 쉽다. 「존재의 형식」이 중요한 것은 이 화해의 어려움을 언어와 재현의 문제를 통해 형상화하고 있기 때문이다.

---

7) 방현석, 「존재의 형식」, 『랍스터를 먹는 시간』, 창비, 2003, 29쪽. 이하 인용하는 방현석의 모든 작품은 이 책에서 인용한 것이며 인용시 괄호 안에 인용한 작품명과 쪽수만을 기입한다.

방현석은 여기서 멈추지 않는다. 그는 단순히 베트남이라는 타자의 재현의 어려움에 머물지 않는다. 타자를 재현하는 과정에서 주체가 끊임없이 재구성된다는 점, 이를 통해 타자와의 관계를 통한 새로운 주체성의 형성이 모색된다는 점이 그의 진정한 성과이다. 「존재의 형식」의 주인공 재우는 과거 변혁운동에 대한 회의와 창은에 대한 죄책감에서 벗어나지 못한 채 베트남으로 '도피'한 인물로 설정된다. 그러나 레지투이와의 충돌과 교감을 통해 재우는 비로소 도피를 넘어서서 주체의 윤리성을 인식하게 된다. 이 작품이 흔한 후일담 문학을 넘어서는 것은 이 때문이다. 남한 자본의 입장에서는 "기피의 대상을 넘어 저주의 대상"(「존재의 형식」, 45쪽)으로 호명되며, 베트남 인민의 입장에서는 "자네들 지금 내 앞에서 돈자랑 하는 건가?"(「존재의 형식」, 34쪽)라고 비판받는 낀 존재로서의 자기 인식. 이 낀 존재는 불투명하지만 주체와 타자 간의 관계 맺음 속에서 자신의 정체성을 모색하고 있기에 정직하다. 관념적인 화해나 섣부른 당위의 주장 대신 낀 존재로서의 반주변부 인민의 정체성에 대한 지난한 탐구를 전개한다는 점이 방현석의 작품이 지닌 최대의 미덕이다. 그것은 비록 "마음가짐"(「존재의 형식」, 70쪽)이라는 소박한 층위를 넘어서지 못하지만 그 마음가짐은 주체에 의해 선험적으로 규정된 것이 아니라 타자와의 충돌과 교감 속에서 형성된 것이기에 쉽게 폄하될 수 없는 무게감을 지닌다.

그러나 방현석은 종종 화해에 대한 욕망을 지나치게 작동시킨다. 이때 타자와의 관계 맺음을 통한 주체의 재구성 대신 주체에 의한 타자의 점유가 일어나는 것은 필연적이다. 화해의 과정이 지니는 지난함 대신 화해의 순간이 지니는 희열이 텍스트에 기입되는 순간, 이 새로운 윤리성의 모색은 다시 후일담 문학이 지니는 나르시시즘적 성격으로 환원된다.[8] 이 나르시시즘은 타자를 소거시킨 채 강박적인 화해를 진행한다는 점에서 진정한 화해와는 거리가 멀다. 이와 같은 한계는 「랍스터를 먹는 시간」에서 단적으로 나타난다.

엄밀히 말해서 「랍스터를 먹는 시간」에는 「존재의 형식」의 레지투이와 같은 타자가 존재하지 않는다. 주인공 건석의 애인인 리엔이 등장하지만 리엔은 타자성을 담지한 인물이 아니다. 건석은 한편으로는 과거 '라이 따이한'인 형의 죽음에 대한 화해를 욕망하며, 다른 한편으로는 베트남 인민인 보 반 러이와의 화해를 욕망한다. 문제는 이 화해가 타자와의 충돌을 통한 주체의 재구성에 의해 이루어지는 것이 아니라, 건석의 애인인 리엔이 지닌 추상적인 층위의 여성성을 통해 손쉽게 이루어진다는 것이다. 라이 따이한인 형의 죽음은 베트남 여성인 리엔과의 결혼을 통해 보상되며, 보 반 러이와의 화해는 리엔의 외삼촌인 팜 반 꾹을 통해 이루어진다. 여기서 리엔이 "에데족이었고, 에데족은 지금도 모계사회의 질서를 유지하고 있었다"(「랍스터를 먹는 시간」, 168쪽)는 건석의 진술에 주

---

8) 복도훈은 방현석의 나르시시즘에 대해 다음과 같이 비판한다. "이들 소설에서 형상화된 연대는 주인공들의 비존재감, 과거에 대한 심리적 부채와 죄의식으로부터 출발하고 그를 극복할 자아-이상을 발견하는 여정을 통해 가능해진다. 자아-이상의 메커니즘은 자아-이상을 통해 자기 자신에게 좋게 보이는 모습을 원하는 것이기도 하다. 그러나 개인에게 그것은 나르시시즘으로 귀결되고, 문화적 입장에서 그것은 자문화 중심주의로 판명될 여지가 있다. 어떻게 보면 결국 타자는 주체이 심리적 외상과 부채의식을 극복하기 위해 상상되고 또 필요했던 것이다."(복도훈, 앞의 글, 490쪽) 나는 복도훈의 비판에 일정 부분 동의하지만, 동시에 일정 부분 동의할 수 없다. 방현석의 작품에서 나르시시즘이 나타나는 것이 사실이라는 점에서는 동의하지만, 그 나르시시즘이 발현되는 맥락이 단순이 과거 변혁운동에 대한 향수와 애도 때문이라는 지적에는 동의할 수 없다. 오히려 방현석의 나르시시즘은 주체가 타자와의 팽팽한 긴장감 속에서 자신을 재구성하는 과정이 지니는 지난함을 텍스트 내부에서 해소하기 위한 '관습'화된 소설 문법에 대한 강박에 기인한다고 생각한다. 따라서 문제는 관습화된 리얼리즘 소설의 문법이지 과거에 대한 향수와 애도가 아니다. 그리고 이러한 관점에서만 우리는 타자에 대한 재현을 통해 관습화된 리얼리즘의 문법-당파성을 담지한 주체에 의한 대상의 총체적 반영과 전망의 제시-을 내파할 수 있을 것이다.

목할 필요가 있다. 리엔은 철저히 이 '모계사회'의 성격'만'을 담지한 인물이다. 이로 인해 리엔의 고유한 타자성은 소거되며 그녀는 오직 여성성과 모성성의 담지자로서만 기능한다. 건석의 이중의 화해가 손쉽게 처리되는 것은 이 때문이다. 「존재의 형식」에서 보여준 타자와의 충돌과 교감을 통한 주체성의 재구성 대신, 정형화된 리엔을 통해 타자와의 긴장이 해소되는 것이 이 작품의 결정적인 한계인 것이다. 이는 비단 방현석 개인의 문제가 아니라 리얼리즘 문학의 문법이 지니는 한계이기도 하다. 모순을 극대화해 제시하고 그 해결의 지난함을 증언하는 문법이 아니라 주체와 타자와의 동일화를 통해 모순을 해소하고 나름의 '전망'을 제시하려는 리얼리즘의 문법이 이와 같은 한계를 낳은 것이다.

트랜스 내셔널이 추상적인 심급이 아닌 현실 모순의 층위에서 작동하고 있음을 가장 잘 보여주는 작가는 오수연이다. 오수연은 트랜스 내셔널이 구체적인 자본의 운동과 결부되어 '위로부터' 작동하고 있음을 정확하게 인식하고 있다. 더불어 그녀는 위로부터의 트랜스 내셔널을 '아래로부터' 재구성하기 위한 작업의 지난함 역시 정확하게 인식하고 있다.

분명 아래로부터의 트랜스 내셔널의 '연대'는 우리 시대의 정언테제이다. 그러나 이 정언테제를 실현하기 위해서는 중심부-반주변부-주변부로 위계서열화되어 있는 강고한 자본의 세계체제를 내파해야 한다. 이 작업이 그 당위성에도 불구하고 문학의 영역에서 재현의 난점으로 인해 공전하는 것은 이 때문이다. 오수연의 다음과 같은 진술은 트랜스 내셔널이 현학적인 담론의 층위나 추상적인 연대의 층위로 환원될 수 없는 '현실'임을 매우 뛰어나게 보여준다.

인근 회원들이 다 모이는 전체회의에서 한 남자가 내 앞에 의자를 놓고 앉은 적이 있다. 나는 가만히 앉아 있었건만 둥그렇게 둘러앉은 줄 바깥으로 밀려나고 말았다. 대학원마저 중단하고 대서양을 건너온 그 행동가는, 마찬가지로 회의에 참석하여 의자 하나 차지하고 있는 나를 알아채지 못했다. 그에게 나는 보이지 않았다. 차라리 내가 얼굴색이 조금 더 짙어 이곳의 고통받는 민중이었다면, 그는 내 앞에 앉지 않고 서서 내게 선량하게 알은체를 했을 것이다. 나는 애매했다. 여기 와서 위험한 고비도 여러 번 넘겼다는 그는, 신경을 소모하지 않고 내 존재에 대한 인식을 간편히 생략해버렸다. 그 순간 나는 자칫 과민하게 반응할까 봐 고민이 됐다. 그런데 그는 내가 고민을 마무리하기도 전에 계속 떠벌리면서 다른 사람, 또 다른 용감한 행동가 곁으로 옮겨가고 말았다. 여전히 나한테 눈길조차 주지 않고 내 앞에 의자 하나 남겨놓은 채. 그는 내가 영어로 말하면서 관사를 틀리기만 해도 이마에 주름을 잡는 두 명 중 하나이기도 했다.[9]

주변부의 인민도 아니며, 그렇다고 중심부 제국의 일원도 아닌 나. 반주변부의 인민인 나는 제국의 침략에 맞선 연대의 장에서도 낀 존재일 따름이다. 위의 진술은 중심부와 주변부 사이의 낀 존재로서의 남한 인민의 이중적 성격에 대한 뛰어난 환유로 독해될 수 있다. 오수연에게 트랜스 내셔널은 전쟁으로 표상되는 구체적인 현실이며, 연대는 세계체제 속에서 위계서열화된 낀 존재로서의 반주변부 인민의 지난한 과정이다. 따라서 트랜스 내셔널과 국경 너머 타자와의 연대라는 문제는 곧 세계체제 속에서 '나'의 위치를 절감하는 것에서 시작된다. 그녀의 소설은

---

9) 오수연, 「황금 지붕」, 『황금 지붕』, 실천문학사, 2007, 218~219쪽. 이하 인용하는 오수연의 모든 작품은 이 책에서 인용한 것이며 인용시 괄호 안에 인용한 작품명과 쪽수만을 기입한다.

자신의 위치를 정치하게 인식하며, 이 위치로부터 타자와의 연대가 가능한 구체적인 지점을 모색하고 있다는 점에서 빛을 발한다. 그리고 그 연대의 좌표는 중심부-반주변부-주변부의 위로부터의 위상도가 아닌 '아래로부터의' 위상도를 설정함으로써 비로소 생성된다.

세상에는 나만 있는 게 아니라는 사실을, 내게는 서쪽을 동쪽이라고 부르는 자들이 밀려와서 가르쳐주었다. 너는 중심이 아니고, 멀고 먼 동쪽 끄트머리라고. 그런데 그 멀고 먼 동쪽 끄트머리는 어디인가. 나를 중심으로 놓고 방향을 가늠해볼 수 없으므로, 내게는 동쪽도 서쪽도 남쪽도 북쪽도 없다. 내가 있는 자리를 중심으로 거리를 재볼 수도 없으므로, 내게는 세상 어디도 가깝지도 않고 멀지도 않다. 내가 중심이 아니라는 건 알겠는데, 중심 아닌 나머지 세상은 어디에 있는지 모르겠다. (「황금 지붕」, 229쪽)

아래로부터의 연대는 주체의 위치를 기준으로 타자의 위치를 설정하는 것이 아니라, 바로 타자의 위치로부터 주체의 위치를 탐색하는 지점에서 가능하다. "내가 중심이 아니라는" 인식은 그래서 소중하다. 이 인식은 타자와의 충돌과 교감을 통해 주체의 위치를 재설정하는 과정으로 나아감으로써 비로소 국경 너머 타자와의 진정한 연대를 가능하게 한다. 이 연대야말로 2000년대 한국문학이 거둔 최대의 성과 중 하나로 평가되어야 한다. 정치경제학적 층위에서 반주변부로서의 남한에 대한 인식과 존재론적 층위에서 타자의 인식을 통한 주체의 재구성이라는 두 겹의 사유가 겹치는 지점에서, 오수연은 국경 너머 타자와의 연대의 윤리를 생성한다. 이 윤리는 주체의 위치와 타자의 위치 사이의 새로운 좌표의 설정으로 나아간다는 점에서 트랜스 내셔널의 징후와 이에 따른 새로운 윤리의 모색이 지니는 무게에 값하는 것이기도 하다.

이런 점에서 오수연의 작품이 알레고리의 형식을 주로 사용하고 있다는 사실이 주목된다. 미메시스적 재현이 주체에 의해 파지된 객관 현실의 형상화에 적합한 형식인 반면, 알레고리는 주체의 인식으로 환원되지 않는 타자의 현실을 형상화하는 데 적합한 형식이다. 주체가 온전히 인식할 수 없는 타자의 세계는 둘 간의 충돌과 교감을 통해 징후적으로 나타날 뿐이다. 미메시스적 재현과는 달리 알레고리는 이 징후를 단일한 인식론적 틀로 환원하지 않는다. 오히려 알레고리의 환유적 성격은 주체에 의해 포획되지 않는 타자의 세계에 대한 인식의 지난함을 증언하는 데 초점을 맞춘다. 징후는 끊임없이 미끄러지는 차연의 형식으로 현현한다. 이 차연의 재현 가능성에 대한 미학적 모색이 알레고리라는 형식적 실험으로 나타나는 것이다.

이 미학적 실험을 통해 오수연은 트랜스 내셔널의 징후를 타자와의 연대 가능성을 모색하기 위한 계기로 변증하고 있다. 이를 통해 고통이 편재되어 있는 세계 속에서는 모두가 중심인 동시에 주변이라는 인식으로 나아가는 것, 나 역시 중심이 아닌 주변부 인민과의 충돌과 교감을 통해 새로운 주체성을 구성해야 한다는 인식으로 나아가는 것, 바로 그 연대의 지점을 "여기는 어디의 동서남북도 아니고, 어디로부터 멀지도 가깝지도 않다"(「문」, 36쪽)는 '과정'으로서의 좌표로 설정하고 있다는 것에 오수연의 성과가 존재한다. 그리고 그녀가 사용하는 알레고리적 형식은 리얼리즘적 규범이 간과하기 쉬운 주체-중심에 의한 타자-주변의 포획과 좌표의 일방적인 설정을 넘어서기 위한, 그리하여 트랜스 내셔널의 징후를 국경 너머 타자와의 연대로 변증하기 위한 현실적이며 미학적인 고투의 산물이라는 점에서 그 문법의 의미를 획득한다. 이는 그녀의 연대가 정치적인 층위에 멈추는 것이 아니라 미학적인 층위의 것으로 나아가고 있음을 증명하는 것이다. 고전적인 리얼리즘이 더 이상 유효한 현실 인식과 재현의 가능성을 담지할 수 없는 지금, 그녀의 소설이 소중한 것은 이 때문이기도 하다.

3. 통일문학을 넘어서는 탈분단 문학의 가능성

우리 문학에서 가장 빈번하게 형상화되는 국경 너머의 타자는 탈북 인민이다. 남한이 세계체제 속에서의 반주변부라는 성격과 함께 분단체제라는 특수한 성격을 지니고 있다는 점에서 이러한 상황은 자연스럽다. 그러나 분단체제가 세계체제와 독립된 범주가 아니라, 자본의 세계화와 연동되어 운동하는 개념임을 고려한다면 기존의 통일문학이라는 규범 역시 내파될 필요가 있을 것이다. 이러한 점에서 최근 탈북 인민을 다룬 작품들에 대해 "6·15 시대 문학의 환경변화를 가장 먼저 알리는 '탈북'에 관한 이야기는 역설적으로 통일이 아니라 이산과 해체의 이야기"[10]이며 "문학적으로 통일은 여전히 쉽게 통합될 수 없는 해체와 이산의 고통을 말하는 자리에서 비로소 다시 사유될 수 있다"[11]는 서영인의 지적은 주목할 만하다. 분명 탈북 인민의 삶은 분단체제의 모순과 직결되어 있으나, 이들의 삶의 "해체와 이산의 고통"이 내셔널리즘적인 통일을 통해 해결될 수는 없기 때문이다. 특히 남한 자본의 확장에 의한 흡수통일이 가시화되는 지금, 통일문학은 더 이상 그 진보성을 담지하기 어렵다. 따라서 세계체제와 분단체제의 변화 속에서 통일문

---

10) 서영인, 「월경의 발목」, 『문학수첩』, 2007 여름호, 56쪽.
11) 위의 글, 같은 쪽.

학이라는 규범 역시 탈분단 문학이라는 문제설정으로 변화되어야 한다.

　정도상의 『찔레꽃』은 규범으로서의 통일문학이 현재 놓인 위치를 단적으로 보여준다. 탈북 인민의 삶에 대한 핍진한 재현과 통일문학이라는 당위 사이의 팽팽한 간극이 이 작품의 성과와 한계를 생성한다. 이로 인해 『찔레꽃』은 텍스트의 균열을 내포하는데, 기실 표면적인 스토리에 주목하기보다는 이 균열이 발생하는 미학적·실천적 맥락을 고찰하는 것에서 통일문학을 넘어서는 탈분단 문학의 가능성을 읽어낼 수 있다.

　통일문학이라는 규범은 작가의 세계관의 층위에서 끊임없이 반복된다. 예컨대 분명 삶의 곤궁함으로 인한 강제적 '추방'으로서의 탈북이 현실의 층위에서 이루어지는데도, 주인공 충심은 중국의 인신매매단에 의해 납치된 것으로 형상화된다. 따라서 그녀가 "사실 나는, 어리석어서 그렇지 일부러 조국을 배신한 것은 아니거든요"[12]라고 발화하며 북한체제에 대한 옹호를 보이는 것은 필연적이다. 문제는 이 통일문학의 규범에 의한 그녀의 발화가 텍스트 내에서 모순을 불러일으킨다는 것이다. 충심은 '조국'을 배신하지 않았음에도 왜 북한으로 귀환하지 않는가? 그것은 남한 자본주의의 경제적 우위 때문이다. 충심은 "찔레꽃 붉게 피는 북쪽나라 내 고향"(208쪽)이라고 노래하면서도 북한의 어머니에게 "백만원을 송금하면 그중에서 삼십만원은 수수료로 떼고 나머지 칠십만원을 중국돈으로 바꿔 엄마의 손에 건네주는 장면"(209쪽)을 생각하며 남한에서의 신산한 삶을 지속한다. 그리고 이 돈을 통해 "달구지를 끌고 돼지밥을 구하기 위해 온 함흥을 뒤지고 다니는 어머니를 위해서 작은 힘이라도 보태고 싶었다"(64쪽)는 북한에서의 충심의 소박

---

12) 정도상, 『찔레꽃』, 창비, 2008, 160쪽. 이하 이 작품의 인용시 괄호 안에 인용한 쪽수만을 기입한다.

한 소망은, 역설적이게도, 그리고 비참하게도 비로소 실현된다. 그럼에도 납치로 인한 강제적인 탈북과 중국에서의 인신매매를 거쳐 남한의 노래방 도우미로 귀결된 충심의 인식은 작품 초반부의 분단체제에 대한 거친 인식, 즉 "미국, 미국은 왜 우리를 이다지도 못살게 하는 것일까?"(48쪽)라는 북한체제의 지배 이데올로기로부터 크게 벗어나지 못한다. 결국 작가의 통일문학에 대한 지향과 이로 포괄되지 않는 현실 사이의 간극이 충심의 모순된 형상화로 나타나는 것이다.

이 간극을 통일문학의 규범으로 봉합하는 것은 큰 의미를 지니지 못한다. 역으로 텍스트 내부의 균열을 비판하며 탈북 인민에 대한 재현 불가능성을 주장하는 것도 큰 의미를 지니지 못한다. 오히려 통일문학의 규범과 현실의 탈북 인민의 삶의 간극으로부터 새로운 탈분단 문학의 가능성을 추출하는 것이 생산적일 것이다. 정도상의 『찔레꽃』이 의미를 지니는 것은 통일문학의 규범으로 포획되지 않는 탈북 인민의 삶을 외면하지 않고 핍진하게 형상화하고 있기 때문이다. 충심이 지니는 모순은 이에 기인한다. 탈북 인민을 바라보는 통일문학의 관점으로는 충심을 해명할 수 없다. 북한체제를 긍정하면서도 남한체제의 경제적 우위를 인정할 수밖에 없는 탈북 인민의 삶이란 추상적인 분단 모순과 민족통일의 담론으로 해석될 수 없다. 오히려 분단체제를 통해 서로 기묘하게 공생하는 남북 양쪽의 지배 메커니즘에 의해 억압된 인민들의 삶에 초점을 맞춘다는 점에 정도상의 성과가 있다. 북한의 지배 메커니즘에 의해 최소한의 생존 가능성을 박탈당한 채 추방되어야 하는 존재, 동시에 남한의 지배 메커니즘에 의해 '2등 국민'으로 호명되며 경제적·젠더적·문화적 층위에서 전방위적으로 억압되는 존재. 이러한 존재로서의 충심의 삶을 경화된 통일문학의 틀로 환원하지 않는다는 것이 정도상의 『찔레꽃』이 거둔 최대의 성과이다.

그러나 정도상은 과거 통일문학의 규범을 넘어서는 새로운 분단 모순의 문학적 대응논리에 대해서는 구체적인 고민을 충분히 보여주지 못하고 있다. 통일이 아니라 분단체제로 인한 남북한 인민들의 삶의 억압이 우리가 당면한 문제라면, 지금 우리 문학에 필요한 것은 탈분단의 문제설정을 통해 기형적으로 공생하는 남북의 지배체제를 동시에 내파하는 미학적·실천적 고민이다. 이런 맥락에서 권리의『왼손잡이 미스터 리』는 탈분단 문학의 가능성을 보여주는 소중한 성과로 평가될 수 있다.

이 작품은 그 문제성에 비해 충분히 논의되지 못한 것이 사실이다. 아마도 탈북 인민과 분단체제의 문제를 다룬 이 작품의 주제와 사이버 공간의 환상성을 통한 서술이라는 새로운 형식의 결합이 기존의 비평적 독법에 적합하지 않았기 때문인 듯하다. 물론 이 작품에서 주제와 형식 간의 결합은 종종 매끄럽지 못한 양상으로 나타나며, 작가의 목소리가 소설 내적인 장치들을 통해 충분히 육화되지 못한 채 생경하게 끼어들기도 한다. 그러나 이러한 한계에도 불구하고 권리의『왼손잡이 미스터 리』는 탈분단 문학의 한 가능성을 보여준다는 점에서 다시 논의될 필요가 있다.

탈분단 문학은 통일문학의 규범으로 환원되지 않는 남북한 인민들의 삶을 다루어야 한다. 따라서 중요한 것은 민족이나 통일 등의 추상적 심급이 아니라, 남북의 지배 이데올로기로 동시에 기능하고 있는 분단체제가 구체적인 개체로서의 인민들의 삶을 어떻게 억압하고 있는가에 대한 탐색이다. 그리고 분단체제가 은폐하는 남북의 지배 이데올로기 간의 동일성을 인식하고, 이를 넘어서기 위한 새로운 인민들의 삶의 원리를 모색하는 것이다.

탈북 인민들은 이러한 분단체제에 의해 북에서 추방되고 남에서 억압되는 존재이다. 이들에게 남과 북은 동일한 지배 메커니즘일 뿐이다. 기실 남한의 자본주의와 북한의 의사/국가 사회주의는 강력한 내셔널리즘을 공유하고 있으며, 이를 기반으로 각각의 개체를 동일성의 논리로 포획한다. 탈북 인민은 북에서는 "수령절대주의"[13])에 의해 추방되며, 남에서는 "탈북자고 이등인"(111쪽)으로 호명되며 억압된다. 이 지배 이데올로기는 강고한 "'민족주의 교(敎)'"(173쪽)에 의해 적대적 공생관계를 유지한다.

그렇다면 남과 북 양쪽에서 모두 추방된 탈북 인민들은 어떠한 삶의 구성 원리를 모색할 수 있는가? 권리는 탈북 인민 '왼손잡이 미스터 리'를 "카오스모폴리탄"(321쪽)으로 명명한다. 남과 북이라는 이분법적 구도는 그것이 공통적으로 탈북 인민을 억압한다는 점에서 그 의미를 상실한다. 여기에 분단체제가 단지 한반도의 문제가 아니라 세계체제와 연동되어 운동하는 개념이기에 민족국가 단위를 넘어서는 삶의 존재양식이 요구된다. 따라서 '왼손잡이 미스터 리'의 삶은 일차적으로 '코스모폴리탄'적인 성격을 지닌다. 그러나 현재 코스모폴리탄의 존재를 가능하게 하는 힘이 자본에 의한 위로부터의 세계화이기에 '오른손잡이'가 아닌 '왼손잡이'인 탈북 인민은 코스모폴리탄으로부터도 추방된다. 여기서 탈북 인민의 삶은 오른손잡이로 표상되는 지배체제에 편입된 안정적인 존재가 아니라, 분단체제와 세계체제로부터 이중으로 추방당한 카오스적 성격을 획득한다. 즉, 민족국가 단위를 넘어서며, 동시에 세계체제의 지배 질서를 부정하는 것이 탈북 인민의 삶의 구성 원리인 것이다. 이를 단적으로 표현한 것이 바로 '카오스모폴리탄'이다. 남과

---

13) 권리, 『왼손잡이 미스터 리』, 문학수첩, 2007, 142쪽. 이하 이 작품의 인용시 괄호 안에 인용한 쪽수만을 기입한다.

북이 공유한 내셔널리즘을 넘어서며, 자본에 의해 위계서열화된 세계체제를 극복하는 것. 비록 그것이 지난한 작업일지라도 바로 그 지점에 탈북 인민의 모순, 그리고 분단체제를 넘어서기 위한 탈분단 문학의 가능성이 존재한다.

이러한 '카오스모폴리탄'의 언어는 '코스모스'의 언어와는 다른 형식을 지닌다. 그 언어는 내셔널리즘에 입각한 남북 지배 이데올로기의 언어인 "우리는 원래 하나이며, 우리의 소원은 통일"이라든가, 혹은 "'민족대단결', '자주통일', '우리 민족끼리'"(116쪽) 등의 언어와 판이하게 다르다. 동시에 "영어, 일본어, 한국어"(104쪽) 순으로 중심부 제국을 정점으로 위계서열화된 언어와도 판이하게 달라야 한다. 따라서 카오스모폴리탄은 "제3의 언어"를 필요로 하며 이를 위해서 "익숙해져 있는 언어들을 과감히 깨야"(104쪽)한다.

권리가 사용하는 새로운 형식은 이 카오스모폴리탄의 언어를 직조하기 위한 실험이다. 지배 이데올로기의 언어는 자신의 이데올로기를 '현실'로 믿게 하는 단단한 담론의 형식을 지닌다. 우리가 이 언어를 벗어나기 위해서는 지배담론에 내재하는 균열을 탐색해야 한다. 얼핏 단단하고 매끈해 보이는 지배담론의 형식은 그 안에 수많은 모순을 은폐하고 있다. 그러나 은폐된 모순들은 '징후적으로' 현현한다. 이 징후는 지배담론과 같이 스스로를 단일한 '현실'로 주장하지 않는다. 오히려 '무엇이 현실인가?'에 대한 근본적인 질문을 우리에게 던지는 것이 카오스모폴리탄의 언어이다.

이 작품이 환상의 형식으로 구성된 것은 이에 기인한다. 환상은 억압된 언어들이 폭발하는 카니발의 형식이다. 억압된 언어들은 논리적이고 체계적인 온전한 형식을 지닐 수 없다. 이미 논리적이고 체계적인 언어 형식 자체가 일정한 규범에 의해 승인된 지배적인 발화형식이기 때문이다. 현실에서 폐제된 카오스모폴리탄은 명징한 발화형식을 획득할 수 없다. 오히려 이들의 발화는 투명한 현실로 유통되는 지배담론에 균열을 내는 다른 형식을 지닌다. 이 작품은 환상을 통해 자명한 것으로 인식되던 기존의 지배 언어들을 전복하며, 단일한 현실에 대한 근본적인 문제제기를 분출한다. "무질서가 최고조"이며 "엔트로피가 최대"(128쪽)인 지금, 여기의 삶은 환상의 형식을 통해 새로운 언어를 생성한다. 이 카오스모폴리탄의 언어는 지배담론 너머 다른 현실의 가능성을 인식하기 위해 "일부러 글자를 뒤집어 놓은"(69쪽) 언어이다. 권리가 보여주는 환상의 형식은 이 언어를 표출하기 위한 새로운 문법이다.

권리는 이미 『싸이코가 뜬다』를 통해 내셔널리즘을 넘어서는 코스모폴리탄의 존재양식과 그 윤리에 대한 문제의식을 보여주었다. 그러나 『싸이코가 뜬다』는 그 코스모폴리탄을 규정하는 지금, 여기의 분단체제에 대한 인식까지는 보여주지 못했다. 분단체제와 세계체제에 의해 복합적으로 규정되는 우리 현실의 중층적인 성격은 『왼손잡이 미스터리』를 통해 비로소 그 구체성을 확보한다. 나아가 내셔널리즘으로 환원되지 않는, 통일문학을 넘어서는 탈분단 문학의 가능성을 카오스모폴리탄의 언어를 통해 탐색하고 있다는 점에 권리의 성과가 존재한다.

4. 트랜스 내셔널의 징후와 '과정'으로서의 윤리

트랜스 내셔널의 징후는 2000년대 한국문학에서 빈번하게 나타난다. 문제는 이 징후를 정치경제적 · 존재론적 · 미학적 관점에서 해석함으로써 새로운 문학과 현실의 관계 맺음에 대한 문제제기로 나아가는 것이다. 정치경제적 층위에서 반주변부 인민으로서의 낀 존재로서의 자기 인식과 동시에 분단체제 속에서 탈분단의 가능성을 모색하는 것. 존재론적 층위에서 주체와 타자 간의 충돌과 교감을 통해 새로운 주체성을 형성하는 것. 미학적 층위에서 주체에 의한 타자의 점유가 아닌 타자의 고유성을 재현하기 위한 새로운 형식을 극한에서 실험하는 것. 이 세 겹의 과제를 논리적인 언어로 밝혀내는 것이 트랜스 내셔널의 징후를 형상화한 작품을 다루는 비평의 몫이다.

이 글에서 이 과제들을 충분히 해명했다고 생각하지 않는다. 그러나 트랜스 내셔널의 징후에 대한 일련의 비평들이 간과하고 있는 문제에 대해서는 다시 한 번 강조할 필요를 느낀다. 주체와 타자 간의 관계 맺음의 '윤리'의 문제가 그것이다. 주체에 의한 타자의 포획이 폭력인 것처럼 타자의 절대성을 강조하며 주체와 타자 간의 관계 맺음 자체를 부정하는 것 역시 폭력이다. 그 순간 타자는 고정된 타자성의 영역으로 환원되며, 주체에게 어떠한 변화도 야기할 수 없는 존재로 전락하기 때문이다. 주체와 타자의 이분법 자체가 붕괴된 지금, 비평의 몫은 주체와 타자의 충돌과 교감의 과정에서 생성되는 징후를 통해 새로운 윤리를 모색하는 것이다. 나는 방금 '과정'이라는 표현을 썼다. 윤리는 형이상학적 인식론이나 존재론의 영역에 있는 것이 아니다. 끊임없는 주체와 타자 간의 우애로운 마주침, 그 과정에서 생성되는 미정형의 가능성에 윤리가 존재한다. 비평이 텍스트로부터 이 윤리의 가능성을 읽어내지 못한다면, 결국 비평은 텍스트에 대한 주석적 해설 이상의 의미를 지니지 못할 것이다. 바로 여기, 트랜스 내셔널의 징후와 '과정'으로서의 윤리를 모색하는 비평의 출발점이 놓여 있다. 그리고 이러한 모색만이 공전하는 비평과 부재하는 윤리라는 역설적인 비평의 빈곤을 넘어설 수 있을 것이다.

감각의 분배학에서 교감의 정치학으로

_ 최근 '시와 정치' 담론에 대한 비판적 테제

1. 전제 : 감각의 문제와 대문자 미학의 아포리아

1980년대 이후 '1990년대적인 것'의 과잉 속에서 시와 정치의 관계를 묻는 질문은 찾아보기 어려웠다. 내면의 고백과 개인의 탐색이 전면화 되면서 시의 영역에 정치를 묻는 것은 낡은 질문으로 치부되었다.

그런데 촛불이라는 '사건'과 함께 억압되었던 '정치'가 갑자기 도래했다. 이는 문학의 영역에서 특히 두드러졌는데, 진은영의 심도 깊은 진정성을 담보한 문제제기로부터 이장욱, 강계숙, 신형철, 박수연 등 현재 한국 문학에서 중요한 위상을 지닌 비평가들의 논의가 급속하게 분출되었다. 이들은 진은영의 다음과 같은 질문, "이주노동자와 비정규직 노동자들의 투쟁을 지지하며 성명서에 이름을 올리거나 지지 방문을 하고 정치적 이슈를 다루는 논문을 쓸 수도 있지만, 이상하게도 그것을 시로 표현하는 것은 쉽지가 않다"[1]는 진술에 대해 나름의 미학적 입장을 개진하고 있다.

---

1) 진은영, 「감각적인 것의 분배」, 『창작과비평』, 2008 겨울호, 69쪽.

물론 내가 거론한 비평가들은 모두 다른 미학적 입장을 지니고 있으며, 내가 거론하지 못했으나 중요한 논의를 전개하고 있는 이들 역시 많다. 그러니 이들의 논의를 하나의 경향으로 수렴하고 정리하는 것은 큰 의미를 지니지 못할 것이다. 예컨대 이장욱은 러시아와 프랑스의 아방가르드의 사례와 김수영을 예로 들며 "감성의 직접성을 강조하는 성애학"[2]을 시와 정치를 매개하는 미학적 원리로 제시하고 있으며, 강계숙은 사르트르의 '문학이란 무엇인가?'라는 질문으로부터 "(중략) 시의 정치성은 추구의 대상이 아니다. 그것은 시로 있음으로써 사후적 확인을 요구하는 또 하나의 가능한 해석이다"[3]라는 예술적 자율성에 대한 입장을 재확인한다. 그리고 이러한 차이는 김수영에 대한 치밀한 독해를 통해 현실적 미학 구축의 필요성을 제기하는 박수연[4]이나, 구체적인 젊은 시인들의 작품을 통해 진은영의 본래 질문에 대해 성실한 답변을 제시하는 신형철[5]에게도 나타난다.

그러나 이러한 차이들에도 불구하고, 최근 시와 정치를 둘러싼 논의들에서 유독 자크 랑시에르가 특화되어 수용되는 것은 일견 기이하다. 물론 랑시에르가 감각의 분배로서의 예술이라는 개념을 고안했으며, 이러한 프레임이 시와 정치의 관계라는 난제에 대해 상당한 유용성을 지닌다는 점은 공감한다. 오히려 내가 기이하다고 느끼는 것은 새로운 프레임을 통한 비평들이 과거와 그다지 다르지 않은 결론으로 귀결된다는 사실이다. 대부분의 경우 감각이 지니는 정치성을 강조하거나, 혹은 미적 자율성과 정치적 급진성이 서로 배치되는 것이 아니라는 식의 지

---

2) 이장욱, 「시, 정치 그리고 성애학」, 『창작과비평』, 2009 봄호, 311쪽.
3) 강계숙, 「'시의 정치성'을 말할 때 물어야 할 것들」, 『문학과사회』, 2009 가을호, 388쪽.
4) 박수연, 「시와 결여」, 『실천문학』, 2010 봄호.
5) 신형철, 「가능한 불가능」, 『창작과비평』, 2010 봄호.

극히 당위적인, 그래서 이미 수없이 반복되어온 대문자 미학을 다시 랑시에르의 어법으로 마치 새로운 것처럼 제시하는 것에 그치는 것은 아닌가 싶다.[6]

나는 보다 생산적인 논의를 위해서는 문제설정 자체를 바꾸어야 한다고 생각한다. 현실에 개입하는 실천적 행위로서의 비평은 완결된 형식의 대문자 미학을 추구하지 않는다. 중요한 것은 미학 그 자체가 아니라, 이로 인해 발생하는 텍스트의 '진리-효과'이다. 알튀세르의 어법을 빌려 말하자면, 진리-효과를 창출하고자 하는 비평은 종국에는 스스로의 체계 자체를 해소하기 위한 비(非)-비평을 추구하는 모순적 개념이다. 따라서 시와 정치를 둘러싼 논의에서 초점이 되어야 할 것은 시와 정치의 '본질'을 정의하고, 이것이 결합되는 단단한 미학적 '원리'를 규명하는 것이 아니다. 오히려 구체적으로 어떠한 텍스트들이 사건으로서의 '감각'을 생성하며, 어떠한 과정을 통해 이 감각이 진리-효과로 발현되는지, 그리고 이 메커니즘이 지니는 정치적 효과는 무엇인지를 살펴보는 것이 비-비평의 과제이다. 이러한 문제설정만이 공전하는 대문자 미학의 반복을 넘어서는 새로운 비평적 담론을 생산할 수 있을 것이다.[7] 물론 이 글은 이러한 문제제기를 온전히 담아낸 것이 아니다. 다만 기존 논의의 문제설정을 바꾸기 위한 시론적 테제일 따름이다.

---

6) 강계숙의 치열한 논의가 종국에는 김현의 고전적인(!) 언명으로 귀결되는 것이나, 이장욱의 정치한 논의가 결국 김수영의 '온몸의 시학'으로 귀결되는 것 등을 단적인 예로 들 수 있겠다.

7) 박수연의 논의는 비평과 현실 간의 긴장감을 확보하고 있다는 점에서, 그리고 신형철의 논의는 구체적인 텍스트 분석에 입각하고 있다는 점에서 나의 문제의식과 상통한다. 다만 박수연의 경우 최근 텍스트들의 '감각'에 대한 분석을 간과하고 있다는 점, 신형철의 경우 '감각'이 유통되는 정치적 메커니즘을 간과하고 있다는 점이 아쉽다.

2. 테제 1 : 감각은 유물론적 생산과정의 결과이다

> 한땐 내 가슴 마당이/잡부숙소보단 넓으리라 했다/간이욕 주점 창살
> 방보단 밝으리라 했고/발전기 소리 웅웅거리는/작업장보단 조용하리
> 라 했다//목수도 칠도 방통도/하빠리 기레빠시 인생들/모두 다 내게로
> 오라 했다/헐거운 삶들 가슴에 들여 살며/달방 주인처럼 신이 났다//
> 하지만/세월 흘러 돌아보거니/난 그 마르지 않던 서정의 샘을/딱딱한
> 책으로 과학으로/이성으로 가득 메워버렸다//낮술 거나한 노을이/황
> 금들녘 퍼져 일어나지 못해도/아무도 그를 깨우지 않던/따사롭던 내
> 여름날/가난했던 서정이여

_송경동, 「서정에도 계급성이 있다」 전문

언어는 사회적 생산관계 속에서 만들어지는 물질이며, 따라서 당대의
컨텍스트적 맥락을 어떠한 형식으로든 내재한다. 그러나 문학 언어는,
다른 언어 물질과는 다른 나름의 '규범'을 통해 비로소 문학이라는 형
식으로 명명된다. 주체와 대상 간의 지시적 관계를 넘어서는 잉여와 결
핍이 그것이며, 이를 극대화하는 표현 양식이 시일 것이다. 이때 이 '잉
여와 결핍'은 경우에 따라 효율성과 지시성을 규범으로 하는 지배적 언
어구조로 포획되지 않는 모종의 '불온함'을 내포하기도 한다. 이를 현
실 법칙을 위반하는, 그리하여 우리의 인식을 성찰하게 하는 시적 '감
각'이라고 할 수 있을 것이다.

문제는 이 감각이 결코 단일하지 않다는 것이다. 예컨대 어떠한 '잉
여와 결핍'이 불온함을 내포한다고 했을 때, 그 불온함을 구체적인 감각
으로 표현했는지에 대한 평가는 각기 다를 수밖에 없다. 왜냐하면 불온
함을 담지하는 감각은 언어라는 물질을 가공하는 과정에서 만들어지는

것이며, 이 과정은 언어의 물질성을 구체화하는 방법에 따라 각기 다르기 때문이다. 바꾸어 말하면 어떠한 집단에게 매우 뛰어난 감각을 분배하는 시가, 다른 집단에게는 규범적 언어 질서에 포획된 사물로 파악되기도 한다.

송경동의 「서정에도 계급성이 있다」를 보자. 위의 시에서 언어의 구조화 과정은 규범적인 문학 언어의 그것과 크게 다르지 않다. 제도화된 문학 장(場)을 통해 구성된 운율, 이미지, 대칭구조 등의 사용이 이를 단적으로 보여준다. 따라서 텍스트 내적 분석만으로 본다면 위의 시는 제도화된 문학 장의 규범을 따르는, 그리하여 우리에게 진정한 감각을 제시해주지 못하는 사물에 불과할 것이다.

그런데 문제는 그렇게 간단하지 않다. 위와 같은 평가는 문학의 자율성의 신화를 믿는 집단에게는 충분히 공감을 얻을 수 있을 것이다. 그러나 문학을 유물론적 생산과정을 통해 만들어지는 텍스트로 파악하는 집단에게는 사정이 다르다. 왜냐하면 위의 시는 문학 장의 규범을 따르면서도, 이를 공격적으로 전복하는 일종의 '전유'를 수행하고 있기 때문이다. 사용하는 어휘의 측면에서 하위주체들의 그것을 서정의 영역으로 도입한다는 점, 서정과 이성을 대비시키며 부르주아적 이성의 권위에 대해 체험에 근거한 서정의 우위를 제시한다는 점 등이 그렇다. 이로 인해 텍스트의 물질성을 인식하는 집단에게 위의 시는 '새로운' 감각을 제공하는 '사건'이 된다.

감각은 주체가 구성되는 다양한 장들의 이접 속에서 각기 다른 방식으로 인식된다. 감각은 주체와 대상 간의 감성적 인식효과의 결과이기 때문이며, 당연하게도 주체는 각기 다른 인식론적 방법론을 자신이 위치한 장의 질서 속에서 체득하기 때문이다. 따라서 모든 인간에게 보편적인 '감각'을 논의하는 것은 아무런 의미를 지니지 못한다. 감각 역시 다른 물질과 마찬가지로 특정한 생산과정을 거쳐 만들어진 결과물이며, 개별적 주체들은 자신이 속한 집단적 코드를 통해 '읽기-의미화하기'라는 생산과정에 참여함으로써 텍스트를 실현시키기 때문이다. 송경동의 전언, '서정에도 계급성이 있다'라는 통찰은 그래서 중요하다. 텍스트를 생산하는, 그러니까 독해하고 의미를 부여하는 과정은 각각의 집단에 따라 다른 방식으로 진행되며, 이 과정은 지극히 유물론적이기 때문이다. 그리고 송경동은 이 지점을 매우 정치하게 인식하고 있기 때문이다. 그러니 우리는 첫 번째로 다음과 같은 테제를 추출할 수 있다. '감각은 유물론적 생산과정의 결과이다.'

3. 테제 2 : 미학은 개체를 주체로 호명하는 구조이다

보편적인 노래가 되어/보편적인 날들이 되어/보편적인 일들이 되어/함께한 시간도 장소도 마음도 기억나지 않는/보편적인 사랑의 노래/보편적인 이별의 노래에/문득 선명하게 떠오르는/그때, 그때의 그때
　　　　　　　　　__브로콜리 너마저, 〈보편적인 노래〉 부분

그렇다면, 개별적 주체들이 각기 다른 감성적 인식효과의 코드를 통해 텍스트를 감각한다면, 미학이란 무엇이며 무엇을 할 수 있는가? 보편적인 '미적인 것'이 존재하지 않는다면, 이를 완결된 체계로 해명하는 것 자체가 관념론적 발상에 불과하다면 미학은, 그리고 비평은 무엇이란 말인가?

앞서 언급했듯이 이와 같은 대문자 미학의 구상은 아름다운 미망일 따름이다. 언제나 완결된 체계는 우리를 매혹시키지만 그 매혹은 기실

불가능함을 가능함으로 포장하는 효과에 의한 것에 불과하다. 오히려 지금 우리에게 필요한 미학은 지배적인 문학 규범에 포획된 개체들을 능동적인 텍스트 전유의 주체로 형성하기 위한 인식론적 방법론의 성격을 지닌다. 그리고 이를 위해서는 무엇보다 개체들을 특정한 주체로 호명하기 위한 새로운 감각의 인식론을 창출하는 것이 필요하다.

브로콜리 너마저의 〈보편적인 노래〉는, 물론 그것이 문학이 아닌 가요의 형식을 지니지만, 이와 관련하여 상당히 흥미로운 사례를 보여준다. 각각의 개체들은 "보편적인 노래"를 통해서는 어떠한 사건도 감각할 수 없다. 개체들의 구체적인 삶, 그러니까 "함께한 시간도 장소도 마음도 기억나지 않는" 노래이기 때문이다. 그런데 이 보편적인 노래가 의미를 획득하는 것은, 개체의 체험과 텍스트의 발화가 마주치면서 "그때, 그때의 그때"라는 사건을 생성하기 때문이다. 이 비인칭대명사는 구체적인 실체로 제시되지 않기에 개체를 텍스트 생산과정의 주체로 호명한다. "그때, 그때의 그때"를 구성하는 것은 텍스트의 저자가 아니라 생산과정에 참여하는 개체들이다. 개체들은 개별적인 체험을 통해 이 공간에 구체적인 의미를 부여한다. 그리하여 이 노래는 비로소 "보편적인 노래"로 현현한다. 이 과정에서 개체의 경험과 텍스트의 발화가 마주치며 개체가 텍스트 생산의 주체로 호명되기 때문에 이와 같은 '보편적인' 노래는 가능하다.

미학은 바로 여기에 개입하는 진리-효과로서 존재한다. 지배적 문학 규범과 이에 따른 텍스트의 생산-유통과정에서 개체들은 고립화되고 단자화된 거대한 소비자로 호명된다. 이러한 문학 소비자로서의 개체를 예술의 주체로 호명하는 구조를 해명하고 형성하는 것이 미학의 임무이다. 브로콜리 너마저의 〈보편적인 노래〉의 잉여와 결핍인 "그때, 그때의 그때"에 특정한 기표를 기입하는 것이 미학의 임무가 아니라,

'보편적인 노래'의 잉여와 결핍에 구체적인 개체들의 이야기를 기입하는 구조를 밝혀내는 것이 미학의 임무라는 것이다. 그 이야기를 선험적으로 규정하는 것은 대문자 미학의 몫이지, 비−비평으로의 전화를 꿈꾸는 미학의 몫이 아니다. 그러니 우리는 두 번째로 다음과 같은 테제를 추출할 수 있다. '미학은 개체를 주체로 호명하는 구조이다.'

4. 테제 3 : 교감은 개체들의 연대의 정치학이다

깊은 밤/마루에서 무슨 소리가 들려/누가 온 건가 싶어 마루에 나가 보기도 하고/책장이 무게를 못 이기나 싶어 두리번거리기도 여러 번// 나는 가진 게 없네//아무 흔적을 찾을 수 없으니/소리 듣는 일이 고되었다/며칠이 지나고서야/가진 게 없어 주워온 키조개 껍질이 이런저런 소리를 내며/갈라지고 있다는 걸 알았다//한번 벌어진 조개가 살을 찢기더니/이제는 스스로 몸통을 찢어내고 있었다//나는 가진 게 없네/가진 게 없어 이 소리를 가질 수 없네//할 말이 있음은 안다/몇몇 밤은 칠흑같이 어두울 것이고/내 반경은 감정을 만들지 않겠지만/할 말 있는 사람끼리 얼굴을 맞대야 하는 것쯤은 안다//가진 게 없네/가진 게 없어 //들은 게 없다/도무지 오지 않는 것들이/이 어둔 밤에 관여하고 있는 소리에 관해서는

_ 이병률, 「나는 가진 게 없네」 전문

미학이 개체를 주체로 호명하는 구조라면, 이는 곧 '어떠한' 주체를 호명(해야)하는가의 문제로 연결된다. 테제1에서 언급했듯이 각각의 집단적 감성 인식의 코드가 다르게 존재하며, 이에 따라 감각 역시 다르게

현상하기 때문에 '보편적인' 호명이란 존재할 수 없기 때문이다.

문제는 진은영의 고백처럼 현재는 "사회참여와 참여시 사이에서의 분열"[8]의 시기라는 사실이다. '어떠한' 주체인가라는 질문은 박노해와 백무산 등으로 대표되던 분열 이전의 시기에는 존재하지 않았다. 당연하게도 저항주체로서의 노동자 계급이 투명하게 존재했으며, 문학은 곧 아름다운 무기일 수 있었기 때문이다.

나 역시 이에 대해 '어떠한' 주체라는 '전망'을 제시할 수 없다. 아니, 기실 투명하고 단일한 주체 형성의 기획은 이미 그 자체로 관념론적이다. 언제나 저항주체의 형성은 우발적인 형태로, 그러나 유물론적인 형식으로 도래했기 때문이다. 다만 그럼에도 확실한 것은 개체들의 우애로운 마주침을 통한 연대의 형식만이 새로운 감성 인식의 코드를 생산할 수 있을 것이며, 이를 통해 비로소 새로운 정치학의 모색이 가능할 것이라는 사실이다.

이병률의 시는 이와 관련하여 몇 가지 중요한 단상을 제공해준다. 그의 시는 시적 '감각'을 넘어 '교감'으로 나아갈 때, 비로소 개체 간의 '연대'가 가능하다는 점을 잘 보여준다. 누가 말할 수 있는가? 아니, 보다 정확하게 시가 들어야 하는 말은 누구의 것인가? 그에 의하면 "가진 게 없어 주워온 키조개 껍질"이 "스스로 몸통을 찢어내"며 내는 소리가, 바로 시가 들어야 하는 말들이다. 그리고 이러한 말을 들을 수 있는 존재는 "가진 게 없어 이 소리를 가질 수 없"는 존재이다. 그러니, 시란 가진 게 없는 개체가, 역시 가진 게 없는 개체들의 불투명한 언어를 들으려는 끊임없는 연대의 과정일 것이다.

이러한 성찰이 중요한 것은 그의 시가 감각의 한계와 교감의 조건을

---

8) 진은영, 앞의 글, 같은쪽.

정확하게 지적하고 있기 때문이다. 주체가 할 말이 지나치게 많다면 대상에 대한 교감 대신 주체의 독단적인 발화가 전면화될 것이다. 반대로 대상이 뚜렷하게 발화하는 존재라면, 역시 교감과 연대 대신 대상의 일방적인 발화가 전면화될 것이다. 이러한 상황에서 주체와 대상 간의 교감과 연대란 불가능할 것이며, 이는 곧 시 자체의 존립 불가능성으로 이어진다.

이병률의 작품은 매우 담담하게 시적 교감과 연대의 조건들에 대해 이야기한다. 개체 간의 교감과 연대는 서로가 "가진 게 없"는 존재일 때 비로소 가능하다. 그러나 이 "가진 게 없"음은 주체를 호명하는 시적 정치학의 기본적인 조건이라는 점에서 중요하다. 비록 그가 "이 어둔 밤에 관여하고 있는 소리에 관해서는" 들은 것이 없다고 할지라도 말이다. 왜냐하면 그는 적어도 개체 간의 교감과 연대에 대해서 "할 말 있는 사람끼리 얼굴을 맞대야 하는 것쯤은" 알고 있기 때문이다. 이러한 인식조차도 지니지 못한 수많은 최근 시들을 고려한다면 이병률의 성찰과 고백이 지니는 무게감은 결코 가벼운 것이 아니다.

시적 감각의 분배를 둘러싼 논의가 공전하는 이유 중 하나는, 감각이 개체들 간의 '교감'의 문제로 전환되지 못한 것과 관련이 있다. 개체 간의 관계 맺음을 통해 비로소 다른 개체로의 존재변이가 가능하다는 점을 고려한다면, 교감을 통한 개체 간의 연대의 문제는 지금까지와는 다른 감성 인식 코드를 생산하고 저항주체를 형성하는 메커니즘의 구상과 직결되는 미학적 문제이다. 따라서 우리는 세 번째로 다음과 같은 테제를 추출할 수 있다. '교감은 개체들의 연대의 정치학이다.'

5. 다시 질문 : 감각의 분배학에서 교감의 정치학으로

다시 처음의 질문으로 돌아가보자. 많은 시인들과 비평가들이 시의 정치성을 논의하고 있다. 그럼에도 이 논의는 대문자 미학의 틀에서 벗어나지 못한 채, 결국 지극히 상식적인 김현과 김수영의 언명으로 귀결되고 있다. 나는 이러한 논의의 공전이 '감각'을 개체의 차원에 국한시켜 해석하려는 경향에 일정 부분 기인한다고 생각한다. 개체 자체가 투명하고 단일한 존재가 아닌 이상, 이를 구성하는 다양한 사회적 장의 존재를 간과한 채 진행되는 논의는 관념의 성채를 벗어날 수 없다.

오히려 지금 필요한 비평은 개체의 감각을 묻는 것이 아니라, 개체 간의 교감과 연대의 가능성을 묻는 것이 아닐까? 그 가능성으로부터 개체를 저항-주체로 호명하는 미학적 실험을 기획하고, 연대를 통해 새로운 감성 인식의 코드를 창출하는 것이 비평의 몫이 아닐까? 이러한 문제설정의 전환이 없다면, 오랜만에 제기된 시와 정치라는 중요한 논제는 다시 대문자 미학의 영역에서 고사하고 마는 것은 아닐까?

비-비평을 주장하는 우리는 문제설정을 바꾸는 것이 필요하다고 생각한다. 지금 논의해야 할 것은 감각의 분배학이 아니라 교감의 정치학이다. 우리에게 필요한 것은 유물론적 생산과정에 개입함으로써 개별적인 감각들을 보편적인 '노래'로 이끌어내는 것이며, 나아가 개체를 저항-주체로 호명하며 이들의 역능을 펼쳐내기 위한 연대를 기획하는 것이기 때문이다. 이러한 비-비평의 개입이 있을 때, 비로소 비평은 문학생산과정의 주체로서 그 위치를 다시금 확보할 수 있을 것이다. 그러니 이제, '감각의 분배학'을 넘어 '교감의 정치학'을 이야기할 때다.

재현 너머 흔적을 복원하는 소설의 욕망

_ 2000년대 역사소설에 대한 성찰과 전망

1. 소수자의 역사에 대한 재인식과 역사소설의 변화

2000년대 이후 이른바 포스트모던적 역사인식의 방법론이 광범위하게 수용되었다. 언어로의 전환과 미시사·심성사의 발달, 공식적인 역사 서술에서 배제되었던 하위주체들의 재현, 풍속에 대한 탐구를 통한 구체적인 삶의 복원 등의 문제의식이 역사학계는 물론 인문사회과학 전반에 걸쳐 폭넓게 수용되었으며 문학의 영역에서도 이러한 경향은 강력한 영향을 끼쳤다.

전대(前代)의 역사소설과 비교할 때, 2000년대 역사소설은 역사를 인식하는 방법론의 층위에서 구별된다. 전대의 역사소설이 객관적으로 존재하는 '사실(史實)'로서의 역사를 문학적으로 재현하는 것에 초점을 맞추었다면, 2000년대 역사소설은 단일한 사실로 인식되던 역사 서술을 해체하고 그 자리에 자신의 문학적 상상력을 채우는 것에 초점을 맞춘다.

1980년대 조정래로 대표되는 역사소설은 지배적인 우파의 역사 서술의 이면에 숨겨진 민족 모순과 계급 모순, 나아가 분단 모순을 객관적으로 재현함으로써 당대의 역사적 지향을 문학적으로 형상화했다는 점에 그 의의가 있다. 그러나 이러한 역사소설 역시 단일한 사실로서의 역사를 상정하고 있으며 그 이외의 소소한 삶들의 이야기를 역사에서 배제한 채 이른바 민중사관이라는 틀로 모든 역사적 가능성들을 환원한 것이 사실이다.

그 결과 민중사관이라는 저항 이데올로기의 역사적 형상화는 이루어졌으나, 반면 체계화된 목소리로 자신의 삶을 증언할 수 없는 수많은 소수자의 이야기들은 우파의 역사 서술에서와 마찬가지로 또 다시 배제되었다. 우리가 포스트모던적 역사인식에서 배울 것은 이 부분이다. 거대담론에 가려져 자신의 목소리를 낼 수 없는 소수자들의 이야기들을 거대담론이 해체된 공간에 문학적 상상력을 통해 복원하려는 문제의식은, 기실 '민중'이라는 이름으로 환원되어온 수많은 소수자들의 '소소한 삶'의 복원으로 나아갈 수 있다는 점에서 중요하다.

2000년대 역사소설의 인식론적 방법론에 대해서는 많은 논의가 이루어져왔다. 한편에서는 이들이 지니는 공식적인 역사 서술에 대한 전복과 해체의 가능성을 높이 평가하면서 거대 서사의 붕괴 이후의 시대적 징후를 적절히 포착하고 있다는 입장을 보인다. 반면 다른 한편에서는 이들이 지니는 해체론적 역사인식이 곧 인식론적 층위에서의 불가지론의 변주에 다름 아니며, 이는 곧 역사에 대한 허무주의로 나아갈 수 있음을 비판한다.

그러나 이와 같은 이분법적인 평가 자체는 무의미하다. 왜냐하면 2000년대 역사소설이 지니는 인식론적 방법론은 하나의 단일한 평가 기준으로 환원되지 않기 때문이다. 이들이 지니는 공식적인 역사 서술에 대한 전복과 해체는 기존에 자명한 것으로 여겨져온 역사 이면의 다른 역사적 가능성을 복원할 수 있는 틈새를 만들어낸다는 점에서 분명 긍정적인 성격을 지닌다. 그러나 이들의 작업이 해체만으로 끝날 경우 역사적 허무주의라는 또 다른 지배 이데올로기로 역사를 환원할 위험성을 지니는 것 역시 분명한 사실이다. 따라서 정작 중요한 것은 2000년대 역사소설이 구체적으로 해체한 것은 무엇이며, 그 해체된 공간을 새롭게 채우는 것은 무엇인가를 꼼꼼히 살펴보는 일이다. 이 과정에서 2000년대 역사소설을 모두 해체주의, 혹은 포스트모던적 역사인식이라는 틀로 환원하는 것은 무의미하다. 구체적인 작가와 작품들 간의 차이를 드러내고, 각각의 역사소설이 역사학의 전환에 대응하는 방식들을 규명할 필요가 있다. 그리고 이 과정에서 무엇보다 기존의 내셔널 히스토리 중심의 역사 서술이 해체된 공간에 어떻게 소수자들의 목소리를 복원할 것인가에 대한 역사적·문학적 상상력의 인식론적 발현의 양상을 적극적으로 해명하고 평가할 필요가 있다.

이 글은 이러한 작업을 통해 2000년대 역사소설이 이룬 것과 극복해야 할 것들을 제시하고자 한다. 이는 2000년대 역사소설을 선험적인 틀로 긍정하거나 혹은 부정하는 평가가 생산적이지 못하다는 판단에 기인한다. 왜냐하면 2000년대 역사소설 자체를 하나의 틀로 환원하는 것은 또 다른 관념론에 불과하며, 새로운 역사소설의 경향성 속에서 우리가 배워야 할 것과 극복해야 할 것들을 구체적으로 판별해내는 것이 진정한 유물론적 접근 방식이기 때문이다.

2. 착종된 내셔널리즘과 내셔널 히스토리의 변주—김영하의 경우

2000년대 역사소설을 논하는 첫머리에는 김영하의 『검은 꽃』이 놓일 것이다. 1990년대 문학의 대표적인 징후로서 기능한 김영하라는 '상징'이 포스트모던적 역사인식을 통해 우리 근대사의 한 장면을 내셔널 히스토리와는 다른 양상으로 재구성해냈기에 그러하다. 그렇다면『검은 꽃』에서 김영하가 내셔널 히스토리 대신 포착해낸 다른 역사의 가능성이란 무엇인가?

분명『검은 꽃』은 전통적인 루카치류의 역사소설, 즉 역사 발전을 선험적으로 규정하고, 이 과정에서 헤겔주의적 관념성을 강조하는 경향과는 다르다.『검은 꽃』은 민족국가의 건설이라는 견고한 민족사 서술의 구도 대신 갑작스럽게 도래한 '근대'에 놓인 개인들의 삶에 초점을 맞추고 있다. 남진우의 지적과 같이『검은 꽃』은 구체적인 개인들이 "동아시아적 중세의 질서에 의해 훈육된 사유와 육체를 버리고 이와 다른 서구적 근대의 사유와 육체를 가진 주체로 거듭나는 과정"[1]을 보여준다. 이는 이 시기 멕시코 이민을 다룬 기존의 텍스트들이 이른바 '애니깽'으로 표상되는 민족의 수난과 생명력을 강조하면서 내셔널 히스토리의 신화를 만들어내는 것과는 분명히 다른 성과이다. 내셔널 히스토리는 구체적인 '소소한 삶'의 자리를 민족과 국가라는 관념으로 대체한다. 이 '소소한 삶'의 가능성들을 복원하기 위해 내셔널 히스토리의 문제설정 대신 개인들의 근대적 주체로의 탄생 과정을 새로운 문제설정으로 삼은 것이『검은 꽃』의 성과이다.

그리고 이 과정에서 내셔널 히스토리의 담론은 조롱된다. 고종 황제의 친족인 이종도의 멕시코 이민의 참상을 담은 편지는 일개 통역관인 권용준에 의해 다음과 같이 폐기된다.

(중략) 그는 벤치로 돌아와 가죽가방 속에서 이종도가 며칠 동안 끙끙

---

1) 남진우,「작품해설—무(無)를 향한 긴 여정」, 김영하,『검은 꽃』, 문학동네, 2003, 329쪽.

않으며 써내려간 편지를 꺼냈다. 그리고 찬찬히 읽어보았다. 불민한 자가 폐하의 심기를 어지럽혀 죄송하다는 등의 의례적인 인사말 뒤에 예의 멕시코에서의 고생담이 줄줄 적혀 있었다. 자신의 잘못된 판단에 대한 책임은 기꺼이 지겠다. 그러나 무지한 백성들의 고초는 차마 눈 뜨고 볼 수 없다. 부디 어여삐 여기시어 그들을 구해주십사는 내용이었다. 권용준은 흥, 코웃음을 쳤다. 조선이 망한 이유는 바로 이런 양반놈들 때문이다. 제 손으로는 마체테 한 번 잡아본 적 없으면서 입만 열면 청산유수지. 자기가 고생을 알면 얼마나 안다는 거야? 허구한 날 집 구석에 틀어박혀 공자왈 맹자왈이나 하는 주제에!

권용준은 세 통의 편지에 불을 붙였다. 불꽃이 날름거리며 삽시간에 편지를 삼켜버렸다. 재는 바람에 날려 이달고 공원 곳곳으로 흩어졌다.[2]

고종 황제의 친족으로서 제국의 위기를 맞아 멕시코로 떠나 그곳에서 서양의 문물을 배우고 힘을 키워 돌아오겠다는 이종도는 근대적인 임노동의 관계 속에 편입된 후에도 전근대적인 사유를 버리지 못한 채 황제폐하의 구원을 요청하는 인물로 그려진다. 이는 이종도의 사유가 "공자 왈 맹자 왈" 하는 전근대성을 벗어나지 못했으며, 무엇보다 그가 근대적 생산관계가 요구하는 노동력을 확보하지 못한 인물이기 때문이다. 따라서 그의 충심을 담은 편지는 일개 통역관에 의해 불타버리는 운명을 벗어나지 못한다.

김영하는 이종도의 전근대적 사유를 근대적 생산관계에 대비시킴으로써 희화화한다. 이종도의 열망은 당대 이른바 위정척사파의 정치적 열망

2) 김영하, 『검은 꽃』, 문학동네, 2003, 194쪽. 이하 이 작품의 인용시 괄호 안에 인용한 쪽수만을 기입한다.

의 알레고리이다. 그러나 위정척사파의 논리는 근대에 대해 전근대적 사유를 벗어나지 못함으로써 결국 '재'로 화할 뿐이다. 그리고 이 장면이 위정척사파의 전투적 민족주의에 대한 알레고리임은 물론이다.

그렇다면 구한말 내셔널 히스토리를 구성하는 또 다른 흐름인 이른바 개화파의 논리는 어떻게 그려지는가? 김영하는 윤치호를 통해 그 논리의 귀결을 다음과 같이 보여준다.

(중략) 11월 8일, 황제를 배알했다. 황제는, 그에게 얼마나 멀리 다녀왔느냐, 현재 어디에 살고 있느냐, 힘없이 물었다. 멕시코는 고사하고 하와이 이야기도 꺼내지 않았다. 윤치호는 실망하며 물러갔다. 황제는 피로한 기색이었다. 다음날, 일본 특파대사 이토 히로부미가 대한제국을 방문하였다. 국가와 왕조의 존망이 이토의 손에 달려 있는 마당에 멕시코 이민자 문제가 황제의 관심사일 수는 없었다. (184쪽)

윤치호의 멕시코 이민에 대한 실상 조사는 왕복 뱃삯 '300달러'가 없어 결국 좌절된다. 황제 역시 "국가와 왕조의 존망" 앞에서 멕시코 이민자 문제에 대해 관심을 보이지 않는다. 개화파의 계몽주의적 열정은 '300달러'로 표상되는 실질적인 '힘'의 부재로 인해 좌절된다. 그리고 그 배경에는 "국가와 왕조의 존망"이라는 거대한 내셔널 히스토리의 힘이 존재한다. 이런 맥락에서 윤치호가 멕시코로 떠나지 못하는 직접적인 계기인 왕복 뱃삯 '300달러'는 당대 개화파의 '힘'의 부재에 대한 알레고리이다. 근대국가 건설의 기반으로서 백성을 '국민'으로 호명하고자 한 개화파의 논리는 단돈 '300달러'의 부재로 인해 좌절된다. 즉, 윤치호의 멕시코 조사 실패는 구한말 개화파를 중심으로 한 내셔널 히스토리의 실상을 단적으로 보여준다. 그리고 이 배경에는 구체적인 개체들의 삶의 복원 대신 "국가와 왕조의 존망"을 앞세우는 내셔널 히스토리의 강력한 담론이 작동하고 있다.

이와 같이 김영하의 『검은 꽃』은 구한말 내셔널 히스토리의 두 축인 위정척사파와 개화파의 논리의 허구성을 각기 '재'와 '300달러'로 표상되는 알레고리를 통해 정확히 폭로하고 있다. 그렇다면 김영하의 『검은 꽃』은 자신이 해체한 내셔널 히스토리의 자리에 무엇을 기입하고 있는가?

포스트모던적 역사인식은 그 자체로서는 양가적일 뿐이다. 한편으로는 기존의 지배담론을 전복하고 해체함으로써 새로운 역사 서술의 가능성을 열어주지만, 다른 한편으로는 해체된 지배담론의 자리를 무엇으로 채워 넣어야 하는가에 대한 진지한 성찰이 없다면 생경한 지적 유희에 빠질 수밖에 없는 것이 포스트모던적 역사인식이다. 자신이 해체한 역사 서술의 공간에 김영하가 새롭게 복원하고자 의도한 것은 앞서 언급한 '근대적 개인의 탄생'이라는 문제이다.

그러나 이 부분에서 『검은 꽃』은 피상적인 형상화를 넘어서지 못한다. 근대적 개인의 탄생을 문제 삼기 위해서는 근대적 생산관계와 사유 구조가 구체적인 개인들에게 훈육되고 작동하는 과정이 설명되어야 한다. 그러나 『검은 꽃』은 이 과정을 온전히 해명하지 못하고 있다. 오히려 『검은 꽃』은 근대적 개인의 탄생이라는 문제설정을 새로운 민족국가의 탄생으로 해소할 뿐이다. 인식론적인 측면에서 1990년대적 새로움을 지니고 있는 김영하조차도 민족국가 건설에의 욕망 앞에서는 결국 자유롭지 못하다.[3] 작품의 주인공으로 볼 수 있는 이정의 최후를 보자.

---

3) 이와 관련하여 김영하가 지니는 세대적 정체성의 문제를 탐색하는 것이 필요하다. 스스로가 밝힌 것처럼 이른바 386세대에 해당하는 민족주의 학생운동가로서 김영하의 세대적 정체성과 『검은 꽃』에서 드러나는 민족주의적 감성은 밀접한 관계를 지닌다고 볼 수 있다. 즉, 문학적 지향점에서는 1990년대적인 전위적 특성을 지니고 있지만 세대적

그리고 한 달 후, 이들은 신전 광장에 띠깔 역사상 가장 작은 나라를 세웠다. 국호는 신대한이었다. 그들이 알고 있는 국호는 대한과 조선뿐이었으므로 별로 선택의 여지가 없었다. (중략) 이 나라는 반상과 귀천의 구별이 없는 새로운 나라이다. 지금 이곳의 우리가 그 운명에 책임을 진다. 멕시코와 조선에도 알려 그들로 하여금 새로운 나라의 건설에 동참토록 하자. 그러나 이 건국 선언을 진지하게 생각한 사람은 거의 없었다. (306쪽)

이정이 죽기 직전에 하는 행위는 '신대한'을 건설하는 것이다. "반상과 귀천의 구별"을 철폐하고자 하는 이정의 사유는 결국 근대적 민족국가의 건설로 귀결된다. 이런 면에서 김영하의 『검은 꽃』은 기존의 내셔널 히스토리의 문제설정 대신 구체적인 근대적 개인의 탄생을 문제설정으로 삼지만, 다시금 민족국가 건설이라는 내셔널 히스토리의 담론으로 포섭되고 만다.

김영하의 『검은 꽃』은 일면 내셔널 히스토리를 해체하고 새로운 역사인식의 가능성을 보여주는 것으로 평가될 수도 있다. 그러나 문제는 내셔널 히스토리의 해체만으로는 역사소설의 새로운 가능성을 보여준다고 할 수 없다는 점이다. 정작 중요한 것은 해체된 지배담론의 공간에 어떠한 문제설정을 통해 새로운 역사적 상상력을 기입하는가의 여부이기 때문이다. 김영하의 『검은 꽃』이 근대적 개인의 탄생이라는 발본적인 문제설정을 제기했음에도 불구하고 그 문제설정을 '신대한'으로 표상되는 민족국가 건설의 문제로 귀결시키고 있음은, 포스트모던적 역사

감수성의 층위에서는 강력한 민족주의적 감성을 지니고 있는 것, 이것을 김영하의 이중적 정체성으로 볼 수 있다. 이 점에 대해서는 별도의 논의가 필요한 것으로 보인다.

인식의 해체주의적 성격이 단지 해체에만 머무를 때 내셔널 히스토리의 한계를 극복할 수 없다는 사실을 보여준다.

이와 관련하여 흥미로운 점은 김영하가 작품 전반부에서 스스로 해체한 내셔널 히스토리의 공간을 후반부에 다시 복원하고 있다는 점이다. 그가 내셔널 히스토리를 해체하는 부분은 당대 민족국가 건설을 열망하던 두 축인 위정척사파와 개화파에 대한 논리적이고도 냉소적인 이성적 비판에 입각해 있다. 반면 그가 작품 후반부에 다시 복원하는 내셔널 히스토리의 상징인 '신대한'은 논리적으로 설명되지 않는 열정에 기반을 두고 만들어진다.

이정의 논리는 어려웠다. 그들을 설득한 건 논리가 아니라 열정이었다. 그리고 그 열정은 기묘한 것이었다. 그것은 무엇이 되고자 하는 것이 아니라 되지 않고자 하는 것이었다. (306쪽)

위의 인용문에서 보듯 이정의 '신대한' 건설은 논리가 아니라 기묘한 열정에 기반을 둔 것이다. 내셔널 히스토리의 해체가 김영하의 지적인 탐색을 통해 이루어지는 데 반해서 민족국가 건설의 재복원은 기묘한 열정을 통해 이루어지는 것이다. 즉, 김영하에게 내셔널리즘은 이중적인 양상으로 착종되어 있다. 그에게 내셔널리즘은 논리와 이성의 층위에서는 부정되어야 할 것이지만, 열정과 감성의 층위에서는 떼어낼 수 없는 것이다. 『검은 꽃』이 내셔널 히스토리를 해체하는 성과를 보였음에도 그 해체된 공간에 새로운 역사적 가능성 대신 '신대한'이라는 기묘한 열정으로 이루어진 민족국가의 상징을 형상화하는 것은 이러한 김영하의 내셔널리즘에 대한 이중적인 인식에 기인한다.

결국 김영하의 『검은 꽃』은 스스로 해체한 내셔널 히스토리의 공간에 새로운 문제설정을 통한 역사적 상상력을 형상화하지 못함으로써 '신대한'으로 상징되는 내셔널 히스토리의 변주에 그치고 말았다. 그러나 김영하의 『검은 꽃』은 2000년대 역사소설의 한 전형을 보여준다는 점에서 중요하다. 특히 강고한 내셔널 히스토리를 해체하는 작업의 첫머리에 이 작품이 서 있다는 점은 강조되어야 한다. 왜냐하면 아직까지 우리 문학은 내셔널 히스토리의 강력한 자장 안에서 벗어나지 못하고 있기 때문이다.

3. 역사적 허무주의와 실증주의의 보수성—김훈의 경우

김훈의 『칼의 노래』는 기존의 이순신 서사와는 구별되는 새로운 이순신 서사를 보여준다. 지금까지의 이순신 서사는 개화기 신채호의 역사전기소설로부터 이광수, 박태원 등을 거치면서 여러 가지 방식으로 형상화되었지만, 모두 민족의 위기를 타개하는 영웅의 서사라는 점에서는 공통적이다. 이 과정에서 이순신은 민족의 영웅으로 표상되며 그 과정에서 강력한 내셔널리즘을 창출하는 기호로서 기능하였다.

기존의 근대적 역사 서술이 민족국가 건설이라는 당위성을 중심으로 구성된 이야기임은 널리 알려진 사실이다. 이미 '근대'라는 말 안에는 민족국가가 절대적인 가치로서 내포되어 있으며, 따라서 근대적 역사 서술은 민족국가라는 '신화'를 가공하는 내러티브로서 기능한다. 일반적인 이순신 서사 역시 이 범주에 속한다. 이순신 서사에 '이순신'이라는 개인은 존재하지 않는다. 오직 민족의 영웅이라는 만들어진 신화만이 존재하며 이는 곧 민족국가의 신화로 이어진다.

반면 김훈의 『칼의 노래』에는 민족의 영웅으로서의 이순신의 모습은 드러나지 않는다. 대신 그 자리를 채우는 것은 "세상의 모멸과 치욕을 살아 있는 몸으로 감당해내면서, 이 알 수 없는 무의미와 끝까지 싸우는 한 사내의 운명"[4]의 이야기이다. 김훈의 이순신 서사는 민족의 영웅으로서의 이순신이라는 기호 대신 개인의 '운명'에 초점을 맞춘다는 점에서 다른 이순신 서사와 구분된다.

김훈의 『칼의 노래』는 근대적 역사 서술에서의 이순신 서사를 벗어나 있다. 『칼의 노래』에서 이순신은 민족과 같은 추상적인 가치에 대해서는 어떠한 신념도 보이지 않는다. 그러한 추상적인 가치들은 이순신의 '칼'과 대비되는 임금과 조정의 '언어'에만 존재한다. 이 임금과 조정의 '언어'에 대해 이순신은 다음과 같이 말한다.

나는 임금의 교서를 장졸들에게 읽어주었다. 장졸들은 땅바닥에 꿇어앉아 울었다. 교서와 함께 임금이 내려준 무명을 한 자씩 잘라서 장졸들에게 나누어주었다. 임금의 교서를 받는 날에는, 북쪽 국경 행재소 대청마루에 쓰러져 우는 임금의 울음소리가 들리는 듯했다. 임금의 언어와 임금의 울음을 구분하기 어려웠다. 임금은 울음과 언어로써 전쟁을 수행하고 있었다. 언어와 울음이 임금의 권력이었고, 언어와 울음 사이에서 임금의 칼은 보이지 않았다. 임금의 전쟁과 나의 전쟁은 크게 달랐다. 임진년에 임금은 자주 울었고, 장려한 교서를 바다로 내려보냈으며 울음과 울음 사이에서 임금의 칼날은 번뜩였다.[5]

임금의 언어는 실재가 아니다. 보이지 않는 추상적인 가치들, 예컨대

---

4) 김훈, 「내 작품을 말한다」, 『칼의 노래』 1권, 생각의나무, 2001, 222쪽.
5) 김훈, 『칼의 노래』 2권, 생각의나무, 2001, 47쪽. 이하 이 작품의 인용시 괄호 안에 권수와 인용한 쪽수만을 기입한다.

"가토의 머리에 걸린 정치적 상징성"(1권, 32쪽)과 같은 '허깨비'들이다. 그러나 이 허깨비들은 실재하지 않는 것임에도 실재로서 작동한다. 역모를 꾸미고 있다는 '길삼봉'이 누구인지는 아무도 모른다. 그러나 '길삼봉'은 강력한 담론으로 기능하면서 임금의 정치적 반대파들을 숙청하며 동시에 임금의 권위를 과시하는 이데올로기적 효과를 지닌다는 점에서 실재로서 작동한다. 따라서 위의 인용문에서 임금의 허깨비와 같은 장려하고 격식을 갖춘, 그러나 동시에 내용을 지니지 않은 '언어'에 장졸들이 꿇어앉아 우는 것은 당연하다. 임금의 '언어'는 '권력'이기 때문이다. 권력은 뚜렷하게 보이지 않는 추상적인 가치들을 상징화함으로써 자신의 정당성을 확보한다. 임금이 '가토의 머리'를 그토록 원하는 것은 이 때문이다.

반면 이순신의 언어는 구체적인 실재만을 지칭한다. "나는 그 한 문장이 임금을 향한, 그리고 이 세상 전체를 겨누는 칼이기를 바랐다. 그 한 문장에 세상이 베어지기를 바랐다."(1권, 58~59쪽) 허깨비가 아닌 구체적인 대상을 지칭하기 때문에 이순신의 언어는 극히 단순하다. 이순신은 언어를 통해 허깨비를 만들어내고 이를 통해 실재가 아님에도 실재와 같은 이데올로기적 효과를 생성하는 것과는 반대편에서 '칼'을 통해 실재를 베고자 한다. 따라서 임금의 언어가 '허깨비'라면 이순신의 언어는 '칼'로 표상된다.

김훈의 『칼의 노래』는 임금과 조정의 언어가 '허깨비'라는 것을 정확히 포착하고 있다. 이는 근대적 역사 서술의 언어에도 정확히 대입된다. 민족과 국가 등 추상적인 이념으로 구성된 역사란 '허깨비'의 언어이지 실재가 아니다. 과거의 특정한 사실들을 하나의 완결된 내러티브로 재구성함으로써 특정한 이데올로기적 효과를 생성하는 것이 근대 역사 서술이기 때문이다. 김훈의 『칼의 노래』는 민족의 수난과 극복이라는 임진왜란과 이순신 서사의 '언어' 대신 구체적인 '칼'을 제시함으로써 기존의 역사 서술의 허구성을 극복한다.

그렇다면 그 '칼'의 실재란 무엇인가? 김훈이 임금의 언어와 대비시키는 이순신의 '칼'은 "이 세상의 손댈 수 없는 무내용"(2권, 141쪽)과 대결하는 형식이다. 즉, 이순신의 '칼'은 이데올로기적 표상으로 구성된 실재의 허구성을 폭로하는 무기인 셈이다. 그러나 이 허구성을 폭로하는 순간 다른 이데올로기적 표상들을 생성함으로써 다른 실재를 구성해야만 한다. 이데올로기적 표상들은 구체적인 삶에 의미를 부여함으로써 작동한다. 이때 중요한 것은 대안적인 이데올로기적 표상들을 통해 구체적인 삶들을 적극적인 주체로서 호명하는 것이다. 이 과정을 생략한 채 이데올로기의 허구성을 폭로할 경우, 결국 단지 모든 이데올로기를 부정하는 허무주의에 빠질 수밖에 없다. 그런데 이순신의 '칼'은 모든 언어란 결국 "무내용"할 수밖에 없다는 김훈의 허무주의적 인식을 단적으로 보여준다. 그에게 임금의 언어와 도요토미 히데요시의 언어가 모두 동일한 것으로 인식되는 것은 이 때문이다. 따라서 김훈에게 모든 이데올로기는 부정되어야 할 것이며 결국 남는 것은 삶과 역사에 대한 허무주의적 인식뿐이다.

기존의 이순신 서사가 문제 되는 것은 그것이 강박적인 내셔널리즘을 통해 수많은 개체들을 균질화된 국민으로 호명하기 때문이다. 그렇다면 이순신 서사의 진정한 새로움은 내셔널리즘을 극복하고 수많은 개체들의 고유성을 복원하면서 그 삶의 의미들을 부여할 수 있는 호명 기제를 탐색하는 것을 통해 가능하다. 그러나 김훈은 자신이 해체한 내셔널리즘의 공간에 모든 호명은 결국 동일하다는 허무주의적 역사인식을 투영할 뿐이다. 이는 후퇴하는 일본군에 대한 이순신의 광적인 집착과 맥을 같이하며, 결국 논리적으로 설명될 수도 없고 의미를 부여할 수도 없는 역사와 실재에 대한 회의로 귀결된다.

결국 김훈의 『칼의 노래』는 내셔널 히스토리를 비롯한 모든 역사 서술 자체의 무의미를 강조하는 역사적 허무주의의 양상을 보여준다. 그 결과 남는 것은 역으로 허무를 통해 이데올로기와 대결하는 영웅화된 개인으로서의 이순신 형상화일 뿐이다. 이 과정에서 포스트모던적 역사인식이 지니는 또 다른 대안 역사의 복원 가능성은 간과된다. 이순신이 영웅화되면서 내셔널리즘적인 임진왜란 해석에 의해 배제된 또 다른 역사적 상상력의 가능성은 내셔널리즘과 동일한 것으로 치부된다. 그 가능성 역시 '칼'이 아닌 '언어'이기 때문이다.

한편, 최근 발표된 김훈의 『남한산성』은 이와 다른 양상을 보여주고 있어서 주목된다. 병자호란을 배경으로 한 『남한산성』 역시 임금의 언어와 같은 최명길의 주화론과 김상헌의 척화론 간의 대립을 그리고 있다. 김훈은 이 둘의 언어를 칸의 언어와 대비시킨다.

칸은 문채를 꾸며서 부화한 문장과 뜻이 수줍어서 은비한 문장과 말을 멀리 돌려서 우원한 문장을 먹으로 뭉갰고, 말을 구부려서 잔망스러운 문장과 말을 늘려서 게으른 문장을 꾸짖었다. 칸은 늘 말했다.
— 말을 접지 말라. 말을 구기지 말라. 말을 펴서 내질러라.[6]

최명길과 김상헌의 말은 서로 대립되지만 칸의 입장에서는 둘 다 말의 형식을 강조할 뿐, 그 내용은 비어 있다는 점에서 공통적이다. 반면 칸의 언어는 직접적으로 실재를 지시한다. 김훈에게 병자호란은 실제

---

6) 김훈, 『남한산성』, 학고재, 2007, 284쪽. 이하 이 작품의 인용시 괄호 안에 인용한 쪽수만을 기입한다.

로 벌어진 군사들의 전쟁이 아니라, 이들 언어 간의 싸움이다. 따라서 최명길의 주화론과 김상헌의 척화론의 사이에서 "출성과 수성은 결국 다르지 않을 것"(238쪽)이라고 말하는 영의정 김류의 말만이 현실적인 힘을 지닐 수 있을 뿐이다.

이러면 점에서 각각의 정치적 입장의 내용이 아닌 그 형식적 동일성만을 읽어내는 김훈의 허무주의적 역사관은 『남한산성』에서도 반복되어 나타난다. 하지만 『남한산성』에서는 『칼의 노래』에서 보이지 않던 새로운 인물이 등장한다. 바로 서날쇠이다.

김훈의 역사소설은 실증적인 자료를 기반으로 꼼꼼히 당시 역사적 정황을 포착해내는 성실함을 보여준다. 그런데 실증주의란 이중적인 성격을 지닌다. 사료의 형식으로 남는 것들은 대부분 문자화된 텍스트들이며 따라서 이에 충실해야 한다는 실증주의는 문자화된 텍스트, 즉 지배적인 담론들만을 인정할 뿐, 그 텍스트 이면에 숨어 있는 자신의 담론체계를 지니지 못한 소수자들의 목소리들을 배제하기 때문이다. 즉, 실증주의는 한편으로는 당대의 역사적 정황을 꼼꼼하게 복원시킬 수 있다는 장점을 지니는 반면, 다른 한편으로는 지배담론만을 역사로서 인정하고 하위주체들의 낮은 목소리를 역사에서 소거하는 한계를 지닌다.

김훈의 역사소설이 이순신과 같은 특정 인물의 형상화에 집중되면서 그 외에 텍스트의 형식으로 자신의 목소리를 남기지 못한 소수자들에 대한 역사적 형상화를 이루지 못한 것은 이와 같은 그의 실증주의적 방법론의 한계에 기인한 것으로 볼 수 있다. 그런데 『남한산성』에서는 텍스트의 형식으로 목소리를 남기지 못한 인물을 등장시키면서 그의 시선에서 병자호란의 의미를 부여하는 새로운 시도를 보여준다.

주화론과 척화론이라는 지배담론 간의 싸움 속에서 배제된 채 전쟁에 동원되는 서날쇠에게 전쟁은 지배담론과 같은 추상적인 이념으로 파악되지 않는다. 그에게 전쟁은 '나라'의 층위가 아닌 삶의 층위에서 인식된다. 그가 김상헌의 부탁으로 목숨을 걸고 임금의 격서를 외부에 전하게 되는 것 역시 "포위가 풀려서 조정이 돌아가야 성 안 백성들이 농사를 지을 수 있고, 저도 대장간을 굴려서 먹고 살 수 있을 터이니……"(230쪽)라는 삶의 층위에서 기인하는 것이지 추상적인 민족과 외세, 주화론과 척화론의 이념에 기인하는 것이 아니다. 따라서 김훈이, 서날쇠의 시점에서 조정이 떠난 남한산성에 봄 농사를 시작하는 백성들을 그리는 것과 서날쇠가 자신이 전쟁 중에 거둔 나루와 자신의 아들 간의 혼인을 생각하는 것으로 작품의 결말을 맺는 것은 주목할 만하다. 이는 김훈이 기존에 보여준 실증주의적 방법론으로 포착되지 못했던 소수자들의 목소리를 역사에 복원하려는 시도로 볼 수 있다. 『칼의 노래』에서 이순신이라는 영웅적인 인물에 한정되었던 역사의 재구성이 『남한산성』에서는 서날쇠라는 소수자를 통해 이루어짐으로써, 그리고 이들 소수자에 의해 '칼'의 허무주의적 역사관을 극복할 단초를 찾고 있다는 점에서 최근 김훈의 역사소설은 기존의 한계를 극복할 가능성을 보여주고 있다.

그러나 김훈은 더 나아가야 한다. 서날쇠라는 소수자의 역사를 호명해줄 대안 역사의 구성으로 나아가지 못한다면, 그리고 그 과정에서 새로운 이데올로기적 호명의 기제를 고민하지 못한다면 그의 뿌리 깊은 역사적 허무주의는 극복될 수 없기 때문이다. 즉, 서날쇠의 소소한 삶에 의미를 부여하지 못한 채로 이루어지는, 그저 역사와 관계없이 생은 계속될 것이라는 허무주의적 인식 대신에, 서날쇠의 삶이 지니는 의미를 복원할 대안 역사의 가능성을 탐색할 때 비로소 김훈은 허무주의의 심연을 극복할 수 있을 것이다. 그리고 이것은 실증주의라는 이름으로 포장된 역사적 허무주의와 소수자의 역사에 대한 배제를 극복하는 문제와 직결된 것이기도 하다.

4. 텍스트 이면의 흔적들과 소수자의 목소리—김연수의 경우

2000년대 역사소설의 인식론을 가장 잘 보여주는 작가는 단연 김연수이다. 일찍이 『군빠이, 이상』을 통해 텍스트로 구성되어진 역사가 얼마나 무너지기 쉬운 것이며, 그 이면에 또 다른 역사적 상상력이 작동할 공간이 존재함을 보여준 바 있는 김연수는 장편연재소설 『밤은 노래한다』와 소설집 『나는 유령작가입니다』를 통해 보다 정치하게 발전한 자신의 역사인식을 보여주고 있다.

『밤은 노래한다』는 항일무장투쟁사에서 문제적 사건인 '민생단' 사건을 정면에서 다루고 있다. 『밤은 노래한다』를 관통하는 문제의식은 하나의 단일한 역사적 사실이 과연 존재할 수 있는가에 대한 인식론적 탐구이다.

> 이런 질문을 던질 수 있다. 1933년 여름, 유격구에 있던 조선인 공산주의자들은 누구인가? 하지만 이 물음의 정답은 없다. 그들은 조선 혁명을 이루기 위해 중국 혁명에 나선 이중임무의 소유자들이었다. 그들은 중국 구국군이 일본군에 패퇴한 뒤에도 끝까지 투쟁한 가장 견결하고 용맹스런 공산주의자이자 국제주의자였던 동시에 제 아무리 고문해도 절대로 자신의 정체를 밝히지 않던 일제의 앞잡이들이었다. 누구도, 심지이는 그들 자신도 자신의 정체를 알지 못했다. (중략) 1933년 간도의 유격구에서 죽어간 조선인 공산주의자들, 그리고 간도의 조선인들은 그런 사람들이었다. 그들에게 객관주의란 없었다. 있는 것이라고는 오직 주관으로 흘러가는 가혹한 세계뿐이었다.[7]

---

7) 김연수, 「밤은 노래한다」, 『파라21』, 2004 가을호, 172쪽. 이 작품은 『파라21』에 2004년 봄부터 겨울까지 연재되었다. 이하 이 작품의 인용시 괄호 안에 호수와 인용한 쪽수만을 기입한다.

민생단은 단순히 일제에 협력한 변절한 조선인 공산주의자들을 일컫는 말이 아니다. 프롤레타리아 국제주의에 입각한 공산주의자인 동시에 조선의 민족 해방을 추구해야 했던 당시 조선인 공산주의자들의 이중적 성격은 보는 이의 관점에 따라 좌우익 기회주의로 오인될 수 있었다. 전자의 과제에 충실할 경우 코민테른의 민족통일전선의 지침을 어기는 좌익 기회주의자로 보일 수 있었으며, 후자의 과제에 충실할 경우 민족주의에 침윤당한 우익 기회주의자로 보일 수 있었다. 따라서 누가 민생단인가라는 질문은 진실을 염두에 둔 것이 아니라, 질문하는 주체의 의지에 따라 타자를 규정하려는 의지만이 존재하는 "가혹한 세계"의 질문법이다.

　　중세 유럽에서 마녀재판이 벌어지던 시기, 재판장은 피고가 정말 마녀인가 아닌가를 가려내기 위해 피고를 물에 빠뜨리거나 불에 달군 쇠로 지지곤 했다. 대부분의 사람들은 죽음을 통해 자신이 마녀가 아님을 입증할 수 있었으며, 간혹 운이 좋게 목숨을 건질 경우에는 사탄의 능력을 지니고 있다는 이유로 화형에 처해지곤 했다. 누가 민생단인가라는 질문은 이와 동일한 질문법이다. "토벌대가 몰려들고 있다는 정찰대의 보고가 접수된 뒤에야 현위원회는 박도만의 보고를 인정했다. 보고를 전해들은 현위원회가 가장 먼저 한 일은 박도만과 나를 민생단원으로 체포한 일이었다. 우리가 토벌대의 길 안내를 했다는 것이었다." (가을호, 173쪽)

　　이러한 상황에서 누가 진짜 민생단인가를 묻는 것은 의미가 없다. 누구라도 질문자의 의도에 따라 민생단이 될 수도 있으며, 반대로 질문자가 민생단이 될 수도 있다. 여기에서 김연수의 역사인식이 단적으로 드러난다. 근대적 역사 서술은 단일한 사실에 입각한 내러티브로서 자신을 내세운다. 민생단 사건 역시 마찬가지이다. 일제의 스파이로서 실제 민생단이 존재했으나, 이 외중에 중국 공산당의 좌익 기회주의가 발호하면서 무고한 조선인 공산주의자들이 희생되었다. 이는 이후 중국 공산당의 1 · 26 지시에 의해 비로소 바로잡힌다는 것이 공식적인 역사 서술이다. 이 과정에서 민생단 사건의 배경이 되는 조선인 공산주의자들의 이중적인 위치는 소거된다. 민생단은 하나의 '기표'일 따름이다. 민생단이라는 기표는 놓여 있는 맥락에 따라 프롤레타리아 국제주의를 표방하며 항일민족통일전선을 훼손하는 좌익 기회주의자를 지칭할 수도 있으며, 다른 한편으로는 민족주의를 주장하며 프롤레타리아 국제주의를 훼손하는 우익 기회주의자를 지칭할 수도 있다.

김연수는 이를 통해 역사란 객관적 실재의 복원이 아닌 문제설정에 따라 다르게 구성되어지는 내러티브임을 보여준다. 단일한 객관적 실재로서의 역사는 존재하지 않는다. 따라서 "뭐가 진실인지 모르겠소. 사람들은 진실을 보는 게 아니라 보는 게 진실이라고 생각하는 듯하오"(겨울호, 182~183쪽)라는 주인공의 마지막 말은 타당하다. 진실이란 애초에 존재하지 않으며 오직 구체적인 이데올로기적 맥락에 의한 '진리-효과'만이 존재하기 때문이다.

하지만 그렇다고 해서 김연수가 진실에 대한 탐구를 의미 없는 것으로 치부하는 인식론적 허무주의를 내세우는 것은 아니다. 공식적인 역사는 텍스트의 형식으로 남아 우리에게 스스로를 단일한 진실로 내세운다. 김연수에게 중요한 것은 이 공식적인 역사 이면에 흔적으로 남아 있는 다른 역사적 가능성을 복원하는 것이다. 우리가 공식적인 역사 서술의 공간, 즉 지배적인 이데올로기적 표상들이 만들어낸 공간 속에 있는 한 텍스트 이면의 역사적 가능성은 모두 배제되고 만다. 그러나 이 공간을 벗어난다면, 그리고 텍스트 이면에 흔적으로 남아 있는 역사적 가능성들을 찾아낸다면 다른 표상들로 새로운 세계를 구성해낼 수 있을 것이다. 김연수는 이 점을 탐색하고 있다.

코민테른과 중국 공산당, 그리고 일본 경찰과 헌병대에 의해 기록된 텍스트의 형태로 남아 있는 민생단 사건은 모두 각자의 이데올로기에 따라 특정한 진리-효과를 창출하는 기표들이다. 중요한 것은 이 기표들 간의 모순점을 탐색하고 텍스트에 흔적으로 남아 있는 역사적 가능성을 추출해냄으로써 지배적인 표상들을 전복하는 역사적 상상력이다. 이를 위해 김연수는 가능한 모든 역사적 가능성들을 복원하고자 한다. 이는 공식적인 텍스트로 기록되지 않은 이야기들을 찾아내는 것에서 시작된다.

> 우리 시대는 수많은 주검 위에 세워 놓은 추모비와 같은 것이다. 그 추모비에 이름을 모두 새겨 넣기에는 너무나 많은 사람들이 죽었다. 일일이 입으로, 혹은 펜으로 추념할 수 없을 정도로 많은 사람이 깊은 어둠 속으로 사라졌다. 그러므로, 때로는 한땀한땀 천 보자기에 새긴 글귀가 말하는 죽음이 있었고 때로는 목이 잘려나간 몸뚱어리가 들려주는 죽음이 있었으며 때로는 회오리바람에 검게 일어나는 재가 증언하는 죽음이 있었다. 도처에 죽음이 널여 있었지만, 살아남은 자들의 입과 손만으로는 부족했기 때문에 세상의 모든 사물이 제가끔 죽음을 얘기해야만 했다. (봄호, 155~156쪽)

이러한 텍스트 이면의 흔적들, 즉 "천 보자기에 새긴 글귀", "목이 잘려나간 몸뚱어리", "회오리바람에 검게 일어나는 재" 등 "세상의 모든 사물이 제가끔" 얘기하는 것들을 복원하는 것이 김연수의 역사소설의 시작점이다. 이는 『나는 유령작가입니다』에 수록된 작품들에서 보다 발전된 모습으로 나타난다.

『나는 유령작가입니다』에 수록된 소설들에서 두드러지는 형식은 기존의 정전화된 텍스트들을 작가의 픽션 속에서 재해석하는 것이다. 예컨대 「다시 한 달을 가서 설산을 넘으면」은 혜초의 기행문인 『왕오천축국전』을 저본으로 삼는 텍스트이며, 「남원고사에 관한 세 개의 이야기와 한 개의 주석」은 『춘향전』을 저본으로 삼는 텍스트이다. 이와 마찬가지로 「이등박문을, 쏘지 못하다」는 안중근의 이등박문 저격을 텍스트의 기저에 깔고 있으며, 「뿌넝쉬」 역시 한국전쟁 중 중국군의 일화를 텍스트의 기저에 놓고 있다.

일반적으로 텍스트를 다시 쓰는 작업은 해체주의적인 것으로 간주된다. 즉, 객관적인 실재는 존재하지 않으며, 우리를 둘러싸고 있는 '현실'은 다만 텍스트를 통한 담론이 만들어낸 가상일 따름이라는 것이다. 따라서 텍스트를 다시 쓴다는 것은 한편으로는 기존의 담론적 질서를 전복함으로써 지배적인 담론에 균열을 내는 행위로, 다른 한편으로는 현실의 맥락으로부터 텍스트를 고립시키는 행위로 평가된다. 이러한 평가는 김연수에게도 적용되고 있는 바, 특히나 그의 '유령작가'라는 자기 호명으로 인해 더욱 당연시되고 있다. 그러나 김연수에게 텍스트를 다시 쓴다는 것은 보다 본질적인 의미를 지닌다. 왜냐하면 그는 텍스트로 구성되어진 현실을 해체하는 것을 넘어, 텍스트로 구성되는 '과정' 속에서 배제된 소수자들의 목소리를 '복원'하고 있기 때문이다.

예컨대 「남원고사에 관한 세 개의 이야기와 한 개의 주석」은 『춘향전』이 어떻게 만들어졌는가에 대한 탐구를 보여주는 작품이다. 그런데 이 작품에서 『춘향전』을 만드는 것은 춘향도, 이도령도 아닌 '군뢰사령'으로 그려진다. 이 하급 관료에게 있어 춘향과 변사또의 대립은 기본적으로 "동청과 향청 사이의 힘겨루기"[8]에 기인한 것으로 인식된다. 즉, 중앙관료인 변부사와 지방 사족과 결탁된 관기인 춘향 간의 갈등이 본질적인 것이지, 변부사의 탐욕과 부정, 혹은 춘향의 이도령에 대한 정절 등은 부차적인 것으로 파악되고 있다. 이로 인해 변부사와 박어사, 즉 "사관과 지필묵이 다 우리 손에 있는데"(「남원고사에 관한 세 개의 이야기와 한 개의 주석」, 178쪽)라고 인식하는 인물들과는 다른 리얼리티의 발견이 이루어진다. 그 리얼리티는 사회적 소수자인 하급 관료의 시각에서 탐색되는 것이기에 전통적인 "사관과 지필묵"의 형식과는 다른 형식으로 인식된다. 따라서 그의 리얼리티의 발견이 "광대들이 펼치는 소학지희(笑謔之戲) 중 타령"(「남원고사에 관한 세 개의 이야기와 한 개의 주석」, 178쪽)의 형식으로 구현되는 것은 필연적이다. 지배층의 시각에서 "향리들의 풍기문란"(「남원고사에 관한 세 개의 이야기와 한 개의 주석」, 177쪽)으로 치부되는 춘향의 일화는 그의 시각을 통해 중앙관료와 지방 사족 간의 갈등 속에서 재해석된다.

그런데 흥미로운 것은 이러한 김연수의 해석 역시 전통적인 『춘향전』의 해석과는 상당한 거리를 지닌다는 점이다. 현재까지 지배적으로 재생산–유통되는 『춘향전』이란 실상 정절과 지조로 상징되는 유교 이데올로기의 시각에 포획된 것이다. 그런데 김연수는 『춘향전』이 본디 하급 관료의 시각에서 "타령"의 형식으로 형성된 것임을 주장하고 있다. 이는 그가 소수자의 목소리를 다룬 텍스트가 정전화될 경우 지니는 위험성을 인식하고 있는 것에 기인한다. 즉, 처음의 『춘향전』에서의 정절과 지조는 지배층의 허위적인 유교 이데올로기를 통해 역으로 그들을 비판할 수 있는 유용한 도구였다. 그러나 이후 변부사와 박어사로 대

---

8) 김연수, 「남원고사에 관한 세 개의 이야기와 한 개의 주석」, 『나는 유령작가입니다』, 창비, 2005, 172쪽. 이하 인용하는 김연수의 모든 작품은 이 책에서 인용한 것이며 인용시 괄호 안에 인용한 작품명과 쪽수만을 기입한다.

표되는 중앙관료 대신 바로 춘향이 속한 지방 사족이 경제적 기반에 힘입어 주류적인 존재로 부상하면서 이들 역시 경직된 유교 이데올로기를 구현하게 된다. 따라서 우리 시대의 『춘향전』은 더 이상 소수자의 목소리를 구현하고 있지 못하다. 이러한 상황에서 본디 『춘향전』이 지녔을 소수자의 이야기를 재구성하려는 김연수의 의도가 '군뢰사령'의 존재를 새롭게 소설 내에 도입한 것으로 이어진다. 그리고 그의 시각에서 지배층 간의 갈등으로서의 『춘향전』이 새롭게 탄생하는 것이다.

　이러한 소수자의 목소리의 복원을 통한 역사에 대한 재해석은 「뿌넝쉬」에서도 드러난다. 한국전쟁에 참전한 중국군의 이야기를 다루고 있는 이 작품은 남쪽과 북쪽의 공식적인 한국전쟁에 대한 '해석'과는 다른 해석을 통해 새로운 소수자의 역사를 보여준다. 작품의 화자에게 있어 한국전쟁은 남쪽의 해석과 같이 북한과 사회주의 진영의 침략전쟁으로 해석되지도 않으며, 동시에 북쪽의 해석과 같이 조국해방전쟁으로 해석되지도 않는다. 왜냐하면 이러한 해석은 "역사책에 나와 있지 않은 진실"(「뿌넝쉬」, 76쪽)들을 배제함으로써 독점적인 발언권을 획득하기 때문이다. 따라서 그가 공식적인 지배층의 담론에 의한 "책에 씌어진 얘기"가 아닌 "몸으로 겪은 얘기"(「뿌넝쉬」, 77쪽)를 강조하는 것은 이러한 독점적인 담론에 의해 억압된 수많은 개체들의 역사를 복원하기 위한 방법이다. 남쪽의 해석이건 북쪽의 해석이건 간에 이는 각기 자신들의 정당성을 주장하기 위한 이데올로기일 따름이고, 이 과정에서 전쟁이 수많은 인간개체들에게 가한 폭력은 모두 정당화되어버린다. 그러나 이 작품은 "도합 800그램의 피를 병사들에게 수혈하면서 세상의 모든 남자들의 손가락을 자르고 싶었던 그 마음을"(「뿌넝쉬」, 74쪽), 구체적인 화자의 "오른손 검지와 중지가 잘려나간"(「뿌넝쉬」, 73쪽) 손을 통해 재발견하고 있다.

이와 관련해서 이 작품의 제목이 '뿌녕쉬', 즉 말할 수 없다라는 것임은 이 작품을 해석하는 데 있어 큰 시사점을 준다. 소수자의 목소리는 체계적인 담론의 형태로 발화될 수 없다. 체계적인 담론이란 담론의 장 안에서 일정 수준 이상의 문화자본을 획득해야만 구성할 수 있기 때문이다. 따라서 소수자의 목소리는 발화될 수 없다. 그것은 이 작품에서와 같이 "몸"에 기록되는 다른 형식을 통해서만 드러날 수 있다. 「뿌녕쉬」는 결국 전쟁이라는 극단적인 상황에서 개체에게 가해지는 폭력성이라는 리얼리티를 소수자의 시각을 통해 재발견하고 있는 작품으로 볼 수 있다. 그리고 그 성취는 몸에 각인된 역사라는 새로운 형식의 기억을 통해서 가능한 것이다.

김연수의 역사소설은 정전화된 역사적 텍스트들을 해체하는 것에서 시작된다. 정전화된 텍스트들은 자신을 단일한 역사적 사실로 내세우면서 그 이면에 숨겨진 소수자들의 목소리를 배제한다. 그러나 소수자의 목소리들은 언제나 텍스트의 이면에 흔적으로 남아 있기 마련이다. 김연수의 정전화된 텍스트에 대한 해체는 이런 면에서 단지 해체주의적 역사인식이라고 평가될 수 없다. 김연수는 텍스트를 해체한 자리에 소소한 것으로 치부된 소수자들의 삶의 목소리를 복원한다. 그리고 이 복원은 정전화된 텍스트의 형식이 아닌 '몸의 기억'의 형식을 띠면서 소수자들의 발화형식을 획득한다. 김연수의 역사소설이 2000년대 역사소설의 가능성을 가장 크게 보여주는 까닭이 여기에 있다. 그는 지배 이데올로기로서의 역사 서술을 해체하는 동시에 그 해체된 공간에 소수자들의 발화형식을 생성한다. 그 형식은 『밤은 노래한다』와 같이 "눈무지 속에서 삐죽 튀어나온 발가락이 들려주는 이야기"(봄호, 155쪽)일 수도 있으며, 「남원고사에 관한 세 개의 이야기와 한 개의 주석」에서와 같이 "광대들이 펼치는 소학지희"(178쪽)일 수도 있다. 소수자들의 역시는 지배담론으로서의 역사와는 다른 형식을 지닐 수밖에 없고, 또 지녀야 하기 때문에 소수자들의 새로운 발화형식에 대한 김연수의 이러한 탐색은 높이 평가될 수 있다.

5. 흔적으로서의 역사, 욕망으로서의 소설

공식적인 지배담론으로서의 역사란 언제나 명징한 형식을 지닌다. 언제나 사료는 문자로 남으며 이는 곧 문자를 지배하는 계층만이 역사에 자신의 목소리를 기록할 수 있는 근거가 된다. 따라서 소수자의 목소리를 복원하려는 대안 역사는 언제나 단단한 지배담론 이면의 흔적에서 시작해야만 한다.

그러나 흔적으로서의 역사는 그 자체로서는 다만 흔적일 따름이다. 지배적인 역사 서술을 해체한다고 해서 곧바로 소수자들의 목소리가 대안 역사로 등장할 수 없는 까닭이 이것이다. 그렇다면 이 흔적을 복원할 힘은 무엇으로부터 가능할까?

2000년대 역사소설이 이룬 것이 있다면 지배적인 역사 서술을 해체함으로써 새로운 역사적 상상력을 복원할 틈새를 찾아낸 것이다. 그러나 해체 자체에만 머문다면 역사적 허무주의의 함정을 벗어날 수 없다. 해체된 틈새에 어떠한 새로운 대안 역사를 기입할 것인지에 대한 문제가 여기서 발생한다.

역사소설은 역사와 소설 간의 변증으로 이루어진다. 역사 서술이 보여주지 못한 오직 흔적으로만 남은 소수자들의 목소리에 생생한 문학적 상상력이 개입됨으로써 비로소 대안 역사는 가능하다. 언제나 역사 서술은 지배담론의 형식을 띠었다. 반면 소설은 지배담론으로 포획되지 않는 소수자들의 잡다한 목소리를 담는 형식이었다. 우리가 새로운 역사소설의 가능성을 찾는다면 이 지점에서 시작해야 한다. 역사 서술에서 흔적으로만 남은 소수자의 목소리에 소설이라는 소수자들의 형식을 개입시킴으로써 묻혀진 소수자들의 역사를 복원하는 것, 이것이 2000년대 역사소설이 이루어야 할 과제이다.

통일문학을 넘어 탈분단 문학으로

1. 민족-국가의 이행과 분단체제의 변화

통일이 곧 선(善)인 시대가 있었다. 근대 초기부터 제국의 식민지로, 해방 이후에도 신식민지로 존재하던 사회에서 자주적 통일이라는 과제는 곧 그대로 '민족-국가'의 건설과 직결되는 것이었다. 따라서 1960년 대 4월 혁명을 계기로 발아된 1970년대 민족문학론이 민족의 자주적 통일을 가장 우선 지향했던 것은 필연적이다. 그리고 과학적인 사회구성체론에 입각한 체계적인 문학운동론이 정립된 1980년대, 수많은 민족문학 작품들의 예술적 성취에 힘입어 통일문학은 그 자체로 민족문화운동의 구체적인 성과물로 평가될 수 있었다.

그리고 20여 년이 흘렀다. 남한이라는 민족-국가 역시 큰 변화를 겪었다. 과거 제국의 일방적인 수탈 대상인 식민지에서 중심부 제국을 대행하여 주변부 인민을 착취하는 반주변부로 진입했으며, 남북한 권력은 기묘한 적대적 공생관계를 확대재생산하며 분단체제를 통해 자신들의 체제를 공고히 유지하고 있다. 이러한 변화 속에서 더 이상 과거의 통일문학은 의미를 지니지 못한다. 무엇보다 '통일'은 더 이상 곧 선이 아니기 때문이다. 지금 현실적으로 가능한 통일이 남한 자본에 의한 북한의 흡수통일 외에는 없다는 점, 그리고 이 과정에서 북한의 의사/국가 사회주의를 자본주의로 변화하기 위한 천문학적인 사회적 비용이 전적으로 남한 인민에게 부과될 것이라는 점, 나아가 이러한 기계적인 통일이 결과적으로 북한 인민을 '2등 국민'으로 호명하며 새로운 불평등 구조를 심화시킬 것이라는 점 등을 고려하면 통일은 더 이상 진보적인 가치일 수 없다.

그렇다면 무엇을 할 것인가? 두 가지 길이 있다. 투박하지만 아름다운 로망, 내셔널리즘적 감수성에 입각하여 민족의 통일을 계속해서 주장하며 내셔널리즘의 유효성을 내세우는 통일문학의 고수. 이 길은 남한 사회가 지닌 중심부에 대한 종속성과 북한에 대한 제국의 노골적인 폭력을 폭로하며 오래된 통일문학의 지향을 다시금 확인한다. 그러나 이미 분단체제가 변화한 이상, 과연 이러한 지향이 여전히 유효한지에 대해서는, 적어도 나는 결코 공감할 수 없다.

다른 길이 있다. '사실의 수리'. 남한 자본주의는 제3세계에서는 예외적으로 주변부에서 반주변부로 진입하는 데 성공했다. 그리고 북한의 의사/국가 사회주의는 점차 경화되어 일종의 봉건왕조의 형식으로 퇴행했다. 우리가 원하든, 원하지 않든 남한 자본에 의한 북한의 흡수통일은 기정사실이다. 그러니 이와 같은 현실을 냉철하게 인식하고 이를 형상화하는 작업이 필요하다는 문학적 흐름이 있다. 그러나 문학이 과연 '사실의 수리'에 그칠 수 있을까? 객관적인 현실을 냉철하게 인식하는 것과, 그것을 기정사실로 승인하는 것 사이에는 엄청난 간극이 놓여 있다. 결과적으로 이러한 방향은 남한 자본주의의 프로파간다로 자신을 전락시킨다는 점에서 치명적인 한계를 지닌다.

이 글은 여기에서 출발한다. 민족-국가의 위상과 분단체제의 변화라는 역사적 맥락 속에서 우리에게 필요한 문학은 무엇인가? 당위적인 통일문학도, 사실의 수리로 현상하는 남한 자본주의의 프로파간다도 아니라면, 어떠한 인식 위에서 분단체제를 넘어서는 문학적 지향을 모색할 수 있는가? 이러한 물음들에 대해 2000년대 남북관계를 구체적으로 다룬 텍스트들을 통해 나름의 답을 찾아보는 것이 이 글의 목적이다. 여전히, 분단체제는 남북한 인민의 구체적인 삶을 규정하는 핵심적인 문제이며, 문학은 바로 이 지점에 개입함으로써 자신의 존재근거를 증언할 수 있기 때문이다.

2. 통일문학의 균열과 텍스트의 무의식

황석영의『바리데기』는 흥미로운 작품이다. 이 작품에 대해서는 이미 분단체제를 세계 자본주의 운동의 메커니즘 속에서 조망한 수작이라는 평가가 많은 비평가들에 의해 이루어진 바 있다. 분명 이 작품은 탈북의 문제로 표상되는 분단체제를 바리의 고난한 여정을 통해 영국이라는 중심부 제국과 이를 둘러싼 세계체제의 운동으로까지 연결시키고 있으며, 이를 통해 분단문제가 단지 민족-국가의 층위의 문제가 아니라, 전 지구적 자본주의의 문제와 직결되어 있음을 뛰어나게 증언하고 있다.

그런데 이러한 성과에도 불구하고 이 텍스트에는 일견 기이한 균열이 존재한다. 작가의 세계관, 즉 분단체제를 세계 자본주의와 연결시켜 형상화하겠다는 욕망과 실제 북한 인민의 삶 사이의 간극이 이와 같은 균열을 생성한다. 문학이 다른 예술 장르와 다른 것은 언어의 물질성을 통해 작가의 영역으로 환원되지 않는 '잉여와 결핍'을 텍스트가 생산한다는 점이다. 바꾸어 말하면 이 작품에서 나타나는 잉여와 결핍을 살펴

본다면, 곧 황석영의 작가의식이 아닌 『바리데기』라는 독립적인 텍스트에 대한 평가가 가능하다는 것이다. 그리고 이는 과거 통일문학이라는 이념을 견지하려는 의식적인 지향과 실제 분단체제의 현실을 재현하는 과정에서 일어나는 텍스트의 무의식적인 증언 사이의 거리를 짚어보는 일이기도 하다.

『바리데기』는 텍스트상 두 개의 구조를 지닌다. 하나는 작가–서술자의 목소리가 개입하여 분단체제와 세계체제를 연결시켜 '설명'하려는 욕망의 서술이며, 다른 하나는 이 과정을 소설화하기 위한 인물들의 대화와 행동, 사건을 연결시키는 텍스트 구조의 서술이다. 문제는 이 두 개의 구조 사이의 간극이 유독 크게 두드러진다는 점이다. 예컨대 작품의 도입부에서 바리의 탈북을 묘사한 부분을 보자.

> 우리는 큰길을 피해서 오솔길로 하여 강변으로 나아갔다. 칠성이도 우리 뒤로 부지런히 따라왔다. 아저씨나 우리 모두가 경비초소의 위치를 알고 강폭이 좁고 얕은 장소도 아주 잘 알고 있어서 상류로 올라가 강이 크게 원을 그리면서 자갈밭이 드러난 곳을 택했다. 우리 자매들이 겨울에는 얼음을 지치러 가던 곳이다. 강물이 차갑기는 했지만 미꾸리 아저씨가 우리 두 아이를 옆구리에 끼다시피 하고 건너서 별로 고생은 하지 않았다. 오히려 할머니가 발을 헛디뎌 두어 번 넘어졌다.
> 일행은 강 맞은편 중국 땅에 도착했다.[1]

북한체제를 둘러싼 남한과 미국의 폭력에 대한 비판이나, 북한체제 내부의 모순 등에 대한 욕망의 서술에 비해, 바리의 탈북 과정을 묘사한

---

[1] 황석영, 『바리데기』, 창비, 2007, 64쪽.

텍스트 구조의 서술은 지나칠 정도로 손쉽게 처리된다. 단 한 문단, 그것도 목숨을 건 탈북의 과정이 "별로 고생은 하지 않았"다고 서술되며, 고생이란 단지 "할머니가 발을 헛디뎌 두어 번 넘어"진 것으로만 서술된다. 이러한 불균형은 이 작품 전체에 걸쳐 나타난다. 특히 바리가 중국에서 인신매매단에 의해 영국으로 팔려가는 항해 과정에서 예상되는 고통은 바리설화의 무가와 환영의 형식으로 지나치게 '손쉽게' 처리된다. 즉, 작가의 욕망의 서술에 의해 텍스트 구조의 서술이 자신의 목소리를 억압당하는 형식이 전면화되고 있다. 이는 작품의 결말부에서도 마찬가지인 바, 어떠한 개연성도 없이 바리를 런던 지하철 테러의 현장으로 인도하는 부분이 그러하다.

이러한 텍스트의 균열을 어떻게 설명할 수 있을까? 작가의 욕망의 서술은 극대화되고, 텍스트 구조의 서술은 최소화되는 현상, 그리고 이로 인해 발생하는 텍스트 내부의 불균형은 어디서 연유하는 것일까? 황석영은 과거 통일문학의 지향을 나름의 방식으로 유지하려는 강력한 욕망을 곳곳에서 드러낸다. 주제의식의 층위에서 분단체제와 세계체제를 매개하겠다는 욕망, 형식의 층위에서 전통적인 바리데기 설화와 서구의 노블의 결합을 실험해보겠다는 욕망 등이 그러하다. 물론 이러한 욕망 자체는 전혀 문제될 것이 없다. 문제는 오히려 작가의 욕망이 구체적인 북한 인민의 삶과는 무관한 추상적인 통일문학의 규범을 둘러싼 논점에 모두 포획되어 있다는 점이다. 이러한 상황에서 바리의 탈북과 중국에서의 고난, 그리고 영국에서의 무슬림과의 결혼과 테러 현장의 목격 등등은 모두 작가의 욕망에 종속되어버리며, 이에 포획되지 않는 텍스트 구조의 내적 문법은 곳곳에 결핍의 형식으로 자신의 존재를 기입하고 있다.

나는 바리의 탈북 과정에 대한 부실한 묘사가 단지 작가의 성실성의 문제에 국한된 것이라고 생각하지 않는다. 오히려 과거 통일문학과 같은 대문자 미학을 지속하려는 작가의 의도가 텍스트의 균열을 가져온 것이라고 생각한다. 분단체제를 세계 자본주의 질서 속에서 명쾌하게 해명하려는, 그를 통해 통일문학의 새로운 규범을 제시하려는 욕망이 이와 같은 균열을 낳은 것이다.

문제는, 이 과정에서 정작 탈북 인민의 구체적인 '삶'의 증언이 소거된다는 점이다. 이들의 목소리는 텍스트의 결핍의 형식으로 기록될 뿐이다. 생존의 위협을 일상적으로 받고 있는 북에서의 삶과 목숨을 건 지난한 국경 넘기의 과정은 텍스트에 결핍의 흔적으로만 기록되어 있다. 그러나 중요한 것은 추상적인 통일문학의 규범이 아니라, 바로 이 결핍의 목소리를, 텍스트 구조 서술의 욕망을 충실하게 들으려는 성찰의 자세가 아닐까? 통일문학의 자기 갱신이 가능하다면, 그것은 과거 추상적 심급의 분단과 통일 이데올로기를 다른 것으로 대체하는 것이 아니라, 바로 텍스트 구조의 결핍을 복원하려는 성찰을 통해서일 것이다. 황석영의『바리데기』가 이룬 것과 놓친 것은 바로 이 지점이다. 이 작품은 통일문학의 대문자 미학을 구축하려는 현재 '민족문학' '진영'의 욕망을 정확하게 보여주는 동시에, 이 과정에서 간과된 결핍들 역시 정확하게 보여주고 있다. 그리하여 이 작품은 우리에게, 역설적으로 텍스트의 무의식을 통해 통일문학의 한계를 단적으로 보여주는 '성과'를 낳고 있는 셈이다.[2]

---

2) 정도상의『찔레꽃』역시 이와 유사한 텍스트의 균열을 보여준다. 즉, 작가-서술자의 욕망에 의한 서술은 북한체제를 둘러싼 미국 중심의 제국의 폭력을 비판하거나, 남한 자본주의의 천민성을 증언하는 것에 집중되어 있는 반면, 실제 탈북 인민의 삶을 둘러싼 구체적인 서술은 잉여와 결핍의 형식으로 나타난다. 그럼에도 정도상의『찔레꽃』은 적어도 황석영의『바리데기』와 같은 무리한 두 겹의 서술구조의 봉합 양상은 보여주지 않는다는 점에서 주목할 필요가 있다. 바꾸어 말하자면 정도상은 주인공 충

3. 국가주의적 통일문학의 변주

이응준의 『국가의 사생활』은 '의외로' 비평가들에게 그다지 논의되지 않은 텍스트이다. 텍스트를 간명하게 정리한 책 뒤표지의 카피, "조선민주주의인민공화국 흡수통일 이후 5년, 2016년 서울, 이곳은 지옥이다"[3]라는 진술은 기실 그 자체로서 상당한 파괴력을 지니는 문학담론이기 때문이다. 더 이상 통일은 '장밋빛 전망'이 아니라는 현실, 유일하게 가능한 통일은 남한에 의한 북한의 흡수통일이라는 현실을 이처럼 간명하고 냉철하게 정리한 문장은, 지금까지 적어도 남북관계를 둘러싼 문학 텍스트에서는 찾아볼 수 없었던 것이기 때문이다.

위의 카피에서 단적으로 나타나듯, 이응준은 고전적인 통일문학의 규범을 정면에서 폐기한다. 이 소설이 남한 자본에 의한 북한의 흡수통일을 가상으로 설정한다는 점이 그렇다. 민족의 자주적 통일이라는 통일문학의 규범은 부정된다. 그 자리에 남는 것은 남한 자본에 의한 흡수통일이라는 냉철한 '사실'이다. 이러한 인식은 기실 그 자체로는 부정하기 어렵다. 남한 자본주의의 위상 변화와 북한의 의사/국가 사회주의의 몰락이라는 사실을 고려할 때, 흡수통일은 이미 구체적인 사실로 전개되고 있기 때문이다. 따라서 기존의 통일문학의 규범이 그 현실 정합성을 상실했으며, 분단체제를 바라보는 새로운 문법이 필요한 것 역시 분명한 사실이다.

심의 목소리가 상대적으로 전면화되는 반면 작가-서술자의 개입은 최소화되는 글쓰기 전략을 사용하고 있는데, 이로 인해 텍스트 내적인 핍진성을 획득하는 데 일정 부분 성공하고 있다. 이와 같이 황석영뿐 아니라 과거 통일문학의 규범을 승인하는 작가들에게서 공통적으로 텍스트의 균열이 나타난다는 점은 주목되는 현상이다.

3) 이응준, 『국가의 사생활』, 민음사, 2009, 뒤표지 카피. 이하 이 작품의 인용시 괄호 안에 인용한 쪽수만을 기입한다.

그러나 이응준은 정확히 사실의 수리에서 멈춘다. 남한 자본에 의한 흡수통일이라는 사실의 재현은 그 자체로서는 의미를 지니지 못한다. 오히려 사실을 정확히 바라보면서 과거 통일문학의 규범을 넘어서서 변화된 분단체제에 대한 비판적 인식을 형상화하는 것이 문학적 과제일 것이다. 이러한 문학적 고투의 과정이 소거된다면 문학은 곧 남한 자본의 프로파간다로 전락하고 말 것이기 때문이다.

결국 문제는 통일이라는 문제설정 자체를 전환하는 것이다. 기존의 통일문학은 민족의 자주적 통일을 정언테제로 설정했다. 그러나 이미 통일의 주체가 남북한 '인민'이 아닌 남한 '자본'과 이를 대변하는 '국가'라면 더 이상 통일은 그 자체로 진보적인 가치를 지닐 수 없다. 그렇다면 통일문학이 지닌 한계를 직시하고 분단체제를 바라보는 새로운 시각과 미학적 형상화를 고민할 때, 비로소 통일문학의 발본적인 극복이 가능할 것이다.

이응준이 이 작품의 제목을 '국가의 사생활'이라고 명명한 것은 이러한 맥락에서 의미를 획득한다. 기존의 통일문학은 내셔널리즘적 감수성에 기반을 둔 통일을 곧 '선'이라고 생각했다. 그런데 이 통일의 주체는 내셔널리즘으로 개별 인민을 포획하는 남한 자본이며, 이러한 한계는 현재 국가주의적 흡수통일로 현상하고 있다. 기존의 통일문학이 개별 인민이 아니라 민족이라는 또 다른 억압 기제를 통일의 주체로 설정함으로써 결과적으로 국가주의적 한계를 노정했음을 고려한다면 국가의 '사생활'을 다루려는 이응준의 시도는 주목된다.

그러나 이 지점에서도 이응준은 충분한 성과를 보여주지는 못한다. 엄밀히 말해 이 작품에는 국가의 '사생활'이 존재하지 않는다. 국가의 사생활을 형상화하기 위해서는 공적 영역뿐만 아니라 사적 영역마저도 장악함으로써 개별 인민의 삶을 포획하는 국가의 운동 메커니즘에 대한 정치한 분석이 전제되어야 한다. 그리고 그 인민의 '비루한' 역능으로부터 국가를 전복할 수 있는 가능성에 대한 탐색이 이루어져야 한다. 그러나 이 작품의 배경인 북한 출신 조직폭력집단인 '대동강'은 곧 작은 '국가'일 따름이다. 국가의 그늘에 존재하는 인민들의 삶은 이 작품에 존재하지 않는다. 오직 국가주의에 포섭된 개체들만이 존재하며, 이들 개체는 추상적 심급의 내셔널리즘적 이데올로기에 의해 움직인다. 작품의 주된 스토리인 대동강의 오 단장의 '테러' 음모와 이를 저지하려는 주인공 리강의 활약상은 흡수통일의 구도에서 배제된 개별 인민의 삶과는 철저히 괴리되어 있다. 이 작품의 결말이 리강의 감상적인 회고로 귀결되는 것은 이 때문이다.

결과적으로 이응준은 기존 통일문학의 규범을, '자주적 민족'에서 '남한 자본'으로 그 주체만 바꾼 채 그대로 수용하고 있는 셈이다. 그는 작품의 말미에 리강을 통해 다음과 같이 말한다. "통일 대한민국은 무너지지 않았다. 여전히 아플 뿐이었다. 아프다는 것은 아직 변할 수 있다는 것을 의미했다."(255쪽) 그러나 어떻게 변할 수 있는가? 국가주의적 흡수통일에 의해 삶의 근거를 박탈당한 남북한 인민들에게서만 그 가능성을 찾을 수 있는 것은 아닌가? 이에 대한 탐구가 소거된다면 리강의 독백은 근거 없는 낙관에 불과하다.

분명 기존의 통일문학은 그 유효성을 상실했다. 무엇보다 남북한 양체제의 변혁을 전제로 한 통일보다 남북한 지배층의 야합에 의한 흡수통일이 먼저 도래할 것이 확실시되기 때문이다. 게다가 통일문학의 근저에 놓인 내셔널리즘적 감수성이 곧 국가주의적 편향으로 전화될 가능성이 점차 높아지고 있기에 통일문학의 규범은 본원적으로 극복·전화되어야 한다. 그러나 이것이 남한 자본에 의한 흡수통일이라는 새로운 사실의 수리로 귀결되어서는 안 된다. 이 역시 국가주의적 편향성을 강하게 노정할 수밖에 없기 때문이다.

이응준의 작품은 이러한 측면에서 국가주의적 통일문학의 2000년대 버전이라고 할 수 있다. 그럼에도 이 작품에 대해 이른바 '민족문학' 진영의 비평가들이 이렇다 할 반론을 펼치지 않은(혹은 못한) 까닭은 무엇일까? 자주적 통일의 가치를 정면에서 부정하며, 흡수통일이라는 사실을 승인하자는 이 작품에 대해 이들은 왜 침묵했을까? 아마도, 기존의 통일문학 역시 '국가주의'로부터 자유롭지 못했기 때문은 아닐까? 민족-국가의 완성이라는 정언테제 앞에서 기실 민족문학 진영과 이응준은 공통분모를 가지고 있었던 것은 아닐까? 그리고 그것이 민족과 국가라는 대문자 주체에 의해 호명된 통일문학이라는 문제설정의 임계점은 아닐까? 그리하여 마치 황석영이 바리의 구체적인 삶에 대해 애써 침묵하듯이, 이응준도 2등 국민인 북한 인민의 삶에 대해 침묵하는 현상이 일어난 것은 아닐까? 그렇다면, 이제 우리에게 필요한 것은 통일문학의 규범을 애써 지속시키려는 것도 아니고, 남한 자본의 프로파간다로 전락하는 사실의 수리에 멈추는 것도 아니다. 이 둘이 공유하고 있는 민족-국가라는 대문자 주체를 넘어서는 새로운 문제설정을 도입하는 것이 비평의 몫이다.

4. 통일문학을 넘어 탈분단 문학으로

지금 남북관계를 다룬 텍스트들을 비평한다는 것은 어떠한 의미를 지닐 수 있을까? 과거의 통일문학의 규범은 이미 분단체제의 변화 속에서 낡은 것으로 경화되었으며, 새로운 사실의 수리는 결과적으로 남한 자본에 의한 흡수통일을 승인하는 역할로 문학의 위상을 전락시킨다.

적어도, 이와 같은 지형도를 읽어내지 못한 채 전개되는 통일문학이란, 이미 그 역사적 수명을 다한 것으로 볼 수밖에 없다.

여기서 문제설정을 바꾸어야 할 필요가 있다. 우리에게 필요한 것은, 냉철하게 말해서 통일문학이 아니다. 오히려 과잉 결정된 분단체제로부터 개체들을 탈주시키는 정치적 상상력을 발랄하게 표출하는 문학, 분단체제에 의해 규정된 주체형성 기제 대신 탈분단의 문제설정에 의해 소수자 정치의 가능성을 제기하는 문학이 우리에게 필요한 문학이다. 나는 그런 의미에서라면, 통일문학이라는 역사적 용어 자체를 폐기할 필요가 있다고 본다. 통일의 주체가 남북한 인민이 아닌 남한 자본과 북의 일부 지배층으로 변질되었기 때문이다.

이런 맥락에서 소수자 문학으로서의 탈분단 문학을 고민하는 일련의 작품들이 주목된다. 대표적으로 젠더의 문제를 분단체제와 결부시켜 치밀하게 탐색하는 강영숙의 『리나』, 카오스모폴리탄의 언어를 통해 남북한 지배체제 너머 인민의 정치성을 고민하는 권리의 『왼손잡이 미스터 리』, 한반도 외부의 제3세계를 무대로 남북한 개별 인민들의 마주침의 장면을 조망하는 전성태의 근작들, 도플갱어라는 흥미로운 설정을 통해 남북한 인민이 처한 유사한 삶의 조건들을 투시하는 손홍규의 「도플갱어」 등이 대표적이다. 이들 작품은 각각의 다른 문제설정에도 불구하고 모두 분단체제에 의해 억압된 개별 인민들의 정치성을 복권하려는 날카로운 문제의식을 보여준다는 점에서 공통적이다. 이들 텍스트의 구체적인 성과로부터 비로소 탈분단 문학의 지향은 귀납적으로 추출될 수 있을 것이다.

언제나 새로운 미학적·실천적 고민은 최선의 전통에 대한 인식과 동시에 오래된 관습에 대한 전면적인 부정을 통해서만 가능하다. 나는 탈분단 문학의 구체적인 전개 방식에 대해 쉽사리 예측할 수 없다. 다만 진지하게 탈분단의 문제설정을 고민하는 작가들에게, 다음과 같은 동지적 전언을 남길 따름이다. "여기가 바로 로두스다. 뛰어라!"

3부

연속과 단절, 일탈과 계열

우리 시대의 문학전집, 혹은 '정전의 재구성' ㅣ '민족-국가'의
'이행'과 새로운 저항주체 형성의 가능성 ㅣ 시대와의 '불화',
세계와의 '긴장' ㅣ 메아리, 이적, 그리고 장기하

우리 시대의 문학전집, 혹은 '정전의 재구성'

_ 문지와 창비의 한국문학전집 발간에 대하여

1. 문학전집의 '탄생'과 '정전'의 구성

우리나라 최초의 문학전집은 1937년 박문서관에서 간행된 『현대걸 작장편소설전집』이다. 이 전집에는 이광수, 김동인, 염상섭, 현진건, 박종화, 김기진, 나도향, 한용운 등의 작품이 수록되어 있다.[1] 흥미로운 것은 이들 전집에 수록된 작가들이 지금의 한국문학전집에 수록되는 작가들과 큰 차이를 보이지 않는다는 점이다.[2] 민족주의, 계몽주의 문학의 선구자로 평가되는 이광수로부터 시작하여 이른바 동인지 문학시대를 대표하는 김동인과 염상섭을 경과하여 카프까지를 아우르는 현재의 문학사적 정전이 이미 이 시기에 문학전집의 형식으로 구성되고

---

1) 강진호, 「한국문학전집의 흐름과 특성」, 돈암어문학회, 『돈암어문학』 16집, 2005, 358쪽.
2) 1938년 조광사에서 출간된 『현대조선문학전집』에는 현재 한국문학전집에 필수적으로 수록되는 작가들, 예컨대 이광수, 이태준, 박태원, 이효석, 김동인, 한설야, 이기영, 이상, 염상섭, 현진건, 최서해 등이 모두 수록되어 있다. 위의 논문, 360~361쪽 참조.

있음을 단적으로 보여주는 장면이다.

문학전집이 구성되기 위해서는 몇 가지 조건이 필요하다. 우선 문학전집을 구성할 만한 작품이 양적·질적 측면에서 축적되어 있어야 한다. 우리나라 최초의 문학전집이 1937년에 간행될 수 있었던 것은 이 시기에 이르러 근 20년간의 근대문학사의 성과가 작품을 통해 집약될 수 있었기 때문이다. 즉, 이광수부터 김기진, 나아가 구인회까지를 아우를 수 있는 작품들이 일정 수준 이상의 성과를 거두어 문학사적 발전 속에서 축적되어 있었던 것이다. 그러나 이것만으로 문학전집을 구성할 수는 없다. 왜냐하면 문학전집은 특정한 작품에 대한 '선택과 배제'를 통해 구성되기 때문이며, 이 '선택과 배제'의 원리를 도출하기 위해서는 '정전'에 대한 문학 장(場) 안에서의 합의가 필요하기 때문이다.

따라서 1937년 최초의 문학전집이 발간되었다는 것은 이 시기 이미 우리 문학에 대한 '정전'의 개념이 탄생했다는 사실을 의미한다. '정전'이란 "한 문화권 내에서 상대적으로 높은 가치를 부여받고 보존되는 텍스트들을 총칭한다."[3] 그러나 정전은 선험적으로 주어진 것이 아니라 "개별 텍스트들로 하나의 전통을 소급하여 구성함으로써 가상의 총체성을 이룩하는 것"[4]이다. 즉, 정전은 당대 문학 장 속에서 일정한 규칙에 의해 구성되는 것이며 이 정전을 담아내는 출판형식이 '문학전집'이다.

최근 우리 문학계에서는 새로운 한국문학전집이 활발히 기획, 출간되고 있다. 대표적인 것으로 문학과지성사(이하 문지로 표기)의 『한국문학

---

3) 정재찬, 「문학 정전의 해체와 독서현상」, 『독서연구』 2호, 1997, 104쪽.
4) 위의 논문, 같은 쪽.

전집』(이하 문지판 전집으로 표기) 시리즈, 창비의 『20세기 한국소설』(이하 창비판 전집으로 표기) 시리즈를 들 수 있다. 문지와 창비라는 출판사가 단지 하나의 출판사가 아니라 한국문학의 출판과 유통의 기획과 집행을 담당하는 문학사적 존재라는 점에서 이들 한국문학전집은 우리시대의 정전이 어떻게 구성되고 있으며, 그 함의는 무엇인가를 징후적으로 보여준다고 할 수 있다. 이 글은 이 두 출판사의 한국문학전집의 성과와 한계를 짚어보고, 이를 통해 우리 시대 문학 정전이 어떠한 방향으로 구성되어야 하는지에 대해 간략히 살펴보고자 한다.

2. 정본 확정과 '정전' 완성에의 의지—문지의 경우

문지판 전집의 경우 그 기획 의도부터 한국문학의 '정전'에 대한 정본 확정을 주된 목표로 삼고 있다.

이번 기획에서 우리가 가장 크게 신경 썼던 점은 크게 두 가지이다. 하나는, 그동안 거의 관습적으로 굳어져왔던 작품에 대한 천편일률적인 평가를 피하고 그동안의 평가에 대한 비판적 평가와 더불어 새로운 평가로 인한 숨은 작품의 발굴이었다. 그리하여 한국문학사를 시기별로 구분하여 축적된 연구 성과들 위에서 나름대로 중요한 작품들을 선별하는 목록 작업에 가장 큰 공을 들였다. 나머지 하나는, 그동안 여러 상이한 판본의 난립으로 인해 원전 텍스트가 침해되고 있는 심각한 상황을 고려하여 각각의 작가에게 가장 뛰어난 연구자들을 초빙하여 혼신을 다해 원전 텍스트를 확정하였다는 점이다.[5]

기실 한국문학의 주된 정전으로 널리 인정받고 있는 많은 작품들은 여러 판본의 난립 속에서 막상 정본이 확정되지 못한 것이 사실이다. 많은 연구자들이 특정 판본을 기준으로 삼지 못하고 원본을 직접 일일이 대조해서 1차 자료로 확인하는 관례는 단지 연구자의 성실성의 문제뿐만이 아니라 실제 신뢰할 만한 정본이 존재하지 않은 현실적 여건 때문이기도 하다. 이러한 점에서 문지판 전집은 매우 성실한 정본 확정에의 의지를 보여주고 있다. 이를 대표적으로 보여주는 것으로 이기영의 『고향』(이상경 책임편집)을 들 수 있다.

이기영의 『고향』은 1936년과 1937년에 걸쳐 한성도서주식회사에서 출간된 판본과 1933년 11월 15일부터 1934년 9월 21일까지 『조선일보』에 연재된 판본 두 가지가 존재한다. 그런데 기존의 대다수의 책들은 한성도서주식회사의 단행본만을 판본으로 하여 정본을 확정해온 것이 사실이며, 연구자들 역시 대부분 이 판본을 중심으로 연구를 진행해왔다.

그러나 문지판 전집에서는 위의 두 가지 판본에 대한 정밀한 비교와 이에 따른 정본 확정이 매우 성실하게 이루어져 있다. 일제시대 단행본 출간 과정을 이해하기 위해서는 당시 검열제도에 대한 이해가 필수적이다. 신문 연재본의 경우 당일 신문의 발행에 맞추어 검열이 이루어지기 때문에 상대적으로 검열에 대한 우회적인 대응 수단이 많았다.6) 반면 단행본의 경우 책 전체에 대한 당국의 검열이 이루어지기 때문에 매

---

5) (주)문학과지성사, 「기획의 말―한국문학전집을 펴내며」 중.
6) 이와 관련하여 이기영은 자신의 회고를 통해 『고향』 집필 중 연재물의 특성을 살려 검열을 통과하였음을 밝히고 있다. 한만수는 이를 검열 체제를 우회하기 위한 '나눠쓰기' 전략으로 평가하고 있는데, 이러한 평가는 식민지 시대 검열과 연재소설 간의 관계에 대해 많은 시사점을 제공해준다. 이에 대해서는 한만수, 「식민지시기 문인들의 검열우회 유형」, 『일제하 한국과 동아시아에서의 검열에 관한 새로운 접근』, 서울대 규장각 한국학연구원 국제워크샵 자료집, 2006.12.7, 28~29쪽을 참조.

우 높은 수위의 검열이 이루어졌다.

더욱이 『고향』이 신문에 연재되던 시기는 카프 2차 검거 사건(신건설 사 사건)으로 인한 이기영의 투옥이 이루어지기 이전 시기였는데 반해, 단행본이 출간된 시기는 그가 표면적으로나마 '전향'한 상태였으며 카프 해소로 대변되듯 객관적 정세의 악화가 심화되던 시기였다. 따라서 기존의 관행처럼 단행본 판본만을 정본으로 삼을 경우 본래 작품이 지니고 있던 현실 대응적 성격이 약화될 수밖에 없다. 문지판 전집은 성실한 정본 확정을 통해 이 문제를 극복하고 있다는 점에서 높이 평가될 수 있다. 다음을 보자.

(A)

앗가도 잠가 말한바와갓티 사랑중에 **동모**의 사랑이 제일큰줄로 나는압니다. 다른 사랑은 이**동지**적 사랑에서 모두 파생된것으로 볼수잇슬줄압니다.

＿『고향』, 『조선일보』, 1934년 9월 4일 연재분, 이하 모든 강조는

인용자

(B)

아까도 잠간 말한바와 같이 사랑중에 **우정**의 사랑이 제일 큰줄노 난압니다. 다른 사랑은 이 **우애**적 사랑에서 모두 파생 된것으로 볼수있을줄 압니다.

＿ 한성도서주식회사판본, 『고향』 하권, 1937, 388쪽

(C)

아까도 잠깐 말한 바와 같이 사랑 중에 **동무**의 사랑이 제일 큰 줄로

난 압니다. 다른 사랑은 이 **동지애**적 사랑에서 모두 파생된 것으로 볼
수 있을 줄 압니다.

　　　　　　　　　　__이상경 책임편집,『고향』, 문지, 2005, 733쪽

위에서 보이듯 단행본 판본의 경우 검열에 의해 본래 연재본과는 달
리 '동무'라는 표현이 '우정'으로, '동지'라는 표현이 '우애'로 바뀌어
있다. 그런데 기존의 대다수의 판본들은 단행본 판본에 기초하면서 이
와 같은 연재본이 지니는 현실 대응적 서술 양상을 보여주지 못한 것이
사실이다.7) 단행본 판본만을 본다면 위의 구절은 단지 희준과 갑숙의
이성적인 감정이 '우정'으로 정리되고 있음을 보여줄 뿐이지만, 연재
본을 본다면 이는 희준과 갑숙이 '동지'적인 관계로 발전하고 있음을
보여주는 장면이 된다. 사소해 보이는 부분이지만 이러한 단어 하나의
선택이 작가의식을 반영한다는 점을 고려한다면 위의 두 판본의 차이
는 매우 큰 것이다.

　그런데 문지판 전집의 경우 연재본과 단행본 판본을 비교하여 본래
이기영이 사용한 '동무'와 '동지'라는 표현을 복원시키고 있다. 그리고
단행본에서 사용된 '―애(愛)'라는 표현을 살려 '동지애'라는 표현을 사
용함으로써 단행본의 문체적 특징도 복원하는 효과를 낳고 있다. 이러
한 작업은 문지가 강조한 '정본' 확정의 문제는 물론, 정본 확정을 통한
작품의 올바른 독해와 작가의식의 규명이라는 문학사적 과제까지를 성
취한 훌륭한 예로 평가될 수 있다.

---

7) 많은 연구자들이 사용하는 이기영 선집 1권『고향』(풀빛, 1989)의 경우에도 다음과
　같이 단행본 판본에 입각한 채 정본을 확정하고 있다. "아까도 잠간 말한 바와 같이
　사랑 중에 우정의 사랑이 제일 큰 줄로 난 압니다. 다른 사랑은 이 우애적 사랑에서
　모두 파생된 것으로 볼 수 있을 줄 압니다."(위의 책, 528쪽)

더불어 기존에 문학사적 의의에 비해 주목받지 못했던 작품들 역시 단편선의 수록작품 선정 과정에서 상당 부분 재평가된 것으로 보인다. 예컨대 박태원 단편선(천정환 책임편집)에 수록되어 있는 「음우」와 「재운」은 「투도」, 「채가」 등과 함께 '자화상' 연작으로 일제 말기 박태원의 작가의식의 단면을 보여주는 매우 중요한 작품이다. 그러나 기존의 전집류에서는 모더니스트로서의 박태원이라는 문학사적 '공식'에 입각해서 이들 작품에 대해서는 이렇다 할 수록상의 고려를 하지 않은 것이 사실이다. 반면 문지판 전집은 이들 작품을 수록함으로써 모더니스트로 환원되지 않는 박태원의 일제 말기 현실 대응 양상의 단면을 보여주는 데 기여하고 있다.

또한 최근 발굴된 작품들에 대한 적극적인 수록 역시 중요한 성과로 보인다. 김남천 단편선(채호석 책임편집)에 수록된 「꿀」과 최명익 단편선(신형기 책임편집)에 수록된 「맥령」 등이 그러하다. 김남천의 「꿀」은 그의 월북 이후 『문학예술』 1951년 4월호에 발표된 것으로 기존에는 몇몇 김남천에 관심 있는 연구자들만이 읽을 수 있었다.[8] 그러나 이 작품이 김남천의 문학사적 궤적 속에서 차지하는 비중은 매우 크다. 우선 문학사적으로 김남천이 숙청되는 계기가 되었다는 점에서 그러하며, 더불어 김남천 특유의 서술자아와 경험자아, 서술자와 초점화자 간의 거리감의 확보가 월북 이후의 작품에서도 여전히 유지되고 있어 그의 창작기법의 고유성을 단적으로 보여준다는 점에서도 그러하다.

최명익의 「맥령」 역시 문지판 전집을 통해 전문이 최초로 소개된 작품이다. 일반적으로 '단층파'의 일원으로 일제 말기 모더니즘의 자장

---

8) 「꿀」은 남쪽에서는 김재용에 의해 『작가연구』(새미, 1998. 10)에 소개되었을 뿐, 기타 단행본과 같은 대중적인 형태로는 출간된 적이 없는 작품이다.

속에서 논의되던 최명익이 북쪽에서 어떤 경로를 통해 자신의 문학적 지향을 변화했는가라는 문제는 문학사상사적으로 매우 중요한 과제이다. 1947년 발표된 「맥령」은 일제시대 모더니즘적 지향에서 이후 『서산대사』 등의 역사적 세계로 이행하는 최명익의 내적 논리를 보여주는 작품이라는 점에서 주목된다. 물론 작품 자체의 완성도에 대해서는 연구자에 따라 이견이 있을 수 있으나, 적어도 해방공간에서 최명익의 변모 과정을 보여주는 문학사적 의의를 지니는 작품임은 분명하다. 이 작품이 수록되어 대중적으로 접근 가능하게 된 것은 문지판 전집의 또 다른 성과라고 할 수 있을 것이다.

이와 같은 "그동안의 평가에 대한 비판적 평가와 더불어 새로운 평가로 인한 숨은 작품의 발굴"이라는 문지판 전집의 성과가 가장 잘 드러나는 것은 이광수 단편선(김영민 책임편집)이다. 물론 기존의 거의 모든 문학전집들이 이광수를 중심적인 작가로 설정한 것은 사실이다. 그러나 『무정』으로 대표되는 민족주의·계몽주의 작가로서의 이광수의 모습을 보여주는 작품이 주로 '정전'으로 설정된 반면, 이광수의 내적인 영역에서의 욕망과 갈등을 보여주는 작품들은 정전화 과정에서 의도적으로 배제된 것이 사실이다. 이런 면에서 이광수의 자전적 소설로 볼 수 있는 「소년의 비애」, 「어린 벗에게」, 「방황」 등의 작품이 수록되어 있는 이광수 단편선은 이광수에 대한 새로운 문학사적 접근을 보여주는 중요한 사례이다. 즉, 기존의 이광수가 민족주의·계몽주의라는 문제 설정 속에서 '호명'되어온 것에 반해, 문지판 전집의 이광수 단편선을 통해 이광수는 비로소 사적인 욕망과 공적인 계몽 사이에서 고뇌하고 갈등하는 이중적 정체성을 지닌 문제적 인물로 다시 호명될 수 있기 때문이다.[9] 이들 이광수의 자전적인 초기 단편들은 지사로서의 이광수 이전의 근대적 개인으로서의 이광수의 모습을 보여준다. 근대적인 연애로 표상되는 사적 욕망과 이와 대척점에 놓인 계몽주의적인 공적 욕망 사이에서 고뇌하고 갈등하는 과정이 이광수 문학 전반을 관통하는 주제라고 할 때, 기존의 문학전집들은 후자만을 강박적으로 강조해온 것이 사실이다. 이런 맥락에서 이광수의 사적 욕망의 세계와 공적 욕망의 세계 간의 길항을 보여주는 초기 단편을 별도의 책으로 편집한 것은 문지판 전집이 내세운 "새로운 평가로 인한 숨은 작품의 발굴"이라는 발간 취지에 걸맞은 구성으로 볼 수 있다.

박태원 단편선에서 보이는 모더니즘에 대한 문학사적인 재평가와, 김남천 단편선과 최명익 단편선에서 보이는 새로운 발굴 작품에 대한 적극적인 수록, 그리고 이광수 단편선에서 보이는 새로운 작품에 대한 조명과 이를 통한 문학사적 재인식의 가능성 등은 분명 문지판 전집의 성과이다. 그럼에도 불구하고, 문지판 전집이 정본 확정과 함께 내세운 "그동안의 평가에 대한 비판적 평가"와 "새로운 평가로 인한 숨은 작품의 발굴"이라는 발간 취지는 정본 확정에서의 성과에 비해 다소 그 성과가 잘 드러나지 않는 것이 사실이다. 문지판 전집에 수록된 작가들을 살펴보면 이광수로부터 시작하여 김동인, 염상섭을 거쳐 카프의 이기영, 김남천 등과 구인회의 박태원, 이태준, 이상 등으로 이어지는 기존의 문학사적 정전에서 크게 벗어나지 않음을 알 수 있다. 물론 이들 작가와 작품들이 문학사적 검증을 통해 그 의의를 충분히 인정받고 있음은 분명한 사실이다. 그러나 정전 자체가 시대적 변화에 따라 새로운 문학사적 평가를 통해 재구성되어야 한다는 자명한 사실을 상기한다면 문지판 전집은 지나치게 기존의 정전에 높은 가치를 부여하면서 우리

---

9) 물론 문지판 전집이 민족주의·계몽주의적인 이광수의 면모를 간과한 것은 아니다. 문지판 전집에는 이광수 단편선 외에도 『무정』과 『흙』이 각각 수록되어 있다.

시대의 정전의 구성에 대한 새로운 문제의식을 다소 간과하고 있는 것은 아닌가라는 평가가 가능하다.

이와 관련하여 1935년 1월과 3월에 이루어진 『삼천리』의 「半島 新文壇 二十年來 名作選集」이라는 기획은 매우 흥미로운 시사점을 제공해 준다. 『삼천리』의 특집형식으로 이루어진 이 기획은 20년 가까운 조선 신문학의 명작을 선정하고, 이를 통해 문학사의 전개 과정을 체계적으로 정립하려는 의도를 보여준다. 이 기획에서 신문학 20여 년의 명작 소설로 꼽힌 작품의 작가들은 이인직, 이광수, 홍명희, 염상섭, 김동인, 이익상, 박영희, 현진건, 나도향, 전영택, 최서해, 최정원, 이기영, 윤백남, 최상덕, 유진오, 박화성, 장혁주, 이태준, 이효석, 장덕조, 방인근, 한인택 등이다.[10] 적어도 작가만을 놓고 본다면 문지판 전집과 큰 차이를 보이지 않는다.

이러한 현상은 어디서 기인하는가? 기본적으로 『삼천리』의 기획과 선정 의도는 '신문학'의 수립 과정을 『삼천리』 편집진의 '문화적 민족주의'에 입각하여 문학사적으로 체계화하려는 욕망에 입각해 있다. 따라서 '구소설'과 구분되는 '신소설'의 개척자인 이인직이 첫머리에 나오며, 민족주의적 계몽주의의 표상인 이광수가 그 뒤를 잇는다. 이후 이른바 자연주의에 기반을 두고 근대적인 단편소설을 수립한 염상섭과 김동인이 배치되고, 식민지하 민중의 저항을 다룬 박영희와 최서해, 나아가 이기영이 선정된다. 그리고 그 뒤를 기법적 측면에서 '근대소설'을 완성한 이태준과 이효석이 잇는 것이 『삼천리』의 「半島 新文壇 二十年來 名作選集」의 기본 구조이다.

그렇다면 이러한 『삼천리』의 명작선집과 문지판 전집의 구성상의 유

---

10) 『삼천리』, 1935년 1월호, 3월호 참조.

사성은 무엇을 의미하는가? 결국 문지판 전집의 경우 『삼천리』지가 표방한, 그리고 그 이후 일련의 문학사적 연구를 통해 공고하게 다져진 기존의 문학사적 가치 평가를 급진적으로 전복하기보다는 유연하게 계승하려 한 것으로 볼 수 있다. 이는 이광수의 초기 단편과 『무정』, 『흙』을 동시에 전집에 수록하는 양상에서 단적으로 드러난다. 즉, 이광수의 문학사적 위상은 그대로 유지하면서 그동안 간과되었던 그의 초기 단편을 보완하는 형식으로 새로운 전집을 구성하고 있는 것이다. 그리고 이 배경에는 기존의 정전에 대한 전복과 새로운 정전의 기획보다는 기존의 문학사적 정전을 보완하면서 기본적인 정본 확정과 보다 유연한 문학사적 개방성을 갖추려는 문지판 전집의 편집 의도가 놓여 있는 것으로 보인다.

그러나 문지판 전집이 기존의 문학사적 정전에서 크게 벗어나지 못했다고 해서 이를 일방적으로 비판할 수는 없다. 기실 『삼천리』의 '정전화' 기획으로부터 70여 년이 지난 지금까지도 그 정전에 대한 철저한 고증과 보완이 충분히 이루어지지 못한 것이 사실이기 때문이다. 앞서 살펴본 바와 같이 제대로 된 『고향』의 판본이 존재하지 않으며, 새로 발굴되고 새롭게 조망되는 작품들이 전집으로 포괄되지 못하는 현실 속에서 문지판 전집의 성과는 결코 가볍게 볼 수 있는 것이 아니다. 왜냐하면 새로운 정전의 기획은 기존의 정전에 대한 고도의 인식으로부터만 가능하기 때문이다. 그런 의미에서라면 문지판 전집은 기존 정전의 재확인이 아니라, 정전의 올바른 완성을 지향하고 있다고 표현하는 것이 올바를 것이다.

3. 리얼리즘과 모더니즘의 회통, 혹은 민족문학사의 재구성—창비의 경우

반면 창비판 전집의 경우 과거 창비의 리얼리즘 중심성에서 벗어나 리얼리즘과 모더니즘, 참여문학과 순수문학 간의 균형을 맞추는 것이 주된 기획의도인 것으로 보인다.

(중략) 1996년 선집의 원칙을 계승하되 탈정전화에 기운 편향을 수정 하면서 균형적 관점을 취하기로 합의하였다. 기왕의 정전들을 엄격한 재평가를 통해 선별적으로 수용하고, 역사적 맥락보다 현재의 눈을 더 욱 강조함으로써 이 선집을 명실 공히 20세기 한국소설의 정화(精華)의 모음으로 만드는 데 중점을 두기로 한 것이다.[11]

위에서 언급되는 1996년 선집, 즉 창비의 『한국현대대표소설선』(전9 권)의 원칙이란 "말하자면 '순수문학' 이데올로기에 의해 침윤된 기왕의 정전들을 해체하고 탈정전화(脫正典化)를 통한 재정전화(再正典化)를 도 모하였던 것"[12]을 말한다. 즉, 이 원칙은 리얼리즘을 중심으로 기존의 문학 정전을 재구성하려는 원칙이었던 것이다. 그런데 이번 출간된 창 비판 전집의 경우 『한국현대대표소설선』의 "탈정전화에 기운 편향을 수정하면서 균형적 관점을 취하"는 것에 중점을 둔 것이다.

이는 실제 작가와 작품의 선정에서도 나타난다. 개별 작가로는 이태 준이 여섯 편의 작품을 수록시키면서 가장 많은 작품을 수록했으며, 이

---

11) 최원식, 「간행사—'20세기 한국소설'을 펴내며」 중.
12) 위의 글 중.

어 박태원이 다섯 편을 수록한 반면, 카프 계열의 작가들은 이기영, 한설야가 각각 두 편, 김남천이 세 편의 작품만을 수록했을 뿐이다. 이는 카프 중심성, 리얼리즘 중심성을 강조했던 과거 창비의 문학적 지향으로부터 상당 부분 탈피한 것으로 볼 수 있다.

이는 최원식을 비롯한 창비의 이른바 '리얼리즘과 모더니즘의 회통'이라는 테제가 창비의 정전 선정 과정에 강력한 준거로 작용한 결과로 보인다.13) 2000년대 초반 제기되었던 이 테제는 기존의 창비가 강력한 리얼리즘 중심성을 지향한 반면, 리얼리즘과 모더니즘이 모두 근대성의 발현이라는 점에 주목하여 이 둘 간의 길항관계를 중심으로 새로운 문학사적 인식을 확보하려는 창비의 방법론적 성격을 지닌다.

이러한 문제의식 속에서 구성된 창비판 전집은 1996년 발간된 창비의 『한국현대대표소설선』의 '카프 편향성'을 상당 부분 넘어서고 있다. 『한국현대대표소설선』이 신채호로부터 시작하여 신경향파 문학과 카프와 동반자 작가로 이어지는 문학사적 구도를 뚜렷하게 보여주는 데반해, 2006년 완간된 창비판 전집은 위에서 살펴본 바와 같이 리얼리즘과 모더니즘의 길항을 통해 새로운 민족문학사의 구도를 모색하려는 의지의 소산으로 볼 수 있다. 그 결과 상대적으로 간과되었던 모더니즘 문학에 대한 재평가가 작품 선정에 크게 반영되었다. 이는 1980년대 이후의 소설을 선정하는 과정에서도 강하게 드러나는데, 윤대녕, 신경숙의 작품이 각기 세 편씩 수록된 반면, 방현석과 김영현의 작품이 각기 두 편씩 수록된 것에서 단적으로 드러난다. 나아가 창비판 전집의 마지막인 50권의 경우 현재 우리 소설의 지형도를 창비가 어떻게 읽고 있는

___

13) '리얼리즘과 모더니즘의 회통'이라는 문제의식에 대해서는 최원식, 「'리얼리즘'과 '모더니즘'의 회통」, 『문학의 귀환』, 창비, 2001을 참조.

가를 보여준다는 점에서 주목되는데, 이 책이 배수아와 김연수를 중심으로 구성되어 있다는 점 역시 흥미롭다.

이러한 창비판 전집의 구성 배경에는 앞서 언급한 '리얼리즘과 모더니즘의 회통'이라는 새로운 문제설정이 놓여 있다. 그리고 이러한 문제설정 속에서 기존의 카프 편향적인 문학사적 인식이 상당 부분 수정되어 나름의 균형 감각이 살려진 것 역시 매우 중요한 성과라고 할 수 있다.

그러나 문제는 이 문제설정 자체가 다소 거칠다는 점이다. '리얼리즘과 모더니즘의 회통'이라는 거대한 테제가 구체적인 문학사와 작품의 가치 평가에 적용되기 위해서는 보다 정치하고 세밀한 미학적·역사적 논의가 전개되어야 한다. 이를 통해 문학사를 바라보는 새로운 관점을 제시하고 이를 기준으로 전집을 구성할 때 비로소 새로운 민족문학사의 '정전'이 구성될 수 있는 것이다. 그런데 이와 같은 이론적 작업이 충분히 이루어지지 못한 채 전집이 구성되는 과정에서 일종의 '절충주의'적 경향이 나타나는 것이 사실이다. 즉, 리얼리즘 계열의 작가와 모더니즘 계열의 작가를 적절히 안배해서 수록한다거나, 최근 작품의 선정 과정에서 창비보다는 오히려 다른 문예지의 문제의식에 가까운 것으로 평가되는 작가들의 작품을 대거 수록하는 것으로 처음의 문제의식이 후퇴하고 있다는 것이다.

이와 같은 한계는 창비판 전집의 별권인 『20세기 한국소설 길라잡이』에 수록된 「20세기 한국소설의 흐름」에서 단적으로 드러난다. 이 문학사의 서술구도는 『한국현대대표소설선』의 문학사 서술구도와 크게 다르지 않다. 즉, 계몽주의 문학으로부터 시작하여 현진건, 김동인, 염상섭 등이 근대소설을 양식적으로 정립한 후 이를 카프의 민중성이 대체한다는 1920년대 문학에 대한 평가나, 카프 계열 작가들의 자기반성과 새로운 모색, 구인회 계열 작가들의 새로운 문학적 실험

등의 상호비판 과정으로서의 1930년대 문학에 대한 평가, 나아가 민족문학의 재발견으로 특징지어지는 1970년대 문학에 대한 평가 등은 그 이전 시기의 문학사 서술 방식과 사실상 동일하다. 다만 과거에 비해 카프 맹원이 아닌 작가들의 리얼리즘적 성취라던가 모더니즘 계열의 문학에 대한 긍정적인 평가 등이 '보완'되었을 뿐, '리얼리즘과 모더니즘의 회통'에 걸맞은 문학사적 인식은 구체화되지 못한 것이 사실이다.

이와 같은 창비판 전집의 한계는 결국 '리얼리즘과 모더니즘의 회통'이라는 창비의 문제의식이 이론적으로 보다 정치화되어 문학사적 시각을 확보하는 데 충분한 유용성을 지니지 못한 사실에 기인한다. 기존의 리얼리즘 중심성, 카프 편향성을 극복하는 것은 단순히 리얼리즘과 모더니즘, 혹은 참여문학과 순수문학의 '균형'을 맞추는 것으로 가능한 일이 아니다. 보다 발본적으로 리얼리즘과 모더니즘이 공유하고 있는 미학적·역사적 속성을 탐구하고 이를 기반으로 둘 간의 길항관계의 논리를 해명할 때, 비로소 리얼리즘과 모더니즘을 통합적으로 사유하는 문학사적 시각이 정립될 수 있으며, 이를 기반으로 할 때 새로운 민족문학사에 입각한 '정전'의 확립이 가능할 것이다.

그럼에도 창비판 전집의 성과를 쉽사리 무시할 수는 없다. 무엇보다 창비판 전집은 기존의 주류적인 문학사적 인식 속에서 간과되어온 민족문학사적인 시야를 견지하려 하고 있다. 예컨대 이인직의 친일적인 '신소설'의 자리에 신채호(1권)의 전통적인 몽유록 양식을 배치하고 있는 것, 현진건(3권)과 채만식·김유정(이상 5권) 등 카프의 선험적인 리얼리즘론에 기반을 둔 것이 아닌 구체적인 조선 현실로부터 성취된 리얼리즘의 성과를 온전히 복원하고 있는 것, 그리고 디아스포라 문학의 전범으로 볼 수 있는 만주 지역에서 활동한 현경준(9권)·김학철(13권)

등과 일본에서 활동한 김사량(12권) 등이 문학사의 '정전'으로 재구성되고 있는 것, 나아가 남성 중심적 문학사 인식 속에서 배제되어온 백신애·박화성(이상 8권), 이선희·임옥인(이상 13권) 등의 문학적 성과가 재평가되고 있는 것 등이 그러하다. 이는 창비판 전집이 기존 문학사의 '순수문학적 편향'과 창비 진영에서 보여준 '리얼리즘 중심성', '카프 편향성'을 동시에 극복하고자 하면서 나름의 새로운 문학사적 정전화의 구도를 성취하고 있음을 보여준다.

특히 기존의 이른바 '민족문학' 진영에서 보여준 민족주의적 배타성과 남성 중심적 사유를 극복하고 디아스포라 문학과 여성 문학에 대한 진지한 성찰을 보여준다는 점은 창비판 전집의 성과로 높이 평가할 수 있을 것이다. 그리고 이 성과가 이후 새로운 민족문학사의 재구성의 바탕이 될 때, 창비판 전집은 그 문학사적 의의를 확보할 수 있을 것이다.

4. 우리 시대의 문학전집, 혹은 '정전의 재구성'을 위하여

한국문학전집은 곧 당대의 문학 장에서 도출된 우리 문학의 '정전'을 구성하는 작업과 직결된다. 따라서 정전은 당대의 컨텍스트적 맥락에 따라 상이한 양상으로 구성된다. 예컨대 우리 문학사에서 최초의 정전화 과정인 1930년대의 정전 구성은 '식민지'라는 특수성과 깊은 관련을 맺고 있다. 이 시기 "정전을 구성하는 데 있어 최소한의 합의기준은 '문화민족주의'"[14]였다. 즉, 이 시기 확립된 한국문학의 정전은 문화적 민

---

14) 천정환, 『근대의 책읽기』, 푸른역사, 2003, 430면. 1930년대 정전 형성 과정에 대해서는 이 책의 428~441쪽을 참조.

족주의라는 시대적 맥락 속에서 형성된 것이다.

그렇다면 지금 2000년대, 1930년대와는 다른 컨텍스트적 맥락을 지닌 우리 시대에 요구되는 정전은 어떠한 것인가? 기실 1930년대부터 구성되어 지금까지 그 영향력을 행사하고 있는 '정전'은 그 시대적 필연성에도 불구하고 분명한 '배제'의 논리를 지니고 있다. '문화민족주의'라는 강력한 기준 속에서 배제는 크게 세 가지 층위에서 이루어진다. 민족과 젠더와 엘리트라는 기준이 작동하면서 '정전'이 형성된 것이다.

이 글에서 살펴본 문지와 창비의 한국문학전집 역시 그 성과에도 불구하고 이러한 배제의 논리로부터 자유로울 수는 없다. 당연히도 특정한 작품을 '정전'으로 '선택'한다는 것은 다른 작품을 '배제'하는 과정과 동일한 것이기 때문이다. 우선 이들 전집은 민족주의적 관점에서 디아스포라 문학에 대한 간과를 보인다. 예컨대 간도나 일본에서 활동했던 문인들, 특히 한국어가 아닌 일본어로 쓰인 작품에 대한 배제가 그렇다. 장혁주나 김사량 등이 이들 전집에서 배제되는 것은 강력한 언어적 민족주의에 기인한다.15) 그러나 이들이 일본어 창작을 하던 시기가 일제 말기라는 점을 고려한다면, 그리고 당시 조선문단이 이른바 '이중어 글쓰기'의 상황에 놓여 있었음을 고려한다면 일본어 창작과 디아스포라 문학에 대한 재조명이 필요할 것이다.

두 번째로 젠더의 층위에서 남성 중심성이 강하게 작동하고 있다는 점을 들 수 있다. 창비판 전집의 경우 단편적으로 여성 작가들의 작품을

---

15) 이와 관련하여 앞서 언급한 것과 같이 창비판 전집에 김사량의 「빛 속으로」가 번역되어 수록된 것은 매우 고무적인 현상으로 보인다. 물론 당대의 일본어 글쓰기에 대한 가치 평가는 연구자의 입장에 따라 다를 수 있으나, 적어도 일본어로 쓰인 작품에 대한 번역과 소개는 우리 근대문학의 특수성을 보여주는 중요한 작업이기 때문이다.

수록하고 있으며 문지판 전집 역시 근간 목록에서 최정희 단편선과 초기 여성 작가선을 제시하고 있다. 그러나 여전히 나혜석으로부터 김명순·김일엽·박화성·최정희·이선희 등에 이르는 여성 작가들이 젠더적인 측면에서 복원되지 못하고 있는 것이 사실이다.[16] 이들 여성 작가들이 제기하는 젠더의 문제를 문학사적으로 복원하고 새로운 정전으로 구성하는 것이 필요할 것이다.

세 번째로 엘리트와 대중이라는 이분법이 지속되고 있다는 점을 들 수 있다. 문지와 창비 모두 윤백남이나 김말봉, 최독견, 방인근 등의 '대중문학'을 배제하고 있다. 이는 문학에 대한 문화자본의 작동이 이루어지면서 문학의 능동적인 생산자인 엘리트와 수동적인 수용자인 대중 간의 위계서열화가 이루어진 결과이다. 그러나 당대 대중의 망탈리테(심성)를 가장 적확히 반영하고 있다는 점에서 대중문학은 쉽게 간과할 수 있는 대상이 아니다.[17] 따라서 이후 이들 대중문학에 대한 새로운 접근을 통한 재정전화가 필요할 것으로 보인다.

문지와 창비의 한국문학전집 모두 각각의 문제의식에 따른 성과를 충분히 보여주고 있다. 문지판 전집의 경우 정본 확정에 있어 큰 성과를 거두었으며, 새롭게 발굴된 작품들과 문학사적 재평가가 필요한 작품들을 대거 수록함으로써 기존의 정전을 보완하는 데 큰 기여를 한 것으로 보인다. 창비판 전집 역시 리얼리즘 대 모더니즘, 참여문학 대 순수문학이라는 이분법을 넘어서서 새로운 민족문학사의 구도를 모색하고 이를

---

16) 이와 관련하여 문지와 창비가 공히 강경애에 대해서는 높은 평가를 내리고 있다는 점이 주목된다. 그러나 이는 젠더적 측면에서의 평가라기보다는 강경애의 '저항적 민족주의', 혹은 '리얼리즘적 성취'라는 기준에서의 평가라고 보는 것이 타당할 것이다.
17) 천정환은 1930년대의 정전에서는 윤백남, 방인근, 최독견 등의 대중문학이 포함된 반면, 이후 이들이 정전에서 제외되고 있음을 지적하고 있다. 이에 대해서는 천정환, 앞의 책, 433~434쪽을 참조.

정전화 과정을 통해 구체화시키는 성과를 거둔 것으로 보인다. 이들 한·국문학전집은 이러한 측면에서 높이 평가될 수 있을 것이다.

다만 아쉬운 것은 지금, 우리 시대의 새로운 정전 구성에 대한 발랄한 시도가 뚜렷하게 보이지 않는다는 사실이다. 특히 기존의 정전 구성 과정에서 배제되어온 디아스포라 문학과 여성문학, 대중문학 등에 대한 문학사적 복권이 이루어지지 못한 것은 자칫 이들 전집 작업이 과거의 정전을 재확인하는 것에 그치는 것이 아닌가라는 기우를 낳게 한다. 어느 시대나 '전집'은 '정전'을 구성하는 작업이며, 따라서 우리 시대의 문학사적 새로움을 담지할 수 있는 새로운 전집이 필요할 것이다. 문지와 창비의 전집이 이 작업의 튼튼한 기반이 될 수 있기를 바란다.[18]

---

18) 이와 관련하여 현재 출간 중인 범우사의 『범우 비평판 한국문학』은 주목되는 작업이다. 이 시리즈는 식민지 시대 대중가요(37권)와 같은 다중 매체적인 대중문학이나, 개화기의 다양한 서사 양식들(2권), 임노월(31권), 이익상(40권), 김달진(41권) 등과 같이 문학사에서 충분히 평가받지 못했던 작가들에 대한 재조명을 보이고 있다. 아직 전권이 완간되지 않았기 때문에 쉽사리 평가하기 어려우며, 지금까지의 출간을 볼 때 다소 작가와 작품 선정 기준이 모호하다는 한계를 보이기도 하지만 기존의 문학전집과는 다른 '탈정전화', 혹은 '재정전화'를 지향하는 양상을 보인다는 점에서 주목되는 기획이다. 다만 범우사가 내세우는 발간 목표, 즉 "한민족 정신사의 복원"(「발간사 : 한민족 정신사의 복원─범우 비평판 한국문학을 펴내며」 중)이라는 것이 다소 모호한 것은 아닌가라는 우려를 낳게 한다.

'민족-국가'의 '이행'과 새로운 저항주체 형성의 가능성

_ 혹은 채광석과의 우애로운 '마주침'을 위하여

1. 새로운 질문, 식상한 답변

너무나 근본적인 질문들이 쇄도하고 있다. 한국근대문학이 자명한 것으로 사유했던 지향과 가치들이 모두 무너지고 있다. 민족, 계급, 해방, 변혁, 계몽 등이 그러하다. 개화기 강력한 계몽주의 서사로부터 이광수와 카프를 거쳐, 분단 이후 참여문학론과 민족문학론으로 계승되었던 근대문학의 강고한 '전통'은, 이제 그 자체가 성찰과 갱신의 '대상'으로 설정된다. 이른바 포스트 담론은 정확하게도 동일성의 논리와 배제의 정치학을 통해 운동하는 '민족문학' 자체에 대해 발본적인 비판을 던진다. 그리고 그 중심에 근대의 핵심적인 기제인 '민족-국가'의 문제가 있다.

최근 한국 비평에서 논쟁다운 논쟁이라면 이른바 '탈국경'과 '연대'의 문제 정도를 꼽을 수 있을 것이다. 근대성 자체가 회의되면서, 이의 근간을 이루는 민족-국가 역시 비판의 대상이 되었음은 이미 상식과 같다. 그리고 문학 장(場)에서 역시 민족-국가와 이에 기반을 둔 '연대'

의 문제가 쟁점화되었다. 이는 단지 '민족-국가'와 '연대'의 문제가 아니라, 한국문학의 뿌리 깊은 근대성과 이에 기반을 둔 문학의 '계몽성'에 대한 발본적인 문제제기의 성격을 지닌다.

논쟁의 시작에 위치한 황호덕의 글은 매우 정치한 이론적 구성을 보인다. 그는 타자성에 대한 철학적 사유로부터 민족-국가의 배타성과 타자와의 연대라는 아포리아까지를 이끌어낸다. 그는 이 결과 이주노동자를 비롯한 타자와의 '관계' 맺음에 대해 다음과 같이 말한다. "국경을 넘는 자들을 동물로서, 벌거벗은 생명으로서 적출하고 배제하는 일을 막을 수 있는 길이란, 서로가 서로에게 완전한 타자라는 전제에서 출발하는 보편적 응답의 길, 책임의 길뿐이다."[1] 그의 논의가 지니는 이론적 성실함에도 불구하고, 그의 결론은 결과적으로 문학의 현실적 무기력함을 보여주는 것에 그친다. '보편적 응답'과 '책임'이란 상호 간의 '관계' 속에서 '생성'되어야 할 미정형의 것이지, 이론적 완결성 내부에 내재된 것이 아니기 때문이다. 그의 논의는 선험적인 민족-국가와 이에 기반을 둔 '연대'의 논리가 지니는 윤리학적 '위험'을 경고하지만, 역으로 새롭게 구성되어야 할 '윤리'가 현실로부터 추출되어야 할 것임은 간과하고 있다.

보다 구체적으로 최근 한국문학 텍스트를 대상으로 한 복도훈의 글은, 바로 텍스트에 기반을 두고 있다는 점에서 설득력을 지닌다. 김재영·김남일·방현석·오수연 등 국경 너머의 '타자'를 형상화한 작가들의 텍스트에 대한 분석을 통해 그는 다음과 같은 결론에 이른다. "그들이 네팔의 코끼리와 러시아의 바이칼 호수, 니르바나 같은 이국적 신비를 업고 흡사 문화사절단처럼 등장하더라도 그 문화의 표징들은 하위제국

---

1) 황호덕, 「넘은 것이 아니다―국경과 문학」, 『문학동네』, 2006 겨울호, 432쪽.

(sub-empire)인 남한의 정치경제적 현실에서 그들에게 지불한 최소임금에 합당한 관광상품에 불과하다."[2] 그의 논의는 텍스트의 한계를 정확히 지적하고 있다는 점에서 비평의 덕목을 보여준다. 그러나 텍스트의 한계를 지적하면서 그 한계를 넘어서기 위한 비평적 사유를 적극적으로 제시하는 것에 비평의 '윤리'가 있는 것이라면, 그의 "타자의 재현(전형)과 연대성은 결국 언어의 문제, 상상력의 문제로 귀결된다"[3]는 발화는 다소 거칠다. 그의 텍스트 분석이 지니는 설득력에도 불구하고 타자와의 '연대'를 고민하는 작가들에 대한 '애정'보다는 '비판'만이 두드러지게 보이는 것은 이 때문이 아닐까? 더불어 중층적인 현실을 섣부른 서구 정신분석학으로 재단하는 순간, 남는 것은 텍스트의 풍성한 육체가 아닌, 앙상한 지도비평이라는 인상은 비단 나만의 느낌일까?

이들의 질문은 매우 새롭다. 지금까지 진보적 문학에 대한 비판적 재인식의 필요성은 지속적으로 제기되었으나, 이들처럼 민족-국가와 계몽성에 대한 발본적인 문제제기는 없었다. 특히 이른바 '민족문학' 진영 내부에서 끊임없는 동일성의 논리만이 재생산되는 가운데 정작 자신에 대한 발본적인 성찰이 없었음을 생각한다면 더욱 그러하다. 하지만 그 새로운 질문에 비해 이들이 내놓는 대답은 다소 식상하다. 타자성에 기반한 새로운 윤리적 관계의 설정이라는 이들의 '처방'은 기실 1990년대 이후 지속적으로 지적되어온 것이며, 너무나도 투명한 나머지 구체적인 지금-여기의 한국문학에 개입하지 못한다.

이러한 질문에 대해 우리는 채광석의 비평을 통해 무엇을 배울 수 있을까? 비평이 곧 삶이며 정치이며 문학이었던 그에 대해 말한다는 것은

---

2) 복도훈, 「연대의 환상, 적대의 현실」, 『문학동네』, 2006 겨울호, 499쪽.
3) 복도훈, 위의 글, 같은 쪽.

두 가지 위험을 지닌다. 하나는 그의 삶의 무게감에 눌려 그의 비평에 대한 객관화된 재평가 대신 또 하나의 '정전'으로 그의 비평을 고착화할 위험이며, 다른 하나는 그의 비평이 작동하던 구체적인 시대적 맥락을 소거한 채 섣부른 서구이론으로 그의 비평이 지닌 한계를 추상적인 심급에서 지적하는 것에 멈출 위험이다. 이 두 가지 위험을 피하기 위해서는 그의 비평으로부터 얻을 것과 버릴 것을 냉철하게 현실과의 긴밀한 호흡 속에서 구분하는 비평적 자의식이 필요하다. 그리고 이 비평적 자의식은 지금-여기에서의 새로운 진보적 문학을 기획하려는 성실함에 의해서만 획득 가능할 것이다.

이 글은 여기에서 출발한다. 민족-국가로 표상되는 근대성과 이에 기반한 미학적 기획이 회의되는 지금, 선험적인 포스트 담론도 아니며, 동시에 민족문학론 내부의 동일화의 반복도 아닌 문학과 현실 간의 새로운 관계 맺음의 가능성을 과거 민족문학론 '내부'에서 추출해보는 것이 이 글의 목적이다. 보다 구체적으로 1980년대 채광석의 비평을 통해 새로운 '진보적 미학'의 기획의 과정에서 우리가 배울 것과 단절할 것을 살펴보고, 이를 통해 민족-국가로 표상되는 우리 문학의 근대적 해방의 기획의 성과와 한계를 '내부'로부터 성찰하는 것이 이 글의 목적이다.

2. 주변부에서 반주변부로의 '민족-국가'의 이행이라는 '역전'

지금-여기, 남한이라는 민족-국가는 더 이상 그 자체로 진보성을 담지하지 못한다. 역사적으로 민족-국가는 모든 사물과 마찬가지로 스스로를 지양하면서 전개되어왔다. 민족-국가 건설 초기 이는 봉건제적 생산양식과 사유구조를 극복하는 긍정적 성격을 보였다. 그러나 이 민족-국가가 배타적 민족주의와 금융자본의 확장에 의해 제국주의로 전화하면서 이는 식민지에 대한 폭력의 주체로서 부정적 성격을 지니게 된다.

그런데 식민지와 신식민지의 경험을 겪은 남한의 경우 이와 같은 일반적인 서구의 민족–국가와는 다른 성격을 지닌다. 식민지 시기 조선의 민족–국가 건설운동은 반(反)제국주의 운동으로서 자신의 진보적 성격을 담지했다. 그리고 해방 이후에도 미국의 신식민지로 존재하던 남한의 민족–국가 건설운동은 반제국주의 운동으로서 진보적 성격을 유지할 수 있었다. 채광석이 비평 활동을 전개하던 1980년대는 이러한 반제국주의 운동으로서의 남한의 민족–국가 건설운동이 그 진보적 성격을 가장 강력하게 발휘하던 시기였다. 따라서 그의 '민중적 민족문학론'은 당대의 시대적 상황 속에서 진보적 문학이론의 필연적인 귀결점이었다. 그리고 그 중심에 민족–국가의 건설이라는 과제가 설정된 것 역시 이론적 타당성을 지닌다.

그렇다면 오늘날 우리 민족구성원 대다수의 인간다운 삶의 실현을 저지하고 있는 기본적 굴레는 무엇인가. 국토와 민족의 분단 바로 그것이다. 일제의 식민지지배로 민족자주역량이 철저히 으깨어진 마당에 전후 세계냉전체제의 첨예한 관철의 장이 됨으로써 야기된 분단은 민족역량을 인적, 물적, 정신적으로 찢어놓고 대립시켜 대외종속적이고 불균형한 사회구조의 형성과 고착화를 가져오는 한편 민족해방을 위한 진정한 이념의 창출을 가로막는 기본적 질곡으로 작용해왔던 것이다.[4]

---

4) 채광석, 「민족문학과 민중문학」, 『채광석 전집』 4권, 풀빛, 1989, 151~152쪽. 이하 인용하는 채광석의 모든 글은 이 전집에서 인용한 것이며 인용시 글의 제목과 전집의 권수, 인용한 쪽수만을 각주로 기입한다.

위의 인용문에서 보이듯 채광석에게 당대 진보적 문학의 핵심적 과제는 식민 지배와 이후 냉전체제 속에서 분단 상황을 낳은 남한의 신식민지적 성격을 극복하는 것이었다. 그리고 이 과제는 곧 민족-국가의 건설로 집약된다. 이는 1980년대 남한 사회가 미국 중심의 냉전체제 속에서 강고한 신식민지적 성격을 지니고 있었음을 고려한다면 타당한 귀결이다. 이러한 구체적인 역사적 맥락을 무시한 채, 그의 '민중적 민족문학론'이 배타적이고 폐쇄적인 민족-국가로 개별 인민(people)들의 다양한 삶의 양상을 환원했다고 평가하는 것이야말로 환원적이고 일면적이다.

그러나 지금-여기에서 진보적 문학의 지향점을 재구성하려는 우리에게 채광석의 비평이 쓰인 1980년대와는 다른 현재의 남한 민족-국가의 위상에 대한 고찰은 필수적이다. 그의 '민중적 민족문학론'이 제기되던 시기 신식민지로서의 남한의 위상으로 인해 민족-국가의 건설이 곧 진보적 성격을 담지할 수 있었다면, 과연 20여 년이 지난 지금, 이와 같은 진보적 성격이 여전히 남한 민족-국가에 적용될 수 있는가에 대한 비판적 고찰이 필요하다는 것이다.

1960~1970년대 박정희 정권의 병영적 경제개발의 추진과 1980년대 전두환 정권의 출혈적 개발 드라이브를 통해, 남한은 적어도 경제적 층위에서는 더 이상 일방적인 '수탈'의 대상만은 아니게 되었다. 소비에트의 몰락과 함께 미국 중심의 세계체제가 재편성되는 과정에서 남한은 과거 주변부의 위치에서 반(半)주변부의 위치로 부상한다. 그 결과 한편으로는 중심부 제국에 종속되면서도 주변부 국가들에게는 수탈의 '주체'가 되는 이중적 성격이 남한에 부여된다. 따라서 더 이상 제국주의에 저항하는 유효한 틀로서의 민족-국가의 진보성은 유지될 수 없다. 오히려 중심부 제국을 대신하여 주변부 국가에 대한 억압과 수탈을 자

행하는 것이 지금-여기에서의 남한 민족-국가의 현실이다.[5]

이렇게 본다면 복도훈이 지적한 것처럼 이주노동자를 형상화한 작품들이 "하위제국(sub-empire)인 남한의 정치경제적 현실"[6]을 간과하고 있다는 비판은 타당하다. 무엇보다 베트남이나 이라크와 같은 주변부 인민들의 삶, 혹은 우리 안의 타자인 주변부 국가 출신의 이주노동자들에 대해 우리가 갖추어야 할 기본적인 관점은 이들에 대해 억압과 수탈의 주체로 변한 남한 민족-국가에 대한 치열한 성찰이기 때문이다. 그리고 이 과정이 생략된다면 주변부 인민들과의 연대란, 결국 자족적인 '시혜'에 그칠 가능성이 크기 때문이다.

그런데 복도훈은 남한 민족-국가의 이중적 성격 중 수탈과 억압의 '주체'로서의 성격만을 강조하고 있다. 남한은 한편으로는 주변부 국가에 대한 의사제국적 성격을 지니지만, 동시에 중심부 제국에 대한 종속적 성격을 지닌다. 이 점이 간과될 때 중심부 제국에 저항하는 주변부 인민들과의 '연대'의 가능성은 봉쇄된다. 예컨대 방현석의 「존재의 형식」이나 「랍스터를 먹는 시간」 등의 작품은 남한 민족-국가의 의사제국적 성격만을 강조하는 입장에서는 주변부 국가와 인민에 대한 표상적 '수탈'로 독해될 수 있다. 그러나 남한 민족-국가가 지니는 중심부 제국에 대한 종속적 성격을 인식한다면 이는 주변부 국가와 인민을 통한 반주변부로서의 남한 민족-국가에 대한 냉철한 자기 성찰로 독해될 수 있다. 그리고 나아가 이러한 자기 성찰에 기반을 둔 중심부 제국에

---

5) 남한의 반주변부로의 위상 변화에 대해서는 에티엔 발리바르, 이미경 옮김, 『발전주의 비판에서 신자유주의 비판으로』, 공감, 1998을 참조. 조반니 아리기의 분석에 의하면 2차 세계대전 이후 주변부에서 반주변부로 이행한 국가는 대만과 나이지리아, 그리고 남한 3개국뿐이다.
6) 복도훈, 앞의 글, 499쪽.

대한 저항의 '연대'를 위한 문학적 모색으로 독해될 수도 있다.

여기서 제국의 수탈과 이에 대한 (반)주변부의 저항과 연대는 어디까지나 구체적인 현실을 근거로 할 때만 가능하다는 점이 강조되어야 한다. 몇몇 논자들은 민족-국가의 해체를 근거로 '트랜스 내셔널'한 새로운 인민의 등장과 이에 기반을 둔 '연대'의 가능성을 주장한다. 예컨대 조정환은 최근의 '트랜스 내셔널'적 정황에 대해 "오늘날 출현하고 있는 탈경계의 현상들은 자본의 행위로서만 이해할 수 없고 오히려 먼저 **노동의 행위**로서 이해할 필요가 있다"[7]고 주장한다. 그의 새로운 저항 주체로서의 '다중'의 형성에 대한 진지한 논의는 경청되어야 한다.[8] 그러나 과연 현재의 '트랜스 내셔널'한 흐름이 민족-국가 단위를 근본적으로 뛰어넘는 것일까? 오히려 이는 민족-국가를 위계서열화하는 가운데 중심부 자본의 이윤 창출을 위해 추진되는 '자본의 세계화'에 의한 것은 아닐까?

오히려 '자본의 세계화'에 기반을 둔 포스트적 '유목주의'보다는 반주변부적 성격을 지닌 남한 민족-국가 단위에서의 저항과 연대의 가능성을 모색하는 것이 현실적인 사유일 것이다. 즉, 남한 자본과 그에 연동된 남한 민족-국가의 운동 방향과 민족-국가 내부로부터의 균열 양상을 치열하게 탐구하고, 이로부터 주변부 국가의 인민들과의 연대의

---

7) 조정환, 「경계-넘기를 넘어, 인류인-되기로」, 『문학수첩』, 2007 여름호, 77쪽. 강조는 원문.
8) 실제 조정환의 '다중'에 대한 논의는 과거 '민중'으로 호명되어왔던 저항주체의 재구성이라는 관점에서 큰 시사점을 준다. 그러나 자본에 의해 견고히 경계가 설정된 민족-국가 단위를 자유롭게 뛰어넘는 다중이란, 기실 급진적 담론의 영역에서는 존재할 수 있을지 모르나 실제 민족-국가 단위에서 움직이는 구체적인 인민들의 삶과는 커다란 간극을 지닌 것으로 보인다. '민중'을 대체할 새로운 저항주체의 형성과 관련된 진보적 문학의 논의 과제에 대해서는 3장에서 보다 자세히 서술하도록 하겠다.

가능성을 찾아가는 '과정'이야말로 지금-여기 진보적 문학의 과제라는 것이다. 그리고 우리는 몇몇 작품을 통해 그 가능성을 확인할 수 있다.

오수연의 「황금 지붕」은 이런 점에서 주목된다. 오수연은 남한 민족-국가가 이라크 침공의 일주체인 동시에, 미국 중심의 제국에 의해 강제된 '낀 존재(in-between)'임을 다음과 같은 서술을 통해 단적으로 보여준다.

인근 회원들이 다 모이는 전체회의에서 한 남자가 내 앞에 의자를 놓고 앉은 적이 있다. 나는 가만히 앉아 있었건만 둥그렇게 둘러앉은 줄 바깥으로 밀려나고 말았다. 대학원마저 중단하고 대서양을 건너온 그 행동가는, 마찬가지로 회의에 참석하여 의자 하나 차지하고 있는 나를 알아채지 못했다. 그에게 나는 보이지 않았다. 차라리 내가 얼굴색이 조금 더 짙어 이곳의 고통받는 민중이었다면, 그는 내 앞에 앉지 않고 서서 내게 선량하게 알은체를 했을 것이다. 나는 애매했다. 여기 와서 위험한 고비도 여러 번 넘겼다는 그는, 신경을 소모하지 않고 내 존재에 대한 인식을 간편히 생략해버렸다. 그 순간 나는 자칫 과민하게 반응할까 봐 고민이 됐다. 그런데 그는 내가 고민을 마무리하기도 전에 계속 떠벌리면서 다른 사람, 또 다른 용감한 행동가 곁으로 옮겨가고 말았다. 여전히 나한테 눈길조차 주지 않고 내 앞에 의자 하나 남겨 놓은 채. 그는 내가 영어로 말하면서 관사를 틀리기만 해도 이마에 주름을 잡는 두 명 중 하나이기도 했다.[9]

제국의 침략에 대한 저항과 연대의 장에서, 중심부의 백인도 아니며 그렇다고 주변부의 이라크인도 아닌 반주변부의 인민으로서의 '나'. 이

---

9) 오수연, 「황금 지붕」, 『황금 지붕』, 실천문학사, 2007, 218-9쪽.

는 곧 중심부와 주변부의 수탈과 저항 사이에 낀 존재인 남한 민족-국가의 환유이다. 오수연의 이와 같은 성과는 남한 민족-국가의 위상 변화에 대한 치열한 자기 인식과 이에 기반을 둔 진보적 문학의 자기 갱신에의 의지로서 가능한 것이다. 그리고 이에 기반을 둔 주변부 국가, 인민과의 '연대'에 대한 치열한 모색을 보여준다는 점에서 그 성과는 2000년대 진보적 문학의 최대치로 평가되어야 한다. 나아가 이 성과야말로 채광석이 보여준 반제국주의의 담지체로서의 민족-국가로부터 반주변부로 진입한 남한 민족-국가에 대한 재인식의 발현이라는 점에서, 지금-여기에서의 채광석에 대한 재독해의 가능성을 보여주는 것이기도 하다.

3. '민중' 개념의 내파와 새로운 저항주체의 모색

채광석에게 민족-국가가 신식민지적 상황을 극복하기 위한 근대적 해방의 기획이었다면, 과연 그 '주체'는 무엇인가라는 질문을 제기할 수 있다. 왜냐하면 그 이전 시기, 길게는 김수영의 '불온성'의 문학에서, 그리고 가깝게는 백낙청의 '민족문학론'까지 신식민지적 상황의 극복으로서의 민족-국가에 대한 논의는 지속되었으나 그 저항주체를 구체적으로 밝히는 과제는 해명되지 못했기 때문이다. 기실 이 민족-국가 건설의 주체를 명확하게 규명한 것이야말로 채광석이 거둔 문학사적 성과이다.

이러한 종속의 상황 아래서 제3세계 여러 나라의 역사적 과제가 민족의 진정한 해방의 구체화에 있으며 민족문화는 그 구체화를 향한 움직임의 결실로서 드러나고 그 움직임의 일환으로서의 민족문화운동에 의해 활성화된다는 것은 자명한 일이다. 그런데 이같은 민족해방운동은, 운동의 발전단계와 민족부르주아지의 존재양상에 따라 민족부르주아의 선도적 역할이 크게 또는 적게 전제되게 마련이긴 하지만, 이중적 종속의 가장 큰 피해자로서의 자신의 구체적 생활에 있어 반(反)신식민주의적이고 민족적일 수밖에 없는 근로자, 농민, 중소생산자 등 광범한 민중을 그 담당 주체로 해야 한다. 따라서 '가장 민중적인 것이 가장 민족적인 것이다'라는 명제가 시사하듯 제3세계 민족해방운동은 민중적 민족주의를 지향하며 그런 만큼 민족문화운동 또한 민중적 민족문화, 민중문화를 지향한다.10)

위의 글에서 채광석은 민족문학의 주체를 '민중'으로 명시한다. 즉, 그에게 민족–국가란 그 자체로서 절대적인 의미를 지니는 것은 아니다. 민족–국가가 의미를 지니는 것은 "반신식민주의적이고 민족적일 수밖에 없는 (중략) 광범한 민중"의 존재 때문이다. 바로 이 '민중'의 "구체적 생활"을 담보하는 틀이기에 민족–국가는 비로소 그 의미를 획득한다.

기실 민족–국가가 근대 부르주아의 경제적 대두 과정에서 성립된 것임은 널리 아는 것과 같다. 문제는 식민지를 경유하면서 이른바 제3세계적 특수성을 체현한 남한의 경우다. 민족–국가의 주체인 부르주아 자체가 매우 빈약한 형태로 존재했기에, 그리고 해방 이후에도 제국에 의한 식민지 초과착취가 잔존했기에 온전한 의미에서의 민족–국가는 건설되지 못했다. 따라서 남한의 민중은 이중적 과제를 안게 된다. 즉, 부재한 부르주아를 대신하여 민족–국가를 건설해야 했으며, 동시에 민

---

10) 채광석, 「제3세계 속의 리얼리즘」, 전집 4권, 191쪽.

족-국가의 건설과 함께 그 동일화와 배제의 메커니즘을 전화시켜야 하는 상황을 맞이한 것이다.

채광석의 비평을 지금-여기의 문제의식에서 독해할 때, 그의 민족-국가에 대한 강조가 이러한 이중적 과제를 그 배경에 두고 있다는 점은 강조되어야 한다. 그에게 민족-국가가 중요한 것은 이 틀을 통해서만 "구체적 생활"이 가능한 민중의 존재가 있기 때문이다. 그런데 일반적인 서구의 민족-국가와는 달리 남한의 경우 부르주아가 아닌 민중이 민족-국가의 주체로 설정됨으로써 민족-국가의 건설과 그 해체가 동시적 과제로 제기된다. 왜냐하면 '민중'이라는 언표가 지시하는 수많은 인민 '들'은 단일하지 않기 때문이며, 이를 민족-국가의 틀로 환원시키는 것은 다시 인민에 대한 폭력으로 작동하기 때문이다.

그렇다면 채광석에게 '민중'이란 무엇인가? 그의 비평의 성과이자 한계가 여기서 드러난다. 다음의 글을 보자.

> 여기서 우리는 민중 구성에 있어 즉자적 민중과 대자적 민중을 구분할 수 있게 된다. 즉자적 민중이란 농민, 노동자, 도시빈민을 막론하고 자신의 경제적 이해에만 매몰되어 있는 구성원들을 가리키며 대자적 민중이란 그런 자기이해에의 매몰에서 벗어나 자본주의 사회체제에 대한 민중 전체의 이해관계를 통일적으로 인식하고 이의 총체적 극복을 지향하는 구성원들을 가리킨다.11)

그에게 민중은 통일된 단일한 존재가 아니었다. 이들은 각기 상이한 이해관계에 따라 분화되어 존재하는 인민이다. 그런데 이 인민'들'은

---

11) 채광석, 「민중과 현실」, 전집 5권, 114쪽.

민족-국가 건설이라는 과제 속에서 '대자적'으로 민중으로 호명되며, 상호 간의 자발적 연대를 수행하는 존재로 전화한다. 즉, 민중은 선험적으로 존재하는 것이 아니라 민족-국가의 건설이라는 특수한 국면에서 형성되는 개념이다. 따라서 민중은 민족-국가의 건설과 동시에 그 동일화와 배제의 논리를 해체하기 위해 스스로를 전화시켜야 하는 모순적 존재이다.

채광석 비평에서 민중 개념이 그의 성과와 한계를 동시에 보여준다는 것은 이 때문이다. 그는 고정된 단일한 존재로서의 민중을 설정하지 않았다. 이는 지금-여기, 민족-국가가 지니는 한계를 실감하는 우리에게 새로운 저항주체의 형성의 필요성을 자각시켜준다는 점에서 성과로 남는다. 반면 그의 민중 개념은 지나치게 포괄적이어서 시대적 변화에 따라 재구성되어야 할 필요를 지닌다. 이것이 그의 한계였던 바, 직후 노동해방문학론과 민족해방문학론에 의해 그의 막연한 민중 개념이 비판되었던 문학사적 사실이 이를 단적으로 보여준다.

이와 같이 채광석에게 민족-국가란 민중의 삶을 담지하는 틀로서의 의미를 지니며, 그 주체인 민중이란 모순적 존재로서 끊임없이 재구성되는 저항주체를 일컫는 개념이었다. 그렇다면 우리는 그의 민족-국가와 그 주체로서의 '민중'에 대한 비평으로부터 무엇을 배울 수 있을까?

채광석이 보여주는 것처럼 민족-국가는 민중의 삶과 연계될 때 그 의미를 지닌다. 따라서 문제의 핵심은 민족-국가에 대한 추상적인 논의가 아니라 구체적인 저항주체로서의 민중의 변화를 추적하고, 지금-여기 새로운 저항주체의 호명을 기획하는 것이다. 민족-국가 건설의 주체로서의 민중이 더 이상 유효하지 않은 상황에서, 민중 개념은 해체되고 재구성되어야 한다. 채광석의 논법대로 말하자면 '대자적 민중'의 개념 자체가 재구성되어야 하는 것이다.

이와 관련해서 진보적 문학의 재구성을 고민하는 우리에게 두 가지 흐름이 경계되어야 한다. 하나는 서구의 '세련된' 이론으로 무장된 이론적 '급진성'과 현실적 '무기력'에 대한 경계이다. 앞서 살펴본 황호덕이나 복도훈의 경우, 이들의 글이 보여주는 지적 성실함에도 불구하고 결국 이론적 급진성에 따르는 구체적인 현실에서의 문제에 대해서는 지극히 무기력한 해답을 내놓을 뿐이다. 이와 관련하여 다음과 같은 복도훈에 대한 이명원의 비판은 타당한 것으로 보인다. "내 판단에는 이 트라우마로서의 과거와 기억을 한편으로 보존하면서, 동시에 이를 극복하고자 하는 인물이야말로, 일체의 트라우마가 존재하지 않는다는 슬라보예 지젝(또는 복도훈) 식의 담론에 비하자면 일층 현실적인 것이다. 요컨대 소설 속에서 한국인 주동인물의 트라우마가 여러 소설에서 빈번하게 직·간접적으로 환기되는 것은 나르시시즘 때문이 아니라, 그것에 대한 객관적 응시를 통해서 트라우마를 치유하려는 성찰적 과정의 일환으로 보는 것이 더욱 타당한 해석이 아닐까."[12] 이명원의 논의는 그의 논의가 바로 구체적인 지금-여기에서 출발하고 있기에 설득력을 지닌다. 모든 이론과 담론이 구체적인 현실과의 교호 속에서 그 진리 효과를 검증받는다는 점을 상기할 때, 최근 우리 문학의 장(場)에서 마치 유행처럼 범람하는 서구이론에 의한 선험적인 텍스트 평가는 지양되어야할 것이다.

동시에 근대의 폭력성을 비판하는 가운데 근대의 '보편적 가치'를 쉽사리 폐기하려는 경향 역시 경계되어야 한다. 앞서 언급한 조정환의 논의는 그 자체로서는 매우 성실한 새로운 저항주체 형성에 대한 고민을 보인다. 그런데 그가 보여주는 근대에 대한 성실한 비판이 곧 근대가 이

---

12) 이명원, 「마음의 국경―연대는 불가능한가」, 『문학수첩』, 2007 여름호, 36쪽.

룬 모든 보편적 가치의 부정으로 이어질 수는 없다. 이런 점에서도 이명원의 다음과 같은 지적은 타당하다. "우리는 근대주의적 전망 아래서 획득된 보편적 가치는 그것대로 보존하면서, 그것을 더 확대시켜 탈근대에 적용가능한 보편적 가치를 재구성해야 한다."13)

나는 이러한 경향들을 경계하면서 진보적 문학이 새로운 저항주체의 형성을 기획하기 위해 크게 세 가지 층위에서의 고민이 진행되어야 한다고 생각한다. 첫째, 저항주체에 대한 '존재론'적 사유로부터 '방법론'적 사유로의 전환, 둘째, 저항주체에 대한 '단일성'의 '신화'로부터 '중층성'의 '역사'로의 전환, 셋째, 저항주체를 생성하는 현실에 대한 '인식론'적 전환이 그것이다. 첫 번째 문제제기는 저항주체를 현실의 변혁을 위한 단단한 실재가 아닌 사유의 확장을 위한 방법의 층위에서 설정해야 한다는 것이며, 두 번째 문제제기는 저항주체가 지니는 '모순의 통합체'로서의 '주체'의 성격을 읽어내야 한다는 것이며, 세 번째 문제제기는 저항주체가 생성되는 '실천'과 '현실'의 개념을 재구성해야 한다는 것이다. 물론 이러한 거대한 문제를 모두 해명할 능력이 나에게는 없다. 다만 진보적 문학이 지향해야 할 '과제'로서의 새로운 저항주체의 형성과 관련하여 시론적인 문제제기를 던질 뿐이다.

첫 번째 문제제기는 선험적이고 절대적인 존재로서 새로운 저항주체를 설정하는 것이 아니라, 끊임없이 재구성되는 '과정으로서의 저항주체'의 개념을 설정하는 것이 필요하다는 것이다. 마치 채광석의 '민중' 개념이 당대 신식민지 국가독점자본주의에 대한 저항주체로서 고안된 방법론적 틀인 것처럼 지금-여기의 모순에 대한 저항주체 역시 고정된 개념이 아니라 구체적인 사유의 '방법론'으로 제기되어야 한다는 것이

---

13) 이명원, 위의 글, 40쪽.

다. 이러한 관점에서 선험적인 노동자 계급이나 분단 모순의 체현자로서의 민중, 혹은 '하위 제국'의 주체 등이 아닌 특정한 현실의 국면에서 '우발적으로' 등장하는 저항주체에 주목해야 한다.

두 번째 문제제기는 저항주체가 지니는 '모순'을 직시하자는 것이다. 우리는 최근 인문학 전반에서 제기되는 '대중'의 개념을 적극적으로 도입할 필요가 있다. 대중은 특정한 이데올로기적 장치에 의해서 저항주체로 호명되기도 하며, 동시에 채광석의 표현대로 '즉자적' 층위의 이해관계에 얽매이기도 한다. 이를 직시하기 위해서는 단단한 저항주체의 개념 대신 모순의 결정체로서의 저항주체의 다양한 삶의 방식을 고찰해야 한다.

세 번째 문제제기는 기존에 자명한 것으로 여겨져 온 토대-상부구조론과 객관적 반영론에 입각한 '현실' 개념을 전복할 필요가 있다는 것이다. 즉, 경제적 문제가 현실을 규정하며, 이를 중심으로 다양하게 분기되는 현실의 층위를 환원하는 것이 아니라, '시뮬라크르'로 표상되는 텍스트적 '현실'에 대한 정치한 인식론적 탐구가 절실히 요구된다는 것이다.

이와 같은 거친 문제제기에 대해 허혜란·조두진·윤이형의 최근 작품들은 매우 훌륭한 사유의 단초를 제시해준다. 허혜란의 「즐거운 부케」(『문학수첩』, 2007 겨울호)는 과거 성폭력을 당했던 주인공이 여성에 대한 보편적 적대로 가득 찬 세계에 대한 직시를 통해 자신의 상처를 치유하는 과정을 보여준다. 이 작품에서 주목되는 것은 주인공이 저항주체로 형성되는 '과정'이다. 그녀가 저항주체로 형성되는 것은 섣부른 화해에 기반을 둔 것이 아니라, '꽃'과 '드레스'라는 여성성에 대한 사회적 적대가 바로 '피'를 통해서만 극복될 수 있음을 인식하는 것에서 시작된다. 이 작품에서 주인공은 아직 명확한 저항주체로 형성되지 않는다. 그러나 오히려 '피'를 통해서만, 즉 여성에 대한 보편적인 사회적 적대와의 투쟁 속에서만 자신의 '치유'가 가능하다는 점을 인식하고 있다는 점에서 이 주인공은 '과정으로서의 저항주체'의 가능성을 보여준다고 할 수 있다. 무엇보다 이 주체는 나르시시즘적 동일화의 메커니즘으로 호명되는 저항주체가 아닌, 끊임없는 투쟁 과정을 통해 형성되는 저항주체이기 때문이다.

조두진의 『유이화』(예담, 2008)의 경우 우리가 자명한 것으로 설정해온 저항주체가 기실 구체적인 '삶'의 영역에서는 전혀 다른 방식으로 운동할 수도 있음을 보여준다. 내셔널 히스토리에 의해 독점되어온 '임진왜란'의 역사 서술에서 민족으로 호명되지 않는 하위주체(subaltern)들의 삶은 언제나 배제되어왔다. 그러나 이 작품의 주인공 '유이화'는 '조선인'이라는 호명 대신 "이 두 아이의 어미"(323쪽)인 '일본인' '아시타'의 존재를 선택한다. 이를 두고 민족의식의 부재라고 말할 수 있을까? 오히려 기존의 내셔널 히스토리가 지녀온 배제와 동일화의 논리 속에서 억압되어온 하위주체들의 '삶'의 양식을 복원하는 성과로 평가해야 하지 않을까? 구체적인 컨텍스트적 맥락에 따라 일견 모순된 가치를 선택하는 이들 하위주체의 다양한 삶의 양식을 복원하는 것, 그리고 이 모순의 통합체로서의 인민을 직시하고 그 구체적인 삶의 양식에 개입해 들어가는 것에 새로운 저항주체 형성의 가능성이 존재할 것이다.

윤이형의 「큰 늑대 파랑」(『창작과비평』, 2007 겨울호)은 기존의 진보적 문학이 간과해온 '현실' 개념의 재구성과 그 컨텍스트적 맥락을 매우 뛰어나게 형상화하고 있다. 현실은 과연 단단한 실재인가? 그리고 이에 대한 탐색은 고전적인 미메시스적 방식으로 가능한가? 오히려 인민들로 하여금 '현실적인 것'으로 인식하게 만드는 메커니즘 자체가 '현실'이며, 이 메커니즘의 작동원리에 대한 충실한 탐구야말로 객관적 반영론의 한계를 뛰어넘는 새로운 미학적 인식론의 시작일 수 있지 않을까? 이 작품에서 '큰 늑대 파랑'은 가상현실 속에서 만들어진 존재이다. 그러나 이 가상현실이 엄연히 인민들에게 '실재'로 인식되는 지금-여기에서, '큰 늑대 파랑'을 단지 가상현실의 존재로 치부해버릴 수는 없다. 오히려 이 표상이 현실로 인식되는 메커니즘과 그 컨텍스트적 맥락을 고찰하는 것이 진보적 문학이론이 과감히 개입해야 할 과제이다. 이 작품을 적극적으로 평가한다면 새로운 '현실' 개념을 전변시키면서 그 이면에 놓인 1996년 '열사 투쟁'과 이후 '연대 사태(혹은, 누군가에게는 연대 항쟁)'라는 사회적 '사건'의 세대적 의미를 형상화한 것으로 볼 수 있다. 이러한 '현실' 개념에 대한 적극적인 재구성과 미메시스를 뛰어넘는 미학적 인식론을 통해 비로소 진보적 문학은 스스로를 전화시킬 수 있을 것이다.

채광석의 민중 개념의 특징이 바로 그 '전화'의 가능성에 있다면, '민중' 개념이 담보하지 못했던 새로운 저항주체의 형성에 채광석을 다시 읽는 의미가 있을 것이다. 그의 민중 개념이 '대자적' 존재로의 '이행'을 전제한 개념이라면 이제 민중을 대체하기 위한 1980년대와는 다른 '이행'이 고민되어야 한다. 이에 대한 거친 문제제기에도 불구하고 우리 문학의 구체적인 텍스트들은 이미 중요한 고민의 단초들을 제시하고 있다. 허혜란·주두진·윤이형 등이 보여주는 성과는 민중을 대체할 새로운 저항주체의 가능성을 내포한다. 이로부터 새로운 사유의 가능성을 적극적으로 전개하는 것. 여기에 채광석의 민중 개념을 다시 역동하게 하는 진보적 문학의 가능성이 존재한다.

4. 채광석과의 우애로운 '마주침'을 위하여

마르크스의 박사학위논문이 에피쿠로스의 자연철학에 관한 것이라는 사실은 의외로 잘 알려져 있지 않다. 어쩌면 마르크스=자본론이라는 선험적인 지식이 우리에게 너무나 강하게 '주입'되어 있기 때문인지도 모른다. 그런데 마르크스가 자신의 학문을 시작하는 박사학위논문의 주제를 에피쿠로스의 자연철학에 관한 것으로 선택했다는 사실과 그가 『자본론』의 저자라는 사실은 서로 배치되는 것일까? 오히려 이 지점에서 '정전화'된 마르크스가 아닌 역동하는 마르크스의 가능성을 읽어낼 수 있지 않을까?

에피쿠로스의 자연철학의 업적은 원자들의 편위운동의 개념을 고안했다는 점에 있다. 그 이전에 데모크리토스에 의해 원자의 존재는 설정되었으나, 오직 수직운동만을 행하는 원자들 간의 '관계'에 대한 해명은 없었다. 에피쿠로스는 개별 원자들이 수직운동을 하는 과정에서 일정한 '굴절'을 통해 서로 간에 '마주침'이 일어난다고 보았다. 원자 각각은 새로운 '생성'을 일으키지 못한다. 그러나 편위운동을 통한 '관계' 맺음을 통해, 원자들은 새로운 의미를 생성하고 세계를 재구성한다.[14]

채광석의 비평을 다시 읽는다는 것, 그리고 이를 통해 민족-국가의 현재적 의미를 다시 사유한다는 것은 결국 이 우애로운 '마주침'이어야 할 것이다. 그의 비평이 운동하던 1980년대와는 다른, 2000년대의 운동의 장(場) 속에서 새로운 의미를 생성하는 것. 변화한 남한 민족-국가의 위상 속에서 반주변부로서의 남한 민족-국가가 지니는 의미를 탐색하고, 민족-국가의 주체로서의 민중 개념을 대체할 새로운 저항주체 형성

---

14) 맑스, 고병권 옮김, 『데모크리토스와 에피쿠로스 자연철학의 차이』, 그린비, 2001.

의 가능성을 탐색하는 것. 이를 통해 새로운 진보적 문학이론의 지향점을 모색하는 것. 나아가 오수연과 허혜란·조두진·윤이형 등의 작품에 대한 급진적인 해석을 시도하는 것. 이러한 것들이 채광석과의 우애로운 '마주침'이 아닐까?

너무나 새로운 질문들에 대한 답변은 이 '우애로움'으로부터 시작해야 한다. 1987년 6월 항쟁과 7·8·9 노동자 대투쟁으로 표출되었던 채광석의 해방의 기획은 지금 기준에서 쉽사리 폄하될 수 있는 성질의 것이 아니다. 무엇보다 우리가 지금 누리고 있는 사유의 '자유'란 그의 삶과 비평과 정치를 통해 획득된 것이기 때문이며, 이에 대해 말한다는 것은 '우애로움'이라는 '예의'를 필요로 하기 때문이다. 지금-여기의 민족-국가의 현재적 의미에 대해 말하는 것, 그리고 민중 개념의 내파를 논하는 것이 무엇보다 채광석과의 우애로운 '마주침'이어야 하는 것은 이 때문이다. 그러니, 부디 이 '마주침'이 세계와의 길항을 두려워하지 않는 우리 문학의 '생성'으로 귀결되기를 바랄 뿐이다. 분명한 것은 편위운동은 원자가 존재하는 한 계속될 것이며 끊임없는 관계의 질적 변환을 가져올 것이라는 사실이다. 이미 채광석은 자신에게 편위운동을 일으킨 존재들에 대해 이렇게 말하고 있지 않은가?

죽음은 언제나 우리들의 희떠운 정신을 벼랑끝에 세우고 진실을 가르쳐주는가 봅니다. 예수의 죽음이 그러했고, 본 회퍼, 전태일, 김상진…… 들의 죽음이 그러했던 겁니다.[15]

---

15) 채광석, 「오둘둘 보고서」, 전집 5권, 106쪽.

시대와의 '불화', 세계와의 '긴장'

__ 일제 말기 한국 '사소설'의 문학사적 의미

1. 에세이의 한국적 형식으로서의 '사소설'

최근 우리 문학의 주된 경향 중 하나는 소설의 에세이화이다. 이러한 경향에 대해서 한편에서는 소설 장르가 지니는 고유한 세계와의 대결 의지가 상실된 것, 나아가 근대소설이 지니는 공동체 구성원 간의 소통의 기능을 포기한 것으로 평가한다. 반면 다른 한편에서는 이를 고전적인 장르 개념을 넘어서는 새로운 글쓰기 형식이 창출된 것, 나아가 근대소설의 강고한 '상상된 보편성' 대신에 개별자들의 발랄한 목소리가 표출된 것으로 평가한다.

그런데 이와 같은 에세이 장르에 대한 원론적인 접근에 비해, 정작 우리 소설의 에세이화가 지니는 구체적인 컨텍스트적 의미에 대한 논의는 거의 이루어지지 않은 것으로 보인다. 많은 논의들이 주로 원론적인 층위에서 장르의 문제에 집중되고 있다. 예컨대 권혁웅은 에세이의 장르적 특징을 서사 중심성의 폐기, 문체의 강조, 작가 개념의 변화, 개념과 논리의 특권화에 대한 반대 등의 네 가지로 규정한다.[1) 물론 에세이가 지니는 장르적 특징에 대한 고찰은 중요한 작업이다. 그러나 특정 장르적 경향이 두드러지는 것은 문학사적으로 반복되어 나타나는 현상이며, 이는 곧 텍스트를 생산하는 당대 컨텍스트에 대한 구조적 '반영'과 '생산', 그리고 '굴절'의 결과이기도 하다.

따라서 논의의 순서를 바꿀 필요가 있다. 에세이가 지니는 장르적 성격을 원론적으로 고찰하기 이전에 왜 소설의 에세이화가 두드러지는지, 그리고 무엇이 이러한 경향을 추동하는지를 구체적인 컨텍스트에 대한 분석 속에서 추출한 후, 이를 토대로 에세이 장르의 원론적 특징이 구체적인 텍스트에 어떠한 방식으로 미묘한 '차이'를 통해 드러나는지를 살펴보아야 한다. 당연히도 원론적인 장르의 특성은 특정한 문학사적 맥락 속에서 구체적인 텍스트'들'을 통해 각기 다른 양상으로 표출되며, 이 미묘한 '차이'를 읽어내고 그 의미를 부여하는 것이 비평의 몫이기 때문이다.

그렇다면 우선시되어야 할 비평적 과제는 한국근대문학이라는 특수한 장(場)에서 에세이가 어떻게 발현되었는지를 문학사적으로 고찰하고, 이로부터 우리 문학에서 에세이 장르가 지니는 특수성을 도출해내는 것은 아닐까? 이러한 과정을 통해서, 비로소 원론적인 층위의 에세이 장르에 대한 논의를 넘어서 지금-여기의 우리 문학에서 에세이가 지니는 문학사적 의의를 확인할 수 있지 않을까?[2]

---

1) 권혁웅, 「이 글들을 무어라 부를까?」, 『문예중앙』, 2007 겨울호, 23~24쪽.
2) 예컨대 박진은 에세이 장르에 대해 다음과 같이 정의한다. "그것들은 이념형으로나마 장르적 본질을 규정하던 기존의 개념틀이 맞닥뜨린 한계들, 그 한계들 안에서 글을 쓰는 일의 그 모든 불가능성, 그 불가능성과 더불어 가까스로 글을 쓰는 자의 끙끙거림 같은 것들을 고스란히 감당하고 있다. 그것들에서 내가 느끼는 것은, 말하자면 일종의 유내감이다. 차라리 나는 이 세 편의 텍스트들을 그냥 어떤 글쓰기, 우리 시대의 글쓰기라고 부르겠다."(박진, 「독백이 스러지는 시간」, 『문예중앙』, 2007 겨울호,

한국근대문학에서 에세이라는 공시적 장르는 1930년대 후반 일련의
'사소설'을 통해 구체적으로 현상한다. 물론 이 '사소설'은 일본의 사소
설로부터 수용된 것이다. 그러나 식민지 문화는 식민본국의 문화를 수
용하는 과정에서 능동적인 전유와 폐기의 전략을 사용하여 나름의 독
특한 새로운 양식을 창출한다.[3] 실제 일본 사소설은 반사회적이고 작
가의 내면에 집중하는 특징을 지닌다.[4] 반면 한국의 '사소설'은 1930년
대 후반, 즉 일제 말기라는 특수한 컨텍스트적 맥락 속에서 창출되면서
강력한 사회적 성격을 지닌다. 방민호는 일본 사소설과 구분되는 한국
'사소설'의 특징을 다음과 같이 논한다. "이 '사소설'은 작가들의 은밀
하고 복잡한 내면 풍경을 표출하는 공간의 의미를 갖는다. 이 공간의
존재 자체가 천황제 파시즘의 야만적 특질에 대한 하나의 환유일 뿐만

43~44쪽). 에세이 자체가 전통적인 서정·서사·극의 문학 장르로 환원되지 않는 글
쓰기 일반을 지칭하는 만큼 박진의 언급처럼 그것을 차라리 '어떤 글쓰기'라고 정의
할 수도 있을 것이다. 그러나 이러한 정의가 지금-여기의 우리 문학의 특징을 설명하
는 데 얼마나 유효할 것인가?

3) '전유'와 '폐기'에 대해서는 다음과 같은 빌 애쉬크로프트 등의 논의를 참조할 수 있
다. "권력의 중개자로서 언어가 수행하는 중요한 기능 중의 하나는 포스트 콜로니얼
한 저작을 통해서 중심부의 언어를 용도폐기하고 그 중심부 언어를 새로운 공간에 어
울리는 담론의 형식으로 교체하는 것이다. 이것을 제대로 실행하기 위해서는 두 가지
독특한 공정 과정이 필요하다. 첫째로 식민지 본국의 언어, 즉 〈영어〉의 특권을 폐기
하거나 거부함으로써 의사소통 과정에 개입하는 그 언어의 강제로부터 벗어나는 것이
고, 둘째로 중심부 언어의 전유와 재구성, 즉 그 언어를 새로운 용례로 사용하는 방법
을 확보하고 재조정함으로써 식민주의적 특권으로부터 일탈을 시도하는 것이다."(빌
애쉬크로프트 외, 이석호 옮김, 『포스트 콜로니얼 문학이론』, 민음사, 1996, 65쪽).

4) "(일본 사소설의 한계는―인용자) 주인공이 작품과 같은 폭으로 퍼져 있는 데다가,
작가와 주인공은 끊임없이 동일시되고 있어서, 작품 전체가 결국 작가의 '주관적 감
개'의 토로로 끝나 버린 점이다. 바꿔 말하면 『이불』과 거기서 흘러나온 일본의 사소
설은 본질적으로 타인의 등장을 용납하지 않는 소설이므로, 그 기조는 작가(또는 주
인공)의 독백이다."(나카무라 미쓰오, 「풍속소설론」, 유은경 편역, 『일본 사소설의
이해』, 소화, 1997, 74~75쪽). 이와 같이 일본 사소설은 작가의 독백을 중심으로 한다
는 점에서 한국의 '사소설'과 구분된다.

아니라, 이 공간의 은밀하고 복잡한 구조, 표층과 심층의 거리, 언표된 것과 언표되지 못한 것 사이의 거리라든가 은유적, 비유적, 상징적인 언어들을 통해 말하면서 말하지 않고 말하지 않으면서 말하는 방식들 전체가 체제에 대한 심리적 거리감과 어떤 저항의 의미를 내포한다."[5] 이러한 지적은 한국 '사소설'이 지니는 특수성을 단적으로 보여준다. 즉, 일본 사소설이 작가의 '내면'을 드러내는 것에 그 특징이 있는 반면, 한국의 '사소설'은 카프의 해소와 중일전쟁의 발발로 표상되는 일제 말기라는 특수한 컨텍스트적 맥락 속에서 강력한 사회적 의미를 창출하는 것에 그 특징이 있는 것이다.

이 글은 최근 우리 소설의 에세이적 경향을 문학사적 맥락 속에서 검토하고자 한다. 한국근대문학에서 에세이적 경향은 1930년대 후반기 이후, 즉 이른바 일제 말기 '사소설' 양식으로 활발히 드러난다. 그렇다면 이에 대한 검토를 통해 한국문학이 지니는 고유한 에세이의 발현형식으로서의 '사소설' 양식에 대한 인식을 도출할 수 있지 않을까? 그리고 이 '사소설' 양식이 지니는 특성을 통해 최근 우리 소설의 에세이적 경향이 지니는 성과와 한계를 짚어볼 수 있지 않을까? 이러한 문제의식을 통해 에세이의 한국적 발현 양식으로서의 '사소설'의 특징을 구체적인 텍스트를 통해 살펴보고, 이를 토대로 현재 우리 소설의 에세이적 경향이 지니는 문학사적 의의를 고찰하는 것이 이 글의 목적이다.[6]

---

5) 방민호, 「일제 말기 문학인들의 대일 협력 유형과 의미」, 『한국현대문학연구』 22집, 2007, 256쪽.

6) 소설 유형상 사소설은 자전적 소설의 일본적·한국적 발현 양상으로 볼 수 있다. 따라서 이 글에서는 소설의 내적 구조에서 자전적 소설의 요건이 갖추어졌으며, 한국근대문학이 지니는 '특수성'이 드러난 작품을 '사소설'로 유형화하겠다. 필립 르죈에 의하면 "언술된 내용에서 저자와 주인공이 유사성을 갖는 텍스트는 '자전적 소설'의 범주에 포함된다. 저자 자신이 주인공과 동일인임을 부인하거나, 아니면 적어도 그것

2. '자아'의 발견과 '타자의 인식'—김남천의 경우

일제 말기 '사소설'을 논할 때 김남천을 빼놓을 수는 없다. 일반적으로 김남천은 카프 문예운동가이자 강력한 리얼리스트로 인식된다. 그러나 실제 창작의 영역에서 그가 리얼리즘 작품이 아닌 '사소설'을 다수 창작했다는 사실은 흔히 간과된다. 그는 실제로 「물」(1933), 「남편, 그의 동지」(1934), 「어린 두 딸에게」(1934), 「처를 때리고」(1937), 「이런 아내-혹은 이런 남편」(1939), 「녹성당」(1939), 「이리」(1939), 「어머니 삼제」(1940), 「등불」(1942), 「어떤 아침[或る朝]」(1943) 등의 '사소설'을 창작했다. 객관적 반영론을 미학적 원리로 주장한 '리얼리스트'가 이와 같은 '사소설'을 창작했다는 문학사적 사실은 무엇을 함의하는가? 어쩌면 이에 대한 탐구를 통해 에세이의 한국적 형식으로서의 '사소설'의 특징을 읽어낼 수 있지 않을까?

김남천의 '사소설'에서 두드러지는 특징은 크게 두 가지로 볼 수 있다. 하나는 '서간체' 형식이 빈번히 사용된다는 것이다.

(A)

백도의 여름이 다시 오련다. 이 한편을 여름을 맞는 여러 동무들에게 올린다. (「물」)[7]

이 자기의 이야기라고 스스로 말하지 않는다 하더라도 독자가 그 이야기 속에서 그것이 저자의 이야기와 유사하다는 것을 알아차리고, 그 때문에 작가와 주인공이 동일 인물이라고 생각하게 되는 그러한 허구의 텍스트"(필립 르죈, 윤진 옮김, 『자서전의 규약』, 문학과지성사, 1998, 35쪽)가 자전적 소설이다. 이 글은 르죈의 정의에 따라 자전적 소설을 범주화하겠다.

7) 김남천, 「물」, 『대중』, 1933. 6, 37쪽.

(B)

아무것도 알지 못하는 너희들을 향하여 이런 붓을 들게 된 아빠의 마음을 너희들이 알게 되려면 아마 적어도 십 년 내지 십 오 년 이상을 걸릴 것이다. (「어린 두 딸에게」)8)

위에서 보이듯 김남천의 사소설의 특징 중 하나는 특정 인물에게 보내는 '서간체' 형식을 자주 사용한다는 점이다. (A)에서는 이 작품이 감옥 밖의 '여러 동무들'에게 보내는 편지임이 나타나며, (B)에서는 이 작품이 어린 두 딸에게 보내는 '아빠'의 편지임이 나타나 있다. 서간체 형식은 친밀한 관계의 수신자를 설정함으로써 자신의 내면을 드러내는 데 유용하다. 주목되는 것은 그의 서간체 형식의 사용이 자신의 투옥을 다룬 「물」과 상처(喪妻) 체험을 다룬 「어린 두 딸에게」에서 특히 두드러진다는 사실이다. 1931년 평양고무공장 파업 투쟁으로 인한 투옥과 1934년 아내의 죽음은 김남천에게 큰 시련이었다. 더욱이 1934년 카프 2차 검거와 이로 인한 카프 해소는 그에게서 계급문학운동의 지향마저 박탈한다. 그러나 그는 공적 영역에서는 카프와 ML계 조선공산당 재건운동그룹에 의해 '호명'되는 '계급적 주체'였기에 공적인 비평의 영역에서는 자신의 '흔들리는' 내면을 드러내지 못한다. 이러한 상황에서 자신의 '내면'의 시련을 드러내기 위한 형식이 바로 서간체를 통한 '사소설'이었다.

김남천에게 서간체 형식의 '사소설'은 무엇보다 공적 영역의 '계급적 주체'로 환원되지 않는 '자아'에 대한 발견과 표출의 매개체로서 기능했다. 우리 근대문학사의 많은 작가들은 강력한 계몽주의와 민족주의

---

8) 김남천, 「어린 두 딸에게」, 『우리들』, 1934 ; 정호웅·손정수 엮음, 『김남천 전집』 2권, 박이정, 2000, 1쪽.

를 통해 스스로를 호명했으며, 이 과정에서 계급과 민족 등의 기표로 주체의 다양한 층위를 환원해온 것이 사실이다. 그러나 기실 이 '대문자 주체'는 사상의 내면화의 근거가 되는 '자아'에 기반을 둔 것이 아니기에 언제나 붕괴될 위험을 지닌다. 김남천은 서간체 형식의 '사소설'을 통해 이 위험을 인식할 수 있었고, 강고한 '계급적 주체' 이전의 생물학적 인간으로서의 '자아', 식민지 지식인으로서의 '자아'를 표출할 수 있었다. 이는 그의 '사소설'이 근대적 자아의 발견으로 나아가는 역할을 했음을 의미한다.

김남천의 '사소설'에서 두드러지는 두 번째 특징은 자신의 이야기를 타자의 목소리를 통해 소설화한다는 점이다. 그는 카프 해소 전후 과거 자신의 사회주의 문예운동을 다룬 작품을 다수 창작한다. 그런데 흥미로운 것은 이들 작품의 서술자가 김남천 자신이 아닌 다른 인물로 설정된다는 점이다.

예컨대 「남편, 그의 동지」는 김남천 자신의 투옥 경험을 소설화한 작품인데, 이 소설의 서술자는 김남천의 아내로 설정되어 있다. 즉, 자신의 이야기를 아내의 시각에서 서술하고 있는 것이다. 「처를 때리고」의 경우에도 전향한 사회주의 지식인의 생활에 대해 아내가 서술하는 구성을 도입한다. 이러한 구성상의 고려로 인해 김남천의 '사소설'은 사소설이 지니기 쉬운 함정, 즉 자신의 이야기를 일방적으로 미화하거나 정당화하려는 경향을 극복하고 있다. 특히 그는 일련의 '사소설'에서 이른바 하위주체(subaltern)라고 할 수 있는 인물들을 서술자로 설정하여 자신의 이야기를 객관화시켜 조망하고 있는데, 이는 과거 카프 문예운동에서 배제되어온 하위주체들의 목소리를 복원하고, 이를 통해 자신의 사회주의 문예운동에 대한 객관화된 성찰과 비판을 가능하게 한다.[9]

김남천의 '사소설'이 다른 사소설과 결정적으로 구별되는 지점이 이 부분이다. 일반적으로 사소설은 자기 이야기를 작가 자신이 서술하는 형식을 지닌다. 그런데 이 과정에서 서술의 주체가 '자기'인 까닭에 자신의 이야기를 자칫 '변명'하려는 위험이 존재한다. 김남천의 '사소설'은 서술의 주체를 과거 카프 문예운동이 배제했던 하위주체로 설정함으로써 자신의 과거 사회주의 문예운동에 대한 객관적인 자기 성찰과 냉철한 비판을 행하고 있다.

이와 같이 김남천의 '사소설'은 크게 두 가지 특징을 지닌다. 하나는 '계급적 주체'로 환원되지 않는 '자아'의 발견과 이에 대한 탐색이다. 이는 카프를 비롯한 우리 근대문학의 주류적인 경향이 강력한 계몽주의적 속성을 지니면서, 기실 사상을 내면화하는 근거인 '자아'의 구축에 대해서는 민족이나 계급과 같은 대문자 주체로 문제를 환원해온 점을 극복하고자 하는 시도로 볼 수 있다. 다른 하나는 자기 자신의 이야기를 타자의 시선을 통해 서술함으로써 자아에 대한 객관적이고 냉철한 성찰과 비판을 행하고 있다는 점이다. 사소설 양식은 자신의 이야기를 자신이 서술의 주체가 되어 쓰는 형식이기에 자칫 자신을 변명하거나 미화할 수 있다는 위험을 지닌다. 따라서 이와 같은 김남천의 독특한 서술적 고려는 사소설의 형식적 위험을 극복하기 위한 그의 의식적인 시도로 높이 평가할 수 있다.

---

9) 김남천의 과거 사회주의 문예운동을 다룬 '사소설'에서 서술자는 주로 하층 여성으로 설정되는데, 이는 카프 문예운동이 간과해온 젠더의 문제를 직시하고 지식인의 관념성을 극복하기 위한 문제의식의 발현으로 평가될 수 있다.

3. '성문 밖'의 고현학으로서의 '사소설'—박태원의 경우

박태원의 문학 세계는 일반적으로 '모더니즘'으로 호명된다. 그의 글쓰기에 대한 예민한 자의식과 '고현학'적 방법론의 도입, 그리고 산책자 의식 등을 통해 박태원은 식민지 시대 모더니즘의 구현자로 평가되었으며 이러한 모더니스트로의 호명은 1930년대 당시부터 지금까지 지속적으로 반복되어 나타난다.

그런데 일제 말기 박태원을 논할 때도 과연 '모더니스트'라는 호명을 할 수 있을까? 「음우」(1940), 「투도」(1941), 「채가」(1941) 등의 이른바 '자화상' 연작에서 보이는 박태원의 일상에 대한 담담한 기술은 과연 모더니즘적인가? 어쩌면 기존의 문학사적 '공식'에 의해 반복되어온 '모더니스트'로서의 박태원이라는 규정이 이 시기 그가 보이는 독특한 글쓰기의 양상을 모더니즘을 기준으로 평가절하해온 것은 아닌가? 그리고 이는 모더니즘이라는 서구문예사조의 기계적 대입으로 우리 근대문학을 환원시키려는 또 다른 '이식문학론'의 변종은 아닌가?

기존의 박태원 연구는 기실 「소설가 구보씨의 일일」을 박태원 문학의 시작점이자 종결점으로 간주하고 있다. 우리 문학사에 기념비적인 작품으로 남은 「소설가 구보씨의 일일」의 성취에 대해서는 나 역시 이의가 없다. 그러나 이 작품만으로 박태원의 모든 문학 세계를 규정할 수는 없으며, 나아가 이후 그가 보여주는 모더니즘으로부터의 '일탈'을 온전히 독해할 수도 없다는 것이 나의 생각이다.

이러한 관점에서 그의 일제 말기 '자화상' 연작은 새롭게 평가될 필요가 있다. 주지하다시피 박태원을 모더니스트로 호명하게 된 결정적인 계기는 「소설가 구보씨의 일일」에 등장하는 '고현학'적 방법론이다. 1930년대 식민지 근대성에 대한 예민한 의식을 노트에 기록하며 이를 탐구하는 것으로서의 '글쓰기'의 의미를 보여준 '고현학'이야말로 박태원이 우리 문학사에 모더니즘의 구현자로 기록되는 결정적인 계기이다. 그런데 그의 '고현학'은 과연 글쓰기에 대한 자의식만으로 한정되는 것일까? 이른바 글쓰기의 '자기반영성'이라는 개념만으로 박태원이 성취한 '고현학'적 성과를 평가할 수 있을까? 그렇다면 그가 이후 보여주는 해방공간에서의 역사 서술과 월북 이후 리얼리즘적 문학 세계는 어떻게 평가할 것인가? 이를 모두 모더니즘으로부터의 일탈이라고 평가절하 할 수 있을까? 오히려 그의 '고현학'이 지니는 고유한 특징으로부터 작가의식의 변모 과정과 그 내적 논리를 추출하는 것이 박태원의 문학 세계를 바라보는 온당한 관점이 아닐까?

일제 말기 그의 '자화상' 연작은 이러한 문학사적 문제제기와 관련하여 매우 흥미로운 단초를 보여준다. 즉, 「소설가 구보씨의 일일」이 사대문 안의 모더니티에 대한 고현학적 작업이라면, 이 시기 그의 '자화상' 연작은 사대문 '밖'의 세계에 대한 강한 고현학적 자의식을 보여준다.

(A)

"아아니, 파출소가 잠겼다니?"

"밖으루 잠을쇠 채 놓구 안에는 아무두 없에요."

"딴 델 가본게지, 파출소에 순사가 없으면 어디 순사가 있어?"

"그래도 없는걸요?…… 이웃집 사람더러 물어 보니까, 안직 출근헐 때 안됐다구─ 여덟점이나 넘어야 나온다구, 그러는군."

"아이, 벨일두 다 있어. 그럼, 밤에 무슨일이 나면 으떡 하누?"

"모르죠…… 아마 **문 밖이니까** 그런 게야."(「투도」)[10]

---

10) 박태원, 「투도」, 『조광』, 1941. 2, 352쪽. 이하 모든 강조는 인용자.

(B)

나는 거의 매일같이 **東小門 고개를 넘어** 다니며, 처음에는 멀쑥하니
빈 기둥만 우뚝 우뚝 서 있던 것이, 차차 기와를 잇고 벽을 치고 하자,
하루하루, 제법 집 모양을 갖추어 가는 꼴이, 보기에 하도 신통하고 또
재미스러워, 그만, 나의 觀相論 속에, 大事를 莫警하라 隨魔不少니라
하는 글꾸가 있다는 사실을, 까맣게, 잊고 있었던 것이다. (「채가」)[11]

위의 인용문에서 확인되는 것처럼, 일제 말기 박태원의 '사소설'은 「소
설가 구보씨의 일일」이 경성의 중심부의 모더니티에 대한 고현학적 탐색
을 보이는 것과는 반대로 '성문 밖' 세계에 대한 탐색을 보인다. 탐색의 구
체적인 대상 역시 백화점과 다방, 커피의 세계에서 "도회의 모든 소음과 격
절"[12]된 채무와 장마와 집수리의 세계로 이동한다. 이를 '성문 안'의 세계
에서 '성문 밖'의 세계로의 고현학의 이행이라고 할 수 있을 것이다.

그렇다면 일제 말기라는 특수한 시기, 박태원이 자신의 고현학의 세
계를 '성문 밖'으로 이동시킨 까닭은 무엇인가? 「소설가 구보씨의 일
일」에서 보이는 고현학의 성취는 중층적인 식민지 근대의 혼종성과 균
열을 예리하게 포착해낸 그의 시선에 기인한다. '황금광 시대'(「소설가
구보씨의 일일」)로 표상되는 식민지 근대란, 한편에서는 모던의 풍경과
『율리시스』에 대한 비평이 존재하면서도, 동시에 전근대적 일상과 식
민지적 수탈이 공존하는 균열을 내재한 것이다. 박태원은 이를 '황금
광 시대'라고 표현하며 정확한 고현학자의 시선을 보여준다. 기실 식
민지 근대란 '황금광 시대'와 같이 미묘하게 굴절된 근대성을 그 특징

---

11) 박태원, 「채가」, 『문장』, 1941. 4, 93쪽.
12) 박태원, 「투도」, 336쪽.

으로 하기 때문이다.

그런데 '황금광 시대'는 얼마 가지 못한다. 1937년 중일전쟁의 발발과 신체제로의 전환 속에서 '금광'과 같은 '투기'는 비국가적 행위로 규정되며, 멸사봉공의 논리하에 균질화된 '국민'으로서의 행위만이 허용된다.[13] 이와 같은 시대적 상황 속에서 '성문 안'의 고현학은 더 이상 허용될 수 없다. '성문 안'의 세계, 백화점과 다방, 커피의 세계는 퇴폐와 허무의 표상으로 간주되며, 이는 대동아공영권의 '명랑'한 전망에 의해 폐기되어야 하는 부정적인 대상으로 전락한다.[14]

박태원이 '성문 밖'의 세계로 고현학의 대상을 이행시키는 것은 정확히 이에 대응한다. 일제 말기 '성문 안'에서 허용된 고현학이란 '신체제'의 '명랑성'에 대한 기록 외에는 존재하지 않는다. 반면 '성문 밖'은 공적 담론인 '신체제' 외부의 최소한의 '자율성'이 존재하는 공간이다. 이는 「채가」에서 단적으로 드러난다. 「채가」는 고리대금을 빌려 집을 지은 박태원 자신의 곤란함을 소설화한 작품이다. 이 작품에서 중요한 것은 그가 은행과 금융조합의 세계와 '청부업'과 '브로커'의 세계를 대비시키고 있다는 점이다. 은행과 금융조합의 세계는 신체제의 논리에 의해 움직이는 세계이며, 따라서 이로부터 벗어나는 박태원 개인의 사사로운 '집'의 문제에 대해서는 도움을 주지 않는다. 이러한 공적 영역으로부터 벗어난 것이 바로 '청부업'과 '브로커'의 세계이다. '성문 밖'

---

13) 물론 중일전쟁이 발발과 함께 금광채굴은 총독부에 의해 더욱 권장된다. 그러나 이때의 '권장'은 어디까지나 '국민'으로서의 금광채굴, 즉 '산금보국'의 측면에 한정된 것이다. 이때 '국민'을 위협하는 개체의 욕망과 결부된 '황금광 시대'는 철저한 부정의 대상으로 설정된다.

14) 이와 관련하여 박태원이 전혀 '명랑'하지 않은 작품을 「명랑한 전망」(『매일신보』, 1939. 4. 5~5. 21)이라는 제목으로 발표했다는 점은 의미심장하다. 이 작품은 일종의 강요된 '명랑성'에 대한 '조롱'으로 독해될 수 있다.

의 세계라고 할 이 '암시장'에서는 신체제와 총후봉공의 논리 대신, 사적인 '집'의 문제가 제기될 수 있다.[15]

고현학이 공적인 담론의 질서로 포획되지 않는 당대의 다양한 삶의 양상을 기록하고 이로부터 개체들의 삶의 원리를 추출하는 방법론이라면, 획일화된 신체제의 논리 속에서 고현학이 위치해야 할 곳은 바로 신체제로 포획되지 않는 당대 '비국민'적 삶의 양상이 벌어지는 '성문 밖'의 세계이다. 윤해동의 지적처럼 일제 말기 경제사범의 급증은 식민지의 '회색지대', 즉 제국 대 민족의 논리로 포획되지 않는 구체적인 삶의 양상을 단적으로 보여준다.[16] 그렇다면 일제 말기 박태원의 '사소설'을 단지 고현학으로부터의 후퇴와 일상으로의 투항이라고 단순하게 평가할 수는 없다. 오히려 박태원의 '사소설'은 일제 말기 신체제의 논리에 포섭되지 않는 다양한 삶의 양상을 탐색하기 위한 '성문 안'에서 '성문 밖'으로의 고현학의 이동으로 평가되어야 한다.

우리 문학사는 박태원의 고현학을 너무나도 좁은 개념으로 이해해왔다. 즉, 근대적 풍속에 대한 기록만을 '모더니즘'이라는 틀 속에서 고현

---

15) 후지타 쇼조는 국가권력으로부터 독립된 일본 시민사회의 가능성을 전쟁 중의 암시장에서 찾고 있다. "실제로 '교환소(암시장—인용자)'의 아이디어 그 자체가 국가권력으로부터 인민생활이 독립하려는 의도를 담고 있다. 더구나 친인척에 의존하는 방법과도 반대의 방법으로 사회관계를 자주적으로 구성하려한다. (중략) 여기에는 분명히 국가에 대항하는 '사회'의 관념이 성립해가는 방향이 잠복하고 있었다. 독립적 연대—권력에서 독립한 연대, 그러한 연대 주체의 상호 독립이라는 이중의 독립을 가진다—가 확고한 존재가 되는 방향성이 있다.", 후지타 쇼조, 최종길 옮김, 『전향의 사상사적 연구』, 논형, 2007, 247쪽.

16) 이에 대해서는 윤해동의 『식민지의 회색지대』(역사비평사, 2003)를 참조. 그의 논의에 의하면 일제 말기 경제사범의 급증은 단지 범법행위가 아닌, 식민지인들의 '삶'을 위한 신체제에 대한 적극적인 '균열화'의 의미를 지닌다. 이렇게 본다면 박태원의 자화상 연작 역시 신체제 외부의 구체적인 식민지인들의 삶에 대한 '고현학'적 탐색의 일환으로 평가될 수 있다.

학으로 평가한 것이다. 그러나 진정한 고현학은 시대적 변화에 따라 가장 예민하게 움직이는 식민지 근대성의 혼종성과 균열을 읽어내는 것이다. 그렇다면 1930년대 중반 급격한 모더니티의 수용과 굴절을 보여준 '성문 안'에서의 고현학이 1940년대 일제 말기라는 시대적 상황 속에서 신체제의 논리로 포섭되지 않는 '청부업'과 '브로커'의 세계, 즉 '성문 밖'에서의 고현학으로 이동한 것은 고현학자로서의 박태원이 식민지 근대성에 대한 성실한 탐구를 자신의 문학적 과제로 삼았음을 보여준다.

이와 같이 박태원의 일제 말기 '사소설'은 식민지 근대성의 혼종성과 균열을 구체적인 삶의 영역에서 기록하고자 한 고현학자의 의식적인 선택이다. 모든 공적인 담론이 신체제론으로 균질화되는 현실에서 신체제로 포섭되지 않는 일상의 기록은 사적 영역에서의 이야기를 서술하는 것으로만 가능했고, 이 사적 영역의 서술은 '비국민'적인 삶의 다양한 양상을 보여주는 것이기에 일제 말기 고현학의 최대치를 보여주는 '성문 밖'의 이야기일 수밖에 없었던 것이다.

4. '사적 영역'의 고수와 파시즘 미학 비판—이효석의 경우

이효석은 일반적인 작가들과는 달리 문학사적 위치를 단언하기 어려운 작가이다. 그는 한편으로는 '동반자 작가'라는 평가를 받는 반면, 다른 한편으로는 성과 자연에 대한 탐구를 진행한 작가라는 평가를 받고 있다. 전자의 평가가 주로 이효석의 초기 작품에 나타난 경향성을 강조하는 문학사적 관점이라면, 후자의 평가는 주로 이효석의 후기 작품에 나타난 '서정성'을 강조하는 문학사적 관점으로 볼 수 있다.[17]

그러나 엄밀히 말해서 '동반자 작가'라는 명명이나 성과 자연 탐구,

서정성 등의 작가라는 명명은 지나치게 거친 평가이다. 무엇보다 이들 명명이 모두 작품에 대한 소재주의적 차원의 것이기 때문이다. 예컨대 몇몇 작품을 근거로 '동반자 작가'라는 평가를 내리는 것은 이효석이 '로자'로 상징되는 맑시즘과 동시에 '능금'으로 상징되는 개체의 욕망을 강조했다는 점을 간과한 결과이며,[18] 역시 그를 성과 자연에 대한 탐구를 보여준 작가로 평가하는 것은 이효석 문학에서 성과 자연이 지니는 컨텍스트적 맥락을 간과한 결과이다.

이와 관련해서 주목해야 할 점은 이효석 문학의 본질이 미학적 보편주의에 있다는 점이다. 기존에 이른바 '이국취향'으로 평가되던 이효석의 코스모폴리탄적 경향은 이런 맥락에서 보다 정치하게 규명될 필요가 있다.

> 그의 구라파주의는 곧 세계주의로 통하는 것이어서 그 입장에서 볼 때 **지방주의**같이 깨지 않은 감상은 없다는 것이다. 진리나 가난한 것이나 아름다운 것은 공통되는 것이어서 부분이 없고 구역이 없다. (중략) 음악의 세상에서 같이 지방의 구별이 없고 모든 것이 한 세계 속에 조화되고 같은 감동으로 물들어지는 것은 없다.[19]

---

17) 이와 관련하여 추상적인 수준의 경향성을 보여주는 「도시와 유령」 등을 근거로 이효석을 동반자 작가로 평가하는 경향과, 이효석 문학에서 중심적인 작품이라고 보기 어려운 「메밀꽃 필 무렵」이 교과서에 수록되고 반복적으로 교육되어 그의 대표작으로 평가되는 점은 그에 대한 피상적인 문학사적 평가가 지니는 한계를 단적으로 보여준다. 이와 같은 소재주의적인 이효석 문학에 대한 평가보다는 이효석의 내적 변모를 추동하는 문학적 논리를 추출하는 작업이 필요한 것으로 보인다. 그러나 이 글에서는 이와 같은 본격적인 작업은 하지 못했으며, 다만 일제 말기 이효석의 사소설에 대한 의미 부여를 통해 그의 문학에 대한 새로운 해석의 가능성의 단초만을 제기하고자 한다.
18) 이효석, 「오리온과 능금」, 『삼천리』, 1932. 3. 참조.
19) 이효석, 『화분』, 인문사, 1939 ; 『새롭게 완성한 이효석 전집』 4권, 창미사, 2003, 169~170쪽. 강조는 인용자.

위의 인용문에서 이효석은 '지방주의'를 강하게 비판하고 있다. 그런데 이때 '지방주의'란 일제 말기 제기된 대동아공영권과 이에 기반을 둔 로컬 문화로서의 조선문화를 지칭한다. 주지하다시피 일제 파시즘 미학은 크게 두 가지 축으로 구성된다. 하나는 일본 천황제 파시즘의 특징으로서의 '대동아공영권'의 미학, 즉 일본 중심의 동양론의 미학이며, 다른 하나는 파시즘 일반이 지니는 개체의 자율성과 욕망에 대한 통제를 중심으로 한 전체주의 미학이다. 그렇다면 1939년 발표된 『화분』에서 드러나는 위의 '지방주의'에 대한 비판은 단지 이효석의 '이국취향'으로 폄하될 수 없다. 오히려 당대 제기되던 대동아공영권의 미학적 논리를 고려한다면 이는 일본 파시즘 미학의 동양의 특권화에 대한 보편주의적 미학의 비판으로 해석될 수 있다.

후자의 경우, 즉 파시즘 미학 일반에 대한 비판으로는 '준보'가 주인공으로 등장하는 「일요일」(1942)과 「풀잎」(1942) 등 일제 말기 그의 '사소설'에 주목할 필요가 있다. 이들 작품의 주인공 '준보'는 상처(喪妻)했다는 점, 평양에서 교수로 재직 중이라는 점, 소설가라는 점 등으로 미루어 보아 이효석 자신을 형상화한 것으로 볼 수 있다. 작품 내적으로도 일관되게 준보에게 초점화가 이루어지고 있으며 따라서 준보의 내면을 드러내는 것에 기법이 집중되고 있다.

그런데 주목되는 것은 이들 작품이 모두 일본의 자주만 공습이 일어난 직후에 발표되었다는 점이다. 일제 말기 중에서도 중일전쟁기(1937~1941)가 일본의 혁신 좌파의 이데올로기에 대한 일정한 '전유'와 '폐기'가 가능한 시기였다면, 이후 이른바 태평양전쟁기는 혁신 좌파의 실각과 함께 완전한 전체주의가 강요되던 시기로 볼 수 있다.[20] 예컨대 중일전쟁기의 경

---

20) 이는 중일전쟁기 일제의 이데올로기가 적어도 공적 담론의 장에서는 균열과 내파가

우 전체와 개인의 관계에 대한 담론의 영역에서 일방적인 전체주의에 대한 강요만이 제시된 것은 아니다. 대표적으로 서인식의 경우 전체주의에 대해 그것이 개체의 자율성에 기반을 둔 담론일 때만 그 유효성이 있음을 지적한다.[21] 그러나 1941년 12월 진주만 공습이 이루어진 시기 최소한의 개체의 자율성은 부정된다.

이러한 시기 이효석이 일련의 사소설을 발표했다는 사실은 중요하다. 특히 「일요일」의 경우 매우 중요한 문학사적 의의를 지니는데, 그것은 이 작품이 『삼천리』 1942년 1월호에 발표되었기 때문이다. 『삼천리』 1942년 1월호는 태평양전쟁 특집으로 꾸며져 있다. 佐川弼近(채필근)·香山光郎(이광수)·德田仲仁(강중인) 등 당대 대표적인 체제협력자들의

가능한 속성을 지닌 반면, 태평양전쟁기 일제의 이데올로기는 최소한의 전유와 폐기의 가능성이 봉쇄되었음을 의미한다. 이와 관련하여 홍종욱의 다음과 같은 지적을 참고할 수 있다. "1941년이 되면서 식민지 조선을 둘러싼 내외 정세는 다시 한 번 커다란 변화가 찾아왔다. 1940년 가을부터 다음해 봄까지 반 년간에 걸친 일본 국내에서 벌어진 격심한 내부적 마찰 끝에 혁신파 주도의 신체제운동이 패퇴하고 기성세력이 헤게모니를 얻는 상황이 발생한 것이다. 1941년 봄에는 혁신경제를 주도하던 기획원의 간부들이 코민테른 인민전선전술을 지지한 혐의로 검거되는 사건이 발생하기도 하였다. (중략) 미국과 소련의 본격적인 참전으로 특징지워지는 새로운 정세의 도래는 일본의 미래를 어둡게 만들었고, 벼랑 끝에 몰린 일본 제국주의는 내부적으로 파시즘체제를 강화하게 되었던 것이다.", 홍종욱, 「중일전쟁기 사회주의자들의 전향과 그 논리」, 서울대 국사학과 석사학위논문, 1999, 59쪽.

21) "그러므로 역사의 장래를 위하여 당래한 전체성의 원리는 그 어떠한 것이든지 개인주의가 낳은 소극적 성과를 배제하는 동시에 그의 적극적 성과만은 섭취할 수 있는 것이 아니면 안 될 것이다. 다시 말하면 그는 개인주의를 기계론적으로 부정하는 것이 아니라 변증법적으로 지양하는 것이 되어야 할 것이다./ 함에도 불구하고 현대의 고유한 의미의 전체주의는 개인주의가 낳은 소극적 성과를 적발하는 나머지 그의 적극적 성과까지도 일률로 부정한다. 그는 개인주의를 지양하고 개인주의를 넘어서는 것이 아니라 개인주의를 기계적으로 부정하고 봉건주의로 곧바로 역행하는 것이다. 그 의미에 있어서 그는 현대사회에서 과거의 사회로 돌아가는 것이고 미래의 사회로 넘어서는 것이 아니다.", 서인식, 「문화에 있어서의 전체와 개인」, 『인문평론』, 1939. 10 ; 차승기·정종현 엮음, 『서인식 전집』 2권, 역락, 2006, 93쪽.

친일적 논설이 대거 등장하고, 문학 역시 이광수·주요한·노천명 등의 친일시가 '전쟁시' 특집으로 발표되었다. 이러한 잡지 편집 기획 속에서 이효석은 지극히 사적인 하루의 이야기를 소설로 발표하고 있는 셈이다. 더욱 중요한 것은 그가 이 작품에서 개인의 사적 영역의 자율성과 개체의 욕망의 문제를 강조하고 있다는 점이다. 그는 행복에 대해 "우유를 입안에 가뜩 머금을 때—모차르트의 소나타를 들을 때—하늘의 비늘구름을 우러러볼 때—아름다운 이의 시선을 받을 때—청받은 소설 원고를 다 썼을 때"(「일요일」)[22]라고 말한다. 전체주의 미학이 개체의 자율적 영역을 민족, 국가 등의 추상적 심급으로 환원하면서 개체의 욕망을 억압하는 특성을 지닌다면, 이효석은 이에 대해 정면으로 반박하는 작품을 태평양전쟁 발발 직후에 발표한 것이다.

이는 1942년 1월 『춘추』에 발표된 「풀잎」에서도 드러난다. 이 작품의 주인공 준보에게 벽도는 "개인만의 개인이 아니구 사회를 위한 개인"[23]임을 내세워 비판한다. 이에 대해 준보는 "두 사람만의 세계를 그렇게 성벽같이 주위와 구별해서 지키면서 그것으로서 도리어 밖 세상까지 또 지배하려고 함"[24]으로써 '행복'을 지키려 한다. 벽도의 발화가 개인의 사적 욕망의 영역인 사랑까지도 사회의 영역으로 종속시키려는 파시즘 미학의 상징이라면, 이에 대한 준보의 대응은 두 사람만의 세계를 구축함으로써 자신의 내면을 고수하고 파시즘 미학으로부터 이를 지키려는 이효석의 의지의 발현으로 볼 수 있다.

이와 같이 이효석의 '사소설'은 개체의 욕망과 자율성을 억압하는 파

---

22) 이효석, 「일요일」, 『삼천리』, 1942. 1 ; 『새롭게 완성한 이효석 전집』 3권, 189쪽.
23) 이효석, 「풀잎」, 『춘추』, 1942. 1 ; 『새롭게 만든 이효석 전집』 3권, 212쪽.
24) 위의 작품, 위의 책, 225쪽.

시즘적 전체주의 미학에 대한 비판으로서의 의미를 지닌다. 이 시기 많은 작가들이 총후봉공의 논리 속에서 '사(私)'에 대한 배제와 억압을 형상화한 데 반해, 이효석은 체제로 환원되지 않는 '사적 영역'의 형상화를 통해 파시즘 미학을 정면으로 비판할 수 있었다. 더불어 그의 미학적 보편주의는 일제 파시즘의 구체적 형태로서의 '대동아공영권'에 대한 강력한 비판으로 기능했다는 점 역시 높이 평가될 수 있다.

5. 시대와의 '불화', 세계와의 '긴장'으로서의 '사소설'

소설의 에세이적 경향은 비단 오늘날에만 두드러지는 현상이 아니다. 소설 장르 자체가 끊임없이 스스로를 변화시키는 카니발적 성격을 지니고 있으며, 따라서 컨텍스트적 맥락에 따라 소설 역시 특정한 하위장르를 통해 나타나기 때문이다.

우리 근대문학사에서 에세이는 구체적으로 1930년대 후반 이후 일련의 '사소설'을 통해 등장하였다. 그리고 이 '사소설'은 김남천의 경우 '자아'의 발견과 '타자'에 대한 인식으로, 박태원의 경우 '성문 밖'의 고현학에 대한 탐색으로, 이효석의 경우 미학적 보편주의와 사적 영역의 고수를 통한 파시즘 미학 비판으로 나아갔다. 이는 이들의 '차이'에도 불구하고 이들의 '사소설'이 일제 말기라는 특수한 시대와의 '불화'의 산물이며, 나아가 그럼에도 그 세계와의 '긴장'을 날카롭게 유지하기 위한 소설적 선택이었음을 보여준다.

그렇다면 지금-여기의 소설의 에세이화는 어떠한 의미를 지니는가? 분명한 것은 선험적으로 에세이를 규정하고, 이에 근거하여 수많은 작가들의 텍스트를 손쉽게 단정 지을 수는 없다는 사실이다. 진은영의 지적과 같이 "에세이적 상상력에 대한 일반론 대신 그와 그녀들 각자가 지닌 고유하고 독특한 에세이적 상상력에 대해 좀 더 분석적으로 말"[25] 하는 것이 비평의 몫이기 때문이다.

한국근대문학에서의 에세이 형식이 시대와의 '불화'와 그럼에도 불구하고 지속되는 세계와의 '긴장'의 산물이었다면, 이로부터 70여 년이 지난 지금-여기의 에세이 형식 역시 이러한 시각에서 그 의미를 추적해 볼 수 있을 것이다. 이러한 관점에서 주목되는 작가는 오수연이다.

오수연의 일련의 에세이는 앞서 살펴본 한국근대문학의 '사소설'이 지니는 미덕을 잘 보여준다. 그녀의 소설은 우리 문학이 보여줄 수 있는 '윤리'의 최대치를 바로 작가 자신의 실존적인 체험의 형식을 통해 보여준다. 예컨대 다음과 같은 구절은 2000년대 우리 문학의 지성과 윤리의 고도(高度)를 단적으로 보여준다.

세상에는 나만 있는 게 아니라는 사실을, 내게는 서쪽을 동쪽이라고 부르는 자들이 밀려와서 가르쳐주었다. 너는 중심이 아니고, 멀고 먼 동쪽 끄트머리라고. 그런데 그 멀고 먼 동쪽 끄트머리는 어디인가. 나를 중심으로 놓고 방향을 가늠해볼 수 없으므로, 내게는 동쪽도 서쪽도 남쪽도 북쪽도 없다. 내가 있는 자리를 중심으로 거리를 재볼 수도 없으므로, 내게는 세상 어디도 가깝지도 않고 멀지도 않다. 내가 중심이 아니라는 건 알겠는데, 중심 아닌 나머지 세상은 어디에 있는지는 모르겠다. 나는 아시아가 어디인지 알 수가 없다.[26]

25) 진은영, 「에세이적 상상력―논의를 위한 참고문헌」, 『문예중앙』, 2007 겨울호, 40쪽.
26) 오수연, 「황금 지붕」, 『황금 지붕』, 실천문학사, 2007, 229쪽.

남한이 세계체제 속에서 반(半)주변부로 진입하며, 주변부 인민에 대한 폭력과 수탈의 하위주체로 운동하는 지금, '나'를 중심에 두고 사유하고 행동하는 것이 아니라 바로 "내가 중심이 아니라는" 것을 인식하면서 끊임없이 "중심 아닌 나머지 세상"의 지형도를 찾아 나서는, 그리고 바로 그 타자를 중심으로 설정된 세계에 대한 치열한 탐색을 보여주는 오수연의 에세이를 어떻게 평가할 수 있을까? 이를 단지 근대적 주체로서의 작가 개념을 해체하는 양식으로, 혹은 탈근대적 글쓰기의 발현 양상으로 평가할 수 있을까? 오히려 우리 근대문학에서 발현된 독특한 시대와의 불화, 세계와의 긴장을 보여주는 '사소설'의 2000년대적 발현 양식으로 평가하는 것이 타당하지 않을까?

에세이의 한국적 발현 양식으로서의 '사소설'은 이 지점에서 빛난다. '사소설'은 단지 작가 자신의 이야기를 해체주의적 글쓰기를 통해 드러내는 탈근대적 양식이 아니다. 전통적인 소설 양식으로 세계를 파지하고 이를 형상화하는 것이 난관에 처할 때, 그 시대와의 '불화'에 대한 작가의식의 고투를 드러내며 이 고투를 통해 세계와의 '긴장'을 유지하는 것, 나아가 이 '불화'와 '긴장'의 과정에서 타자의 시선을 통해 자신의 위치를 재정립하고 새로운 세계와의 '대면'을 기획하는 것에 '사소설'의 미학적 의의가 있다. 그리고 오수연의 작품은 이러한 한국 '사소설'의 성취와 의의를 계승하면서 이를 2000년대적 상황 속에서 새롭게 전화하고 있다는 점에서 그 의의를 지닌다.

최근 많은 소설들이 에세이적인 특징을 보이고 있다. 그러나 이를 근대적 소설 양식에 미달하는 것으로 폄하하는 것도, 역으로 이를 탈근대적 글쓰기와 해체주의적 사유의 발현으로 고평하는 것도 모두 일면적인 평가일 뿐이다. 무엇보다 에세이라는 공시적 장르는 구체적인 컨텍스트적 맥락에 따라 각기 상이한 형식으로 발현되기 마련이며, 우리 근대문학의 경우 '사소설'이라는 독특한 형식으로 이를 발전시켜왔기 때문이다. 문제는 1930년대부터 시작된 이 '사소설'의 전통으로부터 2000년대 우리 문학이 어떠한 미덕을 배울 것이며 어떠한 한계를 넘어설 것인가의 여부이다. 그리고 이에 대한 비평적 작업을 통해 시대와의 '불화'와 세계와의 '긴장'으로서 '사소설'의 2000년대적 발현 양상에 대한 의미 부여가 가능할 것이다.

메아리, 이적, 그리고 장기하
_ 2000년대 민중가요-저항문화의 계보학을 위하여

1. '장기하 신드롬'이 간과하는 것

2008년을 결산하고 2009년을 예상하는 가요계의 여러 기획기사들 가운데 유독 눈에 띄는 것이 '장기하 신드롬'이다. 장기하를 리더로 하는 인디밴드 '장기하와 얼굴들'은 2008년 첫 앨범 《싸구려 커피》의 성공으로 "인디계의 서태지"[1]라는 평가를 받았으며, '마왕' 신해철에 의해 "산울림의 계승자"[2]라는 평가를 받기도 했다. 그리고 이들의 1만 장이라는 음반판매고 역시 2008년 원더걸스의 음반판매량이 6만 장 정도임을 고려할 때 엄청난 수치이다.[3] 굳이 이와 같은 언론의 보도를 인용하지 않더라도 DC와 같은 인터넷 '행자'들의 공간에서 그의 인기는 가히 폭발적임을 확인할 수 있다.

---

1) 「'인디계의 서태지' 장기하와 얼굴들, 2월 새음반」, 『스타뉴스』, 2009. 1. 14.
2) 「신해철 "산울림 계승자는 '장기하와 얼굴들'"」, 『스타뉴스』, 2009. 1. 8.
3) 「88만원 세대 '포크'를 노래함」, 『주간동아』, 2009. 1. 14.

그러나 '장기하 신드롬'은 위험하다. 대다수 대중음악 평론가들이나 언론 매체들은 장기하의 성공 요인을 음악적인 '독특함'에서 찾는다. 즉, 주류적인 대중음악과는 '다른' 무언가가 기존의 십대 아이돌 그룹 중심의 천편일률적인 음악에 싫증 난 대중들에게 어필했다는 것이다. 물론 이와 같은 평가 자체는 타당하다. 문제는 이 과정에서 '장기하'가 지니는 문화사적 맥락이 소거된 채, 정체 없는 '새로움'만이 전면적으로 부각된다는 것이다. 그런데 수많은 매체들이 장기하의 새로움을 이야기하면서 그를 '띄우지만', 정작 그 새로움이 무엇인지에 대해서는 구체적으로 이야기하지 않는다. 그리고 장기하의 새로움은 곧 다른 '새로운' 콘텐츠에 의해 '낡은 것'으로 전화될 것이다.

이 글은 이러한 문제의식에서 출발한다. 장기하의 새로움의 정체는 무엇인가? 그리고 그 새로움의 문화사적 연원은 어디서 찾을 수 있는가? 찾을 수 있다면 그가 전대(前代)의 문화사적 연원으로부터 연속한 지점과 단절한 지점은 어디인가? 이를 통해 '장기하'라는 '표상'의 문화사적 좌표를 그리는 것, 나아가 2000년대 민중가요-저항문화의 미학적 모색이라는 문화사적 관점에서 '신드롬'에 그치지 않는 장기하의 위치를 그리는 것이 이 글의 목적이다.

미리 밝혀두자면 이 글은 본격적인 음악평론이 아니다. 음악 자체에 대한 분석과 평가가 이 글의 목적이 아니기 때문이다. 다만 이 글은 공식적인 문화사 서술에서 배제된 이야기들을 기록하고자 한다. 공식적인 문화사 서술은 1980년대와 1990년대 사이에 '건널 수 없는 강'을 설정한다. 1980년대는 전투적인 민중문화운동의 시기로 설정되며, 1990년대와 그 이후의 시기는 이와 근본적으로 단절된 '포스트' 시대, 소비 대중문화의 시대로 설정된다. 그러나 1990년대 초반부터 지금까지, 비록 그것이 매우 낮은 목소리일지라도 새로운 민중가요-저항문화의 흐름을 모색하려던 사람들이 있었다. 그들의 목소리를 부족하게나마 기록하고자 하는 것이 이 글을 쓰는 나의 욕망이다. 그러니 이 글의 진정한 필자는 내가 아니라 1990년대 이후 민중가요-저항문화의 미학을 모색했던 이들일 것이다. 물론 그들의 문제의식이 충분히 기록되고 전달되지 못했다면 그것은 온전히 나의 책임이다.

2. 집단적 주체의 설정과 '진짜 노동자'의 한계

민중가요의 역사는 1980년대에 머물러 있다. 보다 정확히 말하자면 소비에트의 몰락과 1991년 5월 투쟁의 패배 '이후'의 민중가요'사'는 공백으로 남아 있다. 이와 같은 역사적 내러티브에서 1980년대 활발히 창작, 유통되던 민중가요는 1990년대 들어 지배문화에 그 자리를 내준 것으로 인식된다.

그러나 1990년대 초반 민중가요의 '위기'는 곧 1980년대적 민중가요에 대한 비판적 성찰로 이어졌다. 이 글에서 주목하고자 하는 것은 이 비판적 성찰이 이후 1990년대 새로운 민중가요의 '맹아'로 계승된다는 점이다. 예컨대 다음과 같은 대학 민중가요패의 '고뇌'를 살펴보자.

우리는 노노단(노동자 노래단의 약칭, 김호철을 중심으로 결성되어 노동현장에서 큰 대중적 반향을 거둔바 있다―인용자)의 문제의식에 일단 동의한다. 어떠한 예술작품이 아무리 높은 이념적 지향성을 가지고 있다고 할지라도 민중들에 의해 향유되지 않는다면 그것은 또 하나의 엘리트 예술에 다름 아니기 때문이다. 그러나 그와 함께 사고되어져야 할 것이 있다. 현재의 노동자 대중들에게 익숙한 정서란 그만큼 그들에게 접근하기 손쉬운 통로이기도 하지만 또한 그만큼, 아니 그 이상 그동안 자본가 계급이 노동자들을 지배하고 길들여온 도구이기도 하다는 점이다. 이러한 점이 사상되었을 때, 군가풍과 뽕짝풍의 '노동가요'는 그 의도와 무관하게도 자본가 계급의 이데올로기를 은연중에 유포하는 역할을 해내는 아이러니한 결과를 낳게 될 것이다.[4]

위의 글은 '노동자 노래단'의 3집 앨범 《노동자 행진곡》을 둘러싼 대학 민중가요패의 고민을 단적으로 보여준다.[5] 이 앨범은 당시 노동현장을 중심으로 그야말로 '엄청난' 대중적 반향을 거두었다. 그러나 〈무노동 무임금을 자본가에게〉, 〈노동자 행진곡〉 등의 노래에서 두드러지는 '군가' 형식의 차용과, 〈포장마차〉, 〈진짜 노동자 3〉 등의 노래에서 두드러지는 '뽕짝' 형식의 차용은 논쟁의 대상이 되기에 충분했다.[6] 즉, '노동자 노래단'의 노래는 당시 대중들에게 익숙한 지배적인 문화형식을 차용함으로써 대중적 반향을 얻을 수 있었지만, 역으로 바로 그 지배적인 문화형식에 대한 무비판적 수용이라는 한계를 지니기도 한 것이었다.

민중가요의 미학적 핵심은 대중을 저항주체로 '호명'하는 것이다.

---

4) 「최근의 운동가요에 대한 시론─노동자 노래단을 중심으로」, 『서울대 민중가요패 '메아리' 20회 정기공연 자료집』, 1990, 8쪽. '메아리'의 자료를 구하는 과정에서 '메아리' 2002학번 이광욱의 도움을 많이 받았다. 이 자리를 빌어 고마움을 전한다.

5) 이 글에서 다루는 모든 민중가요는 PLSong.com(http://plsong.com), 밥자유평등평화(http://bob.jinbo.net), 노동의 소리(http://www.nodong.com) 등의 사이트에 복각되어 있다.

6) 이와 관련하여 다음과 같은 언급을 참조할 수 있다. "그렇다고 그(김호철과 '노동자 노래단'─인용자)의 음악 모두가 환영받은 건 아니다. 투쟁가를 브라스(신디)와 스네어(드럼)로 편곡해, 군가처럼 만든 것이나, 〈포장마차〉, 〈진짜노동자 3〉과 같이 대중가요를 차용한 것은 충분히 '시비'가 될 문제였다. 이 문제는 예술 창작의 문제가 아니라, 예술 대중화의 문제로 이해되었고, 예술이 아니라 취향의 문제 즉, 노동자 취향(트로트, 김호철)과 지식인 취향(포크, 새벽)으로 전이되었다."(박준도, 「이 한 장의 앨범─노동자 행진곡(노동자 노래단3집)」, 사회진보연대, 『사회운동』, 2001. 12)

1987년 6월 항쟁과 7·8·9 노동자 대투쟁을 경과하며 민중가요는 광범위한 대중적 영향력을 확보하는 데 성공했으나, 정작 대중을 저항주체로 호명하기 위한 미학적 실험은 '정세'의 간박성 속에서 끊임없이 유보되었다. 그러나 1990년대 민중운동의 후퇴와 남한 자본주의의 후기산업사회로의 진입 속에서 민중가요의 미학성에 대한 논의는 더 이상 간과할 수 없는 문제로 제기되었다. 위의 글이 중요한 것은 1980년대 민중가요의 '대중성'이 지니는 한계, 즉 지배문화를 그대로 수용함으로써 "그 의도와 무관하게도 자본가 계급의 이데올로기를 은연 중에 유포하는 역할을 해내는 아이러니한 결과"를 지적하고 있기 때문이다.

실제 논쟁의 중심이 된 '노동자 노래단'의 3집 《노동자 행진곡》에 수록된 대부분의 노래는 대중을 계급적 주체로 호명하는 가운데 지배적인 호명 메커니즘을 그대로 차용하고 있다. 대표적인 곡이 〈진짜 노동자 3〉이다. 이 노래에서 대중은 "진짜 노동자"로 호명된다. 문제는 이 호명이 "의리와 깡다구"로 표상되는 남성 육체노동자에 한정되어 진행된다는 것이며, "첫사랑에 눈물 흘"리는 모습은 "정말 철부지"로 격하된다는 것이다. 결국 "진짜 노동자"는 오직 "전노협 깃발에 하나 된" 순간에만 저항주체로 승인된다. 나아가 이 노래는 형식상 '뽕짝' 양식을 그대로 차용함으로써 지배문화와 구별되는 저항문화의 미학적 특성을 구현하기보다는 결과적으로 지배문화의 문법을 대중에게 내면화하는 효과를 낳는다. 결국 이 노래는 그 전술적 유효성에도 불구하고 남성 육체노동자'만'을 저항의 주체로 호명하며 이로 포섭되지 않는 대중들의 다양한 저항문화의 가능성들을 모두 배제하는 결과를 낳는다. 이러한 양상은 대중들의 저항이 젠더, 문화, 세대 등 다양한 영역으로 분화되는 현실 속에서 더 이상 대중을 저항주체로 호명할 수 없는 한계로 나타난다.[7]

'메아리'가 보여주는 고민은 이러한 맥락에서 독해될 수 있다. 민중가요가 '저항문화'이기 위해서는 지배문화와는 구별되는 고유의 미학적 특성을 모색하고, 나아가 대중의 일상을 지배하는 지배문화의 메커니즘 자체를 전복해야 한다. 그러나 1980년대 전투적인 민중가요운동은 투쟁현장에서 대중을 일회적인 저항주체로 호명하는 것에는 성공할 수 있었으나, 정작 대중의 주체화 과정을 재구성하는 광범위한 저항문화의 기획으로 나아가지는 못했다. 오히려 '파업 투쟁에 참여하는 남성 육체노동자'가 전형적인 저항주체로 설정되면서 집단적인 계급적 주체로 포섭되지 않는 대중들의 다양한 감수성과 이에 기반을 둔 저항의 가능성은 봉쇄되고 만다. 새로운 저항주체 형성의 미학적 기획이 필요하다는 '메아리'의 주장은 이 지점에서 그 의미를 획득한다. 더욱이 1990년대의 도래와 함께 자본의 이데올로기 공세가 대중의 삶을 구성하는 심층적 구조로서 완결되고 있음을 고려한다면 이 고민은 더욱 중요하다. 그러나 '메아리'의 문제제기는 당시에는 충분히 완결되지 못했다.[8]

3. 개체성의 복원과 마이너리티의 정치학

그러나 1990년대 초반 '메아리'가 제기한 문제제기는 이후 '징후적으

---

7) 특히 이들 노래가 지니는 젠더에 대한 인식의 부재는 현재의 관점에서 보자면 치명적인 한계로 남는다. 이에 대해서는 한영옥, 「민중가요에 나타난 여성 이미지의 활용과 의미 연구」(『상허학보』 22집, 2008. 2)를 참조할 수 있다. 한영옥의 논의는 당대 민중가요가 유통되던 맥락을 간과하고 있다는 한계에도 불구하고 기본적으로 타당한 것으로 보인다.

8) 물론 '새벽' 등의 민중가요패가 〈해방을 향한 진군〉이나 〈선언〉 등 일정한 미학적 고민과 실험을 담은 노래들을 발표하지만 관념적 성격을 벗어나지 못했다는 비판과 함께 결국 대중화되지 못한다. '새벽'은 이러한 실험을 지속하지 못한 채 결국 1993년 해산한다.

로' 이어진다. '메아리'의 핵심적인 문제제기는 변화된 시대적 상황 속에서 대중저항주체 호명의 기획으로서의 민중가요의 미학을 재구성해야 한다는 것으로 요약할 수 있다. 앞서 언급한 것처럼 이러한 문제제기의 배경에는 남한 자본주의의 후기산업사회로의 급속한 진입이라는 사회적 변화가 놓여 있었다. 물론 당시 '메아리'의 문제제기는 이러한 인식으로까지는 발전하지 못했다.[9] 그러나 이때 제기된 민중가요의 미학적 재구성, 나아가 '저항문화'의 재구성이라는 프로젝트는 1990년대 중반 이후 학생운동의 이론적 갱신 과정에서 다시 논점으로 설정된다.

대학문화는 건전하고, 집단적이며, 통일된 비판의식을 가져야 한다는

---

9) 그러나 '메아리'의 고민은 1990년대 중반까지 지속된다. 특히 1990년대 중반 민중가요에 '천지인'를 시작으로 '이스크라', '메이데이' 등에 의해 락 형식이 활발히 수용되는 가운데 '메아리' 역시 민중가요의 미학적 전환에 대한 일정한 고민을 보여준다. 특히 이 과정에서 당시의 형식적 실험이 민중가요의 '저항성'과 결합되어야 한다는 점을 강하게 인식하고 있다는 점, 나아가 민중가요가 생산자와 수용자 간의 상호관계 속에서 그 저항성의 의미를 확장해야 한다는 점을 주장하고 있다는 점에서 '메아리'의 고민은 지금도 여전히 중요하다. "대중가요가 그렇듯이 민중가요도 나름의 순환 싸이클을 가지고 있다고 볼 수 있다. 모던 포크에서 투쟁가, 발라드, Rock…… 민중가요도 일정한 대중들을 전제로 하고 있다고 볼 수 있기에 그리고 그간에 우리의 대중들 사이에서 노래의 장르나 형식에 대한 기호의 변화 과정을 생각해볼 때 1995년 지금 새로운 형식적인 실험들에 대한 노력은 매우 당연한 것으로 받아들일 수 있다. 하지만 놓치고 있는 것은 그러한 형식적인 변화들이 단순한 일탈의 경험이나 아방가르드가 가지고 있었던 새로움에 대한 목마름이 아니었다라는 것이다. (중략) 새로운 장르나 형식으로서 제기되는 부분들이 공연 내에서 단순한 기호로서 사용되어지고 있는 경향과 그에 대한 어떠한 장치나 관객과의 관계를 상정하지 못하고 있다는 점이 문제인 것이다. 자신의 모습을 후다닥 바꾸어 놓고 관객들이 이전의 자신을 알아보지 못하기를 바라는 것이 아니라면 자신의 모습이 변화하는 과정 자체를 관객들과 함께 이해할 수 있기를 바라야 할 것이다. 그렇지 못하다면 관객들은 언제나 관객으로만 존재할 것이며 민중가요의 소통과정에서조차 일방에 의한 일방적인 규정이라는 문제를 벗어나기는 어렵다."(메아리, 「노래운동에 대한 소고」, 『메아리 1995년 테마공연 자료집』, 1995) 그러나 이러한 관점에 입각한 '메아리'의 실험은 그 문제의식의 정당성에 비해 충분한 성과로 외화되지는 못한 것으로 보인다.

'가설'들이 은연 중에 존재하였고, 그것은 '가설'들이 만든 제한된 문화공간 안에 포함되지 않은 다수의 대학주체들을 소외시키고, 그럼으로써 지배적 소비대중문화의 억압적 폭력이 쉽게 대학문화를 제압할 수 있는 통로를 열어두게 되었다. (중략) 문제는 지배문화에 저항한다는 당위 그 자체가 아니라 '어떻게 저항을 실험할 것인가'이고, 그 저항의 방식을 선험적으로 규정해버리는 '건강성' 혹은 '저항성'이라는 일종의 '억압가설'에 저항할 것인가 하는 점이다. 지배적 문화에 대한 저항의 방식이 낡은 것으로 고착화되면서 오히려 그것을 유지하려는 자신의 문화적 보수성 혹은 무의식적 자기검열체계에 대해 의문시하는 것으로부터 우리의 대학문화에 대한 인식의 지평은 전화되어야 할 것이다.[10]

1990년대 중후반 이후 좌파 학생운동 진영의 '문화운동'에 대한 고민을 보여주는 글이다. 주목되는 것은 두 가지 지점이다. 첫 번째는 기존의 문화운동이 동일화의 메커니즘을 통해 대규모의 집단적 저항주체를 형성하려 하면서 역설적으로 그것이 만든 "제한된 문화공간 안에 포함되지 않은 다수의 대학주체를 소외"시켰다는 주장이다. 즉, 과거의 민주/독재의 선명한 이분법이 사라진 시대, 과거의 집단적 저항주체의 경로가 아닌 세대, 젠더, 생태, 교육 등 다양한 경로를 통한 저항주체의 형성을 위한 대안문화가 필요하다는 것이다. 두 번째는 기존의 문화운동 자체가 일종의 "문화적 보수성"으로 굳어졌으며, 이를 극복하기 위해서는 발랄한 대중적 감수성을 전복적 가능성으로 고양시킬 수 있는 문화적 기제가 필요하다는 주장이다. 이는 선험적인 저항문화의 규정이

---

10) 민중정치 실현의 대장정 학생연합(추), 「대학문화, 그 비판적 단절과 대안적 생성을 위하여」, 『대장정』, 1999. 10, 63~64쪽.

역으로 대중의 역능을 억압할 수 있음을 지적하는 것으로 볼 수 있다.

이러한 맥락에서 민중가요의 미학은 새롭게 생성된다. 그 핵심은 위의 인용문에서 보이듯 집단적 주체로 환원되지 않는 다양한 저항주체의 상을 제시하는 것이며, 나아가 그 형식적 측면에서 발랄한 대중적 감수성의 가능성을 극대화시키는 것으로 요약된다. 그리고 이 새로운 민중가요의 미학은 '패닉'의 이적을 통해 구현된다.

1995년 패닉 1집의 발매는 학생사회에도 상당한 파장을 몰고 왔다. 이는 특히 좌파 학생운동 진영에게 두드러졌다. 예컨대 1996년 좌파 학생운동 진영의 전국적 연대행사인 '전국청년학생한마당'의 슬로건은 '반동의 시대를 넘는 게릴라, 왼/손/잡/이'였다. 이때의 '왼손잡이'가 패닉 1집에 수록된 노래로부터 연원한 것임은 이 노래가 '전국청년학생한마당' 문화제에서 마임과 함께 공연됨으로써 분명해진다. 이후 11월 각 대학의 학생회 선거에서 〈왼손잡이〉는 선본가, 혹은 대중선동용 마임의 테마곡 등으로 활발히 사용된다.11) 이는 기존의 민중가요의 낡은 미학으로는 포괄할 수도, 설득할 수도 없는 변화된 대중적 감수성을 방증한다.

그렇다면 이적과 패닉의 어떠한 점이 이와 같은 '열광'을 낳았을까? 구체적으로 〈왼손잡이〉를 살펴보면 두 가지 지점이 두드러진다. 첫 번째는 '왼손잡이'로 표상되는 사회적 마이너리티가 새로운 저항주체로 설정된다는 점이다. 기존의 민중가요가 집단적 저항주체를 설정하면서 정작 각각의 주체가 지닌 '차이'와 '개체성'을 억압하는 동일성의 전략

---

11) 물론 좌파 학생운동 진영과 이에 기반을 둔 민중가요운동이 차용한 것은 어디까지나 이적과 패닉의 〈왼손잡이〉였다. 당시 패닉 1집의 타이틀곡은 〈왼손잡이〉가 아니라 〈달팽이〉였고, 대중적인 성공을 거둔 노래 역시 〈달팽이〉였다. 이는 이적과 패닉을 수용하는 과정에서 좌파 학생운동 진영, 그리고 대학 민중가요패들이 일정한 선별 과정을 진행했음을 보여준다.

을 사용한 데 반해, 〈왼손잡이〉는 마이너리티가 지니는 '다름'을 전적으로 인정하며, 바로 그 다름을 폭력적으로 억압하는 지배문화에 대한 비판을 보인다. 두 번째 두드러지는 지점은 '왼손잡이'가 지니는 마이너리티적 성격이 부정되거나 극복되어야 할 것이 아니라 오히려 당당하게 '선언'된다는 점이다. 이 과정에서 오히려 지배문화에 의해 포섭되지 않는 마이너리티가 지닌 '다른' 가능성이 새로운 전복적 상상력의 근원으로 설정된다. 이러한 〈왼손잡이〉가 지닌 새로운 미학은 그 형식적 층위에서도 발현된다. 군가와 뽕짝, 혹은 엄숙한 비장미의 형식이 아닌 경쾌한 록과 리드미컬한 랩의 사용은 변화된 대중적 감수성으로부터 상당한 공감을 얻을 수 있었다.

실제 이적이 1990년대 중반 좌파 학생운동의 이론적 갱신을 위한 매체인 『학회평론』의 구성원이었으며, 직간접적으로 좌파 학생운동과 연관되어 활동했다는 사실은 널리 알려져 있다.[12] 그러나 이러한 사실보다 중요한 것은 그의 음악이 변화된 학생운동, 나아가 민중운동의 맥락에서 유효한 미학적 실험을 감행하고 있다는 점이다. 이는 물론 그의 음악이 당대 민중가요를 대표하는 성과라는 뜻은 아니다. 다만 그가 동일성의 정치에서 개체성의 정치로, 지배문화의 차용에서 저항문화의 생성으로 나아가는 가능성을 보여준 것에 주목할 필요가 있다는 것이다. 그리고 이러한 작업은 이후 패닉 2집의 〈그 어릿광대들의 세 아들들에 대

---

12) 예컨대 『학회평론』 11호의 「책을 내며」에는 여러 학생운동 단체와 진보적 지식인들과 더불어 "우리의 친구인 P.A.N.I.C의 이적"에게 감사의 마음을 전한다는 편집진의 글이 있다. 이적은 이후에도 좌파 학생운동 진영의 행사에서 축하공연을 진행하기도 한다. 특히 그의 〈왼손잡이〉가 활발하게 수용되었던 1996년 '전국청년학생한마당' 이후 2003년 '전국청년학생한마당'에서 축하공연을 벌이기도 한다. "한마당 문화제에서는 각 대학의 율동패, 노래패, 그림패 등의 공연과 함께 연대회의 출신 선배 가수인 이적의 축하공연의 진행되기도 했다."(『성신학보』, 2003. 8)

하여〉와 〈벌레〉 등에서 더욱 급진적으로 전개된다. 〈그 어릿광대들의 세 아들들에 대하여〉는 그로테스크한 형식으로 자본주의에서 소외된 '어릿광대'의 '귀환'을 그리고 있으며, 〈벌레〉는 죽은 지식과 권위에 대한 복종만을 강요하는 제도교육에 대한 냉소적인 공격을 보여준다.

그러나 이적의 음악은 그 성과에도 불구하고 치명적인 한계를 지닌다. 그는 개체성의 '차이'를 복권하는 것에는 성공했으나 이 차이만이 특권화되면서 오히려 추상적인 내면성의 과잉으로 귀결된다. 이를 단적으로 보여주는 것이 패닉의 3집이다. 3집 타이틀곡인 〈내 낡은 서랍 속의 바다〉에서 이적은 자신의 유년으로 퇴행한다.[13] 이 지점이 2000년대 민중가요가 극복해야 할 과제로 남았다.

4. 인디의 상상력과 현실이 만났을 때

2000년대 민중가요의 흐름은 일련의 홍대 앞 인디밴드로부터 시작된다.[14] 이들의 활동을 살펴보기에 앞서 '메아리'의 2008년 정기공연

---

13) 이와 관련하여 박애경의 다음과 같은 패닉에 대한 평가는 타당한 것으로 보인다. "패닉의 1집을 세상에 알린 곡은 자의식을 다소 감성적으로 표현한 R&B곡 〈달팽이〉였지만 이들이 범상치 않은 감수성의 소유자라는 것은 〈아무도〉와 〈왼손잡이〉의 도발적 외침으로 나타나고 있다. (중략) 1집에 나타난 마이너 지향은 2집의 〈벌레〉에서 한층 강하게 나타난다. 그러나 '카니발'(이적), '열외'(김진표)로 각기 다른 길을 걸은 후 낸 3집은 내면으로의 회귀를 확연하게 보여주고 있다."(박애경, 『가요, 어떻게 읽을 것인가』, 책세상, 2000, 140~141쪽)

14) 여기서 충분히 강조되어야 하는 것은 홍대 앞 인디밴드가 1970년대 포크와 1980년대 언더그라운드 음악으로 대표되는 하위문화의 문화사적 맥락 속에서 생성된 존재라는 점이다. 이에 대해서는 이영미의 1990년대 비주류 음악에 대한 다음과 같은 지적이 타당한 것으로 보인다. "주류 가요의 상업성이 점점 강화되므로 언더그라운드는 거꾸로 이들에 대한 비판의식을 고양시켜갔다. 바로 앞에서 이야기한 바처럼, 넥

의 공연곡을 먼저 살펴보자. 이 공연은 크라잉 넛, 언니네 이발관, 럼블 피쉬 등의 노래를 중심으로 구성되어 있다.15) 이는 1990년대 중반까지 전투적인 민중가요로 공연곡을 선정하던 양상과는 판이하게 다르다. 오히려 2000년대 '메아리'의 공연 선곡은 주로 인디밴드들의 음악에 치중되어 있다. 특기할 만한 사실은 고전적인 민중가요는 아예 선곡에서 배제되었다는 점이다.

이와 같은 사실은 적어도 '메아리'라는 '역사적인' 민중가요패에서 더 이상 고전적인 개념의 민중가요가 생산-유통되지 않는다는 점을 단적으로 보여준다. 오히려 이 '공백'을 채우는 것은 홍대 앞을 중심으로 활동하는 인디밴드들의 음악이다. 물론 '메아리'의 경우를 전체 민중가요패의 전반적인 양상으로 볼 수는 없다. 그러나 분명한 사실은 1990년대 초반부터 제기된 민중가요의 미학적 재구성의 기획이 이적으로 표상되는 좌파 문화운동의 외현적 성과를 거쳐 일련의 인디밴드의 음악으로 이동하고 있다는 점이다.

그런데 인디밴드의 저항문화적 성격은 1980년대 민중가요의 흐름을

스트, 강산에, 패닉은 물론 김종서 등의 노래조차도 사회비판적인 작품이 늘어났고, 펑크류에 속하는 삐삐밴드, 삐삐롱스타킹 등의 노래가 주목 받았으며, 홍대 앞을 중심으로 한 클럽밴드의 성장으로 황신혜밴드, 어어부밴드 등이 음반을 내어 좋은 반응을 얻었다. 게다가 크라잉너트, 허벅지밴드 등 후발 클럽밴드들은 아예 독립음반의 형태로 저예산 음반을 내고, 자신들끼리의 거리공연 등으로 기세를 높여갔다. 또한 민중가요권에서도 록그룹이 결성되어 천지인, 메이데이, 이스크라 등이 활동을 시작했고, 안치환의 뒤를 이은 윤도현밴드가 좋은 가창력과 연주 실력으로 차분히 성장하고 있었다."(이영미, 『한국 대중가요사』, 시공사, 1998, 320쪽)

여기에서 빼놓을 수 없는 존재가 연영석을 비롯한 전통적인 민중가요의 현장성과 전투성이라는 '미덕'을 계승하는 이들이다. 이들은 전통적인 민중가요의 최대의 미덕인 현실에의 천착과 그에 걸맞은 실천을 보여준다. 그러나 이들의 실천에 대한 중시에 비해 미학적인 실험과 대중적 감수성의 변화에 대한 대응, 그리고 유통 과정에서 혁신적 시도는 다소 부족하다고 판단된다. 이들에 대한 논의는 별도의 지면이 필요할 것이다.

15) 『메아리 제50회 가을 정기공연 자료집—Why So Lonely?』(2008. 10).

계승한 것으로 볼 수 있다.[16] 그리고 지금, 장기하라는 표상 역시 이러한 일련의 문화사적 흐름 속에서 생성된 것이다.[17] 여기서 먼저 짚고 넘어가야 할 것은 장기하가 대중적으로 인기를 끌게 된 '장기하와 얼굴들' 이전에 이미 2006년 '청년실업'이라는 인디밴드를 통해 일정한 대중적 반향을 얻었다는 점이다.[18] 밴드 이름에서 알 수 있듯이 '청년실업'은 이십대 청년실업자의 핍진한 삶과 이를 강제하는 자본주의 체제의 모순을 '발랄한' 방식으로 형상화했다. 이들의 앨범 《기상시간은 정해져 있다》에서 주목되는 노래는 〈4차원의 세계는 언제나 시작이다〉이다. 이 노래에서 '청년실업'은 표면적으로 자신들의 노래를 "쓰레기"라고 명명한다. 그러나 그 이면에는 그 "쓰레기 같은 말들"에서 의미를 발견하지 못하는, 즉 지배문화의 문법에 포획된 사물화된 대중들의 의식에 대한 비판이 놓여 있다. 이들이 추구한 하위문화의 문법은 정확히 지배문화의 문법에 균열을 내는 것에 초점이 맞추어져 있다. 따라서 중요한 것은 지배문화의 문법과는 '다른' 문화적 상상력을 봉쇄당한 대중에게 다시금 전복적인 문화적 상상력의 필요성을 제기하는 것이다. 그

---

16) 예컨대 다음과 같은 노브레인에 대한 평가를 참조할 수 있다. "《청년폭도 맹진가》는 한국 인디 씬에서 최초로, 그리고 민중가요 진영 바깥에서 처음으로 배태된 메시지와 음악이 일체가 된 작품이다. 〈청년폭도 맹진가〉, 〈십대정치〉 같은 노래들에서는 어느 민가(민중가요의 줄임말—인용자)보다 직설적이고 서슬 퍼런 저항 정신이 피를 튕긴다."(김작가, 「노 브레인—청년폭도 맹진가」 음반 해설, 박준흠 책임편집, 『한국대중음악 100대 명반—음반리뷰』, 선, 2008, 153쪽) 이와 같이 인디밴드의 저항문화적 성격은 상당 부분 민중가요적 감수성을 배경으로 생성된 것으로 볼 수 있다.

17) 장기하 역시 1990년대 중후반 이후 활성화된 좌파 문화담론의 영향력 아래서 음악 활동을 시작한 것으로 볼 수 있다. 그는 한 주간지와의 인터뷰에서 본격적인 음악 활동 이전에 "'데모질'하고, 술 마시고 토론하기를 즐기는 평범한 대학생"(「가수 장기하, 막장은 몰라도 재미는 안다」, 『시사IN』 62호, 2008. 11. 19)이었다고 말한 바 있다.

18) 물론 장기하는 그 이전인 2002년 '눈뜨고 코베인'의 드러머로 데뷔한다. 그러나 '눈뜨고 코베인'은 훌륭한 인디밴드로 볼 수는 있겠지만, 이를 '민중가요'의 문화사적 맥락에서 평가하기는 힘들다고 판단된다.

리고 그것은 지배문화의 전일적인 구조로부터 벗어난 "4차원의 세계"를 통해서만 가능하다. 그러나 문제는 이 "4차원의 세계"가 구체적인 청년실업자의 삶과 밀착되는 과정이 생략된다는 것이다. 이 한계는 바로 2008년 '장기하와 얼굴들'에 의해 극복된다.

앞서 지적한 것처럼 이적의 음악은 결국 "내 낡은 서랍 속의 바다"라는 추상적인 공간으로 귀결된다. '청년실업' 역시 이적과는 다른 방향이지만 결국 "4차원의 세계"로 귀결된다. 장기하의 〈싸구려 커피〉가 극복한 것이 바로 이 추상성이다. 〈싸구려 커피〉는 고전적인 민중가요나 이적이 보여주는 주체와는 확연히 다른 2000년대적 주체를 보여준다. 1980년대 고전적인 민중가요의 주체가 계급적 동일성에 입각한 집단적 저항주체였다면, 1990년대 이적의 음악에서 나타나는 주체는 개체의 정치성을 구현하려는 마이너리티적 주체였다. 이들이 설정한 주체는 그 방향은 상이할지라도 지향해야 할 일종의 '당위로서의 주체'라는 점에서는 공통적이었다. 그리고 이들의 음악이 그 저항성을 대중들에게 승인받지 못하게 된 것은 바로 그 '당위'와 '현실' 사이의 간극이 심화되었기 때문이다.

그렇다면 장기하가 보여주는 주체는 어떠한가? 그 주체는 무엇보다 삶의 구체성을 담지하고 있다. "비가 내리면 처마 밑에서 쭈그리고 앉아"서 "이거는 뭔가 아니다 싶어"라고 발화하는 것, 나아가 "이제는 장판이 난지 내가 장판인지도 몰라"라고 발화하는 것은 당위의 세계가 아닌 청년실업자의 삶의 세계에서 가능하다. 그러나 여기서 멈춘다면 이는 고전적인 민중가요의 이른바 '생활가요'와 큰 차이를 지니지 못할 것이다. 장기하는 여기서 한 걸음 더 나아간다. 이를 '반속도의 미학'으로 명명할 수 있을 것이다. 같은 앨범에 수록된 〈느리게 걷자〉에서 나타나는 주체는 "채찍을 든 도깨비 같은 시뻘건 아저씨가 눈을 부라려도"·"사뿐히 지나가는 예쁜 고양이 한 마리"를 보기 위해 "느리게 걷"
는다. 경쟁의 원리가 만인에 대한 만인의 투쟁을 강요하는 지금, "채찍
을 든 도깨비 같은 시뻘건 아저씨"가 속도만을 강요하는 지금, 장기하
는 역으로 "느리게 걷자"라고 말한다. 이 반속도의 미학은 길거리를 지
나가는 "고양이 한 마리"에 대한 인식으로 이어지면서 경쟁의 원리를
정면으로 위배한다.[19)

물론 장기하의 음악이 이후 어떻게 전개될는지는 알 수 없다. 그러나
그가 보여주는 지배문화의 문법에 대한 비판과 청년실업자의 삶에 대
한 구체적인 천착, 그리고 단초로서 남아 있는 반속도의 미학은 2000년
대 저항문화의 중요한 가능성을 내포하고 있다. 그러한 의미에서 장기
하의 성과는 단지 '새로운 감수성의 인디밴드'나 '주류 음악과는 다른
신선함'으로 한정되지 않는다.[20) 오히려 1980년대의 민중가요와 1990

---

19) 실제 〈싸구려 커피〉는 몇몇 좌파 학생운동 진영에 의해 청년실업으로 표상되는 사
회 모순을 단적으로 형상화한 노래로 '전유'되기도 한다. "뭐 한 몇 년간, 한 칸짜리
골방에서 애꿎은 시간을 흘려보내며 조용히 '세숫대야에 고여 있는 물 마냥 그냥 완
전히 썩어'가는 것 같은 젊은 사람들의 삶을 노래한 대중가요가 수없이 쏟아져 나왔
습니다. 이 노래들을 지배하는 정서는 무력감, 무심하게 엿보이는 삶에 대한 애증, 애
초에 자신과는 거리가 멀게 보이는 희망 같은 것들이지요. 최근 많은 이들에게 지지
를 얻은 이 노래도 마찬가지입니다. '뭔가 아니다 싶'은데 '멍하니 그냥 가만히 보'고
있을 수밖에 없는 삶을 적확하게 드러내준 것입니다."('노동해방 실천연대(준) 학생
지부'의 「기획자보 10」 중) 불필요한 오해를 피하기 위해 밝혀두자면 나는 이들의 정
치적 입장이나 위와 같은 외삽적인 장기하 해석에 동의하지는 않는다. 다만 이들에
대한 동의 여부를 떠나서 '장기하'라는 표상이 학생사회에 급진적으로 유통되는 양상
을 보여주는 사례라는 점에서 인용해둔다.

20) 장기하의 음악이 포크를 계승하고 있다는 점은 여러 논자들에 의해 지적된 바 있다.
그러나 중요한 것은 그의 포크가 단지 형식미학적인 층위에 머무는 것이 아니라 포크
가 지니는 공동체적 삶에 대한 치열한 현실 인식을 담지하고 있다는 점이다. "물론
포크의 기반인 공동체의 문화가 개인주의의 여파로 급속하게 해체되고 있다고 하지
만 취향과 신념을 같이하는 이들의 소규모 공동체는 지금 이 순간에도 속속 생겨나고
있다. 그리고 그 안에서 포크의 관습을 계승하려는 의미 있는 시도도 눈에 띌 정도는
아니지만 존재하고 있다. 세상에 대한 현기증이나 일상의 권태를 끔찍하게 노래하든,

년대의 이적의 계보를 잇는 저항문화의 흐름 속에서 그의 좌표가 설정되어야 할 것이다.[21] 특히 수많은 인디밴드들이 추구한 하위문화가 이미 상당 부분 주류적인 문화유통의 메커니즘에 포섭되었음을 상기한다면 더욱 그러하다.[22] 장기하가 이와 같은 주류화의 위험을 극복하기 위해서 필요한 것이 바로 민중가요-저항문화의 문화사적 흐름 속에서 자신의 좌표를 끊임없이 재구성하려는 의식적인 고투일 것이다.

5. 2000년대 민중가요—저항문화의 계보학을 위하여

민중가요의 미학적 핵심은 대중을 어떠한 저항주체로 호명할 것인가

그럼에도 버릴 수 없는 희망과 인간애를 노래하던 이들은 자신을 가장 잘 드러낼 수 있는 음악 어법으로 세상을 채색해간다. 델리 스파이스와 미션이가 기타 팝의 오밀조밀한 사운드를 구사하고, 윤도현밴드가 고출력의 일렉트릭 사운드를 들려주고 강산에와 한영애가 테크노의 옷을 입혔지만 저변에 흐르는 정서와 태도는 충분히 포크적이라 할 수 있지 않을까?"(박애경, 앞의 책, 82~83쪽) 그렇다면 박애경이 설정한 위와 같은 흐름의 가장 최근에 장기하가 위치한다고 할 수 있을 것이다.

21) 장기하가 2009년 초 미디어 관련법안 개악 저지를 위한 언론노조 파업 당시 이에 대한 지지 의사를 표명하고 지지 공연을 했다는 사실 역시 주목할 필요가 있다(「조재현 박철민 안치환 장기하, MBC 노조 파업 지지 '힘내라!'」, 『뉴스엔』, 2009. 1. 3). 그는 파업을 지지하는 이유로 주류적인 문화만이 유통되는 것이 아니라 자신과 같은 인디밴드의 음악 역시 유통될 필요가 있다는 점을 들고 있는데, 이는 지배문화만이 대규모적으로 유통-소비되는 현재 문화의 구조와는 '다른' 경로의 필요성에 대한 그의 인식을 적절히 보여준다.

22) 이와 관련하여 이동연의 다음과 같은 지적은 장기하에게도 시사해주는 바가 크다. "하위문화적 스타일은 때때로 상품형식과 이데올로기형식에 의해서 본래의 정치적 의미들이 왜곡되기도 한다. 60, 70년대 자본주의의 상품문화를 거부했던 히피적, 펑크적 스타일, 그리고 80년대 말 미국 슬럼가의 힙합적 스타일은 주류 패션업계의 상품 전략을 통해 대중들의 일상적인 패션으로 전환되고, 그 스타일이 갖는 사회에 대한 반항형식은 매체의 이데올로기를 통해 온순하고 얌전한 교화의 형식으로 전환된다."(이동연, 『서태지는 우리에게 무엇이었나』, 문화과학사, 1999, 237쪽)

의 여부이다. 1980년대 전투적인 민중가요는 대중을 집단적인 계급적 주체로 호명하고자 했다. 그 결과 투쟁 '현장'에서의 전술적인 '호명'은 성공했으나, 다양하게 분화된 대중의 삶을 포괄하는 호명의 기제로까지 나아가지는 못했다. 1990년대 중반 이적의 음악은 1980년대 동일성의 정치에서 개체성의 정치로, 나아가 마이너리티의 당당한 자기 선언으로 이어진다. 그러나 이 개체성의 복원이라는 성과는 곧 추상적 내면성의 과잉이라는 한계로 나타난다. 그리고 2000년대, 홍대 앞 인디밴드로부터 시작된 하위문화적 흐름은 장기하라는 표상을 통해 폭발적인 반향을 거둔다. 장기하의 성공은 무엇보다 기존의 민중가요-저항문화가 보여준 '당위로서의 주체' 대신, 삶의 구체성을 담보한 주체를 복원한 것에 기인한다. 이 주체가 반속도의 미학과 결합됨으로써 장기하는 2000년대 민중가요-저항문화의 한 흐름을 구성한다.

물론 이와 같은 민중가요-저항문화의 계보학이 매우 낯선 시도임은 분명하다. 1990년대의 이적과 2000년대의 장기하를 민중가요-저항문화의 흐름 속에서 설정하려는 것 자체가 무리일는지도 모른다. 그러나 본래 의미의 민중가요-저항문화가 고정된 형태의 무언가가 아니라는 것, 그리고 시대적 변화에 따라 변화된 미학적 모색과 대중저항주체 호명의 기획을 통해서만 민중가요-저항문화가 지속 가능할 것이라는 사실은 분명하다. 이를 위해서 필요한 것이 바로 지배문화의 거대한 생산-유통의 메커니즘과 담론에 맞서 이적과 장기하 등의 표상을 문화사적 맥락에서 위치 짓는 비평적 작업이다. 그러니 이 글이 2000년대 민중가요-저항문화의 좌표를 그리는 작업의 필요성에 대한 문제제기이기를 바랄 뿐이다.

4부

징후 너머의 텍스트들

비루한 현실과 맞짱 뜨는 소설들 | 추(醜)의 미학들 | 채플린─
소설가, 혹은 꼬리뼈 전문 물리치료사 | 편집증이 지배하는 빛
의 제국 | 몽유(夢遊)의 글쓰기 | 시의 정치성과 분열의 징후들 |
클리나멘, 유물론, 그리고 시적 혁명의 징후들

비루한 현실과 맞짱 뜨는 소설들
_ 김사과의 『풀이 눕는다』와 윤고은의 『일인용 식탁』

1. 비루한 현실, 비루한 비평

이제 이런 얘기를 꺼내는 것 자체가 지겹다. '88만원 세대' 담론과 청년실업 문제, 불안정 노동의 확산과 출구 없는 스펙 경쟁 등등. 이미 모두가 아는 얘기일 뿐더러 더 이상 삶에 충격을 줄 수도 없는 클리쉐가 아닌가? 특히 문학의 영역에서라면 이러한 사회적 문제를 작품에 어떻게 잘 '반영'했는가라는 문제설정은 더 이상 유의미한 미적 전율을 도출해낼 수 없다. 문학보다 더 '리얼'한 현실이 개체에게 스펙 쌓기를 강요하고 있는데 도대체 문학이 이토록 비루한 현실에 대해 무엇을 이야기할 수 있단 말인가?

그럼에도 문학이 이토록 비루한 현실에 어떤 식으로든 대응해야 한다면, 현실과 맞짱 뜨는 미학적 방식을 바꿀 필요가 있다. 예컨대 2000년대 후반 급중한 '소재주의'적인 텍스트 접근을 보자. 몇몇 텍스트들이 백수와 루저 등을 소재로 해서 '신경향파'적 경향을 보이고 있다는 지적은 물론 타당한 것이다. 문제는 이러한 독법이 표피적인 텍스트의 인물과 소재 분석의 층위에 그치고 있으며, 이로 인해 현실과는 '다른' 미적 전율을 기획하지 못한다는 사실이다. 분명 불안정 노동을 소재로 한 많은 작품들이 발표되고 있지만 이것이 정작 '현실'에 대한 일면적 반영에 그치고 있다는 것, 그리고 비평이 이를 추수하는 것에 그치고 있다는 사실로부터 무엇을 배울 것인가?

어쩌면 고전적인 리얼리즘과의 '단절'이 그토록 강력하게 '선언'되었음에도 불구하고, 정작 실제 현장 비평은 과거의 도그마를 한 치도 벗어나지 못한 것은 아닌가 싶다. 좋은 텍스트는 현실의 문제를 '반영'하며 문제의 본질을 '총체적'으로 드러내고, 나아가 이를 극복하기 위한 나름의 '전망'을 제시해야 한다는 도그마. 안타깝게도 텍스트의 표피적 독해에 멈추는 이러한 독법은 과거와는 '다른' 방식으로 현실과 맞짱뜨는 텍스트들의 새로움을 읽어내지 못한다. 그 결과 남는 것은 현실의 비루함을 일상적으로 실감하는 우리에게 전혀 실감을 주지 못하는 앙상한 텍스트의 인물과 소재일 뿐이다.

그렇다면 실패한 것은 비단 자본의 신자유주의적 사회 재편뿐만이 아닐 것이다. 이에 저항하는 미학적 기획 역시 실패한 것은 마찬가지이다. 우리가 신자유주의적 사회 재편에 파산선고를 내릴 때, 문학의 영역에서 수반되어야 하는 것은 이에 대한 미학적 대응 전략의 부재라는 엄연한 현실에 대한 치열한 성찰이다. 기존의 비평이 취했던 현실주의적 감각의 무딤과 자기 갱신의 불철저함이 이토록 비루한 현실을 타개하지 못하는 하나의 원인이라는 점을 직시할 필요가 있다.

기존의 기획이 실패했다면 바로 실패한 그 지점에서부터 새로운 기획을 시도해야 한다. 그것이 비록 완결되지 못한 문제제기의 형식에 그칠지라도 말이다. 현실의 비루함을 형상화하는 텍스트들이 존재한다면, 이를 읽어내는 비평의 몫은 텍스트에서 생성되는 미적 전율을 논리화하는 것이어야 한다. 현실의 비루함보다 더 리얼한 전율을 텍스트로부터 추출해야만 한다. 이러한 미학적 실험이 전개되지 않는다면 현실보다 더 비루한 것은 바로 비평일 것이다. 그리고, 지금 우리는 바로 이 지점에 서 있다.

2. 수렴되지 않는 분노의 파토스

김사과의 『풀이 눕는다』는 '의외로' 본격적으로 비평가들에게 논의되지 않은 감이 있다. 분명 김사과가 한국 문단에서 하나의 기호로 작동하고 있음에도 불구하고, 인상주의적인 단평 외에 그녀의 작품이 지니는 '불온함'에 대해 본격적인 논의를 진행한 비평은 찾아보기 힘들다. 특히 『풀이 눕는다』의 미학적 새로움에 주목한 비평은 거의 없는 것이 사실이다. 몇몇 단평들이 이 작품을 '88만원 세대'라는 코드와 연계시켜 논한 적은 있지만, 단순한 소재적 층위의 분석을 넘어서는 비평은 이상하리만큼 부족하다.

분명 이 작품은 '88만원 세대'로 표상되는 비루한 현실을 배경으로 설정하고 있다. 그러나 단지 이것만으로는 해명될 수 없는 미적 전율의 계기를 『풀이 눕는다』는 내재하고 있다. 즉, 이 작품이 주목되는 것은 단지 소재적 층위에서 비루한 현실을 형상화했다는 것 때문이 아니라, 이를 '어떻게' 형상화할 것인가에 대한 김사과 특유의 문법을 창출하는 데 성공하고 있기 때문이다. 특히나 이 문법이 현실의 비루함보다도 리얼한 미적 전율의 계기를 생성하고 있다는 점에서 김사과의 이 작품은 주목될 필요가 있다.

『풀이 눕는다』를 관통하는 것은 분노의 파토스이다. '나'는 모든 것에 분노한다. 이 분노는 명확한 이유를 지니지 않기에 해소될 수 없다. 텍스트 내에서 분출되는 분노는 어떠한 대상을 막론하고 표출되며, 이 분노의 원인은 모호한 채로 남아 있다. 이와 같은 특징에 주목할 필요가 있다. '나'가, 그리고 김사과가 현실의 비루함의 원인을 완결적인 논리적 체계로 인식하고 이를 극복하기 위한 대안을 지니고 있다면 분노의 파토스는 곧 대안적 기획으로 승화될 것이다. 문제는 지금 어느 누구도 명징하게 세계의 모순을 해명하고 대안을 제시할 수 없다는 사실이다. 따라서 『풀이 눕는다』에서 분출되는 분노가 일관된 기획으로 승화될 수 없는 것은 필연적이다.

기실 김사과의 성과를 평가하는 기준은 이 지점에서 도출된다. 당연하게도, 그녀가 보여주는 분노의 파토스는 그 자체로서 고평될 이유는 없다. 중요한 것은 이 분노의 파토스가 텍스트 구성 과정에서 '어떻게' 형상화되며, 이를 통해 전망이 보이지 않는 현실의 비루함을 미적인 전율로 이끌어 올리는가의 여부이다. 만약 일반적인 소설의 플롯대로 분노의 표출과 이에 대한 일정한 승화(내지는 좌절)로 텍스트가 봉합된다면, 이 분노의 파토스는 그야말로 '신경향파'적인 한계를 지닐 것이며, 결국 현실의 비루함에 어떠한 균열을 가하지도 못하는 소재주의적인 해석으로 포획될 것이다. 그리고 이는 곧 근대소설이 지니는 기본적인 규율, 즉 사건에 대한 원인의 해명과 대안의 제시를 통한 파토스의 승화라는 규범으로 분노의 파토스가 해소되는 경우이기도 하다.

그러나 김사과는 이 지점에서 도약한다. 그녀는 이와 같은 근대소설의 규율을 위반한다. 그녀에게 중요한 것은 적당한 수준에서 분노를 해소할 수 있는 타협안을 제시하고, 이를 통해 텍스트의 분노를 봉합하는 것이 아니다. 오히려 그녀는 분노를 타협시키는 근대소설의 문법 자체를 전복하는 지점까지 나아간다.

『풀이 눕는다』는 일반적인 소설과는 매우 다른 구성 원리를 지닌다. 이 작품은 엄밀하게 말해서 사건을 통해 일관된 스토리를 진행하며 이 과정에서 주제의식을 부각시키는 근대소설의 개념으로부터 완전히 벗어나 있다. 사건에는 개연성이 없으며, 스토리라고 부를 만한 이야기가 존재하지도 않는다. 분노의 파토스가 구체적으로 지시하는 주제의식 역시 부재한 상태로 남는다. 따라서 이 작품을 근대소설의 규범으로 평가하는 것은 큰 의미를 지니지 못한다. 오히려 김사과가 근대소설의 규범을 위반하면서 표출하려고 했던 것은 무엇이며, 이를 위해 고안한 구성 원리는 무엇인가를 탐색하는 것이 비평의 몫이다.

거칠게 말해『풀이 눕는다』는 일종의 극적 구성을 지닌다. 각각의 장면이 전체 플롯에 종속되는 형식이 아니라, 그 자체로 독립적인 에피소드적 구성을 지니는 형식이라는 점에서 이는 방증된다. 텍스트 중간에 삽입되는 시나 노래 가사 등의 텍스트는 플롯의 완결성을 의도적으로 훼손한다. 사건은 연쇄적인 스토리로 연결되지 않으며 인물들의 행동은 즉자적인 형식으로 나타난다. 대화는 종결되지 않으며 각 장과 절의 구획은 그 자체로 독립적이다. 이러한 형식적 특성은 각각의 개별적 에피소드의 독자성을 강화하는 효과를 낳는다. 이 작품이 극적 구성을 지녔다고 하는 것은 이러한 텍스트의 특성 때문이다.

결과적으로 이러한 구성은 분노의 파토스를 봉합시키지 않은 채 극대화시키는 효과를 낳는다. 각각의 에피소드들에서 두드러지는 것은 해명되지 않고 극복될 수도 없는 현실에 대한 분노다. 세계가 단일하게 해명되며 이를 극복하기 위한 서사가 존재할 때, 소설의 규범은 강력한 위력을 발휘한다. 그러나 그렇지 못한 시기, 소설의 규범은 분노의 파토스를 하나의 지점으로 수렴시켜 봉합하는 억압으로 나타난다. 김사과는 이러한 사실을 뚜렷하게 인식하고 있다. 비단『풀이 눕는다』뿐 아니라 『미나』와 그녀의 많은 단편들에서 동일한 구성 원리가 사용되고 있다는 점이 이를 단적으로 보여준다.

극적 구성은 하나로 통합되지 않는 현실을 형상화할 때 유력한 효과를 생성한다. 각각의 독립적인 에피소드들을 통해 감성에 전율을 일으킬 수 있다는 점, 그 전율을 손쉽게 대문자 서사로 귀결시키지 않는다는 점에서 그러하다. 김사과의 『풀이 눕는다』가 소재주의적 차원에서 현실의 비루함을 증언하는 텍스트들과 구별되는 점이 이것이다. 그녀는 분노의 파토스를 지속적으로 생산하고자 한다.

중요한 것은 그녀의 분노가 단지 이토록 비루한 현실에 대한 것만이 아니라는 사실이다. 그녀의 분노는 종종 '나' 자신을 향해 표출된다. 그 배경에는 다음과 같은 우리의 슬픈 현실이 놓여 있다.

— 다시 한번 말하지만, 그래 인정할게. 나는 회의주의자야. 가능성은 존재하지 않아. 세계는 더욱더 나빠지고 있어. 희망은 자살이란 형태로 존재할 뿐이지. 더이상 무엇이 가능하지? 물론 체제 내에서의 이야기야. 하지만 알다시피, 체제는 견고해. 우리는 체제 내 존재야. 우리는 삼차원적 동물이라고.[1]

나, 그리고 우리는 도대체 이 비루한 현실과 맞짱 뜰 의지를, 그리고 강력한 무기를 지니고 있는가? 그렇지 못하다면 우리는 도대체 무엇이란 말인가? 어쩌면 맞짱을 제대로 뜨지 못하는 우리야말로 이 비루한

---

1) 김사과, 『풀이 눕는다』, 문학동네, 2009, 228쪽. 인용한 발화는 주인공인 '나'가 아니라 안나의 것이다. 그러나 이후 '나'가 "그때 그 여자처럼 말하고 있는"(279쪽) 상황을 고려한다면 이를 나-우리의 발화로 보아도 무리는 없을 것이다.

현실을 묵인하는 공범은 아닌가? 이러한 자의식이 분노로 표출되기에 그녀의 분노는 그 진정성을 획득하며 이로부터 우리 자신에 대한 되돌아봄의 계기를 제공한다.

그녀의 분노의 파토스는 극적 구성이라는 독창적인 문법과 결합되면서 현실에 대한 균열과 우리 자신에 대한 미적 전율의 계기를 제공한다. 합목적성에 기반한 근대소설이 소재적 층위에 갇혀 있는 지금, 그녀의 새로운 문법은 이토록 강렬하다. 김사과를 다시 읽어야 하는 것은, 그녀가 제기하는 문제가 근대소설이 과연 현실과 대결할 수 있는가라는 본질적인 문제로까지 이어지기 때문이다. 그리고 이 문제로부터 자유로울 수 있는 비평은 존재하지 않기 때문이다.

3. 대리 보충물을 거부하는 판타지

윤고은의 데뷔작이기도 한 『무중력 증후군』은 2000년대 문학의 징후를 정확히 보여주는 작품이다. 2000년대 문학에서 두드러지는 현상 중 하나가 환상성의 대두였음은 이미 많은 비평가들에 의해 논의된 바 있다. 그런데 환상성이 지니는 정치적 함의에 대해서는 몇몇 주목할 만한 비평에도 불구하고 아직 충분한 논의가 이루어지지는 못한 것으로 보인다. 윤고은의 『무중력 증후군』이 중요한 것은, 이 작품이 판타지마저도 상품으로 유통시키는 자본의 메커니즘에 대한 뚜렷한 인식을 보이고 있기 때문이다. 바꾸어 말하자면, 2000년대 문학에서 두드러지는 환상성은 그것이 도출되는 컨텍스트에 대한 비판적 사유와 결합됨으로써 현실을 파열하는 전복적 미학으로 이어질 수 있으며, 이러한 사례로 윤고은의 『무중력 증후군』이 기억될 필요가 있다는 것이다.

그녀의 첫 단편집인 『1인용 식탁』에서 주목되는 것은 현실과 판타지가 교차되면서 생성되는 대위법의 형식이다. 이는 「인베이더 그래픽」이나 「아이슬란드」 등의 작품에서 특히 두드러지는 바, 그녀는 판타지와 현실을 교차시켜 서술하는 독특한 대위법을 사용하는 데 뛰어난 솜씨를 보여준다. 「인베이더 그래픽」은 등단 이후 작업할 공간을 얻지 못한 채 백화점 화장실에서 글을 쓰는 현실의 '나'의 이야기와 인베이더 그래픽의 타일을 찾아 떠나는 판타지의 '균'의 이야기가 교차되는 형식을 취하고 있다. 「아이슬란드」 역시 회사의 말단 직원인 '나'의 현실과 카페 아이슬란드에서 벌어지는 '달인'의 이야기가 교차되는 형식을 취하고 있다.

기실 윤고은의 작품은 형식적인 발랄함에 비해 작품을 관통하는 정조가 매우 무겁게 설정되어 있다. 이는 일차적으로는 백수나 루저 등의 삶이 작품의 배경으로 설정되는 것에 기인한다. 그러나 단지 이것만으로 윤고은 특유의 정조를 설명하기 어렵다. 오히려 그녀 특유의 형식적 고려가 현실에 대한 재인식을 추동하며, 이로부터 발생하는 현실에 대한 낯섦이 윤고은의 작품 전반을 관통하는 정조를 만드는 동력이다.

이토록 비루한 현실을 리얼하게 인식하려면 미적 전율의 계기가 작동해야 한다. 현실 속에서 살아가는 우리에게 현실은 현실 그 자체일 따름이다. 현실의 비루함에 균열을 내는 것은 현실과는 '다른' 삶이 가능하다는 인식이다. 윤고은의 대위법은 이러한 방식으로 현실을 낯설게 만든다. 백화점 화장실에서 글을 쓰는 청년실업자의 삶이 현실의 비루함으로 다가오는 것은 인베이더 그래픽을 향한 예술적 열망과의 대위법을 통해 가능하다. 이 대위법을 통해 비로소 한 편의 소품과 같은 청년실업자(혹은 소설가)의 이야기는 현실에 대한 의심을 가능하게 만드는 텍스트로 전화된다. 이 점이야말로 윤고은의 판타지가 단순히 기법적 층위의 것이 아니라 현실을 직시하게 만드는 사유의 결과임을 방증하는 것이다.

그러나 윤고은의 진정한 미적 성과는 그 너머에 있다. 그녀는 자본의 메커니즘이 판타지마저도 장악하고 있음을 인식하고 있다. 자본은 현실의 비루함을 봉합하기 위해 종종 판타지를 유통시킨다. 이에 포섭될 경우 판타지는 현실을 낯설게 직시하는 기제가 아니라, 역으로 현실의 모순을 대리 보충하는 순응적인 산물로 사물화된다. 윤고은은 이러한 위험에 대해 뚜렷하게 경고하고 있다는 점에서 기법적 층위에 함몰된 판타지적 경향과는 다른 성과를 보여준다.

사라진 아이슬란드는 다음 날 아침, 지하철역의 신문 가판대 위에서 발견되었다.
'아이슬란드 국가 부도.'
IMF, 실업 대란, 국가 부도, 그렇게 가이드북에서는 한 번도 본 적 없었던 말들이 새롭게 아이슬란드를 정의하고 있었다. 아이슬란드는 지도에서 가끔 생략되는 것이 아니라 아예 부도로 지구상에서 사라질 뻔했다. 크로나는 반값으로 가치가 하락했다. 슈퍼마켓에서 올리브유나 파스타를 사재기하는 아이슬란드 사람들의 모습이 뉴스와 신문을 통해 보도되었다 크로나의 가치 하락 덕에 관광객들이 그곳으로 몰려간다고도 했다. 그렇게 아이슬란드는 유명해졌다.2)

윤고은은 『무중력 증후군』을 통해 달의 증식이라는 판타지가 실상은 시스템에 의해 유통된 판타지였음을 직시한 바 있다. 이번 단편집에서

---

2) 윤고은, 「아이슬란드」, 『1인용 식탁』, 문학과지성사, 2010, 270쪽.

도 그녀는 「아이슬란드」를 통해 이러한 판타지의 위험을 경고한다. 비루한 현실로부터 도피하기 위해 선택된 아이슬란드는 현실의 결핍을 대리 보충하는 도구로 전락한다. 그 결과 남는 것은 아이슬란드의 국가 부도라는 엄연한 진짜 현실이다. 윤고은은 이러한 판타지의 한계를 명확히 텍스트에 기입하는 드문 작가이다. 판타지의 영역 역시 자본의 운동으로부터 자유로운 공간은 아니다. 따라서 그 전복성을 지속하기 위해서는, 무엇보다 판타지가 현실의 대리 보충물로 사물화될 위험을 지니고 있다는 것을 충분히 인식해야 한다. 그녀가 보여주는 판타지와 현실의 대위법이 무게감을 지니는 것은 이 때문이다. 우리는, 안타깝게도 판타지의 영역마저도 자본에 잠식당하는 시대를 살고 있기 때문이다.

4. 다시 맞짱을 '잘' 뜨기 위하여

결국 문학이 비루한 현실과 맞짱을 뜨기 위해 필요한 것은 미적 전율을 생성할 수 있는 미학적 고민이다. 모두가 알고 있는 비루한 현실을 소재적으로 차용하는 것, 혹은 규범적 서사로 환원하는 것은 더 이상 우리에게 미적 전율을 불러일으키지 못한다. 나는 비루한 현실과의 맞짱에서 문학만의 무기가 존재할 수 있다고 믿는다. 현실의 잉여와 결핍을 폭로함으로써 비루한 현실을 리얼하게 직시하게 할 수 있는 미학적 가능성이 존재할 수 있다고 믿는다.

자본의 신자유주의적 사회 재편이 실패로 증명된 지금, 동시에 이에 저항하는 우리 문학의 미학적 응전 역시 실패로 돌아갔음을 인정하는 것이 필요하다. 그렇다면 다른 방식의 맞짱을 기획하는 것이 정직한 일이다. 우리에게 중요한 것은 맞짱을 뜨는 것이 아니라, '잘' 뜨는 것이다. 그리고 그 맞짱의 기술을 탐색하는 것이 비평의 몫이다. 적어도, 우리는 맞짱을 뜰 의지를 지니고 있기 때문이며, 김사과와 윤고은을 비롯한 훌륭한 파이터를 지니고 있기 때문이다. 그/녀와의 연대를 꿈꾸는 현실주의적 비평이 절실한 시기이다. 이토록 비루한 현실 속에서 살아남기를 원한다면 말이다.

추(醜)의 미학들

_ 권여선의 『분홍 리본의 시절』과 은희경의 『아름다움이 나를 멸시한다』

1. 미(美)에 대한 강박의 시대

지금은 미에 대한 강박의 시대다. 기실 특정한 가변적인 몇몇 '취향'들에 지나지 않는 '미'가 단일하고 절대적인 기준으로 설정되면서 이 '미'에서 벗어나는 모든 것들은 죄악시되는 시대다. 그러나 '미' 자체가 몇몇 취향들을 절대적인 기준으로 설정한 환영(幻影)인 이상, 미에 대한 강박은 결코 완성되지 않는다. 이 자의적인 층위의 취향이 사회적인 환영의 형태로 유포될 때 미의 기준 역시 끊임없는 취향의 변화를 만족시켜야 하며 이 때문에 미는 완성되지 못한다. 언제나 새로운 미의 기준과 그 취향에 맞추어 스스로를 변형시켜야 하기 때문이다.

그렇다면 '미'란 특권적인 아비투스로서의 '취향'을 향유하는 계층이 만들어낸 이데올로기에 불과할는지도 모른다. 그리고 이 아비투스는 자신의 취향을 우월한 것으로 설정하기 위해 끊임없이 미에 대립하는 타자를 생산한다. 그 타자가 바로 '추'다.

이 글에서 다루고자 하는 권여선과 은희경의 소설집은 모두 미에 대립되는 '추'의 문제를 다룬다. 그러나 이 '추'는 단순히 '미'에 대립되는 것만은 아니다. 오히려 이들에게 '추'란 나름의 '미학'적 전략의 성격을 지닌다. 이를 '추'의 미학이라고 부를 수 있을 것이다. 이들 소설집의 공통된 주제는 '미'의 그늘에 가려진 타자로서의 '추'가 지니는 고유성을 복원하는 것이다. 그리고 이 '추'는 타자이기에, '추'의 미학은 나와 타자 간의 윤리, 나아가 나와 타자들로 구성된 세계와의 관계를 묻는 작업이기도 하다.

2. 타자와의 대면을 위한 '추'의 미학—권여선의 경우

권여선의 소설집에는 유독 추한 인물들이 빈번히 등장한다. 그들은 "잔뜩 독이 올라 상혈이 된 그녀의 얼굴은 흡사 붉은 도깨비탈을 쓴 형국"[1]이며, 혹은 "대식증"(「반죽의 형상」, 169쪽)에 걸린 비만인이거나 "추악하고 막무가내인 노처녀"(「문상」, 199쪽)이다.

이러한 추한 인물들을 작품에 등장시키는 것은 무엇 때문인가? 중요한 것은 이들이 '미'를 지닌 인물들과 분리된 것이 아니라는 점이다. 즉, 이들의 '추'는 '미'와 공존한다. 「반죽의 형상」이 이를 잘 보여준다. '나'의 대식증은 N의 거식증과 공존한다. "한덩어리의 반죽으로 두 형상을 빚을 때 하나의 형상을 작게 만들면 다른 형상이 커지듯 N의 거식증이 심해질수록 내 대식증도 심해졌다."(「반죽의 형상」, 169쪽) 나의 대식증

---

1) 권여선, 「가을이 오면」, 『분홍 리본의 시절』, 창비, 2007, 39쪽. 이하 인용하는 권여선의 모든 작품은 이 책에서 인용한 것이며 인용시 괄호 안에 인용한 작품명과 쪽수만을 기입한다.

으로 인한 비만과 '추'는 N의 거식증으로 인한 '미'와 한 덩어리이다. 이는 다른 작품에서도 마찬가지이다. 「문상」의 주인공 '그'에게 추한 '그녀'는 "그가 건너야 할 늪이고 품어야 할 빛이다. 그가 씻어야 할 죄이며 얻어야 할 구원이다."(「문상」, 200쪽) 「위험한 산책」의 주인공 '그녀'는 자신의 남편에 대해 "자기가 얼마나 소중한 걸 가졌는지 모르는 인간"(「위험한 산책」, 221쪽)이라며 그의 '추'를 동정하지만, 그녀 역시 소나기 앞에서 어쩔 수 없어 당황하는 "노파의 표정이 거울에서 본 자신의 표정이기도 하다는 것을, 그녀는 전혀 기억하지 못"(「위험한 산책」, 212쪽)한다.

따라서 권여선의 작품은 겉보기에 '미'로 위장된 삶의 이면에 억압되어져 있는 '추'와의 대면이라고 할 수 있다. 우리의 안온한 삶은 모든 삶의 '추'들을 억압시켜 숨긴 채 꾸며진 '미'만을 내세움으로써 이루어진 것이다. 「분홍 리본의 시절」에서 주선배 부부의 "중산층"(「분홍 리본의 시절」, 48쪽)의 안온한 삶은 주선배와 수림의 부도덕한 관계를 그 이면에 숨김으로써만 가능한 것이며, 「가을이 오면」의 어머니의 "여성적 우아"(「가을이 오면」, 15쪽)는 나의 히스테리적인 '추'와의 대비를 통해서 발현된다. 「위험한 산책」의 '그녀'의 남편과의 관계에 대한 "로맨틱한 기쁨"(「위험한 산책」, 223쪽)의 이면에는 '그'와의 불륜이 놓여 있다.

'미'가 절대적인 요소들로 이루어진 가치가 아니라 특정한 취향, 그리고 자신의 아비투스를 통해 '미'에 대한 담론을 재생산하는 특정 계층의 허구적인 담론인 이상, 언제나 '미'는 '추'로 전락할 가능성을 지닌다. 역으로 취향과 아비투스의 담론이 변한다면 언제나 '추'는 다시 '미'의 영역으로 올라갈 수도 있다. 이 말은 본래 미와 추는 서로 구별되지 않은 채 섞여 존재하는 삶의 양상들임을 의미한다. 복합적이고 중층적인 삶의 여러 층위들 속에서 특정한 요소만을 뽑아 그것을 전면에 포장하는 것이 '미'의 전략이다. 그리고 이 과정에서 배제된 삶의 다른 양상들을 '추'로 몰아 억압하는 것이 또한 '미'의 전략이다.

권여선에게 '추'란 이와 같이 삶의 이면에 억압되어진 우리 안의 타자이다. '미'와 '추'는 본래 하나인 까닭에 "마침내 혀뿌리가 고치처럼 툭 터지면서 팔랑거리는 두 개의 날개가 돋아났다. 두 혀는 서로 얽혀들고 리본처럼 꼬였다"(「분홍 리본의 시절」, 75쪽)는 진술처럼 "리본처럼 꼬"여 있는 관계이다. 그러나 '미'에 대한 강박의 시대를 사는 우리의 삶은 이 '추'라는 타자와의 '꼬임'을 용납하지 않는다. 그렇다면 어떻게 '추'와 대면할 것인가?

> 현실은 한 입 속에 두 혀를 갖지 않는다. 나는 노끈을 리본 모양으로 단단히 묶으면서, 그래도 혀가 한쌍이었다면, 비록 고통 속에서라도 철판 위의 곰을 춤추는 듯 보이게 하는 한쌍의 곰발바닥처럼 내 혀가 번갈아 내디딜 수 있는 찰나의 유예를 허락하는 한쌍의 분기하는 욕망이었다면, 내 삶은 지금과 아주 많이 달랐을 거라는 생각을 했다. (「분홍 리본의 시절」, 77쪽)

'미'에 대한 강박은 결국 나의 고유한 욕망이 아닌 특정 계층이 만들어놓은 아비투스에 나의 욕망을 가두어놓는 결과를 낳는다. 따라서 '추'와의 대면은 '미'로 한정되지 않는 나의 고유한 욕망의 가능성을 열어낼 수 있다. 위의 인용문은 오직 하나의 혀, 하나의 미를 기준으로 살아가는 주인공이 미와 추의 "한쌍의 분기하는 욕망"을 통해 다른 삶을 꿈꿀 수 있음을 보여준다. 이는 「문상」에서도 마찬가지이다. 이 작품에서 우정미로 대표되는 '추'는 단지 부정적인 대상만이 아니다. 왜

나하면 우정미는 "그로 하여금 또다른 삶을 살게 할 것"(「문상」, 200쪽)이기 때문이다. 이 또 다른 삶이 우정미로 대표되는 '추'의 가능성을 통해 이루어진다는 점을 고려할 때, 주인공 '그'에게 '추'는 부정적인 대상이 아니라 자기 안의 억압된 타자이며, 이 타자와의 대면이야말로 '또 다른 삶'을 가능하게 해주는 가능성이라는 사실을 알 수 있다. 이 또 다른 삶은 사회적으로 형성된 '미', 즉 "그녀가 그들을 어떻게 보는지는 중요하지 않았다. 그들이 그녀를 어떻게 보는지가 중요했다"(「가을이 오면」, 16쪽)는 진술에서 보이는 지배적 아비투스의 시선이 아닌, 고유한 '나'를 기준으로 한 욕망의 가능성을 제시한다.

그러나 이 '추'라는 우리 안의 타자와의 대면은 결코 쉽게 이루어질 수 없다. '추'와의 대면을 위해서는 '미'의 이름으로 '추'를 억압했던 삶과의 단절을 각오해야 하기 때문이다. '추'는 다음과 같이 절규한다. "나를 봐요! 당신들은 모조리 죄인이에요! 나를 봐요! 당신들의 죄가 만들어낸 이 괴물을 좀 보라고요!"(「문상」, 199쪽) '추'와의 대면은 우리의 '죄'로 억압되어진 '괴물'과의 대면이라는 성격을 지닌다. 이 괴물과의 대면은 우리의 '미'로 포장된 삶에 균열을 내고 그 모순을 드러내게 한다. 이 대면은 나의 숨겨진 "모종의 극단적인 파국"(「분홍 리본의 시절」, 76쪽)에 대한 욕망을 드러내며, 나아가 「위험한 산책」에서처럼 환영(幻影)에 의한 납치로 결말지어지기도 한다.

더욱이 '추'라는 타자는 단지 개체 속에 억압된 것이 아니라 사회적·역사적 맥락 속에서 억압된 것이기에 그 대면은 더욱 어려워진다. 「문상」에서 우정미로 표상되는 타자는 정치적인 이유로 사형당한 아버지라는 역사적인 맥락 속에 존재하며, 「분홍 리본의 시절」에서 주선배의 이중성으로부터 기인하는 추는 1980년대 학생운동이라는 맥락 속에서 비로소 파악된다. 「위험한 산책」에서의 남편의 기이한 행동 역시 같은 맥락에서 파악되어야 한다. 사회적 · 역사적 맥락에서 형성된 '추'는 곧 '악'으로 이어져 억압의 대상이 된다. 그리고 그 '추'는 불온한 것으로 치부되어 강력한 사회적 제재의 대상이 된다. 따라서 이들 '추'와의 대면은 이중적인 과정을 통해서만 가능하다. 한편으로는 우리의 구체적인 삶의 이면에 숨겨진 추와의 대면이 필요하며, 다른 한편으로는 추를 형성한 사회적 · 역사적 맥락에 대한 성찰이 필요하다. 즉, 권여선이 제기하는 '추'와의 대면은 사회적 · 역사적으로 억압당한 기억들과의 대면이라는 점에서 우리 모두의 공모에 의해 잊혀진 타자들의 정치성을 복권하는 것으로까지 나아간다. 그리고 이로 인해 '추'와의 대면은 구체적인 삶의 정치적 올바름의 문제로까지 확장된다.

하지만 '추'와의 대면은 필연적이다. '미'에 대한 강박은 실재가 아닌 특정한 아비투스의 폭력적인 강요이기에 결코 완전히 충족될 수 없다. 따라서 우리가 환영인 '미'가 아닌 삶의 층위에서 존재하고자 한다면, '미'에 의해 억압된 '추'와의 대면은 필연적이다. 따라서 미에 대한 우리의 왜곡된 욕망에 의해 억압된 추한 삶의 결들, 그 타자와의 대면을 통해 '미'로 표상되는 만들어진 욕망의 허구성을 인식하고 '추'함이 제시하는 또 다른 삶의 욕망을 탐색하는 것이 필요하다. 그 억압되어진 '추'의 미학을 통해 나의 고유한 욕망을 발현시킴으로써 비로소 지배적인 아비투스로부터 벗어나는 삶의 가능성이 열린다. 그리고 이 새로운 삶의 가능성이 단지 개체의 욕망의 층위가 아닌 사회적 · 역사적 맥락에서 억압된 '추'의 복권과 우리 삶의 정치적 올바름의 문제와 연결되어 있음은 물론이다. 그때에만 타자는 자신의 뚜렷한 정체성을 부여받을 수 있기 때문이다.

'대식'과 '거식'이 기실 하나의 반죽의 형상인 것처럼(「반죽의 형상」), 그리고 하나의 혀가 아닌 갈라진 한 쌍의 혀가 '미'로 포장된 현실 이면의 삶인 것처럼(「분홍 리본의 시절」) 우리에게는 '미'와 '추'가 공존하고 있다. 이때 지배적인 아비투스가 강요하는 '미'의 기준에 의해 '추'는 억압되고 배제된다. 그러나 이 '미'에 대한 강박은 환영에 불과하다. 진짜 나의 욕망을 찾기 위해서는 '추'와의 대면이 필요하다. 그리고 '추'와의 대면을 통한 우리 안의 타자에 대한 인식과 이 '괴물'과의 윤리적인 만남이야말로 권여선이 추구하는 '추'의 미학의 결론이다.

3. 카오스적 세계에 대한 대응으로서의 '추'의 미학—은희경의 경우

일반적으로 '미'란 코스모스적인 조화와 안정감을 내포하는 개념이다. 따라서 '미'는 우리를 둘러싼 세계가 조화롭고 예측 가능하며 안정적임을 강조한다. 왜냐하면 그럴 때에만 견고한 '미'의 기준이 유지될 수 있기 때문이다. 이 과정에서 부조화스럽고 예측 불가능하며 제멋대로인 모든 것은 질서를 잃은 '추'로 수렴된다. 코스모스적 질서에서 벗어난 삶들은 견고한 세계 바깥의 영역에 '추'로서 억압된다.

그러나 은희경에게 세계는 결코 코스모스적인 질서에 의해 움직이는 것이 아니다. 그녀에게 '추'란 코스모스적 질서를 거부하는 삶의 다른 이름이다. 그것은 "이 세상이 모두 정밀하게 짜여진 각본대로 움직인다고 생각하세요? 그렇다면 나는 아마 각본대로 뛰지 않는 토끼일 거예요"[2]라고 말하는 것이며, "울퉁불퉁 제멋대로 굴려 만든 눈사람에 코

---

2) 은희경, 「의심을 찬양함」, 『아름다움이 나를 멸시한다』, 창비, 2007, 36쪽. 이하 인용하는 은희경의 모든 작품은 이 책에서 인용한 것이며 인용시 괄호 안에 인용한 작품명과 쪽수만을 기입한다.

끼리의 다리를 붙였다고나 할"(「아름다움이 나를 멸시한다」, 81쪽) '빌렌도르프의 비너스'와 같은 것이다.

은희경의 이번 소설집에서 두드러지는 것은 카오스적 세계에 대한 탐구이다. 세계는 결코 조화롭고 예측 가능하며 안정적인 코스모스적 존재가 아니다. 세계는 실은 조그마한 의심에도 부서질 수 있는 한없이 약한 존재이다. 그 속에서의 '미'란 예컨대 이런 것이다. "그 쌍둥이들은 때로 선악의 역할을 분담하여 자신의 인생을 연출했다. 필요에 따라 하나가 되기도 하고 둘이 되기도 했으며, 종종 서로를 바꾸었다. 마치 소년들이 자기만의 비밀장소를 만들어 그곳에서 세계를 씨뮬레이션하듯 상대방의 존재 속으로 드나들곤 했던 것이다. 그러면서 그들은 생각했다. 나는 흉내내는 가짜이거나 그림자이고, 내 삶은 어딘가 다른 곳에 있다고."(「의심을 찬양함」, 35~36쪽) 코스모스적인 '미'란 단지 '흉내내는 가짜이거나 그림자'일 뿐이며 진실한 '미'는 코스모스적인 현실이 아닌 '어딘가 다른 곳'에 있을 따름이다. 그럼 '나'라는 미의 주체는 무엇인가? 그것 역시 단단한 존재가 아니라 "분신술"(「고독의 발견」, 68쪽)에 의해 분열되어 존재하는 '유령'일 따름이다. 따라서 우리가 인식하는 '미'란 사실 한낱 가상일 따름이다. 결국 이 세계는 좌표 "P의 위치가 구해지면 가야 할 방향이 보이"(「지도 중독」, 181쪽)는 곳이 아니라 "그저 찾아다녀야 할 뿐"(「지도 중독」, 182쪽)인 세계이다.

이러한 카오스적 세계에서 조화와 안정감에 기반을 둔 '미'란 애초에 한낱 가상일 뿐이다. 오히려 카오스적 세계를 잘 보여주는 것은 부조화와 불안정성, 예측 불가능성에 기반을 둔 '추'이다. 따라서 은희경의 이번 소설집에 "사회적 규범과 틀 바깥에 존재하는 신경병 환자들"(「의심을 찬양함」, 35쪽)이나 "나로부터 나누어진 내 몸의 일부"(「고독의 발견」, 75쪽), 혹은 "게으르고 절제심이 없으며 자기관리를 하지 않는 무능한 사람"(「아름다움이 나를 멸시한다」, 85쪽)인 비만인 등이 빈번히 등장하는 것은 필연적이다. 은희경이 인식한 세계란 카오스적인 무질서와 우연이 지배하는 공간이며 이 공간에 조화롭고 안정적인 '미'란 자리 잡을 수 없기 때문이다. 대신 카오스의 세계를 채우는 존재들은 '추'한 존재들이다. 오직 '추'한 존재들만이 카오스의 세계에 어울리기 때문이다. 그리고 이 '추'란 근대에 형성된 개념인 '미'에 의해 억압된 "내 몸 속 타자"인 "이백만년 전 원시인"(「아름다움이 나를 멸시한다」, 97쪽)의 모습이다. 르네상스 이후 형성된 아름다운 비너스라는 개념이 근대적 '미'에 한정되어 적용되듯이 '추'라는 개념 역시 특정 시기, 특정한 사회적 맥락 속에서만 적용될 뿐이다.

그렇다면 이러한 카오스의 세계에서 우리가 해야 하며 할 수 있는 것은 무엇인가? 예측 불가능하며 우연으로 점철된 세계에서 우리는 무엇을 해야 하며 또 할 수 있는가? 근대 이후 우리가 해야 하며 할 수 있는 것들은 종국에는 개체와 종, 사회와 역사의 발전이라는 '진화'의 이름으로 수렴되어왔다. 그러나 카오스적 세계에서 '진화'란 다른 방식으로 파악된다. 근대적 진화론은 적자생존과 도태의 원리를 골간으로 한다. 그러나 카오스의 세계에서의 진화는 다음과 같은 것이다. "모두들 다른 존재가 되는 것, 그것이 진화야. 인간들은 다르다는 것에 불안을 느끼고 자기와 다른 인간을 배척하게 돼 있어. 하지만 야생에서는 달라야만 서로 존중을 받지. 거기에서는 다르다는 것이 살아남는 방법이야. 사는 곳도 다르고 먹이도 다르고 천적도 다르고, 서로 다른 존재들만이 평화롭게 공존하는 거야."(「지도 중독」, 181쪽) 따라서 카오스적 세계에서 우리가 해야 하며 또 할 수 있는 것은 '서로 다른 존재들' 간의 평화로운 공존이다. 이 '서로 다른 존재들'은 근대적 진화론의 기준에서 말하자면 '돌연변이'라고 할 수 있겠다. 이 돌연변이들, 법칙과 규범에서 벗어난 '추'의 표상들을 인식하고 이들과의 평화로운 공존을 추구하는 것이 우리의 몫이다.

돌연변이의 '추'가 카오스의 세계에서는 '미'로 전도된다는 점은 「지도 중독」에서 잘 드러난다. 세상에 적응하지 못하고 "짐승의 소리가 아니고는 그 무엇이라고도 말할 수 없는 울부짖음 소리"(「지도 중독」, 171쪽)를 내는 P선배와 같은 돌연변이야말로 카오스적 진화의 정점이다. 그 돌연변이는 "1조 8천만년 전"의 시간으로 돌아가 "현화식물, 곤충, 인간이 모두 하나의 개체"(「지도 중독」, 169쪽)였던 시간을 꿈꿀 수 있기 때문이다. 타자와의 교감과 소통이 근대적인 코스모스적 질서가 아닌 카오스적인 돌연변이를 통해 가능하다는 것을 P선배는 보여주고 있다.

은희경에게 '미'와 '추'의 구분은 근대적 코스모스의 산물이다. 그러나 코스모스적인 질서와 규범이 지배하지 않는 카오스적 세계에서 '미'와 '추'의 자리는 전도된다. 카오스적인 세계는 근대적 진화와는 다른 '타자 간의 공존'을 진화로 삼는다. 이 진화 속에서, 코스모스의 세계에서 '추'로 인식되던 돌연변이들이 새로운 진화의 가능성으로 제시된다. 그리고 카오스의 세계에서 '추'는 유리 가가린의 성공 이면에 숨겨진 코스모나츠들(「유리 가가린의 푸른 별」), 그 소소한 타자들의 삶을 복원하는 힘으로 나아간다. 이것이 은희경의 소설집의 제목 '아름다움이 나를 멸시한다'는 문장이 지니는 '미'와 '추'의 전도의 진정한 의미이다.

4. 다시, '추'의 미학을 위하여

우리 문학사에서 '미'의 기준은 끊임없이 변화해왔다. 계몽주의적 관점에서 진행된 문학사에서 '미'란 공동체의 보다 나은 삶을 위해 자신을 희생하는 숭고미의 양상으로 표상되었고, 다른 한편 유미주의적 관점에서 진행된 문학사에서의 '미'는 예술이 지니는 순간적으로 고양된 미의 순간을 위해 생을 버리는 예술가의 양상으로 표상되었다.

그러나 이러한 '미'만으로 구성된 문학사가 존재할 수는 없다. 미는 언제나 가변적이며 지배적인 아비투스에 의해 구성된 환영이기 때문이다. 오히려 '미'의 이면에 숨겨져 있는 '추'의 모습을 찾아내는 것이 '미'에 대한 강박의 시대를 사는 우리에게 필요한 작업일는지 모른다. 그렇다면 1920년대 악마주의에서 보이는 '추'에 대한 동경과 1930년대 '에로·그로·넌센스'의 양상은 '추'를 통해 지배적인 아비투스 이면을 응시하고자 한 노력의 소산은 아니었을까?

지금 우리에게는 타자로서의 '추'와 대면하고, 그 '추'에서 공식적인 '미'의 영역으로 환원되지 않는 삶의 가능성들을 찾아내려는 노력이 필요하다. '미'와 '추'는 삶의 양면이며 오히려 우리 삶의 숨겨진 욕망은 '추'의 영역에 억압되어 있기 때문이다. 그리고 그 '추'에 대한 인식을 통해 우리는 근대적인 진화의 강박을 벗어날 수 있을 것이다. 이것이 지금, 권여선과 은희경이 보여주는 '추'의 미학의 문제성이다.

채플린-소설가, 혹은 꼬리뼈 전문 물리치료사
_ 염승숙의 『채플린, 채플린』

1. 문학(文學)의 탄생과 소설가의 존재형식

한국근대문학은 이광수가 영문 'literature'를 '문학(文學)'으로 번역하면서 출발한다. 물론 그 이전에도 분명 문학은 존재했지만, 이광수가 'literature'를 굳이 '문학'으로 번역한 것은 한국근대문학의 특수성을 단적으로 보여준다. 왜냐하면 동일한 예술 장르인 음악(音樂)이나 미술(美術)이 즐거움[樂]이나 기술적 완결성[術]을 중시하는 개념으로 인식되어진 반면, 문학은 보편적 학문[學]의 가치를 담지해야 하는 것으로 설정되기 때문이다. 이 지점에서 문학은 단지 예술의 한 표현형식이 아니라 당대 현실에 대한 지적 인식을 형상화하는 학문의 한 영역으로 진입한다.

이와 같은 문학개념 속에서 소설가 역시 단지 '이야기꾼'이 아닌 지식인적 성격을 부여받는다. 이는 이후 크게 두 가지 소설가의 존재형식으로 이어진다. 하나는 이광수로부터 카프를 거쳐 분단 이후 일련의 민족문학의 흐름 속에서 설정된 지사로서의 소설가 형식이며, 다른 하나는 김동인으로부터 구인회를 거쳐 분단 이후 문학의 심미적 가치를 지향하는 흐름 속에서 설정된 근대적 미의식의 담지자로서의 소설가 형식이다. 이 두 가지 소설가의 존재형식은 표면적으로는 정반대의 위치에 놓인 것으로 보이지만, 기실 근대적 계몽성을 담지한 지식인을 소설가로 설정하고 있다는 점에서는 공통적이다. 다만 그 근대적 계몽성이 당대의 역사적 현실에 밀착된 사회적 계몽성인지, 아니면 근대적인 미적 가치에 초점을 둔 심미적 계몽성인지의 여부가 이들을 구분할 뿐이다. 이를 '지식인-소설가'라고 명명할 수 있을 것이다.

그러나 지식인-소설가의 계보 속에서도 지식인의 발화형식과는 다른 형식을 통해 다양한 삶의 이야기를 복원하려는 흐름 역시 존재했다. 예컨대 최서해가 보여주는 체험의 소설화 전략, 김남천이 보여주는 복수 초점화(multiple focalization) 전략, 강경애가 보여주는 환상성의 전략 등은 지식인-소설가의 입장에서 간과되어온 하위주체의 삶을 복원하려는 소중한 문학사적 성과이다.

이러한 문학사적 연속성 속에서 2000년대 이후, 지식인-소설가와는 다른 소설가의 존재형식이 징후적으로 나타나기 시작한다. 예컨대 '랩퍼-소설가'(이기호)나 '수집광-소설가'(김중혁), 그리고 '게이머-소설가'(윤이형) 등이 그러하다.

염승숙의 첫 단편집이 주목되는 것은 그녀가 '채플린-소설가'의 존재형식을 보여주기 때문이다. 물론 앞서 말한 것처럼 그녀 외에도 많은 젊은 작가들이 기존의 소설가와는 다른 소설가의 존재형식을 보여주고 있다. 그럼에도 유독 염승숙이 눈에 띄는 것은 그녀가 한국근대문학 백년의 역사 속에서 지식인의 발화형식에 의해 철저히 배제되어온 '작은 이야기[小說]'를 복원하기 위한 미학적 실험을 발랄하게 시도하고 있기 때문이다. 그리고 이 실험이 단지 기존의 소설에 대한 반정립의 형식에 그치는 것이 아니라, 작은 이야기를 통한 세계와의 대면이라는 소설 고유의 과제로 나아가고 있기 때문이다. 이 지점에서 염승숙의 채플린-소설가는 문학사적 연속성 속에서 새로운 소설가의 존재형식을 탐색하려는 진정성을 획득한다. 이는 문학사적 감각을 낡은 것으로 치부한 채 '새것 콤플렉스'에 빠져 있는 현재 우리 문학의 '가벼움'을 생각한다면 결코 간과할 수 없는 징후이다.

2. 채플린-소설가의 문법과 소수자의 발화형식

염승숙의 작품에서 나타나는 소설가는 채플린-소설가이다. 채플린의 영화가 중요한 미학적 성취로 평가되는 것은 그가 코미디언의 위치에서 지배적인 담론의 문법을 전복하고 그 자리에 다양한 낮은 삶들의 양상을 복원하는 문법을 창출했기 때문이다. 채플린-소설가의 문법 역시 마찬가지이다. 지식인-소설가의 문법이 '위로부터'의 위치에서 자신의 완결된 담론형식을 통해 다양한 타인들의 삶을 논리적인 언어로 포획한다면, 채플린-소설가의 문법은 채플린적인 '코미디언'의 위치에서 다양한 삶의 양상을 복원한다. 예컨대 「채플린, 채플린」은 "잇따른 취직 실패로 두 달 전 가출, 시대의 희생양 황복수/가명, 33세"[1], "친절과 봉사마이 내 인생의 성공 포인트, 천안의 자랑 북면지점 은행장 장만석, 51세"(「채플린, 채플린」, 153쪽), "비 오는 날 장화로도 신을 수 있는 채플린 구두를 단돈 구천 구백원에 팔다 지하철역에서 쓰러져, 영업을

---

1) 염승숙, 「채플린, 채플린」, 『채플린, 채플린』, 문학동네, 2008, 151쪽. 이하 인용하는 염승숙의 모든 작품은 이 책에서 인용한 것이며 인용시 괄호 안에 인용한 작품명과 쪽수만을 기입한다.

끝내고 돌아오던 동업자이자 절친한 십년지기에게 발견된 채플린 17999 구영대 고교중퇴, 22세"(「채플린, 채플린」, 175쪽) 등의 발화를 통해 구성된다. 이러한 문법은 「지도에 없는」에서도 사용된다. 이 작품은 "아무도 찾아오지 않는 먼지 쌓인 사무실에서 나름대로 로망 있는 합동결혼식을 준비하는 '갑', 이 나라의 중년들을 멀티플레이어로 만들겠다고 목놓아 부르짖는 '을', 자신의 이름이 도용되는 것을 막고자 가로 뛰고 세로 뛰는 '병', 요식업 종사자들의 엄지손가락 안전을 사수하기 위해 부르스타의 레버 리콜을 요구하는 '정', 이 사회를 쿨 드링커들로 채워 건전한 음주문화를 사수하겠다고 노래하는 '무'"(「지도에 없는」, 254쪽) 들의 발화로 구성된다. 「수의 세계」도 마찬가지인데 이 작품의 주인공 '공영'의 삶은 "구민회 의장 나선택/가명, 줄반장 경력 7회, 분단장 경력 4회, 선도부장 경력 1회에 빛나는 눈부신 통솔력", "남대문시장 디자이너 이뷰리/가명, 부디 시즌이 바뀔 때마다 코디 리스트 작성하는 걸 잊지 마세요", "대학로 화가 한붓/가명, 종이를 준비하다 붓을 든다 그린다, 마이 스따일"(「수의 세계」, 50~51쪽) 등의 발화에 의해 구성된다.

이와 같은 문법은 기존의 지식인-소설가들의 담론체계 속에서 묻혀진 다양한 삶의 목소리'들'을 복원하는 효과를 낳는다. 이를 가능하게 하는 것은 염승숙이 지식인-소설가의 위치가 아닌 채플린-소설가의 위치, 즉 타인의 삶을 위로부터 바라보는 것이 아니라 오히려 그들보다 낮은 코미디언의 위치에서 형상화하기 때문이다. 이는 「지도에 없는」의 서술자가 기실 갑을병정무 다음의 '기'라는 사실에서 명확해진다.

채플린-소설가의 문법은 정확히 '기'라는 염승숙의 위치 전이로부터 가능하다. 그러나 염승숙의 채플린-소설가의 문법은 여기서 멈추지 않는다. 이 작품집에 수록된 모든 작품은 환상성을 그 특징으로 한다. 「뱀꼬리왕쥐」에서 '나'는 "뱀꼬리왕쥐의 세계"(「뱀꼬리왕쥐」, 25쪽)로 들어가며, 「춤추는 핀업걸」에서는 브로마이드 '안'과 '밖'의 경계가 모호해진다. 「채플린, 채플린」과 「채플린, 채플린 2」에서는 "여봣씨요 사나이"에 의해 사람들이 '채플린'으로 변신하며, 「피에로 행진곡」에서는 우산을 들고 하늘로 사라지는 인물들이 등장한다. 이러한 환상성의 발현은 채플린-소설가에게 필연적인 결과이다. 단단한 실재의 담론이 기실 지배 이데올로기에 의해 구성된 가상의 리얼리티에 불과하다면, 이 지배적인 담론으로부터 배제된 채플린-소설가의 문법은 단단한 실재 자체를 전복하는 환상의 형식으로만 발화될 수 있기 때문이다.

따라서 「지도에 없는」에 등장하는 "서울시 은평구 불광동 1-173번지"(「지도에 없는」, 217쪽)가 '동사무소'의 지도에 존재하지 않는 것은 당연하다. 동사무소의 지도란 국가에 의해 '실재'로 생산-유통되는 가상의 이데올로기일 따름이다. 그러나 채플린-소설가가 복원하는 소수자들의 지도, 즉 "관할 동사무소나 시청, 지도판매업자들"이 아닌 "일평생 내가 만든 지도"(「지도에 없는」, 219쪽)에는 "서울시 은평구 불광동 1-173번지"가 분명히 존재한다. 염승숙의 채플린-소설가의 문법은 바로 이 지도, 지배담론으로부터 배제된 소수자들의 이야기를 복원하려는 의지의 발현이라는 점에서 그 의미를 획득한다.

3. '꼬리뼈 전문 물리치료사'와 반(反)진화의 미학

다시 채플린으로 돌아가보자. 채플린의 영화가 여전히 중요한 가치를 지니는 것은 지배적인 문법과는 다른 문법을 창출했기 때문이다. 그러나 채플린의 성과는 여기서 멈추지 않는다. 예컨대 《모던 타임즈》에서 나타나는 근대자본주의에 대한 비판이나 《위대한 독재자》에서 나타나는 파시즘에 대한 비판이 없었다면 채플린의 성과는 지금처럼 큰 문화사적 의미를 지닐 수 없었을 것이다.

염승숙의 채플린-소설가 역시 마찬가지이다. 그녀의 소설이 단지 지식인-소설가와는 다른 문법을 창출했다는 것만으로는 고평되기 어렵다. 중요한 것은 그 다른 문법을 통해 어떠한 방식으로 소수자들의 문법을 억압하는 '현실'과 대결할 것인가에 대한 치열하면서도 발랄한 미학적 모색이기 때문이다. 이에 대한 고민이 소거된 새로움이 큰 의미를 지니기 어렵다는 것은 1990년대 이후 지금까지 유행처럼 범람하고 있는 이른바 '포스트' 담론을 통해 단적으로 확인할 수 있다.

염승숙의 소설에서 두드러지는 현실 대응의 미학적 전략은 '반(反)진화'이다. 이는 특히 「뱀꼬리왕쥐」와 「거인이 온다」에서 명확하게 나타난다.

> "사람이면 누구나 각자 하나씩 자신만의 달을 가지고 태어나. 그게 바로 꼬리뼈야. 천골에 이어지는, 여러 개의 미추가 결합된 뼈. 태생기에는 누구나 아홉 개의 미추로 이루어진 꼬리뼈를 가지고 있다는 건 너도 알고 있지? 성장하면서 소실되어버리지만 흔적기관으로는 남아 있지." (「뱀꼬리왕쥐」, 28쪽)

「뱀꼬리왕쥐」를 관통하는 모티프는 '꼬리뼈 찾기'이다. 꼬리뼈는 인간의 진화 과정에서 퇴화하여 지금은 흔적으로만 남아 있을 따름이다. 문제는 그럼에도 여전히 "순전히 꼬리뼈가 아프다고 찾아오는 환자들이 많"(「뱀꼬리왕쥐」, 18쪽)다는 사실이다. 이미 퇴화해서 사라져버린 꼬리뼈의 통증이란 의학적으로는 있을 수 없다. 오히려 의학적으로 이들은 "대부분은 자세불량이나 혈액순환부족으로 오는 만성요통 환자들"(「뱀꼬리왕쥐」, 19쪽)이다. 그렇다면 존재하지도 않는 꼬리뼈의 통증을 호소하는 '환자'들은 무엇을 의미하는가? 그리고 주인공이 "꼬리뼈 전문 물리치료사라는 되도 않는 직함"(「뱀꼬리왕쥐」, 18쪽)을 지닌 것은 무엇을 의미하는가?

위의 인용문에서 보이듯 이 작품에서 꼬리뼈는 단순한 인체의 기관이 아니라 "성장하면서 소실되어버리지만 흔적기관으로" 남아 있는 것을 의미한다. 즉, 인간의 주체화 과정에서 배제되고 억압된 것들의 '흔적'과도 같은 표상으로서 '꼬리뼈'는 의미를 획득한다. 그리고 채플린-소설가는 여기서 주체화 과정에서 은폐된 상흔을 치료하는 '꼬리뼈 전문 물리치료사'로 나타난다. 이와 같은 염승숙의 반진화의 미학은 「거인이 온다」에서 보다 명징하게 나타난다.

제 소견으로 볼 때 선생님이 사랑니라고 말씀하시는 이것은, 1822년에 발견된 '이구아노돈의 이빨'과 동일합니다. 그것은 아주 거대한 이빨 화석이지요. 매우 오래되었지만 세상 어느 생물체의 이빨과도 닮지 않은, 파충류로 추정될 뿐인 이빨 화석 말이에요. (「거인이 온다」, 93쪽)

「거인이 온다」에서 주인공의 사랑니는, 기실 인간의 퇴화-역진화를 보여주는 '이구아노돈의 이빨'이다. 주목되는 것은 주인공의 아내가 "거인증"(「거인이 온다」, 95쪽)을 앓고 있다는 점이다. 주인공은 자신이 '이구아노돈의 이빨'을 지녔음을 알기 전까지 아내에 대한 낯섦과 두려움을 버리지 못한다. 그는 '거인증'을 앓는 아내와 "무수한 공룡"(「거인이 온다」, 102쪽)의 존재를 정상적인 진화 과정, 즉 자본주의적 주체화 과정에 안정적으로 편입했음을 확신할 때는 인식할 수 없었다. 그러나 자신 역시 '정상적인' 진화의 과정으로부터 '도태'되었음을 인식하는 순간, 그는 '무수한 공룡'의 존재를 비로소 인식할 수 있게 된다. 즉, 주인공은 자신이 도태되었음을 자각하는 순간 비로소 '거인증'을 앓는 아내를 비롯한 '무수한 공룡'으로 표상되는 '도태'된 소수자들에 대한 인식으로 나아갈 수 있는 것이다.

결국 염승숙 소설에 나타나는 반진화의 미학은 자본주의적 주체화 과정에 대한 알레고리적 비판으로 독해될 수 있다. 자본주의의 시스템은 끊임없는 적자생존과 도태의 원리를 통해 각각의 개체를 자본주의적 주체로 호명한다. 이 과정에서 도태된 소수자들은 물론 자본주의적 질서에 편입된 개체들 역시 '꼬리뼈'와 같은 '상흔'을 지니게 된다. 따라서 모두가 '꼬리뼈'를 지니고 있다는 점에서 우리는 결국 소수자이다. 이 '꼬리뼈'를 통해 삶의 낮은 자리에 위치한 '무수한 공룡'들을 인식한다는 점에 염승숙 소설의 현실 대응의 미학적 전략이 있다. 나아가 그녀는 자본주의적 주체화 과정의 상흔을 치유하는 '꼬리뼈 전문 물리치료사'로서의 소설가의 위치를 탐색한다. 그리고 이와 같은 성과는 그녀의 치열한 현실 인식이 반진화의 미학에 대한 모색으로 나아감으로써 가능한 것이다.

4. 채플린-소설가, 혹은 꼬리뼈 전문 물리치료사

염승숙을 무어라 부를 수 있을까? 그녀는 지배적인 담론체계로부터 배제된 다양한 삶의 목소리를 복원한다는 점에서는 기존의 지식인-소설가와는 다른 채플린-소설가라고 할 수 있다. 동시에 그녀는 자본주의적 주체화 과정에서 상흔으로 남은 '꼬리뼈'의 기억을 복원하며 반진화의 미학을 펼쳐 보인다는 점에서는 '꼬리뼈 전문 물리치료사'라고도

할 수 있다.

최근 우리 소설들, 특히 젊은 작가들의 소설들을 보면 기존에 볼 수 없었던 새로운 상상력들이 발랄하게 발현되는 것을 쉽게 감지할 수 있다. 이들이 보여주는 새로운 상상력에 대해 기존의 문학론만을 근거로 평가하는 것은 큰 의미를 갖지 못한다. 그러나 역으로 정체 없는 새로움만을 근거 없이 고평하는 것 역시 어떠한 의미도 갖지 못한다. 중요한 것은 과거의 문학론과는 다른 미학적 갱신의 비평적 작업 속에서 이들이 지니는 새로움을 문맥화하는 것이다. 그리고 이 과정에서 무엇보다 소설과 현실 간의 팽팽한 긴장감을 치열하게 사유하는 젊은 작가들의 새로움을 단순한 트렌드로서의 새로움과 구별하여 평가하는 것이 비평의 몫이다. 이 과정을 경유하면서 젊은 작가들의 새로운 상상력의 '옥석'이 가려질 것이기 때문이다.

염승숙의 『채플린, 채플린』은 동시대의 젊은 작가들이 보여주는 새로운 상상력을 넘어 그녀 특유의 방식을 통한 현실과의 고투를 보여준다. 그녀가 지금까지와는 다른 방식으로 문학과 현실 간의 관계 맺음을 모색하고 있다는 사실은 정체 없는 새로운 상상력이 난무하는 지금, 우리 문학에 중요한 시사점을 던져주기에 충분하다. 다만 분명한 것은 그녀의 채플린-소설가, 혹은 꼬리뼈 전문 물리치료사로서의 글쓰기는 보다 치열한 현실과의 밀착을 통해서만 지속 가능할 것이라는 사실이다.

편집증이 지배하는 빛의 제국
_ 주원규의 『열외인종 잔혹사』

1. 편집증이라는 '집단적' 징후

남한 사회에서 더 이상 편집증은 '예외적' 질환이 아니다. 아니, 오히려 편집증이야말로 2009년 남한 사회를 움직이는 핵심적인 메커니즘일지도 모른다. 2009년 초 서울 시내 한복판에서 전개된 철거민에 대한 학살부터, 같은 해 여름 평택에서 진행된 쌍용차 노조원에 대한 살인적인 진압까지, 도대체 편집증적 망상에 사로잡힌 행위가 아니라면 이와 같은 몰상식한 행위를 어떻게 설명할 수 있단 말인가?

그러니 편집증은 이미 개인적인 질환이 아니라 우리 사회를 움직이는 메커니즘의 일환이다. 이는 비단 자본과 권력에만 적용되는 것은 아니다. 억압된 정치적 · 경제적 · 문화적 불만들은 대안적 프로젝트의 결로 수렴되지 못하고 특정 대상에 대한 도착적 편집증으로 분출된다. 루카치의 말을 빌리자면 가야만 하고, 또 갈 수 있던 길이 사라진 시대, 길잃은 시대의 리비도는 편집증으로 현현하는 것인지도 모른다.

주원규의 텍스트가 문제적인 것은 그가 정확히 이 지점을 문제 삼고 있기 때문이다. 민족과 애국에 대한 도착에 빠진 퇴역군인 장영달. 슈팅 게임의 세계를 실재의 세계로 환원하는 불량 청소년 기무. 짝퉁 명품으로 정규직에 대한 욕망을 해소하는 비정규직 여성 윤마리아. '외전'의 예언에 이끌릴 수밖에 없는 노숙자 김중혁. 이들이 하나의 텍스트에 모일 수 있는 것은 바로 이들의 편집증 때문이다. 각기 다른 이유이지만 모두가 강한 사회적 불만을 지니고 있으며, 그럼에도 이를 발산할 수 있는 길 자체가 차단되어 있기에 이들은 공통적으로 편집증적 징후를 보인다. 이 해소될 수 없는 편집증이 지금 우리 사회를 지배하고 있다. 그렇기에 주원규의 텍스트는 그 자체로 문제적이다.

2. 파편으로 존재하는 전형성

그러나 이러한 편집증이 문학적 의미를 지니기 위해서는 새로운 소설의 문법을 창출해야 한다. 즉, 개별 인물들의 편집증이 일정한 사회적 전형성을 획득할 때, 비로소 편집증의 의미가 밝혀질 수 있는 것이다.

기실 기존의 소설 문법에서 전형성은 동일성의 논리 아래서 획득되는 것이었다. 즉, 총체적인 현실이 존재하며, 이 현실의 핵심 모순을 담지한 인물의 형상화가 곧 전형성으로 간주되었다. 문제는 현재 이와 같은 미학적 규범이 더 이상 유효하지 않다는 것이다. 총체적인 현실이란 중층적인 형식으로 존재하는 다양한 현실'들'을 배제한 결과이며, 전형성이란 모순의 단일성을 강박적으로 주장한 결과이다. 따라서 전형성을 둘러싼 미학적 규범은 발본적으로 갱신되어야 한다.

주원규에게 전형성은 파편으로 나타난다. 네 명의 주인공들은 공통의 문제의식으로 움직이지 않는다. 코엑스몰에서의 '사건'에 대한 이들의 문제의식은 모두 상이하다. 좌익의 쿠데타로 파악하는 장영달, 슈팅 게임의 이벤트로 파악하는 기무, 데이비드 교의 카니발로 파악하는 윤마리아, '외전'의 실현으로 파악하는 김중혁. 이들을 관통하는 일관된 총체적인 논리란 존재하지 않는다. 왜냐하면 코엑스몰에서의 사건 자체가 이미 논리적인 층위의 것이 아니기 때문이다. 다만 이는 "'순전히 우리의 의지와 무관하게 진행되는 하나의 이벤트'"[1]일 따름이다. 그렇기에 이들 네 명의 인식은 모두 타당한 것일 수도, 모두 그릇된 것일 수도 있다. 이미 하나의 단일한 진실이라는 개념이 기실 허상에 불과하다는 것을 우리는 알고 있지 않은가? 오히려 중요한 것은 이데올로기적 장치들을 통해 유통되는 진리-효과가 아닌가?

그럼에도 주원규는 새로운 전형성의 형상화에 일정 부분 성공하고 있다. 이는 이들 네 명이 모두 다른 층위의 현실과 모순을 담지하고 있다는 사실에 기인한다. 장영달이 이데올로기적 국가장치와 스스로를 동일시함으로써 편집증적 주체성을 유지하는 존재라면, 기무는 가상현실과 실재 사이를 혼동함으로써 편집증적 주체성을 유지하는 존재이다. 윤마리아 역시 정규직에 대한 욕망을 짝퉁 명품으로 치환시킴으로써, 그리고 김중혁은 '외전'의 존재에 대한 믿음으로써 노숙자로서의 자기 존재를 해소하며 편집증적 주체성을 유지하는 존재이다. 모두가 다른 형식으로, 그러나 모두가 강고한 현실 원칙에서 배제된 인물이라는 점에서 이들은 새로운 전형성을 획득한다. 동일성의 신화 대신에 파편의 형식으로 이 인물들은 일정한 전형성을 획득한다. 그러니 이제 이 파편과 파편 사이를 연결하는 소설의 문법을 따져볼 차례이다.

---

1) 주원규, 『열외인종 잔혹사』, 한겨레출판, 2009, 263쪽. 이하 이 작품의 인용시 괄호 안에 인용한 쪽수만을 기입한다.

3. 코엑스몰이라는 '빛의 제국'

이들 파편화된 전형성은 코엑스몰이라는 공간을 통해 서로 연결된다. 코엑스몰은 "자본주의의 타지마할"(146쪽)이다. 남한 천민자본주의가 쌓아올린 성이 바로 이곳이다. 이 공간을 통해 파편화된 전형성은 그 의미를 획득하는 바, 컨텍스트적 맥락에 따라 파편들은 곧 새로운 총체성을 구성하기 때문이다.

네 명의 파편화된 인물들이 이 공간에서 조우하는 것은 원칙적으로 불가능하다. 코엑스몰이야말로 자본의 편집증이 가장 가시적인 형식으로 드러나는 곳이기 때문이다. 자본은 자신의 이면에 존재하는 비루한 것들을 소거함으로써 스스로를 빛나게 한다. 이 과정에서 벌어지는 편집증은 가공할 만한 위력을 지닌다. 자본의 논리에서 조금이라도 벗어나는 존재들은 모두 빛의 제국 뒤로 사라진다. 그런데 이미 비루한 존재인 이 네 명의 주인공들은 어떻게 이곳에서 스스로를 드러낼 수 있는가?

정확히 말해서 이들은 빛이 존재하는 시간에는 코엑스몰에 존재할 수 없다. 이들이 이곳에 존재하는 것은 빛이 꺼진 순간뿐이다. 텍스트 내에서 이들의 존재가 코엑스몰에서 출현하는 것은 오직 정체불명의 집단이 '혁명'을 일으킨 순간뿐이다. 이 혁명을 통해 빛이 꺼진 순간에야 이들 네 명은 각기 파편화된 방식으로 자신의 존재를 증명한다. 이는 빛이 켜진 순간, 이들이 겪은 사건이 모두 사라진다는 사실에서 확인할 수 있다.

푸드코트는 전혀 파손됨 없이 깨끗했으며, 베스킨 라빈스 알바생으로 일하는 여대생쯤으로 보이는 여자의 어수룩한 모습도 여전했다. 멀티플렉스에선 여전히 여섯 개의 상영관 모두에서 정상적으로 영화가 상영 중이었고, 인터컨티넨탈 호텔 볼룸의 외관도 조금도 손상됨의 흔적 없이 엄청난 위용을 과시하고 있었다. (307쪽)

결국 이 파편화된 존재들이 겪는 코엑스몰에서의 사건이란 '빛의 제국' 이면에 존재하는 냉혹한 '사실'의 은유이다. 어느새 자신도 모르는 사이에 양의 머리를 하게 된 소시민들과 그들이 벌이는 총격전, 그리고 어떠한 내적 논리도 찾을 수 없는 잔혹한 카니발은 빛의 제국 이면의 어둠이라는 '현실'이다. 이 빛의 제국 이면의 '어둠'에서만 파편화된 편집증적 주체들이 존재할 수 있다는 것, 그리고 자본은 끊임없이 빛의 제국 이면을 지움으로써만 자신을 빛나게 한다는 것, 결국 이 파편화된 인물들은 결코 빛의 제국에 편입될 수 없다는 것. 이 지점에서 파편화된 존재들은 일정한 총체성을 구성한다. 바로 우리 시대의 전형들은 코엑스몰 밖에서만, 그리고 빛이 사라진 어둠 속에서만 발화할 수 있다는 것을 통해서 말이다. 따라서 이들이 구성하는 총체성 역시 빛이 소거된 형식으로만 현현할 수 있다. 그것은 예컨대 슈팅 게임의 세계나 데이비드 교의 카니발처럼 현실 원칙에서 벗어난 세계에서만 현현한다. 그러니, 애초부터 이들의 카니발은 현실의 문법이 아닌 편집증의 문법에만 존재한다. 이것이 주원규가 우리에게 전하는 묵시록적인 총체성이다.

4. 이 땅에 살기 위하여

주원규의 증언처럼 남한 사회는 편집증에 의해 지속되는 사회임이 분명하다. 그러나 주원규는 다소 머뭇거리는 듯하다. 그가 파편화된 존재들을 통해 일정한 전형성을 확보한 후, 이를 나름의 총체적 인식과 결합하려 했다면 좀 더 나아갈 필요가 있다. 예컨대 이 네 명의 인물들이 코엑스몰에 모이게 되는 내적 계기를 보다 정치하게 설정한다든가, 코엑스몰에서의 사건의 주체들에게 내적 논리를 제공한다든가 하는 소설적 장치가 필요하다. 이 작품이 지니는 새로움의 강도에 비해, 그 밀도가 다소 떨어진다는 느낌은 이에 연유한다. 보다 본질적으로는 편집증적 주체들이 거대한 자본의 편집증적 메커니즘과 어떤 방식으로 대결하는지에 대한 탐색이 이루어질 필요가 있다. 이 과정이 생략된다면 코엑스몰에서의 카니발은 일회적인 충격 이상의 의미를 지니기 어렵기 때문이다.

다만 확실한 것은 그가 보여주는 편집증적 주체들이 지니는 무게감이다. 편집증이 아니라면 이들 마이너리티들이 어떻게 자신을 지탱할 수 있겠는가? 그러나 또한 편집증적 존재방식이란 자본의 메커니즘에 의해 손쉽게 포획될 수밖에 없는 형식이 아닌가? 그렇다면 우리는, 이 편집증적 메커니즘이 전일적으로 관철되는 남한 사회에 사는 우리는 도대체 어떻게 이 비루한 원환운동을 벗어날 수 있는가? 이 지점에 대한 탐색은 비단 주원규만이 아니라 우리 시대의 존재방식을 묻는 모든 이들의 과제일 것이다. 바로 이 땅에 살기 위하여.

몽유(夢遊)의 글쓰기
_ 김이은의 『코끼리가 떴다』

1. '소설(小說)'과 '노블(novel)' 사이

한국의 근대소설은 일본을 매개로 서구의 '노블'을 수용하면서부터 시작된다. 이로부터 근대소설의 요건들, 예컨대 서술자와 초점화자, 플롯과 담론 등의 개념이 '수입'되며 근대적 문학의 한 장르로서의 소설 개념이 정착된다. 이러한 맥락에서 이인직, 이해조 등의 '신소설'부터 이광수의 『무정』을 거쳐, 이후 카프와 구인회의 식민지 모더니티에 대한 탐색 등을 통해 형성된 것이 우리가 알고 있는 한국의 근대소설의 개념이다.

문제는 그 이전에도 분명히 '소설'이 존재했다는 사실이다. 물론 그것은 서구의 노블과는 상이한 형식이었으며, 따라서 소설의 근대적 요건을 충족하지 못한 것으로 인식되었다. 그 결과 우리는 이들 소설의 이후 행방을 알지 못한다.

그럼에도 노블과는 '다른' 이들 소설이 일종의 흔적으로 우리 문학에 계승되고 있음은 분명한 사실이다. 예컨대 최서해의 소설은 논픽션의 기록서사라는 전통적 형식을 내포하고 있으며, 채만식의 소설은 판소리 사설의 형식을 차용하고 있다. 이후에도 무의식적인 층위에서 전통적인 소설형식은 우리 문학에 커다란 영향을 미치고 있다.

이러한 사실을 고려한다면 한국문학 전반을 지배하는 서구문학이론과 형식의 '과잉'에 비해, 전통적인 '소설'에 대한 창조적 전유의 '결핍'은 일견 기이한 현상이다. 길게는 『금오신화』부터 짧게는 판소리계 소설까지 이어져온 소설형식에 대한 인식의 부재는 어쩌면 한국근대문학의 식민성을 단적으로 보여주는 것은 아닐까? 최근 한국문학 전반에 걸쳐 서구문학이론과 형식이 강력한 영향을 미치고 있다는 사실 자체는 문제가 아니다. 문제는 서구문학이론과 형식을 수용하는 과정에서 주체적인 '전유'의 자의식이 부재하다는 것이다. 문학사가 보여주듯이 한국근대문학의 진정한 성과는 서구의 'literature'를 우리의 특수한 컨텍스트적 맥락에서 전유하려는 의식적 고투를 통해서만 가능하다. 이러한 문학적 자의식이 소거된다면 한국문학은 서구문학의 이식과 모방의 결과물로 전락할 것이다.

김이은의 소설집을 논하는 자리에서 다소 장황하게 '소설'과 '노블'에 대한 이야기를 한 것은, 그녀의 소설이 정확히 이 지점을 짚고 있기 때문이다. 그녀의 이번 소설집을 관통하는 문제의식은 전통적인 소설형식과 서구 노블 간의 변증을 통한 한국적 근대소설의 기획이다. 그리고 이 기획은 최서해의 기록서사, 채만식의 판소리 사설의 차용, 박태원의 경성 모더니즘의 실험, 이태준의 조선적 '사소설'의 기획을 잇는 것이기에, 곧 한국근대문학의 핵심적인 문제에 대한 대결이기도 하다는 점에서 그 의미를 획득한다.

2. 장자의 꿈에서 나비의 꿈으로

이번 소설집에서 눈에 띄는 것은 '몽유(夢遊)'의 형식이다. 이를 단적으로 보여주는 작품이 「지진의 시대」인바, 이 작품은 장자의 호접몽의 현대적 해석이라고 할 수 있을 것이다. 이 작품은 이중적인 구조를 지니고 있는데, 하나는 장의 비루한 현실 속에서의 이야기이며, 다른 하나는 주의 블로그 속에서의 주유(周遊)의 이야기이다. 주목되는 것은 장과 주가 기실 하나의 인물이라는 것이며, 이로 인해 현실과 가상 간의 경계를 지우는 효과가 생성된다는 것이다.

우리가 자명한 실재로 간주하는 현실이란 무엇인가? 예컨대 "그렇게 장은 오늘 아침에 죽었고, 모든 회사 직원들이 그 사실을 알았다"[1]는 것은 현실인가? 그러나 장은 엄연히 살아 있지 않은가? 그렇다면 도대체 현실은 무엇이란 말인가? 엄밀하게 말하자면 현실이란 개체에 대한 "감시용"으로 만들어진 "사내 인트라넷 소식란"(「지진의 시대」, 179쪽)을 통해 유통되는 이데올로기일 따름이다. 지배적인 이데올로기적 장치를 통해 가상의 담론이 유통되며, 이 담론이 개체들의 인식을 규정할 때, 그것은 곧 자명한 현실로 인식된다. 그렇다면 중요한 것은 현실에 의해 억압되고 배제된 다른 '현실'의 가능성을 읽어내는 것이다. 이 지점에서 그녀는 현실과 가상의 구도를 전도시킨다. 이를 위해 먼저 필요한 것은 현실의 허구성을 인식하는 것이다. 따라서 장이 "망각 프로그램"(「지진의 시대」, 185쪽)을 개발하는 것은 필연적이다. 장이 주가 되기 위해서는 먼저 현실의 단단한 이데올로기를 폐기해야 하기 때문이다.

---

1) 김이은, 『코끼리가 떴다』, 민음사, 2009, 182쪽. 이하 인용하는 김이은의 모든 작품은 이 책에서 인용한 것이며 인용시 괄호 안에 작품명과 인용한 쪽수만을 기입한다.

그러나 이것만으로는 부족하다. 장의 자리를 주가 대체할 수는 있지만, 이는 곧 '빈'의 존재를 배제하는 결과를 낳으며, 또 다른 억압의 메커니즘을 형성할 수 있기 때문이다. 현실과 가상의 구도를 전도시키기 위해서는, 동시에 주체와 타자 간의 위계화된 구도를 전도시켜야 한다. 장이라는 '나'의 존재를 변화시키는 것은 단지 장을 주로 바꾸는 작업이 아니다. 오히려 나와 너, 장과 빈의 위계를 가로지르는 상상력을 통해 타인의 고통을 실감할 때 비로소 온전한 몽유가 가능할 것이다. 따라서 장의 망각 프로그램의 오류로 "망각하는 대신 엉키고 있는"(「지진의 시대」, 195쪽) 상황이 현현하는 장면은 중요하다. 진정한 몽유는 현실과 가상의 경계는 물론, 주체와 타자 간의 경계 자체를 의심함으로써 타인의 고통을 공유하는 새로운 주체성의 모색으로 나아갈 때 그 의미를 획득하기 때문이다.

우리는 이미 장자의 호접몽의 한계를 알고 있다. 장자에게 문제는 현실의 내가 나인가, 아니면 꿈속의 내가 나인가라는 것으로 한정되어 있다. 이때 꿈의 주체인 '나비'의 존재는 소거되며, 결국 단단한 주체의 문제설정으로 나비의 타자성은 해소되어버린다. 김이은의 몽유가 의미를 지니는 것은 장-주의 꿈에 빈-나비의 존재를 새롭게 기입하기 때문이다. 그리고 빈-나비와의 엉킴을 통해 새로운 주체성이 생성 가능하다는 점에서 「지진의 시대」는 장자의 문제를 새롭게 진전시키고 있다.

3. 도원(桃園/桃源)에서 추방당한 사람들

스피박은 순장당한 인도 여성들의 사례를 분석하며 다음과 같이 묻는다. "하위주체는 말할 수 있는가?" 그리고 제국주의와 민족주의 양측에 의해 공히 배제된 그녀들이 투명한 언어로 발화할 수 없음을 논증한다. 그럼에도 그녀는 하위주체의 발화의 '흔적'을 찾아야 한다고 말한다. 왜냐하면 그것이 바로 윤리이기 때문이다.

분명 하위주체는 뚜렷하고 명징한 언어로는 발화할 수 없다. 이미 언어가 담론의 장 속에서의 상징자본에 의해 규율화된 물질이기에, 하위주체의 발화는 배제되고 억압되기 때문이다. 그렇다면 소설, 이 작은 이야기는 무엇을 할 수 있는가? 아마도 지배담론의 투명함과는 '다른' 발화형식을 통해 이들의 '낮은 목소리'를 복원하는 것이 소설의 윤리가 아닐까?

「지진의 시대」를 통해 현실과 가상, 주체와 타자의 위계를 전도시킨 김이은은, 그 몽유의 형식을 통해 빈-나비로 표상되는 하위주체의 발화를 복원하고 있다. 물론 하위주체는 현실의 담론장 속에서는 발화할 수 없다. 현실은 이렇다. "돌아보니 사람들은 모두 가면을 쓰고 있다. 뛰고 있는 사람들, 벤치에 앉아 있는 사람들, 돔형 공연장 안에서 술을 마시고 있는 사람들 모두 얼굴에 가면을 쓰고 있는 것이다."(「외계인, 달리다」, 69쪽) 모든 개체를 '가면'으로 환원하는 현실 속에서 하위주체는 말할 수 없다. 김이은은 이 난관을 몽유의 형식을 확장함으로써 돌파한다. 그 형식은 코끼리와의 대화(「코끼리가 떴다」)이거나, 변신담(「잃어버린 몸을 찾아서」), 혹은 환상담(「여의도 저공비행」) 등으로 나타난다. 이러한 형식은 공통적으로 "붉고 굵은 금지의 선"(「이건 사랑 노래가 아니야」, 210쪽)을 넘어서는 것이다. 그리하여, 비로소 하위주체들의 이야기가 시작된다.

「코끼리가 떴다」는 '코끼리'로 표상되는 하위주체들과 이를 억압하는 지배계급의 메커니즘을 알레고리적인 방식으로 뛰어나게 형상화하고 있다. 이 작품에서 코끼리는 "모종의 프로젝트"를 위해 실험되는 대상이다. "도시 내에서 사람과 화물의 운용 수단으로 이용하면 환경문제를 해결할 수 있고, 관광 수입도 올릴 수 있을 거라는 것이다. 거기다 사람의 체세포를 코끼리에게 이식해 코끼리의 장기를 난치병 환자의 장기 이식수술에 이용할 수 있는 방법도 연구 중이라고 한다."(「코끼리가 떴다」, 84~85쪽) 그런데 흥미로운 것은 이들 코끼리의 탈주에 "'비정규직 근로자 총연합회'라고 쓰인 쪼기를 입은 엄마"(「코끼리가 떴다」, 101쪽)가 함께한다는 것이다. 이는 코끼리가 단지 '코끼리'가 아니라 하위주체들의 표상으로 작동하고 있음을 보여준다. 따라서 탈출한 코끼리에 대해 "결국 도시 전체를 커다란 우리로 만들겠다는"(「코끼리가 떴다」, 104쪽) 것은 다양한 사회적 마이너리티들, 하위주체들을 고립시키는 지배계급의 전략에 다름 아니다.

이러한 김이은의 하위주체의 재현 전략은 「잃어버린 몸을 찾아서」와 「여의도 저공비행」에서도 나타난다. 각기 상이한 내용을 담은 작품이지만, 이들 작품에서 주인공이 "주인 없는 재킷의 주머니 속"(「잃어버린 몸을 찾아서」, 132쪽)에 갇히거나, 갑자기 국회의사당 지붕 위에 놓여지는 것(「여의도 저공비행」)은 동일한 '도원(桃園/桃源)동 프로젝트'에 기인한다. 도원동 프로젝트는 "수풀이 우거지고 때때로 철새들이 날아드는 데다 온갖 생물들이 서식해 환경 보호 구역으로 지정"된 '도원'동을 "150층 빌딩은 섬이 사라진 자리, 그 모래땅 위에 불안한 발을 딛고 서서 시간과 공간을 지배하게"(「여의도 저공비행」, 267~268쪽) 만드는 것이다. 그리고 이들 작품의 주인공들은 이로 인해 '도원'으로부터 추방당하게 될 것이다.

따라서 이들은 온전한 주체가 아니라, 비체의 형식으로만 존재할 수 있다. 몸을 잃어버린 나는 '도원'에서 추방당한 마이너리티의 표상이며, 국회의사당 지붕 위에 놓여진 장은 "평화와 번영의 상"으로부터 "땅으로 사정없이 내리꽂"(「여의도 저공비행」, 182~183쪽)히는 존재들의 표상이다. 이들은 뚜렷하고 명징한 언어로 발화할 수 없다. 대신 비체의 몸, 비체의 장소를 통해 스스로의 이야기를 표현할 뿐이다. 이러한 성과가 가능한 것은 김이은이 몽유의 형식을 하위주체의 발화형식으로 전유하는 데 기인한다. 그리고 이는 김이은의 몽유가 구체적인 현실과 호흡하며 스스로를 변증하는 형식임을 반증하는 것이기도 하다.

4. 몽유의 글쓰기

그러니, 김이은의 소설을 몽유의 글쓰기라고 명명해도 될 듯하다. 현실과 가상, 주체와 타자 간의 경계를 흐리며, 다른 현실과 주체성의 가능성을 모색하는 것. 이것이 그녀의 몽유의 글쓰기의 힘이다. 그리고 몽유의 글쓰기가 굳어버린 형식에 그치지 않는 것은 그녀가 "코끼리와 말이 통한다는 사실"(「코끼리가 떴다」, 94쪽)에 기인한다. 즉, 하위주체의 발화형식으로서 '몽유'를 전유함으로써 그녀는 고전적인 소설형식과 근대적 노블을 변증하는 데 성공하고 있다.

그녀의 작업은 매우 뚜렷한 문학사적 성과로 남을 수 있을 것이다. 무엇보다 그녀의 몽유의 글쓰기는 '소설'과 '노블'의 간극을 새롭게 변증하고 있기 때문이며, 나아가 이를 도원에서 추방된 이들의 발화형식으로 전유하고 있기 때문이다. 그러니, 문학사적 연속성과 소설의 윤리를 동시에 매개하려는 몽유의 글쓰기를 감히 한국적 근대소설의 기획의 일환으로 등재해도 될 것이다.

시의 정치성과 분열의 징후들
__ 황성희의 『앨리스네 집』과 서효인의 『소년 파르티잔 행동 지침』

1. 자폐, 혹은 새로운 서정적 권력

2000년대 한국시의 가장 큰 현상은 시적 주체의 분열증적 자폐화이다. 이미 수많은 논자들이 지적한 바와 같이 이른바 '미래파'[1]의 등장은 단단하고 고정된 시적 주체에 대한 근본적인 의심과 회의를 그 근저에 깔고 있다. 그리고 이들의 급진적 문제제기가 시적 주체에 대한 인식론적 재구성을 게을리했던 기존의 서정에 대해 충분한 파괴력을 발휘한 것 역시 분명한 사실이다.

그럼에도 이들의 분열증적 자폐화는 일종의 안티테제 이상의 것으로 고양되지 못한다는 점에서 치명적인 한계를 지닌다. 이들은 기존의 시적 주체에 대한 반대급부로서 존재할 뿐, 자신이 분열증적 자폐로 현현

---

1) 사실 '미래파'라는 호명은 적절치 않다. 이렇게 호명되는 시인들 가운데 존재하는 중요한 '차이'들을 폭력적으로 환원시키기 때문이다. 그럼에도 평단에서 유통되는 용어라는 점에서 편의상 '미래파'라는 호칭을 사용하였다.

하는 정치적 맥락에 대해 지나치게 둔감하다. 무엇이 시적 주체의 분열을 가져왔는지에 대한 치열한 미학적 고투가 사라진 지점에서, 이들의 분열은 또 다른 고정된 시적 주체, 완결된 서정적 주체로서 자신을 자리 매김하는 자폐의 경향으로 귀결된다. 그 결과 남는 것은 아이러니하게도 또 다른 서정적 권력, 즉 분열증적 자폐화의 절대화라는 미학적 전도이다. 더 이상 고전적인 시적 주체가 유의미하지 않은 상황에서, 역으로 시적 주체의 분열증적 자폐화는 한국시의 주류적인 경향을 점유하게 되었다.

사정이 이러하다면, 먼저 분열이 생성되는 정치적 메커니즘을 살펴볼 필요가 있다. 그리고 이로부터 분열의 징후를 시적 주체의 층위에 가두는 것이 아니라 정치적 의미로 해석할 필요가 있다. 즉, 호명되지 않은/못한 잉여로서의 주체의 분열 양상을 복원하고 그 분열이 내재하는 정치적 의미를 담론화하는 것이 필요하다. 이러한 작업이 중요한 것은 주체의 분열이 명백히 정치적 함의를 지니기 때문이며, 나아가 그 함의를 밝히는 것으로부터 진정 새로운 전복적 서정이 가능하기 때문이다.

기실 지금까지 이른바 '미래파'를 다룬 비평들은, 그 관점의 차이에도 불구하고 분열을 시적 주체의 층위에서만 독해해왔다. 그러나 이미 시적 주체가 호명 기제의 불완전성에 기반을 두고 있음을 인식하는 우리에게 이러한 관점은 더 이상 유효하지 않다. 오히려 중요한 것은 분열의 양상'들'을 현실 정치의 메커니즘과 연계시켜 해석하는 것이며, 동시에 정신분석학적 프레임을 정치경제학적 층위에 접속시킴으로써 그 급진성을 복원하는 것이다. 이는 특히 라캉과 지젝으로 대표되는 급진적 정신분석 이론이 난무하지만, 정작 이들이 거둔 최대의 성과인 현실 정치와의 긴장에 대해 너무나도 무책임한 현재 우리 비평의 앙상함을 상기할 때 더욱 중요한 작업일 것이다. 그러니 이 글은 현재 우리 시의 뛰어난 정치적 분열의 사례를 통해 시적 급진성의 문제를 현실 정치의 메커니즘과 연계시켜 해명하기 위한 시론의 성격을 지닌다. 더불어 어느새 낡은 클리쉐로 변질된 급진적 정신분석학의 전복적 성격을 상기시키기 위한 문제제기의 성격을 지니기도 한다.[2]

2. 잉여의 공간 사이로 현현하는 주체

주체는 어디에 존재하는가? 완벽한 호명의 기제는 존재하지 않기에, 주체는 바로 호명이 실패하는 잉여의 공간에 존재한다. 편지가 언제나 수신자에게 도달하는 것은 아니기 때문이다. 따라서 일련의 시적 주체의 분열증적 양상을 곧 새로운 주체의 탄생으로 고평하는 것은 그야말로 오인일 따름이다. 여기에는 호명 기제에 대한 선험적인 절대화가 놓여 있기 때문이다. 오히려 중요한 것은 호명 기제가 필연적으로 발생시키는 잉여의 영역을 탐색하는 것이며, 여기서 진정 전복적인 새로운 주체의 가능성을 읽어내는 것이다.

황성희의 몇몇 작품들은 이러한 문제설정 속에서 주목된다. 그녀는 얼핏 시적 주체의 해체에 주목하는 것으로 보이지만, 단순한 안티테제로서의 분열증적 자폐화에 머무르지 않는 독특한 성과를 낳고 있다. 예컨대 다음과 같은 작품을 보자.

---

2) 2000년대 비평에서 단연 빈번히 인용되는 이론가는 라캉과 지젝이다. 흥미로운 것은 이들의 이론적 프레임에 기반을 둔 비평들이 정작 주체를 둘러싼 정치적 맥락에 대해서는 모두 침묵하고 있다는 사실이다. 이러한 경향이야말로 그들이 즐겨 쓰는 수사대로 '비윤리적'인 것은 아닌가? 그들의 비평이 결과적으로 라캉과 지젝의 성과를 다시 오이디푸스 삼각형으로 환원시키고 있다는 점에서 말이다.

꽃으로 숨어 지내는 날들은 아름다웠다.

종속과목강문계를 비롯한 학명 따위는 궁금하지 않았다.

그냥 꽃이면 족하였다.

꽃이 아닌 삶은 꿈꿔 본 적도 없다.

뿌리의 기원에 대한 모든 수다는 알리바이 없는 상상에 불과했다.

다리를 벌리고 앉아 햇볕을 쪼였고

정말로 피곤할 땐 입으로만 하였다.

꽃밭에 게양된 국기가 투명하다는 것을 국기만 몰랐다.

태양 속으로 잡혀가지 않아도 좋았다.

하루하루 무사히 피어 있다면 그것으로 그만이었다.

어항의 밑바닥에선 먼저 핀 꽃들이 썩어 가고 있지만

시계를 보고 저녁 식사를 준비하는 데는 큰 용기가 필요하지 않았다.

점점 투명해지는 꽃잎을 부여잡고 흐느낀 건

식후 과일 한 쪽 같은 다만 상쾌한 습관 같은 것.

두 눈을 치켜뜬 채 천천히 아주 천천히 썩게 해 주세요.

오늘도 일기에 쓰는 바람이 있다면 고작 그 정도.[3)]

위의 시 「꽃의 독백」은 주체를 호명하는 메커니즘의 공백과 그 틈새로 현현하는 주체의 가능성을 단적으로 보여준다. 모든 주체는 "뿌리의 기원"으로 표상되는 지배적인 이데올로기의 호명에서 탄생한다. 그러나 이 이데올로기에는 균열이 존재한다. 따라서 "꽃밭에 게양된 국기가 투명하다는 것을 국기만 몰랐다"라는 진술은 중요하다. 이데올로기는

---

3) 황성희, 「꽃의 독백」 전문, 『앨리스네 집』, 민음사, 2008. 이하 인용하는 황성희의 모든 시는 이 책에서 인용한 것이며 인용시 작품명만을 기입한다.

모순을 모르지만, 그것이 운영되는 메커니즘은 모순의 결합으로서만 존재할 수 있기 때문이다.

이러한 잉여의 공간을 통한 틈새의 현현은 "종속과목강문계"로 표상되는 지배적인 계열화의 원리를 벗어남으로써 가능하다. 이 계열화의 원리가 기실 "알리바이 없는 상상에 불과"하다는 것, 따라서 "학명"의 호명 기제 대신 그 잉여의 자리에서 단지 "꽃으로 숨어 지내는 날들"로 새로운 주체가 탄생한다는 것. 이러한 시적 인식이야말로 황성희의 분열이 단지 주체의 층위가 아니라 주체를 호명하는 시스템의 층위에서 발현된다는 사실을 방증한다.

황성희의 시들은 곧 "학명"과 "뿌리의 기원"으로 호명되지 않는 잉여의 공간에 대한 탐색과 이를 통한 새로운 주체 형성의 가능성을 읽어내는 작업으로 요약된다. 중요한 것은 이러한 일련의 과정이 구체적인 현실의 호명 기제와 연계되어 정치적 전복성을 획득한다는 사실이다. 예컨대 다음과 같은 발화들을 보자.

이제 모든 것을 기억하는 사실은 외우는 여자는 1972년 자신이 기억하는 모든 역사가 자신이 외운 모든 공책이라는 것만 기억하지 못한다. 이제 모든 것을 기억하는 사실은 외우는 여자는 2000년 자신이 시간의 벌집 속을 이미 스쳐 간 한 줌 바람이라는 것만 기억하지 사실은 외우지 못한다.

　　　　　—「아무것도 기억하지 못하는 여자」 부분

44년이 72년에게 냅다 국사책을 집어 던진다. 그러게 아무 시간이나 더 처먹으랬지. 그따위 상처 하나 없는 알몸으로 어떻게 시집을 가겠다고. 엄마, 잠깐. 조금 있으면 보물찾기야. 간첩이라고 쓰인 거 있지?

그게 일등이래. 그런데 한민족이라면서 선생님은 왜 밤낮 너희를 두드려 패니? 엄마가 몰라서 그래. 죽은 애들이 얼마나 떠든다고. 시키지도 않은 반장질은 도맡아 하면서 선생님만 안 계셨다 하면 서로 다시 태어나겠다고 난리도 아니야. 44년이 안경을 낀다. 저기 무릎 꿇고 손든 애는 누구냐? 우리의 소원은 통일인가 뭔가 하는 노래 있잖아. 가사를 아직 못 외웠나 봐. 72년이 거울 앞에서 갑자기 멈춘다. 엄마, 여기 좀 봐. 내 얼굴이 안 보여.

_「귀신 학교」 부분

첫 번째 인용문에서 황성희는 개체의 "기억"과 대문자 "역사"를 대비시킨다. "역사"는 기실 "자신이 외운 공책" 속에 존재하는 이데올로기적 호명 기제일 따름이다. 반면 "기억"은 "자신이 시간의 벌집 속을 이미 스쳐 간 한 줌 바람이라는 것"을 상기시킴으로써 "외우는" 형식으로 창출되는 주체와는 다른 주체성을 형성한다. 이러한 대비는 두 번째 인용문에서 보다 명확히 드러난다. 개체를 주체로 형성하기 위해 지배 권력은 끊임없이 개체의 기억을 대문자 역사의 층위로 환원시킨다. 이 작품에 등장하는 "국사책"과 "한민족", 그리고 "우리의 소원은 통일인가 뭔가 하는 노래"는 단순한 소재가 아니라 대문자 역사라는 "뿌리의 기원"을 전복하기 위한 코드로 재배열된다. 이렇게 재배열된 코드가 이데올로기적 호명 기제를 비틂으로써 황성희는 호명의 잉여 공간을 다시금 창출한다.

중요한 것은 호명 기제의 메커니즘을 상징하는 "학교"의 "거울"에 "내 얼굴이 안 보"인다는 진술이다. 주체가 주체로 기능하는 것은 대타자의 시선에 스스로 주체(subject)로서 복종(subject)하기 때문이다. "거울"이라는 대타자의 시선에 자신을 동일화함으로써 비로소 주체는 주체로서 포획된다. 그러나 "학교" 이면의 잉여 공간의 창출에 성공한 황성희에게 "거울"에 비춰지는 것은 텅 빈 공백일 따름이다. 이 공백은 "뿌리의 기원"이 작동하는 구체적인 현실의 메커니즘을 전복함으로써 창출된 것이기에 그 의미가 크다. 그리고 이 공백, 이 잉여의 공간으로부터 황성희의 분열적 주체는 강력한 정치적 징후로서 기능하기 시작한다. 그리하여 이제, 우리는 2000년대 분열의 정치학의 한 정점을 읽을 차례이다.

제사를 끝내고 집으로 가는 길이었다.
길들은 빠른 속도로 차창을 따라붙었다.
전봇대는 얼핏 십자가처럼 보이기도 했으나
입을 굳게 다문 시간 속에서 구원은 없었다.

라디오에서는 그저 그런 웃음소리 몇 개가 흘러나왔고
출발할 때보다 나는 조금 더 늙어 있었다.
백미러 속으로
옷 입은 귀신들이 옷 벗은 귀신들에게 술잔을 돌리고
내가 이름이 없다고 누가 그래?
비역사적 이유로 농약에 취한 한 시간이 영정 속에 납작 갇혀 있다.

제사를 끝내고 집으로 가는 길이었다.
몇백 년 뒤에는 어떤 술잔도 기억해 주지 않을 몸을 타고
천연덕스럽게 달린다.
길들이 빠른 속도로 따라붙었지만 상관없다.
달려온 자리 위로 아무 발자국도 찍히지 않았지만

라디오에서 흘러나오는 노래를 흠흠흠 따라 한다.

그깟 연대기에 이름 하나 없다고 놀리지 마세요.

아설순치후 임금께선 글씨꼴이그게뭐냐 입도 벙끗 못하시지만

이래 봬도 난 제사상을 차리고 돌아오는 길

투명하다고 놀리지 마세요.

우우— 난 귀신이 아니지요.

오오— 난 귀신은 아니지요.

__「나는야 전성시대」 전문

이제 그녀가 부정하는 "뿌리의 기원"과 대면할 차례이다. 주체는 시
계열적 위상학 속에서 자신의 위치를 호명받는다. "제사"는 이를 생체
에 각인시키는 제의의 일환이며, 여기에 "연대기"적 역사의 호명이 개
입한다. 문제는 이 호명이 언제나 "비역사적 이유"의 삶을 배제한다는
사실이다. 역사가 지배 이데올로기의 재생산 과정의 내러티브이며, 이
를 통해 질서에 복종하는 주체를 재생산하는 시계열적 위상학의 기획
이라는 것을 상기하자. 당연하게도 주체는 역사의 호명 기제의 잉여의
공간에서 형성된다. 왜냐하면 역사는 기실 모순된 사실들의 결합 형식
일 따름이며, 주체를 호명하는 동시에 그 호명의 실패를 반복하는 기제
이기 때문이다. 따라서 이 텍스트에서 "비역사적 이유"의 삶을 특정한
인과율에 입각하여 "연대기"에 기록하는 것은 올바른 주체 형성의 경
로가 아니다. 오히려 "비역사적 이유"를 "연대기" 외부에 위치시키는
것, 그리하여 근본적으로 지배 이데올로기 자체의 문제설정을 거부하는
것이 중요하다. 따라서 황성희가 이 텍스트의 말미에서 시적 화자의 입
을 빌어 자신을 "투명하다"고 증언하는 것에 주목할 필요가 있다. 그녀

가 특정한 주체성을 강조하는 것이 아니라, 바로 호명 기제의 잉여의 자리에서 비로소 새로운 주체가 탄생한다는 사실을 알고 있기 때문이다. 그리고 이 잉여의 자리는 곧 "뿌리의 기원"의 틈새로 현현하는 공간이라는 점에서 새로운 주체 형성의 가능성으로 충만한 곳이기도 하다. 우리는 그 주체의 성격을 알지 못한다. 다만 그것이 강고한 현실 법칙의 그것과는 상이한 형식임을 짐작할 따름인바, 그것은 "투명하"면서도 "귀신은 아"닌 존재이기 때문이다.

황성희의 시적 성과는 이 지점에 존재한다. 그녀는 주체 호명의 잉여로서 존재하는 공간을 시적 언어로 창출한다. 그리고 그 공간은 주체를 형성하는 시계열적인 메커니즘을 전복한 결과이기에 급진성을 획득한다. 이 잉여의 공간 사이로 현현하는 주체가 주목되는 것은, 그것이 단순한 자폐적 주체가 아니라 현실 법칙과의 치열한 투쟁 속에서 형성될 새로운 주체일 가능성을 지녔기 때문이다. 따라서, 이제 문제는 그 가능성을 구체적으로 발현시키는 사례를 고찰하는 것이다.

3. 비체의 증언과 도래할 미래

주체가 주체로서 존재할 수 있는 것은 호명 기제 이면에 수많은 비체들을 폐제시키기 때문이다. 어떠한 '정상적' 상황을 정상적으로 만드는 것은 '비정상적' 상황들의 존재를 배제하고 억압하면서 그 상황의 일부로 포획하는 일련의 메커니즘이다. 이 메커니즘의 수사(修辭)가 곧 주체의 형성 과정을 규정하는 바, 예컨대 민주주의, 자유, 주체성, 합의 등등의 레토릭이 '정상적' 상황의 보편타당함을 보증한다. 그런데 어떠한 민주주의이며 어떠한 자유인가? 정확하게 말하자면 자본주의의 규범

안에서의 민주주의이며 자유일 것이다.[4] 따라서 우리에게 필요한 것은 더 많은 민주주의와 더 많은 자유를 주장하는 것이 아니라, 선험적으로 주어진 정상적 상황 자체를 거부하는 것이며, 이는 곧 비정상적 상황의 존재를 증언하는 작업이기도 할 것이다.

서효인의 몇몇 작품들은 보편타당한 것으로 간주되는 시스템 이면의 비체들을 통해 이러한 정치적 메커니즘을 징후적으로 증언한다. 이러한 작업이 중요한 것은 2000년대 한국시의 주류적인 흐름이 주체의 분열에 집중하면서, 정작 주체의 전제가 되는 비체의 존재에 대해서는 의미 있는 탐색을 보여주지 못했기 때문이다. 그러나 비체의 증언은 주체성 그 자체를 보편적인 것으로 규정하는 시스템 자체를 전복할 수 있는 가능성을 내포하기에 시와 정치의 관계를 물을 때 반드시 경유해야만 하는 지점이다.

진짜 거리를 알고 싶냐? 좀 노는 동네 형이 하는 소리를 알아먹지 못했다 주머니 속에서 작은 손이 동전을 매만졌다 일용할 양식처럼 순하고 고운 마지막 코인

사방이 어두워 즐거운 오락실, 우리의 만남은 시작되었다 그곳의 소년들은 팔 할이 고수, 성장기 고수들이 레버를 돌린다 二人의 Street Fighter가 펼치는 세계적 여로에서 우린 자주 함께 만나며 즐거운 시간

---

4) 오래된 발리바르의 어법을 빌리자면 자본주의사회에서의 민주주의는 정확하게 말하자면 '부르주아' 민주주의일 따름이다. 따라서 문제는 민주주의 일반의 권리를 주장하는 것이 아니라, 부르주아 민주주의가 포괄할 수 없는 보다 급진적인 요구들로 민주주의라는 기표를 장악하는 것이며, 이로부터 새로운 급진적 정치의 모델을 형성하는 것이다.

을 보내며 같이 어울리며 거리의 장풍을 쓸어 담았다 진탕 싸우는 분탕
질에 음탕하게 동전이 짤랑거렸다 중국집에서 춘리를, 이태원에서 브
랑카를, 용산 기지에서 가일을 만났다 그때마다 동전이 따라오다 사라
졌다 개개의 거리가 걀걀 웃었다 푸른 장풍을 피하는 방법은 높이 뛰는
거다 어깨로 받는 거다 나는 장풍을 바라보는 자의 설레는 표정을 알고
있다 그것은 앞과 뒤로만 움직일 수 있는 정당한 싸움에 대한 경배, 일
종의 태도, 즐기는 자의 주먹질을 버터 낼 자는 없다 연전연승을 거듭
한 싸움꾼은 AAA, 표식을 새긴다 짤랑거리며 쫓아오던 동전이 떨어지
면 싸움꾼의 세계 여행도 끝, 오락실 밖은 강인한 태양, 눈이 부신 건
질색인데 그건 장풍보다 센 거다

닥치고 맞았다 숨거나 피할 수도 없는 거다 햇빛이 강한 거다 밝고
리얼한 거리에서 Street Fighter들은 이상하게 연전연패, 이니셜을 남길
동전만 한 공란도 없는 거다 그건 주머니 속의 일용할 양식이 가장 잘
알았다[5]

비체들의 증언은 이러하다. 그들의 싸움의 룰은 "앞과 뒤로만 움직일
수 있는 정당한 싸움에 대한 경배"를 요체로 하며, 이는 "사방이 어두
워 즐거운 오락실"의 세계의 룰이기도 하다. 그러나 오락실 밖의 현실
은 어떠한가? "밝고 리얼한 거리에서" 이들은 "이상하게 연전연패"를
당한다. 이러한 현상적 진술보다 중요한 것은 비체의 자기 표식의 형식
이다. "정당한 싸움"을 거쳐 "연전연승을 거듭한 싸움꾼"은 자신을

---

5) 서효인, 「거리의 싸움꾼」 전문, 『소년 파르티잔 행동 지침』, 민음사, 2010. 이하 인용
하는 서효인의 모든 시는 이 책에서 인용한 것이며 인용시 작품명만을 기입한다.

"AAA"로 표식한다. 그러나 오락실 밖 현실에서 이들은 "이니셜을 남길 동전만 한 공란"도 지니지 못한다.

비체들은 주체의 세계, 밝은 호명의 세계로부터 추방당한 존재이다. 따라서 이들의 이름은 "AAA"와 같은 비인칭의 형식을 지닌다. 이 비인칭의 힘은 의외로 강력한 것이라서, 어떤 오락실의 세계에서도 "정당한 싸움"의 표식은 "AAA"로 남겨진다. 반면 주체의 세계에서 이름을 새기는 것, 곧 주체성을 보증받는 것은 "동전"으로 표상되는 현실 법칙에 의해 좌우된다. "AAA"와 같은 비인칭 대신, "주머니 속의 일용할 양식"이라는 시민권을 획득할 때만 비로소 주체는 "이니셜"로 호명될 수 있다.

이러한 서효인의 발랄한 증언은 현실 시스템 자체에 대한 문제제기라는 점에서 중요하다. 왜 이름은 화폐를 통해서만 호명되는가? 시민권은 오직 자본의 논리에 의해서만 수여되는가? 그렇다면 민주주의와 자유와 평등의 이름으로 작동하는 "밝고 리얼한 거리"란 기실 자본의 전일적인 지배가 이루어지는 공간이 아닌가? 그리하여 비체들의 이름은 오직 어두운 오락실에서 "AAA"의 형식으로만 표식될 수 있는 것인가? 이것이 우리가 자명한 것으로 인지하는 근대 민주주의의 실상이 아닌가? 그렇다면 비체는 어떻게 자신의 말을 기록할 수 있단 말인가? 이러한 근본적인 질문들에 대한 답의 일단을, 놀랍게도 그는 이미 가지고 있다.

우리는 열대에서 왔다. 우리의 태생은 낙천과 낭만의 이름, 메리메리. 누가 열대를 슬프다 했나, 우리는 적도가 지나가는 자리에서 성탄마다 뜨거운 파롤을 교환하며 익느라

슬플 틈도 없이 뜨겁다. 페루의 고지대부터 갈라파고스 제도까지 우

리의 인사는 싸구려 성탄 트리처럼 빛난다. 우리는 노란빛을 뿌리며 컨테이너 박스에 담겨 변덕의 대지로 넘어왔다. 못생긴 몽골리언의 리어카에 실렸다. 랑그만이 가득한 새로운 거리를 탐색하느라

슬플 틈도 없이 황망하다. 이국의 성탄은 바다거북의 산란기처럼 바빠 보인다. 노랗고 파랗고 붉은 열망들이 거리의 침엽수에 매달려 성탄의 원칙과 격률을 전파했다. 검은 비닐에 담겨 노란빛을 잃었고 동포와 헤어지느라

슬플 틈도 없이 아프다. 잘못 찢긴 껍질에서 열대의 냄새가 향수병을 일으켰다. 성스러운 밤, 몽골리언 남녀는 고향을 찾아 알을 깨고 해수를 찾는 갈라파고스 새끼 거북이 된다. 난 비닐봉지에서 뜨거운 파롤로 내 고향 에콰도르에 성탄 인사를 보내느라

슬플 틈도 없이 지쳤다. 외양간에 처를 맡기는 목수의 심정으로 남자는 방을 구했다. 키를 꽂고서야 안식을 찾은 성탄의 남녀. 오늘의 랑그에 충실하기 위해 서로의 뜨거운 입술로 메리메리, 나를 벗길 때, 열대의 태양이 인사에 답한다. 적도의 태양 아래 벌거벗은 남녀가 반도의 슬픈 온대를 메어리메어리, 뱉어 내며

　그날, 나를 벗기며 아무런 틈도 없이 그들은
　오늘 하루 마음 놓고 메리메리,
　　　　　　—「메리메리 바나나 이산기(離散記)」 전문

근대 민주주의의 발화형식이 비체의 그것을 자본의 논리로 배제하는

것이라면, 우리는 그것과는 다른 문제설정을 통해 새로운 발화형식을 모색해야만 한다. 근대 민주주의의 발화형식은 "랑그만이 가득한" 성격을 지닌다. 여기에는 선험적으로 주어진 룰만이, 그리고 그 룰을 수행함으로써 비로소 주체가 되는 주체들만이 존재한다. 이들은 성탄에 걸맞은 매뉴얼, 즉 랑그가 선포한 "성탄의 원칙과 격률"에 의해 움직임으로써 주체로 호명된다. 반면 비체들은 어떻게 발화할 수 있는가? 다름 아닌 "뜨거운 파롤"을 통해 가능하다. 균질화되지 않은, 그리하여 결코 슬프지 않은 열대의 형식이 바로 비체들의 발화형식이다. 이들의 말들은 '슬픈 열대'를 곧 "슬픈 온대"로 바꾸면서 그 특유의 카니발적 성격을 획득한다.

이러한 비체들은 폐제된 존재이기에 주체일 수 없다. 그러나 동시에 억압된 모든 것들은 뒤틀린 형식으로 귀환하기 마련이다. 이 점은 충분히 강조되어야 하는데, 폐제된 것들은 주체를 유지하기 위해 필수적인 존재이며, 따라서 주체가 존재하는 한 폐제된 비체들 역시 어떠한 형식으로든지 현현할 것이기 때문이다. 마르크스의 어법대로 자본주의는 그 스스로를 붕괴시킬 모순을 성숙시키며, 이는 밝은 근대 민주주의의 세계에도 그대로 적용될 수 있는 사실이기 때문이다. 서효인은 이러한 통찰의 일단을 보여주는 데까지 나아간다.

마스크 X의 얼굴은 패션 아이템이 되었다. 모두 같은 얼굴을 하고 거리를 활보한다. 과자 부스러기를 향한 개미들의 행렬처럼 장엄하고 찬란하다. 다리를 꼰 기다란 여자들이 마스크 착용법에 대해 참견한다. 안경 쓴 구조주의자들이 여러 분석을 내놓는다. 여러 전파에서 수많은 마스크 X가 걷잡을 수 없이 새로 태어났다.

사람들은 얼굴과 표정을 감추며 고민 없이 편안해질 수 있었다. 모두 X의 무리수 속으로 무리하게 빠져들었다. 자판기 앞에서 잠시 잠깐 고민에 빠지던 나는, 누구지? 노래방에 불이 났다. 조선족 도우미가 살고 건설 업체 중역은 죽었다. 모텔에 여동생이 감금됐다. 의사가 몸을 사고 언니가 8만 원에 팔았다. 도우미가 입술에 화상을 입고 여중생은 입천장이 헐었다. 마스크 안에서 그들은 말짱하다.

악몽을 확인한 자들이 편안하게 거리를 활보한다. 갑작스러운 방송 사고로 인기를 끌었던 최초의 마스크 X는 종적을 감췄다. 소문에는 국가에 대한 거대한 방정식의 정답으로 판명, 괄호 속으로 붙잡혀 갔다고 한다. 사람들은 이제 표정을 지을 필요가 없다. 마스크 X는 불능, 그들은 마스크 안에서 부정을 배운다.

세계의 공식에는 그들이 들어갈 자리가 없다. 마스크를 벗으면 입이 귀밑까지 찢어져 장엄하고 찬란한 개미를 쏟아 내고 있었다. 무슨 표정을 지을지 몰라 웃고는 있지만.

_「마스크 3」 전문

비체의 상징이던 '마스크 X'는 이제 근대 민주주의 사회의 "패션 아이템"이 된다. 비체는 이제 현실 세계를 지탱하는 필수불가결의 요소로 설정된다. 그런데 중요한 것은, 바로 이 비체의 '마스크'로 인해 주체가 몰락한다는 역설이다. 본래 비체에게 주어진 세계의 자리는 어두운 오락실뿐이었다. 그런데 주체 호명의 기제 사이로 비체가 도래하는 순간, 주체와 비체 간의 위계질서가 전도된다. 그리하여 결국 주체의 표상인 얼굴은 사라지며 "여러 전파에서 수많은 마스크 X가 걷잡을 수 없이 새로 태어났다." 물론 밝은 "세계의 공식에는 그들이 들어갈 자리가 없다." 그럼에도 이미 현현한 마스크 X는, 주체 호명의 기제 자체를 잠식한다. 그러니 이제 남은 것은, 주체 형성을 둘러싼 "거대한 방정식" 자체를 불능의 상태로 만드는 것이며, 이로부터 근대 민주주의를 표상하는 레토릭 자체를 전복하는 것이다. 물론 그것은 아직 도래하지 않은 미래의 것이지만, 적어도 민주주의를 둘러싼 강요된 선택을 넘어서는 X임은 분명하다.

서효인의 시적 성과는 발랄한 하위문화적 상상력을 통해 단단한 근대 민주주의 시스템 이면의 비체들의 증언을 담아내고 있다는 점이다. 그는 특히 시스템의 레토릭이 지닌 허구성을 정확하게 내파하는 장기를 지녔다. 이 내파를 통해 서효인은 근대 민주주의가 결국 자본의 논리에 포섭된 문제설정임을 폭로한다. 나아가 그는 비체들의 발화형식과 억압된 이들의 도래 가능성에 대한 진지한 통찰을 보여준다. 이로부터 비로소 강요된 선택지를 넘어서는 새로운 어법의 모색이 가능할 것이기에, 그가 보여주는 비체들의 정치적 징후들은 소중하다.

4. 분열의 징후와 비평의 자리

2000년대 우리 시는 분열된 시적 주체를 둘러싼 활발한 성과를 거두었다. 그럼에도 분열의 양상이 시적 주체의 층위에 한정되면서 정작 분열을 생성하는 시스템의 문제와 주체 호명의 기제에 대한 탐색으로는 나아가지 못한 것이 사실이다. 따라서 지금 우리 비평에 필요한 것은 시적 주체의 자폐로 귀결되는 비평적 공전을 넘어 분열을 통해 나타나는 정치적 징후들을 섬세하게 읽어내는 것이다.

황성희와 서효인은 각기 다른 방식으로 주체를 호명하는 시스템을 탐색한다. 황성희가 "뿌리의 기원"을 부정함으로써 잉여의 공간에서 생성되는 새로운 주체의 가능성을 모색한다면, 서효인은 비체의 증언을 복원하며 이들이 도래할 미래에 대한 징후들을 읽어내는 시적 성과를 거두고 있다.

2000년대 비평에서 해명되지 않는 것 중 하나는, 수사의 층위에서 그토록 급진적이고 전복적인 발화들이 텍스트 내적인 해석의 영역에 스스로를 한정시키고 있다는 점이다. 분열의 징후는 시적 주체의 문제로 환원되며, 자폐의 문제는 새로운 서정의 영역으로 고평된다. 이 과정에서 강요된 선택지를 단호히 거부하는 문제설정의 모색은 간과된다. 그러나 텍스트와 현실 간의 관계 맺음에 대한 치열한 모색이 없는 비평은 또 하나의 자폐의 텍스트로 귀결될 따름이다. 알튀세르의 오래된 통찰처럼, 마르크스가 정치경제학이라는 대륙을 발견한 후, 프로이트가 정신분석학이라는 또 다른 대륙을 발견했음을 우리는 알고 있다. 그렇다면 비평은 무엇을 할 것인가? 이 질문을 우회하는 비평의 윤리란 존재하지 않을 것이다.

클리나멘, 유물론, 그리고 시적 혁명의 징후들

_ 나희덕의 『야생사과』, 류인서의 『여우』, 장석원의 『태양의 연대기』, 오은의
『호텔 타셀의 돼지들』

1. 시적 급진성과 대문자 미학의 미망

2009년 올해 시를 둘러싼 여러 비평적 논의 중 가장 흥미로웠던 것은
'시의 정치성'을 묻는 일련의 논의들이었다. 기이하게도, 정치적 급진
성과 미학적 급진성이 분리되어 존재하던(혹은 그런 것처럼 인식되던) 한
국문학의 장에서, 이 둘을 매개하려는 비평적 논의는 그 자체로서 의미
를 지닌다. 특히나 정치적 급진성을 담지한 시들이 미학적으로는 오히
려 보수적인 성격을 지니며, 역으로 미학적 급진성을 담지한 시들이 정
치적으로는 오히려 보수적인 성격을 지니고 있는, "이 한국문학사"의
기괴함을 생각한다면 시적 급진성에 대한 근본적인 문제제기는 더욱
그 중요성이 커진다.

그럼에도 이 문제를 둘러싼 일련의 논의들이 충분한 성과를 거두었
다고 말하기는 어렵다. 여러 가지 이유가 있겠지만 가장 큰 한계는 미학
적 급진성을 곧바로 정치성 급진성으로 '환원' 혹은 '대입'시키려는 경
향인 듯하다. 특히 랑시에르를 비롯한 몇몇 서구 이론가들의 프레임을

절대화하면서 정작 구체적인 한국문학의 '징후'들에 대한 귀납적 분석이 부재했던 것이 결정적인 한계로 보인다. 전근대와 근대와 탈근대가, 제국과 식민과 반(半)주변이 뒤섞여 있는 이곳에서, 시적 급진성의 복원은 몇몇 선험적인 이론으로 해결될 수 있는 문제가 아니다.

물론 나 역시 이에 대한 명료한 '처방전'을 가지고 있지 못하다. 다만 언제나 그렇듯이 유물론적인 접근 방식만이 진정한 '급진성'을 해명할 수 있을 것이라는 사실을 다시 상기할 따름이다. 유물론적인 접근 방식은 완결된 이론으로서의 '시적 급진성'을 설정하지 않는다. 중요한 것은 특정한 국면에 사건의 형식으로 현현하는 시적 급진성의 분출 가능성을 극대화하는 것이지, 완결된 프로젝트로서의 대문자 미학을 공식화하는 것이 아니기 때문이다. 문제는 시적 급진성이 발현되는 징후들을 비평적 담론으로 형성하여 일종의 진리-효과를 창출하는 것이다. 왜냐하면 유물론적 비평은 대문자 미학의 층위가 아니라 사건의 구체적인 장면에 개입함으로써 그 의미를 획득할 수 있기 때문이다.

2009년 출간된 시집들을 살펴보면서 감지할 수 있는 것은 다양한 층위에서 시적 급진성의 '징후'들이 분출되고 있다는 것이다. 미리 말하자면 그것은 시적 주체에 대한 존재론적 층위, 타자와의 교감 가능성을 묻는 인식론적 층위, 시의 존재근거를 탐색하는 윤리적 층위, 시적 언어의 급진성의 극한을 실험하는 미학적 층위에서 분출하고 있다. 이 네 가지 사례를 통해 시적 급진성의 구체적인 발현 가능성을 모색하는 것이 이 글의 문제의식이다. 그러니 이 글은, 다시, 유물론적인 방식으로 시적 급진성을 묻기 위한 극히 거친 제안에 불과하다.

2. 주체 : 클리나멘과 사건―나희덕

나희덕의『야생사과』(창비, 2009)는 정제된 시적 언어의 미덕을 잘 보여준다. 최근의 많은 시들이 다소 거칠게 장시적 형식을 차용하는 것에 비해, 나희덕의 시들은 말을 아끼며 대상의 발화에 귀 기울이는 미덕을 충분히 보여준다. 특히 시인의 발화 대신 대상의 발화를 시적 언어로 옮기려는 그녀의 의지는, 너무나 많은 말들이 난무하는 지금의 우리 시에 시사해주는 바가 크다. 예컨대 그녀가 "난청과 실어증의 나날,/바람이 헛되이 녹슨 현을 울리고 간다"(「정신적인 귀」)라고 고백할 때, 말의 주체는 시인이 아니라 대상―타자임이 정직하게 나타난다. 이와 같은 시적 주체에 대한 나희덕의 성찰은 충분히 강조될 필요가 있는 바, 타자성을 강조하는 일련의 시들이 역설적으로 자폐적인 텅 빈 기표들의 연쇄로 타락하며 결국 시적 주체를 다시 절대화하는 오류를 종종 보이고 있기 때문이다.

그러나 이것만으로 나희덕의『야생사과』가 거둔 시적 성과를 한정할 수는 없다. 기실 시적 주체에 대한 성찰이란 시적 대상―타자와의 교감으로 나아가지 못한다면 큰 의미를 지닐 수 없기 때문이다. 이런 맥락에서 이 시집의 주된 모티프가 주체와 대상 간의 '충돌'이라는 점이 주목된다. 그녀에게 주체가 고정되고 완결된 존재가 아니듯, 대상 역시 끊임없이 운동하는 존재이다.

언제부턴가 선이 무서워졌어요 거침없이 달리며 형태와 색채를 뿜어내는 선에서 도망치고 싶었어요 사물에 대한 의심이 많아졌다고 할까요 아니면 빛에 대한 난해한 사랑이 생겼다고 할까요 선들이 내지르는 굉음을 더는 견딜 수가 없어요 일요일 오후 양산을 쓰고 걸어가는 여자도 강둑에서 몸을 말리는 남자도 나팔을 부는 소년도 의자에 기대앉은 노인도 처음엔 완강한 선 속에 갇혀 있었지요 그들을 꺼내기 위해 내가 할 수 있는 것은 선을 빻고 또 빻는 일뿐이었어요 아침에 문밖에서 길어온 이미지를 불에 달군 쇠막대기처럼 망치로 종일 두드려요 저녁 무렵에야 뜨거워진 선에서 떨어져나온 쇳가루들이 캔버스에 점점이 흩어지지요 빛은 가루가 되어 다른 빛과 몸을 섞어요 그림자는 다른 그림자에 스며들어요 검은 개는 더 이상 검은 개가 아니에요 개의 털빛과 그 위에 내리는 빛이 만나 어룽거려요 희미해진 개와 고양이와 사람 들은 햇빛 속을 한가롭게 거닐지요 하지만 가까이 갈수록 나는 그들을 알아볼 수 없어요 서로를 삼키고 비추는 점들의 환영, 그 한 폭의 기이한 평화 앞에서 내 눈은 점점 어두워져요

　　　　　　　　　　　　　　　　　_「쇠라의 점묘화」전문

대상에 대한 주체의 점유는 "완강한 선 속에" 이들을 가두는 것으로 귀결된다. 따라서 시적 주체의 과제는 "거침없이 달리며 형태와 색채를 뿜어내는" 것이 아니라, 역으로 "선을 빻고 또 빻는 일"에 다름 아니다. 그러나 이 작업은 단지 대상을 선으로부터 해방시키는 것이 아니다. 그녀의 시를 통해 "빛은 가루가 되어 다른 빛과 몸을 섞"으며 "그림자는 다른 그림자에 스며"들듯, 주체와 대상 간의 충돌을 통해 대상 자체를 다른 존재로 전이시키는 것이다.　그러나 이러한 과정 속에서도 대상—타자의 고유성을 여전히 승인하고 있다는 점에 나희덕의 진정한 성과가 존재한다.

"하지만 가까이 갈수록 나는 그들을 알아볼 수 없어요 서로를 삼키고 비추는 점들의 환영, 그 한 폭의 기이한 평화 앞에서 내 눈은 점점 어두워져요"에서 볼 수 있듯 대상과의 충돌 이후에도 여전히 주체는 대상을

온전히 점유할 수 없으며, 그 순간 역설적이게도 시인의 눈은 어두워진다. 중요한 것은 이때 변화하는 것은 시적 대상만이 아니라는 점이다. 대상-타자가 선에서 해방되어 "점들의 환영"으로 변이하는 순간, 시적 주체 역시 대상의 점유를 벗어나 눈이 어두워지는 변이를 맞는다. 이 변이는 주체와 대상 간의 충돌이 지니는 불온함을 보여주는데, 이 불온함은 대상에 대한 점유를 가능하게 하는 주체의 '눈'의 상실을 수반한다는 점에서 그 진정성을 획득한다. 이를 통해 나희덕은 새로운 시적 주체를 생성하는 데 성공한다. 그렇다면 무엇이 이러한 생성을 가능하게 하는가?

> 종일 비 내리고/처박힌 전봇대에 아직 전류가 흐르는지/손바닥이 징
> ─ 징─ 울린다//네 비참보다도/네 비참을 바라보는 나의 비참을 견딜
> 수 없어/내리친 것이 너의 뺨이었다니!//손바닥이 울리는 것은/처박힌
> 전봇대 때문이 아니라/빗줄기 때문이 아니라/서 있는 일에만 몰두했던
> 나의 수직성 때문
>
> ─「손바닥이 울리는 것은」 부분

시적 주체의 손바닥이 울리는 것은 전봇대가 바닥에 처박혔기 때문도 아니고, 빗줄기가 감전을 일으켜서도 아니다. 오히려 "나의 수직성" 때문에 손바닥이 울리는 것이다. 나의 수직성은 수평의 선상에 존재하는 다양한 존재들과의 충돌의 부재로 "곁가지 하나 내지 않"은 결과이다. 꼿꼿이 서 있는, 그리하여 자기 완결적인 시적 주체에게 '곁가지'는 용납될 수 없다. 그러나 이 시적 주체가 자폐적인 독백에 갇힌 존재라면 문제는 달라진다. '곁가지'야말로 대상-타자와의 충돌의 흔적이며, 이 충돌을 통해서만 "씨방이 너무 단단해 뜨거운 불길에 그을려야만/씨를 터뜨린다는 뱅크셔나무"(「뱅크셔나무처럼」)의 현현이 가능

하기 때문이다.

이러한 시적 주체의 생성을 클리나멘으로 인한 '사건'이라 명명해도 될 듯하다. 나희덕은 강력한 수직성의 원리가 지배하는 세계에서 클리나멘을 일으키고 있다. "서 있는 일에만 몰두했던 나의 수직성"의 세계에서 대상-타자와의 충돌은 불가능하다. 생성을 위해서는 개별적인 모나드들이 사선으로 떨어지며 충돌하는 클리나멘이 필수적이다. 그 순간 모나드 안에 내재되어 있는 '덕'이 비로소 현현하며 잠재태가 현실태로 전화되는 '사건'이 일어난다. 그러나 이 '사건'은 단단한 주체의 내파를 수반한다는 점에서 위험하다. 나희덕의 클리나멘이 그 진정성을 획득하는 것은 이 때문이다. 그녀는 클리나멘의 어려움에 대해 다음과 같이 말한다. "아, 이 모래알이 저 모래알에게 갈 수 없다니!"(「모래알 유희」) 그럼에도 클리나멘을 감행하는 순간 "나는 이미 지워졌다"(「안개」). 이 지점이야말로 나희덕의 시적 주체가 유물론적인 방식으로 생성되고 있음을 보여주는 장면이다. 그러니 이제, 그녀의 "토할 수 있는 힘"(「삼킬 수 없는 것들」)을 기다릴 때다.

3. 감각 : 시적 언어와 교감의 문제—류인서

류인서의 『여우』(문학동네, 2009)는 일상의 사물을 감각적인 언어로 바꾸어 새로운 의미를 부여하는 시적 기율을 잘 보여준다. 예컨대 물가에서의 빨장구는 "당신 일생의 빨래들"로, 나아가 "풀기 빠진 당신의 몸"(「흐르는 빨래들」)으로 감각되며, "둥근 야자열매"는 "심장이 빠져나간 흉곽, 내 빈 두레박에서 자라는/야자나무 한 그루"(「오아시스」)로 감각된다. 이와 같은 감각적인 언어의 사용은 시적 언어만이 지니는 고유한 가능성을 현현시킨다는 점에서 중요하다.

　그러나 단지 이것만이라면 류인서의 시를 굳이 고평할 이유는 없다. 왜냐하면 감각을 통한 시적 언어의 현현이란 시의 기본적인 기율이기 때문이다. 오히려 류인서의 시가 주목되는 것은 그 감각이 타자와의 교감을 추동하는 힘으로 작동하기 때문이다.

> 나는 빛을 모으는 오목거울이지/자전거의 은빛 바퀴살 사이에 핀 양귀비꽃/세계와 세계 사이를 떨며 흐르는 공기/회오리를 감춘 강물이지//조용히 밤의 표면을 미끄러져가는 유령들의 범선/나비걸음으로 다가오는 폭풍우지/땅의 중력을 거슬러 솟아오르는 새/태양을 애무하는 파도의 젖가슴이지/춤추는 방랑자지, 나는//멀리 있는 별보다 더 멀리 있는 별/네가 잡은 주사위의 일곱째 눈이지//세계의 벽을 두드리는 망치, 나는 그 끝나지 않는 물음이지 기다림이지/아침을 향해 절뚝이며 달려가는 괘종시계/발기하는 소경의 지팡이지, 날 선 창끝이지//네가 나를 들을 때,/너의 눈이 나를 쓰다듬을 때,/나는 너에게 덤빈다 먹어치운다/먹으며 먹히며 서로 끝없이 스민다/내가 너를 수태하고 네가 나를 낳는다//너와 나, 마주하는 두 개의 사물/사이에서 넘쳐흐르는 낯선 세계의 즐거운 멜로디
>
> ＿「사물의 말」 전문

　류인서에게 "너와 나"라는 사물은 "오목거울"에서부터 "날 선 창끝"까지 감각적으로 변주된다. 그런데 바로 "너와 나, 마주하는 두 개의 사물"에서 시작한 이 감각의 변주는 결국 그 "사이에서 넘쳐흐르는 낯선 세계의 즐거운 멜로디"로 확장된다. 이 "사이"의 감각이 나와 너, 주체와 타자 간의 교감을 가능하게 만드는 힘을 지닌다는 점이야말로

류인서가 사용하는 시적 감각의 성취이다. 그러나 이 교감은 결코 온화하고 부드러운 형식으로 이루어지지 않는다. 교감을 위해서는 서로 "먹으며 먹히며 서로 끝없이 스"미는 싸움의 과정이 필요하다. 이를 정직하게 응시하고 있기에 그녀의 감각은 그 진정성을 획득한다.

나아가 류인서에게 교감은 타자의 아픔을 공유하는 시적 형식으로 기능한다. 그녀에게 시는 "그 나무"라는 구체적인 감각에서 시작하여 "한 벌 잎새의 수의조차 입지 못한 바람의 가난한 혼령들이 돌아와//삐걱삐걱/허물어진 저의 몸을 흔들어 깨"우는 시적 형식이다. 따라서 교감의 감각으로 이루어진 그녀의 시란 "층층 늑골 아래가 바람의 카타콤"(「그 나무?—시」)에 다름 아니다.

최근 범람하는 시적 주체와 타자의 관계에 대한 비평들이 다소 공허하게 느껴지는 것은 이들 논의가 결과적으로 타자의 타자성을 승인하는 것에 멈추고 있기 때문이다. 타자의 타자성을 승인한다는 것은, 역으로 주체의 절대성을 승인하는 것으로 귀결된다. 이 과정에서 정작 주체와 타자와의 교감을 가능하게 하는 시적 감각의 기능은 간과된 것이 사실이다. 류인서의 감각은 교감의 층위로 변증되고 있다는 점에서 그 의미를 획득한다. 최근 일련의 시들이 보여주는 다양한 감각의 사용이 그 기법적 세련됨에 비해 정작 타자와의 교감의 기능에 대한 인식을 충분히 보여주고 있지 못하다는 점을 생각할 때, 류인서의 감각은 시적 감각의 본질을 다시 생각하게 만드는 힘을 지닌다. 더욱이 그 결과 발생하는 교감이 타자의 아픔을 공유하는 형식을 지닌다는 점은 시적 언어의 기본적인 윤리를 곱씹게 한다는 점에서 시사해주는 바가 크다.

4. 성찰 : 좌절된 혁명과 기우뚱한 균형—장석원

장석원의 시집(『태양의 연대기』, 문학과지성사, 2009)을 읽는 것은 난감하다. 시의 난해함 때문이 아니라 '낯섦' 때문에 그렇다. 시적 관습상 성찰은 대부분 사적 공간에서 이루어진다. 장석원의 시가 낯선 것은 그의 성찰이 밀실이 아닌 광장에서 이루어지기 때문이다. 예컨대 그가 김수영을 빌어 "광장은 쪼개지는 곳/바람이 그러하듯/광장은 중심을 지니지 않는다"(「모래로부터 먼지로부터」)라고 고백하거나, "녹슨 기율이나 검은 쇳덩이 혹은 인터내셔널과는 무관하기에/일하지 않는 자여 먹지도 마라 자본가여 굶어 죽어라//그건 폭력 한때 나는 그런 포르노그래피를 좋아했다"(「저녁의 고릴라…… 國家」)고 고백할 때, 성찰은 개체의 범주가 아니라 변혁의 메커니즘 자체에서 이루어진다. 따라서 장석원의 시는 좌절된 혁명에 대한 '광장'에서의 성찰의 성격을 지닌다. 그리하여 다음과 같은 근본적인 성찰이 가능하다.

엘리베이터의 문이 열린다/나는 상승 하강 운동을 반복하는 중이다/엘리베이터는 로켓이 될 수 없다 자체 추진력이 없다//문제는 정치경제학/깃발을 내릴 수 없다/강의실은 대강당 주제는 페레스트로이카//(중략)//브레이크 타임에는 커피 한 잔/100원짜리 자동판매기 커피에 투입된 인간의 숭고한 노동/아름다운 연기가 시선을 가리고 현실을 덮쳐오고/문제는 마르크스도 사회주의도 아닙니다/문제는 인간의 이성을 기반으로 한 더 많은 계획/자본주의를 받아들이는 것이 아니라/철저한 비판과 치밀한 계획 그리고 과학/우리 인생의, 우리 국가의 과학 그리고 철학//6층 대강당 앞의 엘리베이터 문이 열리자/청바지와 목폴라 셔츠를 입은 마르크시스트가 내린다/노동 없이 수직 상승한 학자에

게 목례를 한다/소비에트는 해체되었다 엘리베이터는 반복 기계일 뿐
이다/밑바닥이 보인다 메탈 하트 메탈 하트/강력한 동력 장치가 필요
하다

_「더 많은 계획」 부분

진술된 것처럼 엘리베이터는 자체 추진력이 없기에 로켓이 될 수 없
다. 따라서 이의 상승운동을 위해서는 "강력한 동력 장치가 필요하다".
이때 엘리베이터가 곧 좌절된 혁명의 표상임은 물론이다. 바꾸어 말하
자면, "인간의 이성을 기반으로 한 더 많은 계획"의 프로젝트가 좌절된
혁명의 근본적인 한계인 것이다. 왜냐하면 개체들 간의 우애로운 관계
를 통해 개체의 역능을 자체 추진력으로 '생성'하는 것에 실패한 채, 외
부의 동력 장치로부터의 운동에너지를 '공급'받는 것에는 한계가 있기
때문이다. 이러한 메커니즘은 내부의 혁명적 가능성을 현현시키지 못
하기에 결국 추락할 수밖에 없다. 장석원의 성찰은 이로써 좌절된 혁명
에 대한 근원적인 층위로 나아간다.

그러나 이것만으로 장석원의 '기우뚱함'을 설명할 수는 없다. 그의
작품에는 종종 김수영의 흔적이 오마주처럼 나타난다. 김수영 특유의
기우뚱함은 밀실-개체와 광장-집단 사이의 윤리를 모색하기 위한 시
적 자의식의 발현이다. 그 팽팽한 긴장이 특유의 기우뚱한 시간을 낳
는다. 이는 장석원에게도 마찬가지이다. 그가 좌절된 혁명을 성찰할
때, 그 성찰은 개체와 구조 간의 메커니즘으로 나아간다. 왜냐하면 그
는 혁명의 대문자 주체가 아니라 "역사 앞에서 흐느적거렸던/겨우 화
염병이나 날렸던 관측병이었"(「무서운 해체의 순간 나는 낡은 사물」)기
때문이다.

따라서 그에게 시적 윤리란 "당근과 양파와 감자와 양송이와 올리

브유와 커큐민이 도덕적 갈등 없이 용해되는 단계 당신의 사실주의가
완성"(「미각」)되는 순간이 아니라, "아무것 없이 생길 수 있는 것이 그
어떤 것의 도움을 받아 생겨나는 곳이여/아무것도 없이 생겨 아무것
의 도움이 되어 아무것도 아닌 것이 되는 곳"(「화학 가족 발견」)에서
생성된다. 아무것과 아무것의 화학적 결합이 의미를 생성하는 순간,
밀실과 광장의 경계는 흐려지며 나와 적의 전선은 모든 곳에 편재하게
된다. 그리하여 그의 성찰을 거쳐 탄생한 시적 윤리는 "가장 근원적인
혁명은 사랑하며 홀로 부패되는 것/그의 먹이가 되는 것 그를 먹이는
것"(「赤記」)이라는 모호함을 특성으로 한다. 여전히 개체 간의 관계를
통한 자체 추진력의 기획은 미완성이며, 김수영의 말처럼 적은 그림자
가 없기 때문이다. 그리고 그의 성찰이 진정성을 획득하는 것은 그의
시가 광장을 배경으로 하면서도 기우뚱함을 유지하고 있기 때문이다.

5. 혁명 : 시적 언어의 급진적 존재형식—오은

오은은 정치적 급진성을 시적 언어의 급진성의 형식으로, 즉 미학적
형식으로 재구성하는 데 일정한 성공을 거두고 있는, 적어도 2009년에
는, 거의 유일한 시인이다. 그의 『호텔 타셀의 돼지들』(민음사, 2009)은
뿌리 깊은 내용과 형식, 정치와 미학의 이분법적 구도를 넘어서는 데 일
정한 성공을 거두고 있다. 그는 "microsoft"(「어떤 날들이 있는 시절 2」)
시대의 시적 언어의 급진성과 그 존재형식의 일단을 보여준다는 점에
서 주목된다.

분명 지금 "macrohard"(「어떤 날들이 있는 시절 1」) 시대의 언어는 그
유효성을 상실했다. 그 언어로는 더 이상 "아바타"로 표상되는 현재를

인식할 수 없다. 그러나 오은은 과거와의 성급한 '단절'을 '선언'하지는 않는다. 왜냐하면 "삐라와 익명게시판이 분노로 가득 차 있는 건 똑같"으며 "양쪽 다 출처는 불분명"(「세대 차이」)하기 때문이다. 오히려 오은은 그 시대 시적 언어의 전복성의 존재형식을 묻는다. "광주에선 젊은 피가 끓었지만 그것마저도 여전히 흑백이었"던 시대, 시는 "내일을 보고 싶지 않는 사람들이 줄지어 눈을 내놓"는, 그리하여 "탕 탕 탕 총구에서 눈알이 날아가는 꿈"(「어떤 날들이 있는 시절 1」)으로서 자신의 급진성을 증언한다. 여기서 주목되는 것은 그가 "광주"의 학살과 저항을 증언하는 언어가 아니라, "눈알이 날아가는 꿈"에서 시적 언어의 급진성을 찾고 있다는 점이다. 2009년을 살아가는 우리는 광주의 핏빛 진실에 대해 충분히 알고 있다. 문제는 과거의 그 진실에 대한 증언형식이 더 이상 우리들에게 미적 전율을 일으키지 못한다는 점이다. 지극히 타당한 학살과 저항의 내러티브는, 바로 그 타당성이 공인되었기에 더 이상 미적 전율을 주지 못한다. 따라서 오은이 광주라는 표상으로부터 "탕 탕 탕 총구에서 눈알이 날아가는 꿈"이라는 언어를, 나아가 "아이들 뱃속에 있는 자갈은 내장과 밀착한 음을 냈고 사람들은 그걸 재즈라고 불렀다"라는 언어를 이끌어내는 부분은 충분히 주목되어야 한다. 미적 전율은 공인된 언어의 틈새로 '사건'을 '다르게' 호명할 때 비로소 생성되기 때문이다. 오은이 광주를 재즈와 병치시키면서, 재즈를 "아이들 뱃속에 있는 자갈"이 "내장과 밀착" 순간 생성되는 음으로 호명할 때 바로 광주에 대한 새로운 미적 전율이 가능해진다.

그러나 광주로 표상되는 전 시대와 마찬가지로, 현재 역시 다른 형태의 억압과 학살은 계속되고 있다. 비록 "'주술호응'이라는 말이 사전에서 사라지고 대신 '데리다'라는 불완전 동사에 해체한다는 의미가 추가되었다"고 하더라도, 여전히 "아이들은 태어나지 않았고 늙은이들은 죽지 않았"으며, 그로 인해 "세계의 운동에너지가 기하급수적으로 감소"(「어떤 날들이 있는 시절 2」)하기 때문이다. '주술호응'은 논리적이고 매끈한 발화형식이라는 점에서 지배담론의 형식에 가깝다. 따라서 '데리다'라는 기표를 "해체한다"는 기의로 바꾸는 것은 시적 급진성의 모색을 위해 나름의 의미를 지닌다. 그러나 이것만으로는 부족하다. 왜냐하면 '해체' 역시 "세련됨의 상징"으로 포획되고 있기 때문이다. 결국 지금의 현실도 "세계의 운동에너지가 기하급수적으로 감소"한다는 점에서 과거의 현실과 다르지 않다.

그렇다면 오은은, 그리고 우리는 무엇을 할 것인가? 앞서 말한 것처럼 오은은 미적 전율의 순간을 생성함으로써 불온함을 다시금 불온하게 만든다. 그러나 이를 가능하게 하는 시적 언어의 급진성이란 완결된 형식으로, 선험적으로 존재하지 않는다. 다만 잠재태로서, 구체적인 사건의 순간 현현하려는 경향성으로만 존재할 따름이다. 따라서 오은이 "제 몸을 채워 줄 펜을 기다리는/원고지의 빈칸처럼//순간이 도래하기까지/우리는/불길하게 방치되어 있는 것이다"(「발생하려는 경향」)라고 말할 때, 우리는 시적 언어의 급진성은 '가능성'의 형식으로만 존재할 수 있음을 인식할 수 있다. 그 존재형식이 선험적인 프로젝트의 형식이 아니라 구체적인 사건에 의한 유물론적 형식이라는 점에서 오은의 시적 언어는 이미 급진적이다. 그러니 우리는 기다려야 한다. 그가 "(중략) 담배를 무찌르기 위해/야심차게 라이터를 당겼을 때, /바닥에 닿기 직전의 별똥별처럼/사람들은 극도로 위태로워져/소원을 빌듯 두 손을 모으고 기도를"(「라이터」) 하는 순간을 말이다. 그리고 이 순간은 곧 시적 언어의 급진성이 유물론적인 방식으로 분출하는 사건의 시간이기도 할 것이다.

6. 클리나멘, 유물론, 그리고 시적 혁명의 징후들

　네 권의 시집을 통해 각각의 시인들이 각각의 방식으로 시적 급진성의 문제를 충실히 사유하고 있음을 살펴보았다. 나희덕은 클리나멘과 사건을 통해 생성되는 시적 주체를 보여주고 있으며, 류인서는 타자와의 교감을 매개하는 시적 감각의 사용법을 모색하고 있다. 장석원은 좌절된 혁명에 대한 근원적인 성찰을 모색하고 있으며, 오은은 시적 언어의 급진성과 그 존재형식에 대한 치열한 자의식을 보여주고 있다.

　기실 완결된 프로젝트로서 시적 급진성의 미학을 제시하려는 것은 미망일는지도 모른다. 무엇보다 시적 급진성의 존재형식 자체가 끊임없는 사건을 통한 에피파니의 형식을 지니기 때문이다. 그럼에도 비평의 몫이 존재한다면, 그것은 시적 급진성이라는 '경향성'을 끊임없이 자극하며 시적 언어와의 클리나멘을 기획하는 것에 있을 것이다.

　네 권의 시집을 통해 확인할 수 있었던 것은 지금까지의 문학적 관습과는 다른 방식으로 새로운 혁명의 언어가 분출되고 있다는 사실이다. 나는 지금 이들의 시를 혁명의 언어라고 썼다. 우리는 지금까지 혁명이라는 말을 지나치게 정치경제적 층위의 문제로만 한정시켰다. 그러나 타자와의 충돌을 통해 주체성을 재구성하는 존재론적 변이가 없다면, 타자와의 우애로운 교감에 대한 인식론적 혁신이 없다면 그 혁명은 또 다른 억압 기제로 전락할 것이다. 나아가 개체에 잠재되어 있는 가능성을 발현시키기 위한 윤리적 모색이 없다면, 언어의 급진성을 극대화하려는 미학적 실험이 없다면 그 혁명은 스스로의 추동력을 생성하지 못한 채 굳어버릴 것이다. 근본적인 혁명은 자명한 프로젝트에 의한 것이 아니라, 클리나멘을 통한 사건을 통해 가능하다. 이들 네 명의 시인들은 잠재태로만 존재하는 시적 혁명의 가능성을 구체적인 사건을 통해 보여주고 있다는 점에서, 그러나 모두 다른 층위에서 보여주고 있다는 점에서 주목된다. 이 다름을 더욱 다양하게 분기시켜 나갈 때 사건은 더욱 활발하게 일어날 것이며, 전방위적인 혁명의 잠재태는 현실태로 현현할 수 있을 것이기 때문이다.

따라서 비록 그 혁명의 언어가 미완의 것이라고 해도, 이는 큰 문제가 되지 않을 것이다. 지금 우리에게 필요한 것은 완결된 혁명의 언어의 매끈한 구상이 아니라, 충돌하는 시적 언어 '사이'에서 생성되는 시적 급진성의 징후들이기 때문이다. 그러니, 이들의 지금까지와는 다른 혁명의 언어들이 서로 충돌하며 또 다른 언어들을 생성하기를 바랄 뿐이다. 그때 비로소 시적 급진성이라는 비평적 아젠다는 유물론적인 방식으로 변증될 수 있을 것이기 때문이다. 그리고 여전히 우리에게는 클리나멘과 사건이라는 유물론적 비평의 무기가 존재하기 때문이다.